秘密
圖書館

La Bibliotecaria De Auschwitz

ANTONIO G. ITURBE

安東尼歐・依托比——著　吳宗璘——譯

本書以奧斯威辛俘虜蒂塔・克勞斯之真實故事為本

親愛的讀者：

我想要告訴各位的是有關您手中這本書的問世過程。幾年前，西語作家安東尼歐．依托比在尋人，希望能夠提供奧斯威辛—比克瑙集中營孩童區書籍故事細節的人。

他收到了我的電郵地址，我們開始以電子郵件魚雁往返。他拋出簡短客氣的問題，而我的回答則是綿長又鉅細靡遺。後來，我們在布拉格會面，我在那兩天當中帶他前往我生長的地方，我窩在哪裡的沙箱中玩耍、我就讀的學校、我的家——其實應該算是我父母與我的家——當我們被納粹佔領者送去泰雷津猶太隔離區之後，就此與它永別。第二天，我們甚至遠赴泰雷津當地。在我們道別之前，安東尼歐告訴我，「大家都知道全世界最大的圖書館。不過，我要寫的書是關於全世界最小的圖書館，以及它的管理員。」

這就是各位現在手中的這本書。當然，他是以西班牙文撰寫，這是譯本。他運用了許多我告訴他的資料，但他自己也辛勤收集了其他來源的史實。儘管這是根據史實核正的內容，但這並非紀實作品，而是源於我自身經驗與作者豐富想像力的故事。

感謝各位閱讀與分享！

蒂塔．克勞斯　敬上

當三十一號營區（位於奧斯威辛滅絕營裡面）存在於世的時候，它是五百名孩童，以及被稱之為「顧問」的數名犯人之住所。雖然遭到嚴密監控，但他們還是費盡千辛萬苦，在營區裡建立了一間秘密孩童圖書館。很迷你，只有八本書，包括了赫伯特・喬治・威爾斯的《世界簡史》、俄文的文法書、解析幾何學……在一日將盡的時候，這些書，以及如藥品與一些食物之類的重要物資，都會交由某位年長女孩保管，她的任務就是要在每天晚上，把它們藏在不同的地點。

——**阿爾維特・曼古埃爾**，《深夜裡的圖書館》

文學的影響力一如午夜曠野中的火柴亮光。它照亮的範圍相當微小，但卻能讓我們看見周圍有多麼黑暗。

——**哈維爾・馬里亞斯**，引自威廉・福克納

1

一九四四年一月，奧斯威辛—比克瑙集中營

納粹軍官一身黑，以掘墓者的冷漠神情望著死屍。在奧斯威辛，人命太輕賤，已經沒有人會開槍奪命，因為子彈的價值比人命珍貴。在奧斯威辛，有一些施放齊克隆毒氣的公眾廳室，只需要一桶毒氣就可以殺死數百人，大幅降低了成本。只有以大規模方式進行屠殺，死亡才會變成一種有利可圖的事業。

這些軍官並不知道，也絕對不能讓這些人知道，在這些吞陷一切的黑泥之上，佛列迪．赫許在奧斯威辛的家庭營裡面創辦了一所學校。某些俘虜覺得不可能，他們認為赫許瘋了，不然就是很天真：在一切都被禁止的殘酷滅絕營裡面，要怎麼教導小孩？但赫許卻是微笑以對。他總是露出神秘微笑，彷彿知曉別人不懂的事。他會這麼告訴他們，納粹關了多少間學校並不重要；只要有人開始講故事，小孩認真傾聽，就可以生出學校了。

這間焚化爐日夜不斷燒屍的殘殺生靈工廠，就是奧斯威辛—比克瑙集中營，裡面的三十一號營區很特別，獨樹一格，這是佛列迪．赫許的一大功績。他以前是青少年運動教練，不過，他現在是獨自奮戰的運動員，對抗人類歷史上最可怕的壓路機。他好不容易說服集中營的德國高層，把小孩集中在某間營房裡面，就更能夠讓他們的父母在奧斯威辛二號營（比克瑙）b區好好工

作，這裡也就是著名的「家庭營」。集中營高層同意了，但條件是只能玩遊戲與從事團體活動，禁止教學。所以，三十一號營區就此成立。

在這間木造營房裡，所謂的教室，充其量就只是大家擠在一起坐矮凳、分成了不同的小組。沒有牆壁，黑板是隱形物，老師們靠著雙手在空中畫出等腰三角形、字母，甚至還有歐洲河流的路線。大約有二十組左右的孩童，每一組都有自己的專屬老師。班級與班級之間實在貼得太近，所以老師必須要輕聲細語，以免埃及十災的故事與九九乘法表的歌曲混雜在一起。

營房大門突然開了，負責站崗的亞科別克，急忙衝入三十一號營區長官赫許的小房間。他的便鞋在地板上留了一排濕答答的營地泥印，三十一號營區的寧和氣息瞬間炸裂。正當蒂塔・阿德勒以眼角偷瞄那一坨坨小泥巴、看得入迷的時候，亞科別克開口大喊：「六！六！六！」

這是納粹親衛隊即將抵達三十一號營區的暗號。

赫許從他的房門探頭出來。助理與老師們緊盯著他，他不需要對他們講出任何一個字。他微微點頭，動作幅度幾乎難以令人察覺，他的神情就是命令。

課程暫停，換成了愚蠢的德語短歌和猜謎遊戲，製造一切井然有序的假象。通常，雙兵巡邏組不太會進入營區，只是照章行事瞄一下小孩，偶爾會跟著歌曲拍手、或是撫摸某個小小孩的頭之後就繼續去巡邏。不過，亞科別克卻在剛剛的例常警告之後多加了一句話：「清查！清查！」

清查就是另外一回事了，他們必須要立刻排隊接受搜查。有時候，最年幼的小孩也必須接受審問，親衛隊想要利用他們的天真無知挖出線索。他們一直徒勞無功，別被小小孩掛著鼻涕的小臉給騙了，那腦袋瓜裡懂的事情可多了。

有人悄聲說道：「是『神父』！」這句話引發了一陣驚慌低語。那是某名納粹中士的外號，一個老愛把手藏在軍裝長大衣袖子裡面的中士，簡直就像是神父一樣，只不過，他奉行的唯一信仰是殘暴。

「趕快！趕快！朱達，對，就是你！趕快開始玩『我是小間諜，我發現……』」

「史坦老師，那我是發現了什麼呢？」

「隨便！拜託，小朋友，什麼都沒關係！」

兩名老師抬頭，表情很苦惱。他們手中拿的是奧斯威辛的絕對禁止物。這些物品太危險了，光是持有就是死刑，它們沒有辦法當易燃物，也沒有尖頭、刀鋒，或是鈍頭。這些讓德意志帝國殘忍無情士兵如此害怕的東西，其實就是書而已：老舊、脫膠、掉頁，而且破破爛爛。納粹禁止書本，不清個一乾二淨，絕不善罷甘休。

綜觀歷史發展，所有的獨裁者、暴君、壓迫者，無論其意識形態為何——不論是亞利安、非洲、亞洲、阿拉伯、斯拉夫，或是其他種族背景，無論他們支持的是普羅革命或上層階級特權、上帝的授令或戒嚴令——他們都有一個共同的觀點：書本危險至極，因為它會使人學會思考。

每個小組都各就各位，大家開始低聲歌唱，等待納粹到來，但是卻有一個女孩破壞了和諧畫面，她衝出來，在擁擠的椅凳之間亂跑，發出碰撞聲響。

「坐好！」

老師們對她大吼：「妳在做什麼？妳瘋了嗎？」

其中一個想要抓住她的手臂阻止她，但她卻巧妙閃開，繼續橫衝直撞。她爬上將營房一分為二、高度及腰的火爐與煙囪，然後又磕磕碰碰跳到了另外一邊。

她踢翻了其中一張矮凳，一路滾動發出轟然巨響，讓大家呆愣了一會兒。

席絲可娃老師尖叫，她已經氣得臉色發紫，「妳這個壞孩子！會害死我們大家！」小孩子在私底下都喊她「臭臉老師」，她並不知道取這綽號的就是這女孩。「妳這個蠢蛋，快回來和助理坐在一起！」

但蒂塔就是不肯停下來，她繼續亂跑，對於那些不以為然的眼光毫不在意。小孩們聚精會神，盯著她穿有毛襪的細瘦雙腿四處亂竄。她非常瘦，但不是病弱，她在小組之間迅速來回跑動，及肩棕髮也跟著甩晃。蒂塔．阿德勒在數百人之間穿梭，但只有她自己一個人在跑，我們的人生，本來就是一直在獨跑。

她在營房中間不斷鑽來鑽去，硬是擠進去某個小組，她撞到一兩張椅凳，還有個小女孩因此摔倒。

小女孩坐在地上對蒂塔大吼：「喂！妳以為妳是誰啊？」

來自布爾諾的那位老師看到這個年輕女孩站定在她的面前，嚇了一大跳，倒抽了一口氣。蒂塔氣喘吁吁，慌忙拿走對方手中的書，老師突然如釋重負。正當老師反應過來打算道謝的時候，蒂塔已經離開她身邊，邁開步伐衝了好幾步，再過幾秒鐘，納粹就要到了。

工程師馬洛基早已看到她展開行動，提前在他的學生小組旁邊等候她。當她飛奔而過的時候，他立刻把自己的書送出去，宛若在接力賽時傳棒一樣。蒂塔拚命跑向營房後方，助理們正在那裡假裝掃地。

她才跑到一半，就發現大家的聲音突然變得抖晃，宛若窗戶突然打開之後的燭光搖曳不定。蒂塔不需要轉身，也知道營房的門開了，納粹親衛隊正要進來。她立刻一屁股坐地，嚇壞了一群十一歲的女童。她把書本藏在衣服裡，雙手護胸以免它們落地。被逗樂的小女生們以眼角偷瞄她，緊張不安的老師則揚起下巴，催促她們繼續歌唱。

納粹親衛隊站在入口掃視營房數秒之後，以德語喊出他們最愛的命令之一：「肅靜！」

全場立刻鴉雀無聲，寥落的歌聲與「我是小間諜」的遊戲戛然而止。大家動也不動。然後，有人以俐落口哨聲吹出貝多芬的第五號交響曲，劃破寂靜。「神父」固然是令人害怕的中士，但就連他似乎也有些緊張，因為他身邊還有一個更殘暴的人。

蒂塔聽到附近的老師在喃喃低語：「求求上帝幫助我們。」

在戰爭爆發之前，蒂塔的母親經常彈鋼琴，所以蒂塔十分確定那是貝多芬的曲子。她驚覺這並不是她第一次聽到那種特殊的口哨交響曲，那是當他們從泰雷津猶太隔離區離開、擠在沒有任何食物與水的貨運車廂裡過了三天，最後在夜晚到達奧斯威辛－比克瑙時所發生的事。她不可能忘記金屬大門打開時的刺耳聲響；不可能忘記吸入的第一口冰寒空氣之中有焦肉的氣味；不可能忘記當晚燈光的強烈光曜，因為月台白亮的程度就跟手術室一樣。然後，出現的是喝令、步槍槍托敲觸貨運金屬車壁的砰砰聲響、槍響、哨音、尖叫。就在一片混亂的時候，某名上尉以完美口哨吹出了那一首貝多芬交響曲，就連納粹親衛隊望向他的目光也充滿恐懼。

在車站的時候，那名軍官經過蒂塔身邊，她看到他一塵不染的制服、全然無垢的白手套，還有軍裝外套前方的鐵十字——那是只有上戰場才能贏取的徽章。他停在一群母親與小孩面前，伸出戴著手套的手，展現友善態度拍了拍某個小孩的頭，甚至還露出了微笑。他指向一對十四歲的雙胞胎——茲丹尼克與葉爾卡——某名下士匆匆趕過來，把他們拉出隊伍之外。他們的母親抓住那士兵的外套下襬，跪了下來，求他千萬不要帶走她的兩個兒子。而那名上尉則冷靜開口干涉，「絕對不會有人像『約瑟夫叔叔』一樣對待他們。」

就某種角度而言，這句話的確沒錯。只要是約瑟夫・門格勒醫生為了自身實驗所收集的那些雙胞胎，奧斯威辛的任何人都不能動他們的汗毛。沒有人會像「約瑟夫叔叔」一樣對他們進行可怕基因實驗，他想要找出如何讓德國女人生下雙胞胎的方法、增加亞利安人的新生兒數目。蒂塔想起門格勒牽著小孩的手、大搖大擺離開的時候，依然一派悠然吹口哨。

現在三十一號營區也聽到了同樣的交響曲。

門格勒……

營區長官赫許從自己的小房間出來，佯裝對納粹親衛隊來訪感到驚喜。他併腿發出清脆聲響歡迎長官：這是向對方軍階的致敬方式，沒有卑屈或畏縮之意。門格勒幾乎沒瞄赫許，只是繼續吹口哨，雙手反剪在後，宛若一切與他無關。被大家稱之為「神父」的這名中士，以近乎透明的雙眼端詳營房，雙手還是縮在長大衣的袖管裡面，一直停留在腰部附近，絕對不會遠離自己的槍套。

亞科別克果然沒說錯。

「神父」低聲宣布：「清查。」

納粹親衛隊重複他的指令，越來越大聲，傳到俘虜耳中的時候已經成了吼叫。蒂塔坐在某群女孩的正中間，全身發抖，拚命以手臂擠壓護身。她聽到書本貼住肋骨的窸窣聲。要是他們在她身上發現了書，一切就完蛋了。

她喃喃自語：「這樣不公平啊……」

她十四歲，人生才剛開始，一切正在等著她。蒂塔想起在這些年當中，只要自己開口抱怨命運的時候，母親總是這麼回她：「這就是戰爭，蒂塔……這就是戰爭。」

她年紀太小，幾乎再也想不起那個沒有戰爭的世界。她將那些記憶深埋心中，正如同她把書藏好、不讓納粹發現一樣。她閉上雙眼，努力回想沒有恐懼的世界究竟是什麼模樣。

她回想在一九三九年初那時九歲的自己，站在布拉格老城區市政廳廣場天文鐘前方，偷瞄上方的老骷髏，那雙空無一物的眼窟窿一直盯著這座城市的大片屋頂。

她在學的時候，老師說這座鐘是精巧的機械裝置，由五百多年前的大師哈努施設計。不過，蒂塔的祖母告訴她的故事版本卻令人難受。國王對哈努施下令要建造一座有塑像的天文鐘，它們會在每個小時敲鐘的時候自動列隊現身。等到完成之後，國王卻命令旗下的警察弄瞎鐘匠的雙眼，這樣一來，他再也無法為別的王國建立同樣的傑作。不過，這位鐘匠卻進行報復，把自己的手放入機械設備中，造成運作失靈。齒輪碾碎了他的手，機器卡住了，天文鐘損壞，多年無法修復。有時候蒂塔會作惡夢，看到那隻被截斷的手在機械齒輪裡不斷蜿蜒前進。

蒂塔緊緊抱住那些可能會害她進毒氣室的書，回顧自己曾經擁有的快樂童年。只要她陪母親到市中心逛街，她總是喜歡駐足在天文鐘前面，不是為了要看那場機械秀——其實骷髏頭讓她很不安，她只是不想說出來——而是觀察路人，許多都是前來捷克首都觀光的外國人。看到那些人瞠目結舌的面孔與聽到他們的咯咯傻笑，總是讓她忍不住大笑。她還為那些觀光客取別名。她最歡喜的過往時光之一就是為大家取綽號，尤其是她的鄰居與爸媽的朋友。她把傲慢的戈特里普太太稱之為「長頸鹿女士」，因為她有伸長脖子吸氣的習慣。她把樓下店鋪的基督教裝潢商稱為「保齡球瓶先生」，因為他身材瘦長，而且是光溜溜的大禿頭。她還記得當路面電車的小鈴鐺響起，在老城廣場轉彎、準備蜿蜒進入遠方穿越尤瑟赫夫區的時候，她會拚命追著跑。然後，她會衝向母親所在的那間店，她知道母親正在那裡忙著為她冬裝外套與裙子購買布料。她忘不了自己有多麼愛那間商店，門口的霓虹招牌，色彩繽紛的線軸，逐一從底部往上綻亮，到頂之後又重新開始。

如果她不是一個離開其他小孩兒到處幸福地跑來跑去的小女孩，那麼，當她經過書報攤的時候，應該會注意到有一大群人排成長龍等著買報紙。那天《人民新聞報》大疊報紙的頭版標題是整整佔據四欄的罕見超大字體，**政府同意德軍進入布拉格**，這行字不是在宣告，而是在狂吼。

蒂塔稍微睜了一下眼，看到納粹親衛隊在營房後頭仔細搜查。他們翻遍了每一個角落，甚至連以鐵刺網當臨時圖釘、掛在牆上的那些畫後方也不放過。沒有人開口，只有士兵在營房內翻動物品的聲響。空氣中瀰漫潮濕與黴菌的氣息，也有恐懼，這是戰爭的味道。

從這樣的零碎片段之中，蒂塔想起了童年，和平的氣味是每個星期五晚上在火爐上熬煮的雞湯，還有以堅果與雞蛋製成的糕點。那是漫長的學校時光，還有與瑪吉特、其他同學一起玩跳格子與捉迷藏的下午，如今卻在她記憶中慢慢淡逝……

改變不是突然之間，而是漸次而來，不過對於童年宛若阿里巴巴洞穴被關門、自己被埋入沙中的那一天，她記得很清楚，她想不起日期，那是一九三九年三月十五日，布拉格被震醒了。

客廳的水晶吊燈在震搖，但她知道不是地震，因為沒有人在亂跑或是面露憂心。她爸爸正在喝早餐的咖啡，讀報，宛若完全沒事一樣。

當蒂塔與她母親外出的時候，整座城市都在抖晃。在前往溫塞斯拉斯廣場的時候，她開始聽到嘈雜聲響，地面震動力量實在太強烈了，害她覺得腳底在癢。她們距離廣場越來越近，那股悶響也變得更加清晰。到達廣場的時候，她們無法過馬路，因為塞滿了人，除了眾人的肩膀、外套、脖子以及帽子之外，她們什麼都看不到。

她母親動也不動，神色緊繃，突然之間變得好蒼老。她抓住女兒的手要回頭，但蒂塔太好奇了，猛力掙脫母親的手。她個頭又小又瘦，從人群中鑽溜進去、擠到市警排排站、手臂互扣在一起的最前線，完全不費吹灰之力。

噪音震耳欲聾：附裝邊車的灰色機車一輛接著一輛，裡面都坐著身穿亮皮皮衣與閃耀頭盔的士兵，護目鏡掛在脖子上面。後頭跟著戰車，裝滿了大型機關槍，然後，坦克緩緩轟然通過大道，宛若一群危險野象。

她還記得那些魚貫而過的遊行士兵，表情就像是天文鐘裡冒出來的那些機械塑像，過了幾秒之後，一道門關上，它們就全部不見了，震顫感就會消失。不過他們不是機器人，他們是活生生的人。後來她才懂了，這兩者之間未必有什麼明顯差異。

她才九歲，但已經感受到恐懼。沒有樂隊在演奏，沒有大笑或是喧鬧……大家盯著眼前的行進隊伍，全然靜默。為什麼那些身穿制服男子要來這裡？為什麼沒有人臉上有笑容？頓時之間，這場景讓她聯想到了喪禮。

她母親又抓住她了，這次扣得死緊，把她拖出人群之外。她們往相反方向前進，布拉格又恢復原樣。這簡直像是從一場惡夢中醒來，發現一切都回到原貌。不過，她腳下的地面還是在震動，城市晃搖不止，她母親也在發抖。身穿漂亮漆皮鞋的她踏著慌張碎步，拚命要把蒂塔拉開，遠離遊行隊伍。

蒂塔緊抱著書，嘆了一口氣。她有了悲傷體悟，原來告別童年的是那一天，而不是她初經來的那一天。就在那一日，她不再害怕骷髏與鬼魂之手，她開始畏怯的是人類。

2

納粹親衛隊開始清查營房，幾乎根本沒瞄俘虜，全神貫注的是牆壁、地板，以及周圍事物。德國人就是這麼有條不紊：首先檢查可供收納空間，然後是內容品項。門格勒醫生轉身與佛列迪・赫許講話，他幾乎是全程保持立正姿勢，蒂塔很好奇，不知道他們在講些什麼。講話的對象是門格勒，或者說，被大家稱之為「死亡醫生」的這個人，鮮少有猶太人能夠展現此等自信。某些人說赫許是個毫不懼怕的男人，其他人則認為德國人禮遇他是因為他本來就是德國人，甚至還有些人暗示那無懈可擊的外表之下隱藏了某些敗德情事。

負責清查的「神父」，擺出一種蒂塔無法參透的手勢。如果士兵們下令大家立正站好，她該怎麼護住這些書？不讓它們掉到地上？

每一個老鳥俘虜給菜鳥的第一課就是，永遠要搞清楚自己的目標：生存。努力多撐幾個小時，然後，靠著這種方式，再撐個一天，接下來是好幾天，那麼就可能多活一個禮拜。必須要靠這種方式續命，絕對不要心懷什麼遠大目標，只要當下能活著就好。活著，是一種處於現在式狀態才具有意義的動詞。

就在一公尺外的地方，有張空矮凳，這是她丟下這些書的最後一次機會。當他們站起來排隊、士兵發現書的時候，他們沒辦法指控她藏書，所有人都有罪，也就等於所有人都沒罪，他們不可能把每一個人都送入毒氣室。不過，想必他們一定會就此關閉三十一號營區。蒂塔心想，如果真是如此，會有人在乎嗎？她一開始的時候聽過某些老師質疑學校：這些小孩連活著離開奧斯威辛的機會都微乎其微，何必要教他們讀書？在煙囪不斷噴出燒屍黑煙的陰影之下，教導他們北極熊或是比他們熟記九九乘法表，又有什麼意義可言？不過，赫許還是說服了他們，他告訴大家，三十一號營區將會成為小孩的綠洲。

有些人依然存疑，*是綠洲？還是海市蜃樓？*

毫無疑問，最重要的事情還是保護這些書，為了生命而奮戰。

那名中士立正站在長官面前，他聽到指令之後，開始大吼：「站起來！立正！」大家紛紛站起來，一陣騷動，這就是蒂塔需要的混亂時刻。她放開手臂，書本從衣服裡面滑落她的大腿。不過，她又再次把書本緊貼腹部，保管書的時間一秒秒過去，她的性命也越來越危險。

納粹親衛隊喝令大家安靜，每個人都得要待在原地不准動，混亂場面惹得德國人很不高興。當「最終解決方案[1]」剛開始啟動的時候，血腥處死過程造成許多納粹親衛隊拒絕配合，他們發覺死屍與奄奄一息的人混在一起的場面很難處理，因為還得對那些已經中槍的人再次開槍，一個一個來；因為當他們踏過遍地死屍時必須踩進濃血泥沼，因為垂死之人的雙手宛若攀爬藤蔓一樣緊纏他們的靴子。不過，到了後來，這就不成問題了。在奧斯威辛，屠殺是日常。

蒂塔前面的人站起來，士兵們看不到她。她的手放在裙襬下方，撐住那本幾何書，觸摸到紙頁的粗糙感，她伸出食指，撫摸書脊的那一道道犁溝。

---

❶ 納粹針對猶太人的種族滅絕計畫。

就在此時，她閉上雙眼，把書捏得更緊了。她想到打從一開始就一直謹記於心的體悟：她絕對不會放棄它們。她是三十一號營區的圖書館員，她曾經要求佛列迪．赫許要相信她，幾乎是要求的語氣，她不會讓他失望。

終於，蒂塔小心翼翼站起來，她以某隻手臂護胸，將書本貼住身體。一群女孩子掩護她，不過她個子很高，這種姿勢令人起疑。

在清查開始之前，中士對兩名納粹親衛隊下令，他們隨即進入赫許的小房間，也就是其他書本的藏匿地點。雖然藏書處很安全——書本的尺寸正好可以放入某片木板底下的洞，所以完全不會被察覺——但蒂塔知道赫許現在的處境非常危險。要是他們找到了那些書，沒有人救得了他。

當德國人在赫許小房間東翻西找的時候，門格勒已經走到一旁，但赫許依然站得直挺挺。兩名納粹親衛隊在外頭等候，等待同僚完成盤查，他們姿態放鬆，還懶洋洋把頭往後仰。赫許依然維持挺直姿勢，他們姿態越放鬆，他的腰桿就越硬挺。只要逮到機會，無論是多麼微不足道，他都會展現猶太人的力量。他們是更強大的人，所以納粹才會怕他們，必須要予以滅絕。現在納粹之所以佔上風，只有一個原因，猶太人沒有自己的軍隊，不過，赫許深信猶太人絕對不會重蹈覆轍。等到這一切結束之後，他們就會創立最堅強的軍隊。

那兩名納粹親衛隊從小房間離開了，因為「神父」手裡拿了一些紙，似乎是他們找到的唯一可疑物品。門格勒草草瞄了一眼，隨即一臉嫌惡交給中士，紙張差點全部掉落一地，那些文件是赫許所撰寫、準備交給集中營上級的三十一號營區運作報告。

「神父」又把雙手塞回長大衣。他低聲下令，士兵們旋即展開行動。他們走向俘虜，踢開所有阻擋去路的矮凳。恐懼在小孩與新進教師之間爆發，他們開始啜泣與痛苦大叫，老鳥們就沒有那麼擔心。赫許動也不動，而門格勒則站在某個角落，冷眼觀察。

那一群士兵快走到第一群俘虜前面的時候，放慢了腳步，然後開始盤查。他們還對某些人搜身，雙手在對方身上東摸西摸，不知道要找什麼東西。這些俘虜都假裝目視前方，但其實都在斜瞄身旁的牢友。

士兵喝令其中一名女教師離開隊伍。她是負責教導工藝的老師，身材很高。在她帶的那一班當中，小朋友利用老舊的線頭、木片、破損的湯匙，以及廢衣，創造出各種神奇小物。她聽不懂士兵在說什麼，他們不斷對她咆哮，把她嚇得半死，然後又把她推回到隊伍裡。也許這麼做並沒有什麼特殊原因，咆哮與推人也是這套例行公事的一部分。

士兵繼續盤查，蒂塔的手臂開始感到疲憊，但她將書本貼胸的力道卻越來越緊。他們在她旁邊那群人面前停下腳步，「神父」抬高下巴，喝令其中一名男子離開隊伍。

這是蒂塔第一次注意到摩根史坦教授，外表溫和無害，從他下巴皮膚皺褶看來，想必以前很圓潤。他的一頭白髮剪為平頭，身穿滿是補丁的過大褪色外套，宛若海狸的雙眼戴了近視眼鏡。蒂塔聽不清楚「神父」對他說了什麼，但她看到摩根史坦教授把眼鏡交給了他。「神父」接下之後，仔細檢視，俘虜不能保有私產，不過，對於近視的人來說，眼鏡不算是奢侈品。即便如此，「神父」還是來回端詳，最後才把它交還給那老人。當這位教授伸手去接的時候，眼鏡掉了，砸到了某個椅凳，然後掉在地上。

中士對他大吼：「白痴！笨手笨腳！」

摩根史坦教授冷靜彎身撿起破碎的眼鏡，正準備站起來的時候，一對皺巴巴的摺紙作品從口袋裡掉出來，他再次彎身撿拾。一蹲下來，眼鏡又摔落在地。「神父」目睹對方的笨拙舉動，幾乎藏不住惱怒，他怒氣沖沖轉身，繼續盤查。站在營房前頭的門格勒目睹一切，完全沒有遺漏任何細節。

蒂塔雖然沒有盯著納粹親衛隊，但卻已經感覺到他們節節逼近。他們站在她的小組面前，「神父」正對著蒂塔，距離只有四、五步而已。她看到那些女孩在顫抖，她自己肩頭的汗水好冰冷。她已經無能為力了：這樣的身高讓他鶴立雞群，而且她是唯一沒有立正站好的人，顯然某隻手臂正抓著東西。「神父」目光殘忍無情，她無處可逃。他就是那種與希特勒同類的納粹，早已因為仇恨而中毒。

蒂塔雖然目光直視前方，但依然可以感受到「神父」的目光穿透她全身，她因為恐懼而哽喉，她需要空氣，因為她快要窒息了。她聽到某個男人在講話，她已經準備要離開隊伍站出去了。

一切就要結束了——

但還沒有，不是「神父」的聲音，這個人的語氣怯懦多了，是摩根史坦教授。

「抱歉，中士，可否讓我回到我本來排的位置？當然，前提是您覺得沒問題——不然的話，我就繼續站在這裡，等待你的吩咐，我萬萬不想給您造成任何麻煩……」

「神父」怒氣沖沖盯著這個未經允許、膽敢對他講話的男人。老教授已經把眼鏡戴回去，鏡片已經裂開，他依然站在隊伍外頭，一臉遲鈍，望著這名納粹軍官。

「神父」大步走到他面前，士兵們跟在後頭，這是他第一次揚聲怒吼：「又老又蠢的猶太笨蛋！你要是三秒內不回去排隊站好，我就斃了你！」

「遵命，」教授恭順回道，「懇求您寬恕我，我不想惹麻煩，只是覺得先問一聲比較好，而不是犯下可能違規的踰矩行為，因為我不希望自己的行為引發不便，我希望能夠盡量配合您——」

「白痴！快回去！」

「是的，長官，遵命，請再次原諒我，我無意打斷您，而是——」

在他身旁的納粹朝他大吼：「閉嘴！不然我等一下就開槍射你的腦袋！」

教授以誇張姿態頷首致意，退後一步，回到了自己的小組之內。暴怒的「神父」沒發現他的士兵現在都站在他後頭，突然轉身，狠狠撞上他們。出現了足堪為喜劇電影的場景：納粹士兵們像是小彈珠一樣趕緊跳開，有些孩子在偷笑，老師們則緊張兮兮，以手肘推他們示意要安靜。

這位中士偷瞄最痛恨無能之人的門格勒，然後，怒氣沖沖推開手下，繼續盤查。當他走到蒂塔那一排前面的時候，她僵麻的手臂扣得更緊，而且還緊咬牙關。盛怒「神父」誤以為自己已經盤查過這個小組，隨即走向下一群，更多的吼叫、推擠、莫名其妙的搜索……士兵們慢慢遠離了蒂塔。

這位圖書館員終於可以再次呼吸了，但危機還沒有過去，因為士兵們還待在營房裡。她長時間維持同一姿勢，手臂瘦得要命，為了要讓自己轉移對苦痛的注意力，她開始回想命運把她帶向三十一號營區的過程。

蒂塔與家人到達奧斯威辛的時候是十二月。在他們進入集中營的第一天清晨，早點名之前的時刻，她母親遇到了泰雷津的某位舊識，本來在茲林開水果行的土諾斯卡太太。能在這樣的不幸中巧遇故人，是一種小小的喜悅。土諾斯卡太太告訴蒂塔母親有關營區學校的事，那裡的孩子每天早上可以在有遮蔽的地方接受點名，每天早上都能避開濕氣與寒凍。而且，那裡的孩子不需要工作一整天，食物配糧也稍微好一點。

她媽媽說艾蒂塔已經十四歲——正好比入校的年紀上限多了一歲——土諾斯卡太太又告訴她，那間學校的校長已經說服了德國人，他需要一些幫手打理營房，靠著這種方式，他已經收了一些十四到十六歲之間的孩子。似乎無所不知的土諾斯卡太太，認識這所學校的副校長，米瑞安．艾德斯坦，兩人正好住在同一間營房。

她們發現米瑞安步履急快，走過貫穿兩端的集中營大道。米瑞安匆匆忙忙，心情惡劣，因為自從她與家人被迫從泰雷津猶太隔離區遣送出來之後，狀況就不對勁，她的丈夫亞可布本來是那裡的猶太居民委員會主席，等到他們到了集中營之後，他們立刻把他送入奧斯威辛一號營、與政治犯關在一起。

土諾斯卡太太在她面前細數蒂塔的優點，她還來不及說完，卻被米瑞安．艾德斯坦打斷。「助理已經額滿，而且還有許多人早在妳之前就已經開口請我幫忙了。」說完這段話之後，米瑞安匆匆離開。

不過，就在她快要消失在集中營大道的時候，她卻停下腳步，又走回剛才她們談話的地方，那三人剛剛嚇了一跳，還愣在原地。

「妳剛剛說這女孩的捷克語和德語都十分流利，而且還有優秀的閱讀能力？」

集中營準備要在光明節的慶祝活動中演出《白雪公主與七個小矮人》，演員的提詞人在當天早上剛過世，所以，當天下午，蒂塔第一次進入三十一號營區的身分，就是《白雪公主》的新提詞人。

二號集中營b區一共有三十二間營房，分列於集中營大道兩側，一排十六間。三十一號營區就與其他長方形營房規格一樣，被腳印踩扁的泥地，矗立了一個將營區一分為二的橫式火爐與煙囪。不過，蒂塔立刻發現還是有一個地方截然不同：到處都是凳子與長椅，而且牆面不是爛木，反而貼滿了愛斯基摩人與白雪公主小矮人的圖畫。

義工們將這個淒慘營房轉為劇場，屋內的主調成了開心喧鬧。有些人在安排座椅，而其他人則忙著把五彩繽紛的戲服與裝飾品送進來。有另外一組人正忙著與小孩演練台詞，在營房的另外一頭，助理們在挪動床單、弄出一個小型舞台。這個忙碌場景讓蒂塔眼睛一亮：雖然困難重重，生命還是頑強不息。

他們已經以塗黑的紙板為她在舞台前方設置了一個小隔間。這齣舞台劇的導演魯比契克，告訴蒂塔要特別注意小莎拉，因為她在唸德文台詞的時候變得很緊張，會在不知不覺的狀況下切換為捷克語，但納粹要求他們必須以德語進行表演。

蒂塔還記得她在演出前焦躁不安，因為背負了責任的重擔。觀眾包括了奧斯威辛二號營的某些高官：史瓦茲霍伯指揮官以及門格勒醫生。只要她透過自己紙盒屋的小洞往外偷瞄，就會看到他們開心大笑鼓掌叫好的模樣，讓她大吃一驚。

每天殺死數千名小孩的也是同一批人嗎？

在三十一號營區的所有表演當中，一九四三年十二月的《白雪公主》版本是最令人難忘的場景之一。表演開始了，魔鏡對著邪惡繼母結結巴巴講話：「我的皇……皇……皇后，妳……妳……妳是全世界最美的人。」

觀眾爆出大笑，以為這是在開玩笑，但蒂塔卻在自己的紙板殼裡面直冒冷汗，口吃不是腳本的安排。

當白雪公主被丟棄在森林之中的時候，大笑聲全消失了。這角色是由一個有憂鬱氣質的女孩擔綱演出。當她慌張迷路、以微小聲音求助的時候，看起來好脆弱，也讓蒂塔的心一陣揪痛。她也迷路了，周邊都是野狼。小白雪公主開始歌唱，全場一片寂靜，一直等到王子——擁有寬闊雙肩的佛列迪．赫許出現之際——觀眾才恢復生氣，鼓掌叫好。這齣劇演完的時候贏得滿堂采，就連一向無動於衷的門格勒醫生也跟著鼓掌，不過，他當然沒有脫下他的白手套。

如今，站在三十一號營區後方的也是同一位門格勒醫生。「神父」帶領手下走到營房後頭，踢翻小凳，還把多名俘虜從隊伍裡拉出來，但他們找不出藉口把人帶走，這次沒辦法。

等到納粹盤查完整間營房，中士面向這位醫官上尉，不過，對方已經不見了。照理說，士兵們應該要高興才是，因為他們並沒有找到任何的脫逃通道或是武器——完全沒有違規之處。但是他們卻很火大，找不到可以懲罰的理由。他們大吼大叫，出言威脅，猛推某個男孩，然後就離開了。

他們走了，但一定會回來。

他們關上大門，眾人竊竊私語，鬆了一口氣。佛列迪・赫許將隨身掛在脖子上的哨子湊到嘴邊，吹得響亮，示意大家可以解散了。蒂塔的手臂好麻，幾乎沒辦法動了，這股痛楚逼得她掉淚。納粹離開讓她如釋重負，害她又哭又笑。

大家開始緊張兮兮講個不停，老師們想要彼此討論，釐清剛才的狀況，小孩子則是到處亂跑，發洩精力。蒂塔看到席絲可娃老師走過來，兇巴巴瞪著她。她走路的時候，下巴的垂肉不斷搖晃，宛若火雞的肉髯。她停下腳步，就站在蒂塔面前。

「小女孩，妳是瘋了嗎？難道妳不知道他們下令的時候，妳就該回到助理區的指定位置？難道妳不知道他們可以把妳拖出去殺死妳？妳難道不知道妳會害死我們大家嗎？」

「我只是做了我覺得最適當——」

「妳覺得……」席絲可娃老師開口，整張臉皺成一團，「妳以為妳是誰可以自己作主改變規矩？妳覺得妳什麼都懂？」

「席絲可娃老師，抱歉……」

蒂塔緊握雙拳，不肯落淚，她不會讓對方稱心如意。

「我要舉報妳做出——」

「不需要……」傳來某個男人的聲音，帶有德語腔調濃厚的捷克語，徐緩從容，卻鏗鏘有力，是赫許。

「席絲可娃老師，距離下課還有一點時間，妳應該要顧好妳的那一組學生。」

席絲可娃老師老是愛自誇三十一號營區最守規矩、最認真的就是她底下的那群女孩。她不發一語，怒氣沖沖斜瞄營區長官，轉身，邁開僵硬大步、走向自己的學生。蒂塔嘆氣，總算放鬆下來。

「謝謝你，赫許先生。」

「叫我佛列迪……」

「很抱歉，我違規了。」

赫許對她微笑。

「優秀的士兵不需要等待指令，因為他很清楚自身職責。」

就在他離開之前，他面向她，望著她緊壓胸前的書本。

「蒂塔，我深深以妳為傲，願上帝賜福給妳。」

她目送他離開，想起《白雪公主》表演的那一晚。當助理們拆舞台的時候，蒂塔從自己的提詞小間走出來，步向門口，她心想，日後應該再也沒有機會進入這間能夠轉化為劇場的美妙營房。不過，就在這個時候，有個依稀熟悉的聲音叫住了她。

「小妹妹……」佛列迪．赫許的臉依然塗滿白色粉妝，「妳來到這間集中營的時間真是剛剛好。」

「剛剛好？」

「沒錯！」他伸手示意，請她跟他到舞台後面，現在，這裡已經沒有人了。在這麼近的距離下，赫許的雙眼散發出混雜了溫和與傲慢的詭譎神采。「我急著要為我們的孩童營區找一名圖書館員。」

蒂塔萬萬沒想到他記得她，讓她嚇了一跳。赫許以前負責泰雷津猶太隔離區的「青少年辦公室」，而她在幫某位圖書館館員推書車的時候，也只與他有過幾面之緣而已。

蒂塔很困惑，她不是圖書館員，只是個十四歲的女孩。

「抱歉，但我想一定是哪裡弄錯了，圖書館員是西提寇娃小姐，我只是她的助手。」

三十一號營區長官微笑，「我注意過妳好幾次，妳幫忙推書車。」

「對，因為很重，而且那小輪子在石板路上面也不好推。」

「妳大可以把下午的時間拿去畫畫，和妳的閨蜜一起散步，或者乾脆做自己的事就好。但妳反而在忙著推書車，讓大家可以看書。」

她一臉狐疑望著赫許，但他的話語完全沒有討論的空間。他管理的不是營房，而是軍隊，他宛若帶領平民起義、對抗來犯軍隊的將軍，以指定某名農夫「就由你擔任上校」的那種語氣，對蒂塔說道：「妳就是圖書館員。」

他繼續說道：「但這份工作很危險，非常危險。在這裡處理書本可不是玩遊戲，要是納粹親衛隊抓到誰藏了書，就會予以處決。」

當他說出這段話的時候，還豎起大拇指，伸出食指往前，擺出手槍的姿態、對準蒂塔的額頭。她強作鎮定，但想到這樣的重責大任開始讓她緊張不安。

「就交給我吧。」

「很危險。」

「我才不管那麼多。」

「他們可能會殺了妳。」

「我沒差。」

蒂塔想要裝出果斷模樣，但卻無法奏效。她止不住顫晃的雙腿，赫許盯著她的發抖四肢。

「經營這間圖書館，需要一個勇敢的人……」

蒂塔臉紅了。她越想要保持泰然自若，顫晃得就越厲害，現在連雙手都在發抖，她擔心長官會覺得她太軟弱了，無法接下這份工作。

「所－所以你是不信任我了？」

「我覺得妳看起來像是個勇敢的女孩。」

她崩潰大喊：「可是我在發抖！」

然後，赫許展現他的獨特笑容。「所以我才說妳很勇敢。勇敢的人並非不懼怕，那些罔顧風險的魯莽之人，將會害自己與別人陷入危境，我要找的團隊成員不是這種人，我需要的是知其風險——雙腿會顫抖，但依然會扛責前行的人。」

蒂塔專心聆聽，雙腿也不再抖得那麼厲害了。

「勇者是那些能夠克服自身恐懼的人，妳就是其中之一。妳叫什麼名字？」

「赫許先生，我名叫艾蒂塔．阿德勒。」

「艾蒂塔，歡迎來到三十一號營區。願上帝賜福予妳，叫我佛列迪就好。」

他們靜靜等待大家離去，然後，蒂塔進入佛列迪．赫許的小房間——狹長空間，一張小床，還有兩張老舊的椅子。裡面幾乎沒什麼東西，她只有看到一些食品包裝袋、製作《白雪公主》佈景剩下的材料碎片，還有佛列迪的食碗。

赫許又講出了一些讓她瞠目結舌的事：他們還有一種長了人腳的圖書館，「活動圖書館」。熟知特定書籍的老師成了說書人，他們輪流參與不同小組，對小孩娓娓道出自己幾乎是熟記在心的故事。

「瑪格達老師非常嫻熟《騎鵝歷險記》，當她讓小孩開始想像自己抓住鵝、飛翔在瑞典上空的時候，孩子們都很開心。夏榭很擅長美國印第安人與西部冒險故事，而德佐．柯瓦茲幾乎就是一本活生生的聖經。」

不過，這些真人圖書館對佛列迪．赫許來說並不夠，他把偷偷帶入集中營的書告訴了她。某位名叫米耶特克的波蘭木匠帶了三本，還有位斯洛伐克的電工帶了兩本。他們是那種自由度比較高、在各集中營之間移動的俘虜，因為他們負責維修。他們從在月台斜坡整理遣送者行李的特權俘虜那裡偷偷弄來了那些書。

蒂塔身為圖書館員，必須要記錄哪本書是借給了哪一位老師，而且要在課程結束之後收回來、放入秘密藏匿地點。

赫許把堆在一起的那疊廢料移開之後，拿起了某塊地板木條，露出了書本，蒂塔高興得要命，忍不住拍手。

他以眼角偷瞄她的反應，「這就是妳的圖書館，書不是很多。」

藏書不多，其實，總共就八本而已，而且好幾本書況不佳，不過，它們是書。在這個陰沉至極之地，它們能夠讓大家悲慘程度沒那麼嚴重的時光，字句的鏗鏘迴盪能壓制機關槍聲響不斷的歲月。

蒂塔拿起那些書，一本接著一本，雙手仔細捧護的姿態宛若抱著新生兒一樣。第一本是脫膠的地圖集，有好幾頁不見了，裡面可以看到過往的歐洲，早已消失的各大帝國。政治板塊是由朱紅、亮綠、鮮橘、海軍藍所拼貼而成，與蒂塔周邊的暗沉之色成了強烈對比：泥地的暗褐色、營房的褪淡黃土色，還有蒼灰雲空。她逐頁細覽，感覺像是飛越了全世界。她跨過海洋與山脈，手指沿著多瑙河、窩瓦河一路前行，然後是尼羅河。能夠把這數百萬平方公里的海洋、森林、地球所有山脈、河流、所有的城市與國家塞在這麼小的空間之中，這是只有書本才能夠達成的奇蹟。

佛列迪．赫許靜靜觀察她，看到她沉醉的神情不禁心中大喜。就算他對於賦予這位捷克小女孩重責大任有任何的猶疑，此刻也全然消失無蹤，他知道艾蒂塔一定會仔細呵護這間圖書館。

也不知道為什麼，這本《幾何學基本論述》的保存狀況比較好。它所揭露的是截然不同的地理風景：等邊三角形、八角形、圓柱體、一排排以數學軍陣排列的數字、宛若雲朵的公式，以及宛若神秘細胞的平行四邊形。

第三本書讓她眼睛一亮，是赫伯特．喬治．威爾斯的《世界簡史》。裡面全是原始人、埃及人、羅馬人、馬雅人……建立帝國而後崩解、讓新一代崛起的各種人類文明。

第四本是《俄語文法》，她完全看不懂，但是她很喜歡那些謎樣的字母。現在德國也與俄國交戰，俄羅斯人是她的朋友。蒂塔聽說奧斯威辛裡有許多俄國俘虜，而且納粹對待他們的手法極其殘忍。

此外，還有一本破破爛爛的法文小說，名為《精神分析治療新法》的論文，作者是佛洛伊德教授，另有一本少了封面的俄文小說，而第八本是捷克文的書，只剩下幾頁而已，靠著書脊的殘線黏在一起。她還沒來得及拿起這一本，卻被佛列迪一把搶下。她瞪著他，露出不悅圖書館員的表情，她真希望自己現在有粗框眼鏡，這樣一來就可以低著頭、透過鏡框上緣打量他，就像嚴肅圖書館員平日的姿態一樣。

「這本書狀況不佳，派不上用場。」

「我來修補。」

「反正……也不適合小孩子，尤其是女生。」

蒂塔瞇眼，一臉惱怒。「抱歉我有話直說，佛列迪，我十四歲了。你真的覺得我每天盯著一堆人被送進集中營邊界的毒氣室，小說裡的內容難道還會嚇倒我嗎？」

赫許一臉驚訝望著她，而且，能讓他嚇一大跳並不容易。他向她解釋，這本書的書名是《好兵帥克歷險記》，作者是性好褻瀆的酒鬼雅羅斯拉夫．哈謝克，書中有奚落政治與宗教的觀點，以及具有道德爭議的情節。不過，他最後還是把那本書給了她。

蒂塔小心翼翼撫弄那些書，有損傷，刮痕，破破爛爛，長有紅褐色霉斑，某些已經支離破碎。不過，要是沒有這些書，數百年的文明智慧可能就此消亡——地理、文學、數學、歷史，以及語言，它們何其珍貴。

她一定會以生命捍護它們。

3

雖然不能靠每天都會有的蕪菁湯填飽肚子，而且這個湯對她也沒有吸引力，但蒂塔還是慢慢喝著，因為大家說以這種方式進食會比較有飽足感——不過，小口喝湯並無法讓她忘卻飢餓感。

一群老師在用餐時討論摩根史坦的異常行為，這位主角是他們那位腦袋糊裡糊塗的同事。

「他這個人很奇怪，有時候話很多，但其他時候卻幾乎不說話。」

「他最好還是不要說話比較好，老是胡言亂語，這個人瘋了。」

「看他在『神父』面前以那種卑微態度鞠躬哈腰，真叫人受不了。」

「他絕對稱不上是什麼反納粹英雄。」

「我不知道赫許為什麼要讓腦袋少根筋的人來幫小孩上課。」

蒂塔聽到這段對話，覺得那個老先生好可憐，他的模樣讓她想到了自己的祖父。她看到他坐在營房後面的某張椅凳，一個人吃東西，偶爾還自言自語，小指微揚，這種優雅姿勢在營房裡顯得格格不入，他以隆重態度把湯匙送到嘴邊，宛若在與貴族共同進餐一樣。

到了下午，他們一如往常與小孩玩遊戲與從事各項運動，不過蒂塔卻迫不及待課程與晚點名早點結束，她就可以飛奔去找自己的爸媽。在家庭營裡面，消息在營房之間迅速傳播，不過，這就像是傳話遊戲一樣，在轉述的過程中一定會出現扭曲失真。

蒂塔一得空，立刻準備衝去找她母親，想必她媽媽一定知道盤查三十一號營區的事了。當她在集中營大道狂奔的時候，正好遇到了她的朋友瑪吉特。

「蒂婷塔❷，我聽說妳今天在三十一號營區遇到盤查？」

「那個噁心的『神父』！」

「他們有沒有找出什麼東西？有沒有誰被關起來了？」

「當然沒有，因為他們在那裡什麼也找不到，」蒂塔眨眼，「門格勒也出現在那裡。」

「門格勒醫生？他是瘋子。他對三十六個小孩做實驗，將藍色墨水注入他們的瞳孔，想要製造藍眼人。真可怕。蒂婷塔，某些人死於感染，其他人則是失明，妳能夠躲過他，真是萬幸。」

兩個女孩都沉默了。瑪吉特是她最要好的朋友，也很清楚她在為秘密圖書館工作，但瑪吉特知道這件事絕對不能告訴蒂塔的母親莉莎。要是被知道的話，一定會想阻止蒂塔，威脅要告訴她爸爸，不然就是開始乞求上帝原諒她。最好還是不要告訴她媽媽或她爸爸，什麼都不能說。為了要轉換話題，蒂塔把摩根史坦的事告訴瑪吉特。

「他把現場搞得一團亂。當教授每次一蹲下，就有東西從口袋裡掉出來的那個時候，妳真應該看看『神父』的那張臉。」

「我現在知道妳說誰了。年紀很大的老先生，身穿到處都是補丁的破外套——只要經過小姐旁邊都會欠身致意。他總是在點頭！我覺得他有點瘋了。」

「在這種地方，誰不會瘋呢？」

❷ 瑪吉特對蒂塔的暱稱。

蒂塔到達自己營房的時候，看到她父母在外頭，兩人背貼長牆坐著休息，外頭很冷，但營房裡擠得要命。兩人都面容疲倦，尤其是她的父親。

漫長的工作日：士兵在天亮前叫他們起床，他們站在戶外，暴露在惡劣天候之中，接受冗長的點名之後，勞動一整天。蒂塔父親的工作是製作槍枝的肩帶，他的雙手經常因為毒樹脂與膠水而發黑起水泡，而她母親則是某間製帽工作坊的清潔工。兩人工時都很長，但卻只能吃到一點點的食物，但至少工作場所有遮蔽。許多人並沒有這麼幸運，有些必須要以推車運送死屍，還有的要清理公廁或是疏通壕溝，還有的人一整天都在搬運湯桶。

蒂塔的父親對她眨眼，母親則是立刻站起來。

「艾蒂塔？妳沒事吧？」

「嗯……對啊。」

「沒騙我？」

「當然沒有！我人不是在這裡嗎？」

就在這時候，托瑪榭克先生正好經過。

「漢斯，莉莎，你們都好嗎？看得出你們的女兒依然擁有全歐洲最美麗的微笑。」

蒂塔臉紅，她說要和瑪吉特到別的地方，兩個女孩離開了大人身邊。

「托瑪榭克先生人真好，妳說是不是？」

「瑪吉特，妳也認識他嗎？」

「對，他經常會過來探視我的父母。這裡的許多人都只顧自己，但是托瑪榭克先生卻會照顧其他人。他會問他們過得如何，也關注他們遇到的問題。」

「他會專心聆聽……」

「他是好人。」

「感謝老天，某些人身處在這樣的地獄之中卻依然沒有腐化。」

瑪吉特依然不說話。雖然她只比蒂塔大一歲，但是蒂塔率直的講話風格還是讓她不太自在。但她知道蒂塔說得沒有錯，奧斯威辛不只殺害了無辜民眾，也摧毀了人性的天真爛漫。

「蒂塔，天氣很冷，妳爸媽都待在外頭，他們會不會得肺炎啊？」

「我媽媽不想在裡頭與鋪友窩在一起，那人有一堆可怕的瘡……但我的鋪友也沒好到哪裡去！」

瑪吉特回她：「不過妳們很幸運──兩人都睡在上鋪，我們得躺在最下面。」

「地面的濕氣一定害妳們非常不舒服。」

「哦，蒂婷塔，蒂婷塔啊，最可怕的部分不是來自地面，而是上頭落下的東西。嘔吐物、稀糞……而且是一大坨。蒂婷塔，我真的在其他床鋪看過。」

蒂塔沉默了一會兒，面色嚴肅面向她朋友。「瑪吉特……」

「怎麼了？」

「妳可以要雨傘當生日禮物。」

瑪吉特對朋友的反應只能搖搖頭，她反問：「妳們是怎麼弄到最上鋪的位置？」

「妳記得我們十二月搭乘遣送列車來到集中營的時候，引發了一陣騷亂吧？」

兩個女孩都沉默了一會兒。九月的那些老鳥不只是捷克同胞，也是朋友、舊識，甚至是親人，與他們一樣，也都是從泰雷津被遣送過來。不過，看到十二月的新遣送潮，卻沒有人開心得起來。到達集中營的五千名新俘虜，也就意味他們必須與這些人共享水龍頭的滴答水珠。

「當我媽媽和我進去指定的營房找尋臥鋪的時候，裡面一片混亂。」

瑪吉特點頭。她想起了一堆女人為了一條毯子或某個髒兮兮的枕頭在爭吵、吼叫、打架的場景。

「在我的營房，」瑪吉特開始解釋自己遇到的狀況，「有個病況很嚴重的女人，一直咳個不停。只要她一坐在某張床墊，先佔位的人就會把她推到地上。『妳們這些白痴！』德國人任命的女囚囚監對她們大吼大叫，『妳們真覺得自己很健康啊？有個生病的人當鋪友是有什麼差別？』」

「囚監講得有道理。」

「別開玩笑了！囚監說完這句話之後就抓起棍子痛扁每一個人，就連那名生病的女子也遭殃。」

蒂塔想起當晚吼叫、四處亂奔、嚎哭的混亂場景。然後，她繼續說道：「我媽媽想要等到裡面一切平靜之後再進去。外頭好冷，有人說就算想要分享，鋪位也不夠，某些人必須要睡在泥地。」

瑪吉特問道：「所以妳們怎麼辦？」

「哦，我們站在外頭快冷死了。妳也知道我媽媽的個性——不喜歡引發大家側目。要是哪天她被街頭車子壓過去，她也不會大叫，因為她不想成為話題人物。但我快要爆炸了，所以我沒有先問她可不可以，立刻就跑進營房裡，她根本來不及開口，然後我發覺……」

「怎樣？」

「最上方的床鋪幾乎都滿位，一定是最好的位置。在這樣的地方，必須要仔細觀察老鳥的舉動。」

「我發現要是妳拿出物資的話，某些人就願意分享鋪位，我看到有個女人同意以一顆馬鈴薯進行交換。」

「馬鈴薯價值連城，」蒂塔回道，「她一定不懂匯率。光是半顆馬鈴薯就可以換來一堆東西，找一堆人幫忙。」

「妳有沒有什麼可以跟別人交換的東西？」

「什麼都沒有。我開始查看還有哪個老鳥有鋪位。已經有兩人佔住的床鋪，就會有人坐在上面，雙腿在床邊晃啊晃，宣示領土主權。我們這批列車的女人四處走動，只求一個棲身之所，上面下面或是哪裡都沒關係，大家都在找可能會願意分享床位的最心軟俘虜。不過，這種友善的老鳥已經都把自己的位置分享出去了。」

「我們的狀況也一樣，」瑪吉特說道，「所幸我們最後遇到了泰雷津的某位鄰居出手，幫助我、我媽，還有我妹妹。」

「我一個人都不認識。」

「最後是不是終於找到了有同情心的老鳥？」

「太晚了，只剩下那些怒氣沖沖與自私的人。所以妳知道我最後怎麼處理嗎？」

「不知道。」

「我找最恐怖的那一個。」

「為什麼？」

「因為我已經無路可走了。我看到一個老鳥中年女人，頂著一頭像是狗啃的短髮，坐在自己的床鋪，被黑色傷疤一分為二的那張臉，擺出了不屑神情。她的手背有藍色刺青，可以猜得出她坐過牢。有個女人走到她面前，乞求給她位置，然後那個老鳥大吼，把對方嚇退，還想要伸出髒兮兮的腳踢人，而且還是一雙長得歪七扭八的大腳！」

「所以妳怎麼處理？」

「我大膽站到她前面，對她開口：『喂！妳給我聽好了！』」

「妳才不敢！我不相信！妳一定是跟我在開玩笑！妳看到很像是罪犯的老鳥，根本不認識她，居然衝到對方面前，冷靜說道『喂！妳給我聽好了』？」

「誰說我很冷靜？我嚇得動都不敢動。不過，面對那樣的女人，絕對不能走過去，說出『親愛的女士，晚安，您覺得今年杏桃會適時成熟結果嗎』這種話。她一定會把妳踢得遠遠的。我如果想要讓她聽我的話，一定要以她的語言表達方式講話。」

「那她有聽妳的話嗎？」

「一開始的時候，她露出準備要殺人的表情。我一定是臉色慘白，但我拚命在她面前掩飾恐懼。我告訴她，反正囚監最後會為沒有鋪位的人隨機安排。『外頭還有二、三十個女人，』我這麼告訴她，『其中有一個肥得會壓死妳，還有一個口臭比腳臭更嚴重，其他是有嚴重消化問題的老女人，渾身臭味。』」

「蒂塔，妳好壞！那她怎麼說？」

「她惡狠狠瞪了我一眼——但老實說，我覺得就算她想要擺出和善神色，應該也做不來就是了。反正，她讓我繼續講下去，『我差不多是四十五公斤，整個列車裡找不到比我更瘦的人了。我不會打呼，而且天天洗澡，我知道什麼時候該閉嘴，妳在比克瑙不管找得多認真，絕對不會有比我更好的鋪友。』」

「她作何反應？」

「她探頭出來，盯著我，那模樣就像是在瞪著某隻蒼蠅一樣，不知道是要捏死還是隨牠去。要不是因為我的腿抖得太厲害，我早就溜了。」

「好啦，但她的反應是？」

「她說：『妳當然可以跟我擠一張床。』」

「妳果然如願了！」

「不，還沒有。我告訴她：『妳也知道，我會是很棒的鋪友。但前提是妳要幫我媽媽找到另外一個上鋪位置，我才會睡妳旁邊。』妳一定無法想像她有多麼火大！顯然她根本不喜歡被一個小女孩指揮辦事。不過，我看到她盯著在營房內四處走來走去的那些女人，臉上出現了憎惡表情。然後，妳知道她問我什麼嗎？——真的是一臉嚴肅哦。」

「什麼？」

「『妳會尿床嗎？』我回她：『當然不會，從來沒有。』然後，她以聲如洪鐘的酒嗓回我：

『算妳運氣好。』然後，她面向她隔壁床鋪的那個女人，對方並沒有鋪友。」

「『嗨，波絲科維奇，』她說道，『妳知道他們下令我們必須分床位嗎？』另一個女人懶洋洋，『我們就等著看吧，我才不相信妳說的話。』」

「那這位老鳥怎麼辦呢？」

「她準備要吵架了。她在床墊上頭東摸西找，取出一根約有三十公分長的扭結鐵絲，尾端非常鋒利。她一手壓住鄰居的床墊、支住自己的身體，另一手則以鐵絲扣住對方的喉頭。現在到底是哪一種說法佔上風，已經不需要繼續討論，她鄰居立刻點頭同意。一陣驚慌失措，害她雙眼爆凸，眼珠子簡直快要掉出來了。」說完之後，蒂塔哈哈大笑。

「這一點都不好笑，真是可怕的女人！上帝會懲罰她的。」

「哦，我曾經聽過我們公寓一樓的基督教裝潢店老闆這麼說過，雖然上帝的計畫直接了當，但是達成目標的途徑卻曲曲折折，所以也許彎曲的鐵絲也能成事吧。我向她道謝，然後自我介紹：『我叫艾蒂塔．阿德勒，也許我們將來能夠成為好友。』」

「她怎麼回應妳？」

「她什麼都沒說，想必是覺得已經浪費太多時間在我身上。她翻身面向牆壁，只留給我差不多一個手掌的空間躺下，而且我的頭得對著她的腳。」

「她沒說別的？」

「自此之後她就不跟我說話了。瑪吉特，很難想像吧？」

「哦蒂婷塔，這些日子以來，不論發生什麼事我都會信了，但願上帝會守護我們。」

晚餐時間到了，所以這兩個女孩道別，回到各自的營區。夜幕降臨，只有橘色燈光照亮集中營，蒂塔看到有兩名囚監站在某個營區門口聊天。這些人很好認，他們的衣服比較好，還佩戴了「特殊囚犯」的棕色臂章，以及身分為非猶太人的三角徽章。紅色三角形代表的是政治犯，多為共產黨員或社會民主黨，褐色是吉普賽人，綠色是罪犯或是一般的違紀者，黑色是反社會者、智障、女同性戀的標誌，但男同性戀是粉紅色三角形。在奧斯威辛，佩戴黑色或粉紅色的囚監甚為少見，因為這是俘虜的最低階層，幾乎與猶太人同一等級。不過在二號營b區卻很不尋常，這兩名在聊天的囚監——是一男一女——各自佩戴的是粉紅色與黑色的三角形，平常根本不會有人與他們講話。

在走向營房的途中，蒂塔心心念念的是馬上能吃到的麵包。她把它當成了一場饗宴，是一天當中唯一像樣的一餐，因為那一碗宛若稀泥的湯只能暫時解飢而已。

有一道黑色幽影，遠比其他影子更幽暗的人形，從集中營大道的另一頭走過來。大家紛紛閃避，退到一旁，讓那個人可以暢行無阻。乍看之下，會以為那是死神，沒錯，華格納的《女武神的騎行》樂聲從那片幽暗世界滲流而出。

是門格勒醫生。

當他逐步朝她接近的時候，蒂塔已經準備低頭側身，就像大家一樣。不過，這位軍官停下腳步，犀利目光朝她直透而來。

「我就是在找妳。」

「我？」

門格勒從頭到尾打量她。

「我看過的臉，絕對不會忘記。」

他的話語帶有一股沉重死寂感。要是死神會說話，那麼絕對就是這種冰寒節奏。蒂塔回想當天下午在三十一號營區所發生的事。所幸那位發瘋老師與「神父」吵鬧不休，所以最後根本沒注意到她，她誤以為自己逃過一劫。但她卻沒料到還有門格勒醫生。他當時站在遠處，但顯然他注意到她了。她並沒有站在正確位置，而且還伸出一隻手臂護住整個胸膛，偷藏了東西，當然逃不了他的法眼。她看出他眼眸之中的冷酷，他的眼眸是棕色，不像是一般的納粹。

「編號？」

「七三三〇五。」

「我會盯著妳，就連妳看不到我的時候也一樣；我會豎耳聆聽妳在講什麼，就算妳以為我聽不見的時候也一樣。我一切了然於心，要是妳膽敢違反集中營規定，就算只是越界一公釐，我也會知道，到時候妳就等著躺在我的解剖台上面吧，活體解剖是血淋淋的現場。」

他邊說邊點頭，彷彿在自言自語一樣。

「切到腹部的時候，妳會看到被心臟噴飛的最後一波鮮血，真的是一大奇景。」

門格勒沉浸在自己的思緒之中，他想到了自己在二號火葬場所建置的完美外科手術室，裡面有最先進的設備，任由他自由運用。紅色水泥地板、安置在正中央的光亮大理石解剖台與水槽，還有鎳製水龍頭讓他很滿意，這是他敬獻給科學的祭壇，他深感自傲。突然之間，他想起有些吉普賽小孩正等著他完成頭蓋骨實驗，他隨即邁開大步，匆匆離去。

蒂塔愣住了，站在營地中間動也不動，細竹竿雙腿在顫抖。不久之前，集中營大道還有一群群的人，如今只剩下她一人，大家全都躲進營區之間的棟距走道。

沒有人來問她是否安好或是需要什麼？門格勒醫生盯上她了。許多俘虜站在安全距離外目睹一切，覺得她好可憐，她看起來好害怕又困惑，有些人甚至是在泰雷津猶太隔離區就認識她了，但他們卻選擇躲得遠遠的。生存重於一切，這是上帝的戒律。

蒂塔回過神來，朝自己的營區通道走去。她不知道自己是不是真的被門格勒盯上了，那冷酷的表情其實就是答案。她一邊往前走，腦中的各種問題開始不斷增生。她現在該怎麼做？辭去圖書館員一職是明智之舉。門格勒已經開始注意她，她該怎麼管理那些書本？他的某種特質讓她好害怕，這一點對她來說並不尋常。在過去這幾年當中，她遇過不少納粹，但這個人具有與眾不同的特性，她的直覺是此人有作惡的獨特天分。

她壓低聲音對母親迅速說了聲晚安，這樣一來，莉莎就不會注意到她的焦慮，然後，她小心翼翼躺在鋪友的臭腳旁邊，她的悄聲晚安消失在天花板的裂縫之間。

她睡不著，但她也沒辦法移動身軀，頭轉來轉去的時候，必須要維持身體的不動姿態。門格勒已經對她提出警告，也許她算是特權分子，因為下一次就絕對不會有警告了，到了那個時候，他就會直接把皮下注射的針頭刺入她的心臟。她沒辦法保管三十一號營區的那些書，但她怎麼可以放棄圖書館？

要是她這麼做的話，大家會以為她害怕，她將說出自己的理由，每一項都合情合理，任何一個稍微有腦袋的人、跟她遇到了相同處境，一定會做出同樣抉擇。不過，她早就知道，奧斯威辛消息傳播的速度比跳蚤跑到隔壁床鋪更快速。要是有人在第一張床鋪說某人喝了一杯紅酒，等到傳到最後一張床鋪的時候，就會變成那男人喝下了一整桶酒。而且，大家會做出這種事並非惡意，每一個都是值得敬重的女性。就連非常善心對待她母親的土諾斯卡太太也一樣，而且她真的是好人，但就連她也沒有辦法管住自己的舌頭。

蒂塔已經可以聽到她怎麼說了：也難怪啊，這可憐的小孩嚇壞了……

大家說出這些話的時候所使用的高姿態、假意體諒的語氣，一定會讓她氣得鮮血沸騰。最糟糕的是一定會有某個好人說出這種話：可憐的小孩！不難理解啊，她嚇壞了，她只是個孩子。

蒂塔心想：孩子？差遠了，想要當小孩，必須要有童年！

4

童年……

蒂塔經常失眠，在某個無眠之夜，她靈機一動，要把自己的記憶轉為一張張的照片，那麼她的腦袋就成了任何人都無法奪走的獨特相簿。

納粹進入布拉格之後，他們一家人被迫離開自己的公寓。蒂塔真的很喜歡那地方，它是市區最現代化的建物之一，地下室有洗衣房，還有讓全班同學都好羨慕的對講機系統。她記得那一天放學回家的時候，看到父親站在客廳裡，永遠的優雅打扮，灰色雙排釦西裝，但比平常嚴肅許多。他告訴她，他們要搬離這間漂亮的房子，換到斯密赫夫的某間河畔公寓，他沒有看她的眼睛，只說那裡天氣比較好。以前只要他想要輕描淡寫的時候，總是會開玩笑，但這次根本沒有。她母親在翻閱雜誌，不發一語。

蒂塔大吼：「我不想搬走！」

她父親沮喪垂頭，母親從扶手椅起身，狠狠甩了蒂塔一巴掌，臉頰還留下了指印。

「可是，媽媽，」蒂塔的心情比較是困惑，而不是受傷——她母親平常很少拉高嗓門說話，遑論出手打人——「當初說這間公寓是美夢成真的人是妳啊……」

莉莎緊緊抱住她。

「戰爭，艾蒂塔，這就是戰爭。」

一年之後，她父親再次站在客廳中央，身穿同一套雙排釦西裝。此時，他在社會安全局律師職務的工作量已經遠遠不如以往，下午的時候經常待在家裡，盯著地圖，轉動他的地球儀。他告訴她，他們馬上就要搬到尤瑟赫夫區。納粹的「帝國保護者」，也就是掌控全國的那個人，下令所有的猶太人都必須住在那裡。他們三人與她的祖父母必須搬進位於艾利施基．克拉斯諾赫斯格路的某間破敗小公寓。她再也沒有任何提問，也沒有出聲抗議。

戰爭，艾蒂塔，這就是戰爭。

布拉格猶太居民委員會的召令，終於到來了，再次逼迫他們搬家，而這一次，必須離開布拉格。他們得搬到泰雷津，曾經是軍事堡壘、後來轉為猶太隔離區的某座小鎮——當她剛抵達的時候，覺得狀甚可怖的猶太隔離區，不過，當他們墜入奧斯威辛的泥灰之地，她卻開始對那裡充滿了想望。

在那個一九三九年冬天過後，蒂塔周邊的世界開始崩落，一開始速度緩慢，後來越來越快。配糧卡、禁令——不能進入餐廳、當其他市民購物的時段不能進去店內、收音機遭到沒收、無法去電影院或是劇場、沒有辦法買新鞋子……接下來是驅除學校猶太孩童，他們甚至連在公園裡玩耍也不行，納粹彷彿想要禁絕童年。

某幅畫面跳入腦海之中，讓蒂塔露出了短暫微笑：在布拉格的猶太老墓園裡面，有兩個小孩手牽著手，在壓住紙片、以免被風吹跑的小石陣裡面四處穿梭。布拉格的猶太小孩不能進入市區的公園與學校，但墓園並沒有受到限制，於是他們把這裡當成了探索樂園。納粹的計畫是打算改造猶太會堂與墓園，轉化為收藏即將滅絕猶太人種的某種考古學博物館。她的眼前浮現小孩的追逐景象，周邊是被荒煙蔓草淹沒的古老墓碑，他們在數百年的寂靜之中迷了路。

蒂塔躲在某棵栗子樹下面，藏在兩座幾乎要傾倒的巨大墓碑的夾縫之間，伸手指向比較大的那塊墓碑，讓她同學艾瑞克看到上頭的名字——猶大．列．本．比撒列。艾瑞克不知道他是誰，所以她就講出了她爸爸每次戴上猶太圓頂帽、帶她在墓園裡散步時所說的故事。

猶大是尤瑟赫夫區的拉比❸，當時所有的猶太人都住在這個隔離區，就和他們現在一樣。猶大鑽研卡巴拉學說，找到了如何賦予泥巴玩偶生命的方法。

艾瑞克哈哈大笑，「不可能！」

現在，當她想起自己利用父親的伎倆、說出那一段話的時候，依然止不住笑意。

她壓低聲音，把頭貼在艾瑞克耳邊，低聲說道：「那個泥人……」

艾瑞克的臉瞬間變得死白。布拉格的每一個人都聽過巨大的泥人怪獸。

蒂塔重複她父親告訴她的話：拉比成功解碼雅威創造生命的神聖密語。他捏了一個小泥偶，然後把寫有那張密語的紙片放入它的嘴裡。這具迷你塑像不斷長大，成了活生生的大怪獸。不過，拉比不知道要怎麼控制它，這個無腦怪獸開始摧毀鄰里，引發了恐慌。它是無法被摧毀的巨神，看來根本不可能擊敗它。只有一個方法——等到它睡著之後，鼓起勇氣，趁它打呼之際把手

❸ 猶太人的宗教導師階層。

伸入它的嘴裡，取出那張寫了密語的紙片。靠著這一招，即可把怪獸打回泥巴原型。拉比就是使用此道解決了問題，然後，他把那張紙撕得碎爛，埋葬了泥人。

艾瑞克焦急問道：「埋在哪裡？」

「沒有人知道。反正是在某個秘密地點。而且拉比有交代，要是猶太人發現自己又遇到困難，另一位被上帝所啟發的拉比就會出現，解碼密語，然後泥人就會拯救我們。」

艾瑞克一臉崇拜盯著蒂塔，因為她知道好多離奇的故事，就像是這個泥人傳說一樣。他輕柔撫摸她的臉，在巨大墓石與秘密的掩蔽之下，他在她的臉頰留下天真無邪的一吻。

蒂塔想起了那一刻，面露淘氣微笑。

初吻，無論多麼短暫，這段記憶永遠不會被抹消。她想起當天下午的愉悅心情，在這樣的戰爭荒地，她居然找到了讓快樂滋長的能力，讓她自己嚇了一大跳。大人拚命尋索永遠找不到的喜悅，徒勞無功而倦累。不過，在小孩的身上，卻是處處綻放。

但她現在覺得自己是大人，絕對不會任由別人把她當成小孩。她不會退卻，她會堅持下去，因為她得要為所應為。這就是當初赫許告訴她的話：咀嚼恐懼，然後吞下它，就會成為勇氣的養分，能夠繼續走下去。不，她不會放棄這間圖書館。

她連一步都不會退縮……

蒂塔在一片漆黑的營房中睜開雙眼，內心的強烈火焰化成了燭光閃動。她聽到了咳嗽與打呼聲，還有某些可能是奄奄一息女子的哀號。也許，她不想承認自己其實不是那麼擔心土諾斯卡太太或其他俘虜怎麼說。真的不是，她真正焦慮的是佛列迪．赫許對她的看法。

幾天前，她聽到他對一群運動隊的年長孩子講話，他們每天下午都會在營房外圍跑步，不論是下雪或下雨，天寒地凍都一樣。赫許與他們一起跑，永遠是在前面帶頭的那一個。

「最堅強的運動員不是第一個跑到終點的人，那叫做最快的運動員。最堅強的運動員是每次倒下就一定會再次站起、身體側邊疼痛也絕不停止、無論終點線有多遠絕對不放棄比賽。只要能夠到達終點線，就算是最後一名的跑者也是贏家。有時候，不論你有多麼的渴望，要當最快的那一個是不可能的選項，因為你的腿不夠長，不然就是肺部沒有別人大。不過，你永遠可以選擇當最堅強的那一個。決定權在你——全憑自己的意志與努力。我並沒有要求你們要當最快的那一個，但我要求你們要當最堅強的人。」

蒂塔知道要是自己向他說出必須放棄圖書館的話，他一定會對她說出和善、超級有禮貌，甚至是安慰的話語……不過，蒂塔不確定自己能否承受他的失望表情。她一直把他當成無法摧毀的強人，就像是猶太傳奇故事裡那個無人能夠阻擋的泥人一樣，有一天，他將會拯救所有的人。

佛列迪．赫許……他的名字給了她勇氣。

蒂塔再次爬梳腦海中儲存的影像，找到了兩年前的某個畫面，布拉格郊區史特拉斯尼茲的草地。猶太人可以在那裡呼吸新鮮空氣，擺脫所有城市裡的限制規定，海吉波運動場就設在那裡。

在她的記憶之中，那是夏天，某個炎熱之日，許多男孩都裸露胸膛。她看到一群吵吵鬧鬧的小孩與青少年包圍了三個人，第一個是戴著眼鏡的瘦男孩，年約十二、三歲，除了一條短褲之外什麼都沒有。在中間的那一個——以誇張方式自我介紹的魔術師，他名叫保吉尼——然後，對大家一鞠躬。他衣裝優雅，身穿襯衫與運動外套，搭配條紋領帶。站在他旁邊的一個只穿著涼鞋短褲的男子，襯托出精瘦但結實的身材。那一天，她知道了他的名字，佛列迪·赫許，他是海吉波運動場青少年活動的負責人。戴著眼鏡的男孩拿著某條線的尾端，而魔術師則握住中段，赫許拿住另一頭。蒂塔還記得這位教練的姿勢：一手拿線，另一手放在腰間，態度有些自負，他露出稍帶淘氣的微笑，一直望著那位魔術師。

表演開始了，大膽的保吉尼想要以自己小小的魔術技巧對抗戰爭的輾壓巨力：袖口的五顏六色手帕抗衡大砲，梅花紙牌抵擋轟炸機。然後，奇蹟似乎真的發生了，有那麼一時半刻，大家都露出著迷神情，充滿燦爛微笑，魔術勝出。

有個態度果決、手持一疊傳單的女孩走到蒂塔面前，拿了一張給她。

「妳可以加入我們的行列。我們在貝茲普拉威舉辦夏令營，靠近奧爾利采河的旁邊，我們會從事各項運動，強化我們的猶太精神，傳單上有我們活動的資訊細節。」

她父親不喜歡那種活動。她偷聽到他與他叔叔的對話，他說他不贊成把政治與運動混雜在一起。他們還說，這個名叫赫許的傢伙主辦孩童游擊野戰遊戲，叫他們挖壕溝，躲在裡面假裝在開火，而且還會對他們講述戰鬥技巧，彷彿把他們當成了他自己的小軍團。

如果赫許是指揮官，那麼現在蒂塔早已準備就緒，鑽進任何壕溝都不成問題。反正，她已經豁出去了，他們是猶太人，頑強的民族。納粹沒辦法擊垮她或是赫許。她絕對不會放棄圖書館……但是她必須要保持警覺，眼觀四處耳聽八方，

注意門格勒四處活動的幽影，以免被他抓到。她是十四歲的女孩，而那些書是人類歷史中最

強大的軍武，但她之後的反應不會是沉默，她會起身迎戰。

不惜任何代價。

深受失眠之苦的不是只有蒂塔而已。

佛列迪．赫許，三十一號營區的長官，擁有可以在自己小房間睡覺的特權，而整個營房裡也只有他一名住客而已。他寫完了某份報告之後，離開了自己的小房間，一個人靜靜站在那裡。耳語沒了，書本已經藏好，歌曲結束……當小孩跑光之後，學校又變回一間粗陋的木棚。

他告訴自己：我們最多就只能給這些了。

又一天結束了，又通過一次盤查的考驗。每過完一天，都是獲勝的一場戰役。他整個人洩了氣，鼓脹胸膛縮了回去，直挺挺的鎖骨也消失在雙肩裡，他癱坐在某張椅凳，閉上雙眼。他累壞了，但千萬不能讓別人知道。他是領導人，不能讓大家失望。

萬一他們知道的話……

他對大家說謊。要是他們發現他的真實面貌，他們會恨他。

他覺得元氣大失，所以乾脆趴到地上，做一輪伏地挺身。他總是告訴他的團隊成員，努力可以克服倦怠感。

上，下，上，下。

他習慣掛在頸脖的哨子不斷撞擊被踩扁的地面，發出規律的砰砰聲響。他的秘密宛若扣住腳踝的鐵球，不過他知道自己別無選擇，只能繼續隱藏下去，上，下……

「軟弱是一種罪。」他輕聲細語，幾乎已經無法喘氣。

在亞琛長大的小孩，每一個都是走路上學，佛列迪是唯一奔跑到校的小孩，他拿繩子把課本綁在雙肩。商店老闆們總會打趣問他，是要趕去哪裡這麼匆匆忙忙？而他會向他們禮貌打招呼，但從來不會停下腳步。他並沒有匆忙的理由，純粹就是喜歡跑步而已。只要有大人問他為什麼要跑步，他的回答總是千篇一律，走路讓他覺得疲倦，但是跑步卻讓他樂此不疲。

他會衝向學校大門前的那座小廣場，由於在那種時候不會有老人坐在長凳，所以他會直接跳過去，宛若在參加越野賽一樣。只要一有機會，他就會告訴他的同學們，他的目標是當專業運動員。

在十歲的時候，父親過世，他的童年也就此瓦解。佛列迪坐在營房的小凳，努力回憶父親的模樣，但真的想不起來。那種刻骨銘心的空虛感，一直沒有辦法被填補。就算周邊有人重重包圍，他還是會感受到那種孤單的不安感。

在父親過世之後，佛列迪也失去了跑步的力量。他再也不喜歡跑步了，失去了方向。他母親得工作一整天，所以，為了要避免他一個人在家發懶或是與他哥哥打架，她幫他註冊了德國猶太人版本的童軍團，「德國猶太童軍協會」，或是簡稱為JPD。他們為小孩舉辦活動，還有另一個名為「馬卡比少年」的獨立的運動部門。

佛列迪第一次進去那佔地廣大、有些破落、牆上釘有各項規定的建築的時候，室內散發出漂白水氣味，他還記得自己拚命在吞淚。不過，小小佛列迪．赫許找到了空蕩蕩家中所缺少的溫暖，他找到了同儕情誼、雨天的桌遊遊戲、總是會有人彈吉他與講述以色列烈士勵志故事的郊遊活動。足球與籃球比賽、沙包負重賽、各種運動競技——都成為他可以緊抓不放的救生筏。當星期六到來，其他人回家與親人團聚的時候，他會自己到球場、對著生鏽的籃框拋球，不然就是拚命做仰臥起坐，直到T恤被汗水完全浸透為止。

他靠著把體力消耗到極限的方式，抹消所有的焦慮，將所有的不安全感拋諸腦後。他為自己設定小型挑戰：在三分鐘之內、完成以角落為終點的折返跑共五次，做十下伏地挺身，而且最後一次的時候還要雙手擊掌，在籃球場的某個定點投籃，要連中四球才停止……當他全神貫注要完成挑戰的時候，腦袋裡可以什麼都不想，幾乎可以算是快樂狀態吧。

佛列迪母親再婚，在他的青少年時期，他覺得待在德國猶太童軍協會比自己家更自在。一放學之後，他就立刻前往那裡報到，一直待到晚上。他總是可以丟給媽媽各種不回家的理由——青年委員會要開會——他是委員之一；需要舉辦戶外活動或是體育錦標賽；建物的修繕工作……他年紀逐漸增長，越來越沒辦法與同齡的孩子互動。他只能與少數幾個人分享他的強烈錫安主義信念，而這一點也鼓舞他要將歸返巴勒斯坦當成使命，而且，也沒有幾個人懂得他對無止境的運動訓練的熱情。他的同儕本來會邀他參加單身人士派對，可以在裡面找到女友，但佛列迪一直找藉口推辭，最後大家就再也不邀他了。

他發覺他最喜歡的是替小孩訓練組隊、舉辦運動比賽。而且他非常擅長以自己的熱情鼓舞孩童，他的隊伍永遠會奮戰到最後一刻。

「來！繼續努力！加油！再加油！」他會對站在邊線的小孩大吼，「要是你們不為勝利奮戰，那麼失敗的時候就不准哭泣！」

佛列迪．赫許從來不哭。

上，下，上，下，上，下。

佛列迪做完了伏地挺身，站起來，心滿意足。這感覺，就與保守秘密一樣令人心滿意足。

5

魯迪．羅森伯格在比克瑙集中營已經待了兩年之久，這的確是相當了不起的成就。他意外抓到機會，所以能在十九歲之姿成了集中營裡的老鳥，而且為他贏得了登錄員的位置。在一直不幸有人潮來來去去的地方，這工作負責記錄的就是俘虜編號。納粹對於一切都一絲不苟，也包括了殺戮，對於這位置當然很重視，所以，魯迪並沒有穿著一般的俘虜制服。他得意洋洋穿著馬褲，在營內這可是奢侈品。其他的俘虜都身穿髒兮兮的條紋制服，只有囚監、廚師，還有他們信賴職位的人才能夠倖免，比方說營區的秘書與登錄員，而且家庭營也是例外。

魯迪被指派在隔離營工作，他穿越檢查哨，準備要進去二號營b區圍牆的另一頭，也就是家庭營。他對他們露出模範俘虜遇到士兵時的親切笑容，他說出自己準備要去二號營b區遞送某些名單，他們就放他過去了。

他走在連通比克瑙各營區的外緣寬廣泥路，凝望遠方森林起點的那一排樹。在冬季下午的這個時分，只能看到模糊的輪廓。一股冷風吹來，夾雜了矮樹叢、苔蘚，以及野菇的滋味。他短暫閉眼了一會兒，盡情享受，自由就是濕潤森林的氣息。

他被找去參加某場秘密會議，討論神秘家庭營的事。

魯迪．羅森伯格到達指定地點，二號營b區某營房的後面，反抗團體的兩位首領，已經在那裡等著他了。其中一個身穿廚師圍裙，臉色慘白，他自我介紹，名叫雷姆。另一個是大衛．史莫列斯基，他一開始的時候是擔任屋頂工人，現在是二號營b區二十七號營區的領導，他是平民打扮，燈芯絨長褲，還有跟他的臉一樣皺巴巴的毛衣。

有關十二月遣送潮的俘虜進入二號營b區家庭營，他們已經知道了基本資料，不過，他們要羅森伯格講出他知道的所有細節。魯迪證實了有五千名來自泰雷津猶太隔離區的猶太人進來，他們分乘相隔三天的兩班列車，到達了家庭營。他們與九月收進來的俘虜一樣，也可以繼續穿著平民服裝，沒有被剃頭，而小孩子也可以留在裡面。

這兩位反抗團體首領靜靜聆聽，沒有說話。他們百思不得其解，像奧斯威辛這樣的死亡工廠，俘虜的唯一價值就是勞動力，為什麼會把某間集中營搞成家庭營這種沒好處的場所？

「我還是不懂，」史莫列斯基低聲說道，「納粹是變態，也是罪犯，但他們不是笨蛋。小孩明明浪費食物，佔據空間，而且完全無法生產任何有用的東西，為什麼要把他們留在勞改營？」

「會不會是那個瘋狂門格勒醫生的大型實驗？」

沒有人知道答案。羅森伯格提到了另一個謎團。九月遣送潮的文件有一條特別註解：「六個月號給予特殊待遇（Sonderbehandlung）」，而且每個俘虜手臂的刺青號碼後面又多加了SB6。

「有沒有人知道那個『特殊待遇』是什麼？」

這個問題懸在空中，沒有人回答。那個波蘭廚師以指甲猛摳許久之前黏在圍裙的一小塊食物殘渣，這已經成了他的癮頭，就像是其他人吸菸一樣。史莫列斯基悄聲說出大家的心裡話：「在這裡，獨特待遇就是屠殺。」

「但這樣有什麼意義？」魯迪・羅森伯格問道，「如果他們打算要殺死這些人，為什麼要花錢餵養六個月？不合邏輯。」

「一定有。如果你在德國人旁邊工作、學到了什麼心得的話，那就是一切都有其理由，不管到底是什麼。也許可怕或殘忍……但一定有原因。」

「就算特殊待遇的意涵是把他們送進毒氣室好了，我們又能怎麼辦？」

「目前沒什麼辦法，我們就連是否真是如此都不確定了。」

就在這時候，另一個男人也過來了。高大強壯的年輕人，神色緊張。他也沒有穿囚服，反而是套頭毛衣——俘虜的少見特權。魯迪作勢要離開，以免他們覺得他礙事，但那名波蘭人卻示意叫他留下。

「施洛摩，謝謝你過來一趟，我們對於特殊任務小組真的所知不多。」

「史莫列斯基，我沒辦法待太久。」

這個年輕人講話的時候手勢很多，因此魯迪猜測是拉丁裔，沒錯，施洛摩出身於希臘塞薩洛尼奇的某個義大利猶太社區。

「我們不是很清楚毒氣室的狀況。」

「今天早上，光是第二焚化爐就有三百多人，大多數都是女性與孩童。」施洛摩停頓了一會兒，望著他們，這種無法言說的情景是否能以言語表達出來？他真的不知道。他的雙手在空中亂揮，然後又仰頭向天，但卻看到濃雲密布。「我必須幫某個小女孩脫鞋，因為她媽媽手裡還抱著一個嬰兒，他們必須全身赤裸進去裡面。當我脫掉她拖鞋的時候，她還一直對我開玩笑吐舌頭，她的年紀應該還不到四歲。」

「都沒有人起疑嗎？」

「上帝請原諒我……他們搭了三天的貨運列車，才剛剛到達這裡，驚嚇又懼怕。有個帶機關槍的納粹親衛隊告訴他們要去洗澡，他們就真的信了。他們怎麼會想到其他念頭呢？士兵們吩咐他們要把衣服掛在鉤鉤上面，甚至還告訴他們要記住鉤鉤的號碼，之後可以取回自己的衣物，他們就是靠這一招讓他們以為自己還會回來。士兵們還堅持他們一定要把鞋帶綁在一起，以免找不到。如此一來，士兵等一下收集鞋子、送去我們稱之為『加拿大』營房的時候就容易多了，他們會在那裡挑出最好的衣物、送去德國，德國人利用一切，完全不浪費。」

魯迪插嘴：「你沒有辦法警告他們嗎？」

他才剛問完，立刻察覺史莫列斯基正惡狠狠瞪著他。魯迪在此沒有投票或發言權，但這位猶太義大利人還是依然以先前的哀傷語調、回答他的疑問，彷彿想要為自己所說的一字一句尋求原諒。

「上帝請原諒我。沒有，我沒有警告他們。帶了兩個小孩的媽媽，又能叫她怎麼辦？攻擊攜槍士兵？他們會在她子女面前毆打她，等到她趴在地上的時候出腳狠踹。要是有人提出疑問，他們就會以步槍槍托打落對方的牙齒，之後就再也沒有人敢開口，大家的目光都會飄向別處。納粹親衛隊絕對不允許任何人打斷這種流程。有一次，某位衣裝體面、站得挺直的老太太進來，緊緊握住她那六、七歲孫子的手。那女子知道內情，我不懂她怎麼會知道，但她很清楚他們會被納粹殺死。她跪在某個納粹親衛隊士兵的腳邊，請求對方殺了她，但留她孫子一命。你知道那士兵怎麼做嗎？他脫掉自己的褲子，掏出陰莖對她撒尿，真的就是這樣。那女子飽受羞辱，最後還是回到了原位。今天，有一位非常優雅的女子，我想她一定出身良好家庭，她對於自己必須脫光衣服感到很難堪。我站在她前面，背對著她，幫她稍微掩蔽一下。她後來實在太尷尬，受不了自己赤身裸體面對大眾，甚至把女兒拉到面前遮擋自己。不過，她還是露出甜美笑容向我表達謝意……」

他暫停了一會兒，其他人都尊重他的沉默，而且他們都低頭，彷彿不忍冒犯直視那個抱住女兒的裸體母親。

「她們與其他人一起進去毒氣室，上帝請原諒我，你們知道嗎，士兵們把他們硬塞進去。如果那群人裡還有哪個很健康，他們會把那些人留到最後，然後用棍子鞭打，逼他們推開已經待在裡面的群眾、硬擠進去。然後，他們封閉毒氣室，裡面有蓮蓬頭，所以這些俘虜不會起疑，依然誤以為他們要洗澡。」

史莫列斯基問道：「然後呢？」

「我們打開桶蓋，某個納粹親衛隊投入一罐齊克隆，接下來等十五分鐘，也許沒那麼久……然後，裡面就全部安靜了。」

「他們有受苦嗎？」

一陣嘆息，然後是仰天長望。

「上帝請原諒我，你們不知道那是什麼慘況。當你進去毒氣室的時候，會看到堆積如山的交疊屍體，我想他們許多都是因為窒息與踩踏而亡。等到毒氣發揮作用的時候，身體的反應一定很可怕：呼吸困難，還有痙攣。屍身佈滿糞便，眼睛暴凸，身體出血，彷彿體內的器官都爆裂了。他們的雙手扭曲，像是爪子一樣扣抓別人的身體，彷彿絕望至極，而且脖子為了吸氣拚命撐高，簡直像是快斷掉一樣。」

「你的工作是什麼？」

「我得要剪掉人髮，尤其是那種綁成辮子的長髮，然後由卡車載走。由於工作相對輕鬆，所以有時候會幫忙同伴拔金牙，不然就是把屍體搬到堆高機，他們可以藉此將屍體從地下室運到焚化爐。拖拉屍體很可怕，需要先把屍身與其他屍體分開，那堆屍山全都是血，根本看不清楚哪隻是誰的手。我必須徒手拉屍，而且屍身濕滑，過沒多久之後，我自己的雙手已經黏滑到抓不住任何東西。最後，我們只能靠老人的拐杖勾住他們的脖子、拉動屍體，這種方式最簡便。然後，他們在上面燒屍。」

「我們現在討論的狀況是一天殺死多少人？」

「誰知道？有日班也有夜班，從來不停手。每一梯次至少有兩三百人，而且，這還只是我們的焚化爐而已。有時候白天燒一次，也有時候是兩次。偶爾火爐無法處理大量屍體，他們就交代我們把屍體送入森林裡的某處空地。我們把屍體放入某輛小卡車，然後又得卸下來。」

「有掩埋嗎？」

「這樣就耗費太多人力了！他們不打算如此。上帝請原諒我，我們對屍體潑灑汽油，焚屍。然後，他們會剷起這些骨灰、送上卡車，我想應該是拿去做肥料。股骨太大沒辦法燒毀，所以必須壓碎。」

魯迪低聲說道：「天啊……」

「如果還有人搞不清楚狀況，」史莫列斯基語氣尖銳，「好，這就是奧斯威辛－比克瑙集中營。」

在這場氣氛陰鬱會議進行的時候，蒂塔到達與他們相隔兩個營區、位於第二號公廁旁邊的二十二號營區。她四處張望，看不到有士兵或是可疑人物。儘管如此，她還是無法拋開被監視的不安感，不過，她還是走了進去。

那天早上，在點名結束之後，她注意到有位老太太不顧禁令、在鐵絲網附近走來走去。被蒂塔稱之為「比克瑙廣播電台」的土諾斯卡太太，曾經告訴她母親，士兵對這女子睜一隻眼閉一隻眼，因為她是裁縫師。這名女子——大家都喊她杜丁西，這是她斯洛伐克南部家鄉的名字。

她在找尋圍牆附近有斷裂的鐵絲殘片，然後利用石頭將其磨尖、改造為縫衣針。

蒂塔決心要繼續當圖書館員，不過她得要找出更安全的方式執行任務。現在已經結束了最後一次點名，但禁止離開營區的宵禁時間還沒到來，這是大家買賣交易的時段，杜丁西則是利用這一段空檔見客人。她說，她修補衣服的價格是全波蘭最便宜：半塊配糧麵包可以改短外套、兩根香菸可以修改某些褲子的腰身、一整塊配糧麵包則是連工帶料縫補丁。

她坐在自己的鋪位，嘴裡叼菸，拿著自繪刻度的皮尺測量布料。她發現有人擋住她光線，發現面前站了一個瘦巴巴的青少女，表情堅定。

「我想請您幫我在我的連身裙裡加兩個口袋，就在胳肢窩下方的縫線，一定要很牢靠。」

那女人以指尖夾住剩下的香菸，深吸一口氣。

「我知道了——連身裙裡要做兩個槍套。妳要這兩個秘密口袋做什麼？」

「我又沒說是秘密……」

蒂塔擺出誇張微笑，想要裝出傻氣模樣。那女人挑眉，開始打量她。

蒂塔很後悔跑了這一趟，集中營裡充滿了為一碗湯或是半包香菸而出賣獄友的故事。她發現這位女裁縫抽菸的時候帶有一種崩壞吸血鬼的氣質——蒂塔已經偷偷幫她取了教名：「菸屁股女伯爵」。

不過，蒂塔也想到另外一件事，如果這位女裁縫真的享受到線人的特權，那麼她也不需要在營房微弱燈光下、花費每天下午的時光縫衣服。頓時之間，蒂塔對她多了一些溫柔體貼。

不對，「補丁女伯爵」是比較合適的綽號。

「哦，對啦，是個小秘密，我想要隨身攜帶過世祖母的一些紀念品。」

「好，我要給妳一點中肯建議，」女裁縫說道，「如果妳不擅長說謊，最好從現在開始給我講老實話，搞不好我還會願意幫妳免費做工。」

那女人又猛抽了一口長菸，火燙的餘燼已經碰到了被煙燻黃的手指。蒂塔臉紅，低垂目光，現在微笑的是杜丁西老太太，宛若面對淘氣孫女的奶奶一樣。

「小妹妹，我才不管妳要放什麼在裡面。很可能是槍，我才不管，其實，我倒真的希望是槍，妳可以射死一些混蛋，」她吐出深色唾沫，「我之所以問妳，是因為從妳語氣聽起來是要藏很重的東西，如果是這樣的話，那麼就會造成妳衣服變形，變得很顯眼。所以我必須在側邊的縫線多加一點褶份，讓口袋可以承重。」

「是很重沒錯，但不是槍。」

「好啦，好啦，我沒興趣，我不想知道其他細節。需要花一些功夫。妳有沒有買布料？沒有，顯然是沒有。好，杜丁西阿姨這裡有一點零碎的布，沒問題。縫工要半塊的配糧麵包和一小塊人造奶油，布料要另一塊四分之一的配糧麵包。」

蒂塔回道：「成交。」

女裁縫一臉驚訝望著蒂塔——剛才她以為這小女孩想要藏槍的時候，也沒有這麼詫異。

「妳不跟我討價還價？」

「不用。您付出勞力，回報本來就是應該的。」

那女人的笑聲轉為咳嗽，然後她側頭吐口水。

「小妹妹！妳對生活根本一無所知，這是不是你們那位英俊長官給的教誨？這世界還看得到一點正直，不錯。好，人造奶油就算了，我已經受不了那種黃油，給我半塊配糧麵包就可以，至於布料也沒什麼大不了，我就免費送妳吧。」

蒂塔離開「補丁女伯爵」那裡的時候，已經夜幕低垂，她拚命加快腳步、朝自己的營房走去。到了晚上這種時候，她可不想又遇到什麼狀況節外生枝。不過，就在這時候，有人抓住她的手臂，她喉間迸出歇斯底里的尖叫。

「是我——我是瑪吉特！」

蒂塔恢復鎮定，她朋友憂心忡忡盯著她。

「這叫聲真是嚇人。妳看起來很心煩。是不是出了什麼事？」

她能夠傾訴的對象也就只有瑪吉特了。

「都是那個討厭醫生的錯……」她甚至沒辦法幫他取綽號，一想到他，她的腦袋就一片空白。

「他威脅我。」

「妳在說誰？」

「門格勒。」

瑪吉特害怕捂嘴，彷彿剛剛蒂塔所說的是惡魔。其實，還真的是如此。

「他說他會隨時盯著我，要是發現我有奇怪舉動，就會把我當成屠宰場的小牛一樣開腸剖肚。」

「好可怕。啊天哪，妳要小心！」

「我該怎麼辦？」

「妳一定要非常小心。」

「我已經開始注意了。」

「昨天我們那一排床鋪在講可怕的事。」

「什麼？」

「我偷聽到我媽媽某個朋友對她說，門格勒敬拜惡魔，會在半夜的時候帶著黑色蠟燭進入森林。」

「怎麼可能！」

「我發誓，她們真的這麼說。是囚監告訴她們的。她還說納粹高層允許那種事，他們沒有任何宗教信仰。」

「他們老愛東講西講——」

「異教徒本來就會做出那種事啊，敬拜惡魔。」

「好吧，上帝保護我們——多多少少啦。」

「千萬別那麼說！這種話很不恰當，上帝當然會保護我們。」

「哦，我覺得我們在這裡並沒有受到什麼保護。」

「祂也教我們必須要照顧自己。」

「我已經這麼做了啊。」

「那個人是魔鬼。大家都說他在沒有施打麻醉的狀況下、拿手術刀切開孕婦們的肚子，接下來是胚胎；他對健康的人施打傷寒細菌，所以可以讓他觀察病程發展。他曾經逼一群波蘭護士照X光，最後引發身體灼傷。大家還說他逼雙胞胎男孩與雙胞胎女孩發生性關係，想知道能不能因此生下雙胞胎。他超噁心！做皮膚移植手術，病患死於壞疽……」

她們腦中浮現門格勒醫生的恐怖試驗室畫面，兩人都陷入沉默。

「蒂塔，妳一定要小心。」

「我已經告訴妳了，我很小心！」

「要更小心。」

「我們在奧斯威辛，妳要我怎麼辦？買壽險嗎？」

「蒂塔，妳一定要更加注意門格勒的恐嚇！妳要好好禱告。」

「瑪吉特……」

「怎麼了？」

「妳的語氣好像我媽。」

「這樣是哪裡不對勁嗎？」

「我不知道。」

兩人都不說話，蒂塔終於決定開腔。

「瑪吉特，絕對不能讓我媽知道，拜託！她已經很擔心了，一直失眠，她的焦慮最後只會害我苦惱不已。」

「妳爸爸呢？」

「他狀況不好，但他一直堅持自己沒事，我也不想讓他擔心。」

「我一定守口如瓶。」

「我知道。」

「但我覺得妳應該要告訴妳媽媽——」

「瑪吉特！」

「好，好啦，決定權在你身上。」

蒂塔微笑，瑪吉特是她這一生從未遇過的大姊姊。

她走回自己的營房，一路伴隨她的是鞋子踩在冰凍泥地的吱嘎聲響，還有後頭有人死盯著她、某種罕見的不安躁動。不過，當她回頭的時候，只有看到焚化爐的淡紅色火光，從遠處看，有一種虛幻的惡夢感。她平安進入營房，親吻母親，然後窩在老鳥鋪友的超級大腳旁邊。她覺得那女子有稍微移動了一下大腿、讓了一點空間。不過，當蒂塔向她道晚安的時候，她從來不回應。蒂塔知道自己很難入睡，但還是闔眼，反其道而行，緊緊閉上眼瞼，她個性就是這麼固執，最後，真的睡著了。

蒂塔在點名結束之後的第一件事，就是進入佛列迪．赫許的小房間。她敲了三次門，節奏緩慢，聲響清脆，所以赫許知道是圖書館員上門。他開了門，等到她一進來之後就立刻關上，然後，他會打開地板暗門、空間剛好可以取出因應課程需求而必須借出的那兩本書：幾何書，還有那本《世界簡史》。

赫許欣然同意她的藏書建議，不過四本是上限，因為蒂塔的秘密口袋一次最多只能容納這麼多書。那兩個帆布口袋緊貼兩邊腰側，完全不會晃動。

蒂塔必須解開連身裙最上頭的幾顆鈕釦、才能把書放入暗袋裡。佛列迪盯著她，她在瞬時之間陷入遲疑。規矩的年輕女孩，不該一個人待在男子的房間，而且她當然不能在他面前解開連身裙的釦子。要是被她母親發現的話就慘了。但現在已經沒有時間浪費了。當她解開釦子的時候，露出了單側的小小乳房，佛列迪驚覺，立刻別開目光，盯著房門方向。蒂塔臉紅，但也覺得很驕傲，她再也不是小女孩了。

她離開營區長官的小房間，雙手空空，因為那兩本小書完美藏身在她的衣服裡面。只要是看到她進出的人，絕對沒想到她其實帶走了東西。她利用點名結束後的混亂時刻，進入營區後方，以木堆作為掩護，然後把書本從暗袋裡拿出來，其他人完全不知道書是哪裡來的。小孩子看著她的崇拜那種笑容，就像是看到魔術師變魔術一樣。

為學生索取那本數學書的是艾維．費雪，學校裡最年長的老師之一。蒂塔覺得自己只是個沒有人會注意的普通女孩，所以，當她開始擔任圖書館員的時候，她以為自己把書交給老師就大功告成，沒有人會注意她，她將宛若一道幽影隱入群眾之中，但她錯了。

當她走到某個學生小組的時候，就連最不受控的孩子也會因為本能與好奇心的驅使、突然停下手邊的動作，專注看著她。許多孩子以前上學的時候，對於書本是深惡痛絕，它是無聊課程與回家功課的同義詞，害他們無法到外頭玩耍。不過，這裡的書卻像是磁鐵一樣，小孩子全被它吸引過來。

蒂塔還發現蓋布瑞爾也變得不一樣，他是某個滿臉雀斑的淘氣紅髮男孩。他平常上課的時候老是發出動物叫聲、拉扯女生的頭髮，或是惡作劇。不過，就連他凝望書本的時候，表情也是沉醉不已。

當蒂塔把第二本書送交出去的時候，其他老師也紛紛對她示意，自己也想要書。她遇到了某位副校長，賽普．李赫特恩斯坦，向他報告現在的奇異新景象。

「我也不知道為什麼，突然之間，大家都跟我要書。」

「他們現在發現圖書館流通服務運作得很好。」

蒂塔微笑，這樣的稱讚與責任讓她有點暈陶陶，現在，大家都對她寄予厚望。

「賽普，我有個提議。不知道佛列迪有沒有告訴你這件事？我想出了把書藏在我衣服裡的方法？」

「有啊，他覺得這一招很聰明。」

「嗯，萬一遇到突襲檢查的話，雖然是不常發生，但這種方式也可以讓我們更從容應對。我的建議是，可以利用我的暗袋作為範本，再找另外兩位自告奮勇的助理。這樣一來，老師在白天上課的時候，想使用哪一本書都不成問題，這將會是一間真正的圖書館。」

李赫特恩斯坦盯著她。

「我不知道我有沒有聽懂妳的提議……」

「早上上課的時候，我會把所有的書放在煙囪上方，換課的時候，老師就可以過來要書，如有需要，也可以一次索取一本以上的書。萬一遇到檢查的時候，我們就把書藏在我們的暗袋裡面。」

「妳想把那些書放在煙囪的最上面？太危險了，我不贊成。」

「你覺得佛列迪會不會同意？」

蒂塔提問時的表情實在太天真爛漫，惹火了這位副校長。這小孩居然想要越級報告挑戰他的權威？

「我會找長官談一談，但妳最好還是別多想了，我很清楚佛列迪這個人。」

但李赫特恩斯坦錯了。在這裡，沒有人能夠真正了解別人。

6

李赫特恩斯坦是集中營裡唯一有手錶的人，早晨時段一結束，他就會猛敲由特細金屬碗改造而成的鑼，聲音宏亮，讓大家知道下課時間到了，接下來是喝湯時間。不過，小孩必須先排隊、走到洗手台洗淨雙手。

蒂塔走到摩根史坦教授的那個角落，拿起赫伯特．喬治．威爾斯的那本書，這是他剛才向學生解釋羅馬帝國衰亡的教材。這位教授像是位狼狽的聖誕老公公，亂七八糟的白髮，沒有剃修的白色鬍子，還有宛若一坨白色電線的眉毛。他的爛外套肩線已經裂開，而且沒有鈕釦。儘管如此，他走路的時候總是挺直身軀，展現出符合他那老派風格的威儀，再加上略顯過頭的禮貌態度，比方說，面對小朋友的時候，也會稱呼他們為「年輕人」或「小姐」。

蒂塔以雙手接下那本書，擔心這位笨手笨腳的老先生可能會不慎把書掉在地上。

自從發生那起盤查意外事件、讓她得以逃脫「神父」魔掌之後，她對這個人就特別感興趣，所以，她經常會在下午時分特別去找他。摩根史坦教授一看到她過來，總是立刻慌慌張張站起來，對她深深一鞠躬。有時候，他會突然之間開始大談闊論，讓她覺得這人真是有趣。

「妳有沒有發覺眉毛與眼睛之間距離的重要性？」他一臉好奇，「很難找到有理想距離的人——不是靠太近就是相隔太遠。」

當他講起荒誕不經話題的時候，總是興高采烈，滔滔不絕，但他也會突然不說話，開始凝望天花板或是遠方。要是有人想要打斷他的沉思，他會舉手示意、請對方稍等一下。

然後，他會煞有介事宣布：「我正在聆聽我腦袋運轉的輪動聲響。」

其他老師會在一日將盡之際的時候閒聊，他從來不會參與其中。他不是很受到大家歡迎，大部分的人都覺得他瘋了。當他的學生與其他小組在營房後面玩耍的時候，摩根史坦教授通常就是一個人坐在那裡，拿起已經沒有任何書寫空間的廢紙、開始摺紙。

這個下午，蒂塔去找他，他立刻丟下摺了一半的摺紙作品，慌張起身，微微點頭，目光穿透碎裂的鏡片，凝望著她。

「圖書館員小姐……」

這樣的問候語，讓她受寵若驚，也覺得自己是個大人了，變得不太一樣。她一度懷疑他是不是在取笑她，但立刻就推翻了這個念頭，他眼神好和善。教授與她聊建築。在戰爭爆發之前，他是建築師，她告訴他，他依然還是建築師，以後還是可以繼續蓋房子，他微笑以對：「我已經沒有力氣再蓋些什麼了，我現在就連要從這矮椅起身都沒有辦法。」

他告訴她，早在他被送入奧斯威辛的前幾年，他就因為猶太人的身分而無法繼續執業，而且他的記憶力開始衰敗。

摩根史坦教授老實向蒂塔招認，有時候他會向她討書，但後來心思渙散，講起其他主題，根本沒有打開書本。

「那你為什麼還要討書？」蒂塔責問他，「難道你不知道我們的書很有限嗎？不可以隨興亂拿？」

「阿德勒小姐，妳說得對，說得很對，我是個自私又任性的老頭子。」

然後，他不說話了，蒂塔不知道該怎麼接下去。因為他似乎真的很懊惱。然後，也不知道為什麼，他突然微笑，壓低聲音講話，彷彿在告訴她什麼秘密一樣，他解釋當自己向小孩解釋歐洲史或猶太出亡過往的時候、要是能有書放在大腿上面，會讓他覺得自己像是個真正的老師。

「如此一來，小孩子就會注意我。瘋老頭講出的話勾不起他們的興趣，但要是這些話來自某本書……那就另當別論了。書本的紙頁承載了作者的智慧，書本永遠不會失去記憶。」

然後，他抬頭，湊近蒂塔，彷彿要向她吐露極為神秘的事，她看到了他的雜亂鬍鬚與一對小眼。

「阿德勒小姐……書本無所不知。」

蒂塔讓摩根史坦教授繼續沉浸在他的摺紙世界，想要摺出一隻海豹。她覺得這位老教授腦袋不太正常，但剛才講的話卻依然很有道理。

李赫特恩斯坦向蒂塔揮手，叫她過去，他擺著一張臭臉——就與他沒菸可抽時的表情一樣。

「長官說他很喜歡妳的提議。」

這位副校長仔細觀察她的反應，是否流露出得意洋洋的姿態，但她的神情卻是嚴肅專注。其實，她心中十分雀躍。

「他已經核准了，所以就去做吧。但要是一發現有盤查，就必須立刻把書藏起來，這是妳的職責。」

蒂塔點點頭。

「有一點我是絕對不會妥協，」李赫特恩斯坦現在的語氣就開心多了，彷彿這段話可以修復受傷的自尊。「赫許堅持萬一遇到盤查的時候、由他自己以暗袋藏書。我向他解釋這計畫太愚蠢。他必須要接待士兵——站在他們的旁邊，所以絕對不能被發現偷偷藏書。以後的日常圖書館活動，就由另一名助理幫妳。」

「賽普，太好了！我們馬上可以推出圖書館服務！」

「我覺得搞這些書真的是瘋狂至極，」他邊嘆氣邊搖頭，「不過，這裡有哪件事不瘋狂呢？」

蒂塔開開心心離開營房，但開始思忖要如何安排一切的時候，也開始變得緊張兮兮，就在這時候，她碰到了一直在外頭守候她的瑪吉特。兩人看到有個男人從臨時醫院營房出來，手執推車，裡面有一具被帆布蓋住的屍體。與屍體擦身而過已經是生活日常，根本不會有人多看一眼。兩個女孩默默往前走，遇到了瑪吉特的年輕朋友芮妮。她一整天都在清水溝，衣服全是泥巴，眼袋害她看起來比實際年齡蒼老。

「芮妮，妳運氣真不好，被分配到那種工作。」

「霉運總是一路跟著我……」她語帶神秘，讓那兩個女孩忍不住準備豎耳傾聽。

她向她們示意跟她走，三人進入營區之間的某條小道，然後找到了某間營房後方的位置，距離一群男人約好幾公尺之遠，從他們悄聲低語、不時警戒張望的模樣看來，一定是在討論政治。三個女孩窩在一起取暖，芮妮開口：「有個士兵盯著我。」

另外兩個女孩表情困惑，互看了一眼。瑪吉特不知該怎麼回應，但蒂塔卻淘氣開玩笑。

「芮妮，他們付給士兵薪水，就是為了要叫他們看好俘虜。」

「不過他看我的方式截然不同……就是一直盯著。他一直等我等到點名結束、我離開隊伍，然後目光緊追不捨，我感覺得出來。下午點名的時候，他又做了一樣的事。」

蒂塔本想繼續取笑芮妮，實在太自以為是了。但她察覺芮妮很焦慮，決定還是保持沉默。

「一開始的時候似乎沒什麼，不過，今天下午，當他在巡營的時候，他離開集中營大道，繞到我們工作的水溝那裡。我不敢轉頭，但我知道他非常靠近我，然後，他就走開了。」

「也許他只是在監工。」

「可是他馬上就回到集中營大道，而且後來再也沒繞過來，感覺他只是盯著我一個人。」

「妳確定是同一個納粹親衛隊士兵嗎？」

「對，他很矮，所以很好認，」她雙手掩面，「我好怕。」

芮妮離開之後，蒂塔有些不屑。「那女孩太緊張了。」

「她很怕，我也是啊。蒂塔，難道妳從來不怕嗎？最恐懼的應該是妳，但妳是我們當中最天不怕地不怕的那一個。」

「才不是！我當然很怕，我只是不會四處大聲嚷嚷。」

她們沉默了一分鐘之久，然後彼此道別。蒂塔回到了集中營大道。已經下雪了，眾人都窩在自己的營房裡，那是感染疾病的溫床，但至少不會像外頭那麼冷。蒂塔眺望遠方，看到自己的十六號營房房門。沒看到平常聚集在門口的那群人，夫妻們通常會利用宵禁前的時段相聚。過沒多久之後，她就知道為什麼沒有人在那裡，普契尼的歌劇《托斯卡》的樂音在飄揚。蒂塔之所以認得出來，是因為那是她父親最愛的曲目，有人以口哨在哼歌，音感準確，她定睛一看，發覺是某名戴著扁帽的納粹親衛隊，正斜靠在門口。

「我的天啊……」

他似乎是在等人，但沒有人想要被他堵到。蒂塔停下腳步，她不知道自己是不是被盯上了。有四個女人從她身邊走過去，她們腳步匆匆，焦慮談論丈夫的事。蒂塔趕緊跨兩步往前，低頭，正好走在那群女人後面，這樣一來，她們就可以成為她的掩護。就在到達門口的時候，她急忙繞過那幾名女子，幾乎是以跑步的速度衝進去。

她奔向自己的那排床鋪，跳上了自己的位置。這是她第一次看到鋪友已經待在那裡的時候心生歡喜。然後，蒂塔整個人窩在她那雙髒腳旁邊，彷彿覺得只要這麼做的話，就可以躲避什麼都看在眼裡的那名醫官。現在，完全聽不到匆忙腳步聲或德文的喝令。門格勒並沒有追過來，她暫時鬆了一口氣。

她並不知道，其實從來沒有人看過門格勒奔跑。他的念頭是：為什麼要跑？俘虜無處可逃，這就像在桶子裡抓魚一樣。

蒂塔的母親告訴她不要擔心，還沒有到宵禁時間，蒂塔點頭，勉強擠出微笑。

蒂塔先向母親道晚安，然後又對鋪友散發熟爛起司味道的臭襪子說晚安。她不知道門格勒待在她營房門口做什麼，如果是在等她——如果他真的認為她在集中營指揮官背後藏了什麼——那麼他為什麼不逮捕她？她不知道答案。門格勒對數千人開腸剖肚，以貪婪之眼觀察他們的體內，但沒有人能夠看透他的腦袋裡在想什麼。燈關了，她終於覺得安心，不過，後來她才驚覺自己搞錯了。

當門格勒威脅她的時候，她不確定是否要告訴三十一號營區的長官。要是說出口的話，她就不需負責了，但大家會誤以為她是出於恐懼而放棄職責。所以她要反其道而行，讓大家更方便使用圖書館，而且也要提高它的能見度。她所背負的風險越來越高，所以大家再也不會懷疑她：蒂塔·阿德勒不怕任何的納粹。

她自問：*但這樣是對的嗎？*

如果她冒險，就等於讓其他人也跟著冒險。要是他們發現她藏有書本，那麼就會關閉三十一號營區。對於那五百名孩童來說，能夠稍微過著類似正常生活的夢想也會就此劃下句點。因為成就自己貌似勇敢的愚蠢期盼，她喪失了理智。

蒂塔睜眼，那雙髒襪子依然在黑暗中蠢蠢欲動。她沒辦法掩蓋自己裙身內有帆布隔層的事實。真實太沉重，它會撐破所有的縫線，轟然落地，粉碎一切。她想到了赫許，他是一個十分坦率的人，她沒有權利對他隱瞞事實。

不該那樣對待佛列迪。

蒂塔決定明天要找他談一談。她會仔細解釋門格勒醫生一直緊盯著她與圖書館——三十一號營區陷入了危險。當然，赫許將會解除她的職務，再也不會有人以崇拜的眼神看著她，這一點讓她有些傷感。對於義舉引人注目的那些英雄，要稱讚他們當然很容易，但是對於那些退出者的勇敢行為，又該如何權衡？

7

魯迪・羅森伯格慢慢走向分隔二號營b區與隔離營a區的那道圍牆，他的辦公室位於隔離營，與嘈雜繁忙的家庭營是兩個世界。他先前以登錄員的身分、向佛列迪・赫許捎訊，要安排時間透過鐵絲網會面閒聊。羅森伯格非常敬重這位負責三十一號營區的年輕長官，的確有少數挑剔的人認為赫許配合集中營指揮官的態度太過積極，不過，整體來說，大家都認為他充滿了憐憫之心，是可靠的人。史莫列斯基總是以他沙啞的聲音說道：「他就跟奧斯威辛的俘虜一樣可靠。」羅森伯格因為偶爾小聊與幫忙提供名單、而與赫許變得越來越熟，原因不只是因為他喜歡赫許，史莫列斯基也請他偷偷觀察赫許、挖掘線索，情報的價值遠比黃金更珍貴。

魯迪萬萬沒想到的是，在這個早晨三十一號營區長官來見他的時候，身邊還帶了一個女孩。雖然她身穿髒兮兮長裙與過大的羊毛外套，但依然擁有瞪羚般的優雅氣息。

佛列迪提到了三十一號營區的補給問題，而且他正在努力向上級爭取同意改善小孩配糧。

「我聽說，」羅森伯格語氣輕描淡寫，彷彿接下來的話其實無關緊要。「你在三十一號營區安排的光明節戲劇演出非常成功，大家說納粹親衛隊熱情鼓掌，史瓦茲霍伯指揮官顯然很開心。」

赫許當然很清楚反抗團體依然不信任他，他也不信任反抗團體。

「對，他們很開心。所以我趁門格勒醫生心情好的時候詢問他，可否把他們儲藏衣物的營房旁倉庫給我們使用，作為小小孩的日托中心。」

「門格勒醫生心情很好？」羅森伯格雙眼瞪得好大，平均每個禮拜會逼數百人送死、眼睛眨也不眨一下的這種人居然也會體會這種人類情緒，他覺得真是不可思議。

「今天已經收到了他授權的核可令，也就是說，小小孩可以擁有自己的空間，不會對年紀比較大的孩子造成干擾。」

魯迪微笑，點點頭。他也不知道為什麼，但他一直盯著默默站在不遠處的那女孩的雙眸。赫許注意到了，介紹了那女孩，她名叫愛麗絲．蒙克，是三十一號營區的某名年輕助手。

魯迪努力專心聆聽赫許對他所說的話，但他的目光卻無法自那年輕助理身上移開，她大膽對他回笑了一下。面對一整隊納粹親衛隊也能夠站得直挺無懼的赫許，看到這兩個年輕人在眉來眼去，反而覺得好彆扭。自從他進入青少年階段，愛情就為他帶來無止境的麻煩。自此之後，他就以運動比賽與訓練填滿自己的時間，不斷舉行活動，一切就是為了要讓自己保持忙碌狀態。如此一來，就可以讓他躲避自己雖然飽受大眾歡迎、但終究得獨自一人的真相。

最後，佛列迪假稱自己還有緊急事務得處理，先走一步。

「我是魯迪。」

「我知道，我是愛麗絲。」

只剩下他們兩人了，魯迪努力展現自己最高超的放電技巧。他從來沒交過女朋友，從來沒有和女人上過床。在比克瑙，除了自由之外，一切都可以買得到，其中也包括了性。不過，他一直不想——或者應該說是從來不敢一試。魯迪慌忙填滿短暫沉默的空檔，他極其渴望她能夠永遠留在那裡，鐵絲網的另一頭，以被凍傷的粉色雙唇對她微笑，他很樂意以自己的吻為她治療。

「三十一號營區的工作如何？」

「很順利。我們助理的工作就是確保一切運作順暢。有些人會在有煤炭或木柴的時候負責生火。其他人則幫忙餵小朋友，我們也得要清掃地板。現在，我待在鉛筆部門。」

「鉛筆？」

「其實鉛筆數量不多。都是在特殊場合使用，所以我們必須自製基本款提供大家日常使用。」

「你們怎麼製作鉛筆？」

「一開始的時候，要找兩塊石頭，把湯匙邊緣磨得十分鋒利。然後，我們利用這樣的工具、把再也用不到的木頭削尖。我通常負責最後一個步驟，把木頭尖端拿去烤火，讓它們變得炭黑。小孩子可以拿這樣的筆寫幾個字，但這就表示我們必須天天削尖並予以火烤。」

「你們有那麼多孩子！也許我可以幫妳弄一些真正的鉛筆——」

「可以嗎？」愛麗絲目光閃動光芒，讓魯迪好開心。「可是要送入我們的集中營一定非常困難。」

她的話讓魯迪更得意了，這是他的得分契機。

「我只需要找到圍欄另一頭可讓我信賴的人……也許就是妳。」

愛麗絲猛點頭，能夠多幫赫許一點忙，她很開心。她就像是所有的年輕助理一樣，非常崇拜佛列迪。

話才剛講完，這位登錄員心中突然冒出問號。對他來說，一切在奧斯威辛都很順利，他知道要如何贏得重量級俘虜的信任，而且也學到訣竅，只有在絕對必要的狀況下才需要冒險，從事低風險的貨品與服務、但是對自己的位置能帶來高效益的各種生意。弄到鉛筆、送入小孩營房的這種行為，既沒有好處，也不是明智之舉。不過，當他看到女孩的笑容與黑色眼眸裡的光芒，他就把其他一切都忘了。

「三天之後，就在圍欄這裡，同一個時間。」

愛麗絲點頭，緊張兮兮跑走了，彷彿突然很焦急。他目送她離開，一頭秀髮在午後冷風中飄揚。截至目前為止、讓他能夠從容生存的那套規矩：要是拿不到任何回報，別想要開口找我幫忙，接下來，也只能破戒了。他與這女孩的交易很不划算，不過，他不明就裡的是其實自己很開心。他回到自己位於二號營a區的營房，覺得一陣虛軟，宛若雙腿不聽使喚。他不知道原來陷入愛河的感覺居然這麼像感冒。

蒂塔．阿德勒的雙腿也在發抖。小孩與他們的老師進入營房，發覺這位圖書館員站在煙囪的另外一頭、面前放了一疊書。他們已經好幾個月不曾在某個地方見到這麼多書——這是離開泰雷津之後從所未見的奇景。老師們湊到前頭，端詳字跡依然可供辨識的書脊，然後以目光探詢是否能拿書？蒂塔同意，但目光依然不離書。某位女老師打開那本心理書的時候太粗魯，蒂塔提醒她要小心。

蒂塔勉強擠出笑容提醒：「它們非常脆弱。」

每堂課結束的時候，書本必須回到蒂塔手上，所以書本可以繼續流通，而且，如此一來，蒂塔也會知道它們的確切位置。她整個早上都在緊盯書本在整個營房裡的流通過程，她看到某名老師站在最後方不斷比畫，手裡拿的是幾何學的書。還看到地圖被放在附近某張椅凳的上面，這雖然是本大書，但依然能夠安穩緊貼她的暗袋。俄文文法書的綠色封面很好認，有時老師借了這本書，裡面的斯拉夫字母會讓小朋友們大感驚奇。小說的需求比較少，某些老師詢問是否可以讀小說，但只能在三十一號營區裡面閱讀。

她應該要詢問賽普．李赫特恩斯坦，當老師們下午沒有事的時候，是否能把書借給他們？小朋友會在那時候玩遊戲，不然就是艾維．費雪排演深受大家喜愛的合唱活動，當大家唱起〈小雲雀〉的時候，整間營房充滿了歡喜的歌聲。

中午的時候，所有的書本都已經歸還，蒂塔鬆了一口氣，全部收好。要是歸還時書況有損，她會擺臭臉給老師看。本來哪裡有皺痕、破損、刮傷，她都清清楚楚。

手裡拿著文件、下半身已經沾了雪花的佛列迪．赫許，經過蒂塔身邊，他停下腳步，望著那煙囪上方的小小圖書館。佛列迪是那種總是匆匆忙忙，但永遠有時間的人。

「嗯，很好，小妹妹，現在這是真的圖書館。」

「你喜歡，真是太好了。」

「非常好，我們猶太人一直是有教養的民族。」他說出這句話的時候還面帶微笑，「要是有哪裡需要我幫忙的地方，告訴我就是了。」

赫許轉身，元氣十足準備邁步離開。

「佛列迪！」以這麼隨性的方式喊他，蒂塔依然覺得很不好意思，不過他對這一點很堅持。「對，有件事你的確可以幫我。」

他一臉疑惑盯著她。

「幫我準備一些膠帶、膠水，還有一把剪刀，這些可憐的書需要好好照顧一下。」

赫許點頭。當他走向門口的時候，面帶微笑，只要有人願意聽，他總是不厭其煩重複這句話：孩子們是我們人生美好之極致。

下午的時候，小小孩們趁雨停在外頭玩捉迷藏、或在泥地裡尋找隱形寶藏，年齡比較大的孩子們則將自己的椅凳排成一個大型半圓狀。赫許在小組的正中央，大談他某個最愛主題——「阿利亞」運動，或者，前進巴勒斯坦。蒂塔早已把書整理好，所以她湊前聆聽，所有的小孩都專注聆聽，沉醉不已。

「『阿利亞』的意義遠遠超過了移民，不，它的重點不是移民。前往巴勒斯坦，就與你搬去其他地方純粹討生活一樣嗎？不是，不，真的不是這樣。」一陣長長的停頓，大家都默默屏息以待。「這是連結祖先力量的一趟旅程，這是撿拾斷裂的線，這是佔領土地、歸於己有。是一種更深沉的精神，是自我實踐。也許大家並沒有發現，但你們的體內其實有一個燈泡。對，真的有——不要用那種眼神看我——真的在裡面……，就連妳也一樣，瑪珂塔，只不過現在是關燈狀態。你們可能會說：誰在乎啊？我一直以這種方式活到了現在，而且一切都順遂。當然，你們可以繼續這樣生活，但那將會是平庸的一生。關燈或開燈狀態的差異，就像是在一個幽黑洞穴中點燃了火柴或是打開了手電筒。如果你們願意實踐『阿利亞』、朝我們的祖先故土挺進，那麼當你們一踏上巴勒斯坦的土地，這個光就會綻放出不可思義的力量，照亮你們的內在世界。這是我無法向你們言說的事，你們必須要自己體驗，然後，你們就能得到全然的領悟。到了那個時候，你們就能明白自我的真諦。」

這些青少年的專注神情十分純粹，眼睛瞪得好大，還有些人在無意識狀況下撫摸胸膛，彷彿在找尋赫許所提到的內在燈泡開關。

「我們盯著納粹，還有他們的現代武器與耀眼制服。我們以為他們很強大，甚至以為他們無敵。千萬不要被欺瞞了，他們的耀眼制服裡面空無一物，只是外殼罷了，他們什麼都不是。我們對於閃亮外表沒有興趣，我們要的是內在發光。這樣的信念會讓我們在最後贏得勝利。我們的力量不在於制服——而是在於信念、驕傲，以及決心。」

佛列迪停頓了一會兒，望著那些專注凝望他的聽眾。

「我們比他們強大，因為我們的心更為強大；我們比他們優秀，因為我們的心更優秀。所以他們打不倒我們，所以我們終將回到巴勒斯坦的土地，我們將會在那裡立足。而且，再也沒有人能夠羞辱我們。因為我們將會以尊榮與利劍作為自我武裝……非常鋒利的劍。那些說我們是會計師國家的人是胡說八道：因為我們是戰士國家，對於我們曾經身受的拳頭與攻擊，將會百倍償還回去。」

蒂塔默默聆聽了一會兒，然後離開現場。

她想要等到大家都離開之後、才與赫許單獨會面。她不希望有任何人聽到門格勒的事。她看到有些年紀比較大的女孩子在哈哈大笑，還有些她覺得很蠢的痘痘男生，比方說，那個自以為好看的米蘭。好，他的確長得帥，但要是那種白痴想逗她，她會叫他滾。不過，對於像她這種瘦竹竿女孩，米蘭從來不會多看一眼。

還有太多老師與助理的小圈圈在聊天，所以她在這時候躲到一堆木頭後方，摩根史坦教授經常窩坐的那個角落。蒂塔坐在小凳，手碰到了某張紙：是一隻皺巴巴、有稜有角的紙鶴。她想要翻閱心中的布拉格照片集，也許是因為在無法夢想未來的時刻，永遠可以懷夢過往。

她眼前浮現一幅非常鮮明的景象：母親在她的美麗深藍色上衣縫了醜陋的黃星星。在那個畫面當中，最讓她心驚不安的是母親的臉孔，專心縫針，不帶任何表情，宛若在縫補某條裙子的下襬一樣。蒂塔還記得當自己氣嘟嘟質問媽媽，對她最喜歡的藍色上衣做了什麼的時候，母親回了一句：加了星星有什麼差別嗎？連頭也沒抬一下。蒂塔記得自己緊握雙拳，整個人暴怒。厚布料的黃星星，貼縫在緞面藍色上衣，醜得可怕，搭配她的綠色襯衫更是醜陋。她無法想像會講法文、會閱讀擺放在客廳小咖啡桌面的美麗歐洲時尚雜誌的優雅母親，居然會在他們的衣服縫上這麼醜陋的布貼。她母親喃喃低語，縫布的時候根本沒有抬頭，戰爭，艾蒂塔……這就是戰爭。蒂塔不發一語，如同她媽媽與其他大人一樣，只能接受這無法改變的事實。這就是戰爭，無論做什麼都是枉然。

她整個人縮在自己的隱蔽角落，尋索另一幅影像，她十二歲生日的時候。她看到了那間公寓、她的父母、她的祖父母、她的姑姑與叔叔、還有一些堂兄弟姊妹。全家族都圍繞在她身邊，她站在正中央，正在等待著什麼。她的笑容帶有一絲哀傷，當她卸除「勇敢女孩」的面具、怯懦蒂塔現形時的那種表情。奇怪的是，家族裡的其他成員也無人微笑。

她對於那場特殊派對的記憶格外清晰。那是她的最後一次派對，媽媽為她做了個可口蛋糕，自此之後，就再也見不到任何蛋糕了。現在想起那塊特別的水果塔，就讓她直流口水，雖然尺寸比她媽媽平常做的小了許多，但她當時並沒有任何抱怨，因為她在那一整個禮拜親眼目睹母親在數十家商店進進出出，就是為了要多買到一點葡萄乾與蘋果。不可能！她母親每天拿著空無一物的購物袋、在蒂塔學校門口等她，卻完全看不出一絲惱怒，她母親就是自己受苦也不想增添別人煩憂的那種人。

十二歲生日的那一天，她母親出現在客廳，臉上掛著緊張兮兮的笑容，拿出了給她的禮物。蒂塔眼睛一亮，因為是鞋盒，她期盼能有新鞋已經有好幾個月之久了。她希望是淺色，有飾扣，最好還有一點鞋跟。

她趕緊打開盒子，裡面是一雙很難看、像是學校配發的那種黑色包鞋。她又仔細端詳，發現居然還不是新鞋，腳尖的部分有刮痕，以鞋油掩蓋住了。空氣中瀰漫著一股凝重的沉默：她的父母、祖父母、姑姑，以及叔叔全都一臉期盼盯著她，等待她的反應。她好不容易擠出笑容，還說自己真心喜歡這份禮物。她吻母親，母親給了她一個大大的擁抱，然後，她父親以一貫的瀟灑姿態告訴她，她真的是很幸運的女孩，因為，在這個秋天，穿黑色包鞋會在巴黎成為流行風潮。

一想到這段過往，她露出微笑。但她其實對自己的十二歲生日早有願望。那天晚上，蒂塔母親進入她房間道晚安的時候，她說還要一份禮物。在母親來不及反駁之前，她立刻說出絕對不會花一毛錢。現在她十二歲了，她希望母親能讓她看一些大人的讀物。母親默默看了她一會兒，幫她掖好被子，不發一語離開了。

過了一會兒之後，正當蒂塔準備入睡的時候，聽到有人小心翼翼推開自己的房門。然後，有隻手把Ａ．Ｊ．克倫寧的《堡壘》放到她的床邊桌。她母親才一離開房間，蒂塔就立刻衝到房門口，以睡衣蓋住門縫，以免父母注意到房間裡有燈光。那一晚，她根本沒睡覺。

一九二一年十月底的某個下午，某個邋遢年輕人目光灼灼，搭乘從斯旺西佩諾威爾山谷拚命往上爬的列車，在幾乎空無一人的三等車廂凝望窗外。

蒂塔上了閱讀列車，進入年輕曼森醫生的那一間火車包廂，坐在他身邊，與他一起遊歷德藍菲，威爾斯山區的某座挖礦小鎮。那一晚，蒂塔感受到一陣快感，除了探索之外，還有無論世界上的各大列強帝國對她設下多少障礙跳欄、她只要打開書就能跳過這一切障礙。

現在，在她滿懷熱情、甚至是充滿感激回想《堡壘》的時刻，她露出了微笑。她媽媽並不知道她把書藏在書包裡，就是為了下課的時候可以繼續讀，這是第一本讓她憤怒的書。

也是第一本讓她哭泣的書。

一想到那本書的內容，就讓她再次露出微笑。自此之後，她發覺自己可以過著更深刻的人生，因為書本厚實了自身的體驗，可以遇到類似曼森醫生這樣的人，還有，尤其是他的妻子克里絲汀。她絕對不會任由自己被上流社會或財富搞到暈頭轉向，自身原則絕對不打折，她個性堅強，對於不公不義的事絕對不會退讓。

自此之後，蒂塔一直把曼森太太當成榜樣，她絕對不會讓自己因為戰爭而挫敗。

蒂塔躲在木堆後頭，睡意越來越濃，開始點頭打盹。

蒂塔睜眼，夜色幽暗，營房裡沒有任何聲響。她本以為自己錯過了宵禁時間，陷入驚慌，要是沒有回到自己的營房，問題可嚴重了，正好可以給門格勒藉口把她拉進實驗室、做成人體標本。不過，當她一聽到外頭有人聲的時候，她立刻恢復鎮定。她現在聽出裡面也有人在講話，她才發覺其實是這聲音吵醒了她，他們在說德語。

她從木堆後頭偷偷張望，看到赫許小房間的門是開著的，燈光大亮。赫許陪伴某人走到了營房門口，然後小心翼翼打開了大門。

「等一下，附近還有人。」

「佛列迪，你似乎很擔心。」

「我覺得李赫特恩斯坦似乎起了疑心。我們得確保他與三十一號營區的所有人都不會注意到異狀。要是他們發現的話，我就完蛋了。」

另一個人哈哈大笑。

「拜託，不要再這麼憂心忡忡了。他們能對你怎麼樣？畢竟他們只是猶太俘虜……又不能拿槍斃了你！」

「要是他們發現我欺瞞他們，一定會有哪個人想殺死我。」

另一個人終於離開了營房，蒂塔短暫瞄到對方的身影。身材健壯的男子，穿了件寬鬆的斗篷，雖然明明沒有下雨，還是拉起了帽兜，彷彿不想被人認出來一樣。不過，她還是看到了他的雙腳，不是俘虜平常穿的便鞋，而是耀眼軍靴。

蒂塔好疑惑，鬼鬼祟祟的納粹親衛隊來這做什麼？

赫許小房間的燈光讓她得以看到他回去時的神情，十分氣餒。她從來沒看過他這種崩潰的模樣，這位一向自傲的男子居然垂頭喪氣。

蒂塔依然躲在木堆後面，整個人動也不動。她不懂自己剛才看到了什麼，不過，搞懂了之後卻嚇壞了，赫許剛才說他欺瞞大家。

但為什麼呢？

蒂塔坐在椅凳上面，卻覺得腳下的地面在晃動。她本來覺得很慚愧，因為她沒有把全部真相告訴赫許……但結果他才是隱匿的專家，與納粹親衛隊偷偷面會，趁著天黑的時候、掩蓋他們在集中營的一舉一動。

哦天哪……

蒂塔嘆氣，雙手掩面。

我要怎麼對隱匿的人說出真相？要是赫許不可信，那麼還能相信誰？

當她站起來的時候，她無比困惑，覺得天旋地轉。當赫許一關上小房間的門，蒂塔立刻悄聲離開營房。

就在這時候，警報聲響起，宣布宵禁時間即將到來。不把寒氣與囚監怒火放在眼裡的最後幾個零星俘虜，紛紛跑向自己的營房，但蒂塔沒辦法跑，她的諸多問題太沉重了。

與赫許講話的那個人，會不會其實並不是納粹親衛隊成員，而是屬於反抗團體陣營？但如果反抗團體是和我們站在同一邊的話，佛列迪為什麼要擔心三十一號營區的人會發現真相？還有，有多少反抗團體的成員會以那種矯揉做作的柏林口音說話？

她邊走邊搖頭，事實這麼明顯，已經無法否認了，那個人就是納粹親衛隊。赫許被迫與他們打交道的確是事實，但那並不是正式拜訪。剛剛在那裡的納粹低調神秘，而且與佛列迪講話的口氣很隨性，甚至是某種朋友的口吻。然後，她想到了佛列迪充滿懊悔的挫敗神情……

哦我的天啊……

各種小組裡一直有謠言在流傳，犯人之間有奸細與納粹間諜，她的雙腿忍不住顫抖。

不，不，絕對不可能。

赫許？奸細？要是兩個小時前有人對她說出這種話，她一定會把對方的眼珠挖出來！他明明瞞著納粹、把三十一號營區偷偷弄成了學校，若說他是納粹的線人，完全兜不起來，不合理。她突然覺得他可能是偽裝為納粹的線人，但他所提供的情報其實無關緊要或根本不對，他可以靠這個方法讓納粹開心。

這樣就可以解釋一切了！

不過，她又想起赫許恢復成一個人之後、走回自己小房間的全然頹敗神態。他不是那個在實踐使命而充滿自傲的男人，而是被罪惡感壓垮的男人，她從他的姿勢就看得出來。

等到她到達自己營房的時候，囚監已經拿著棍子站在門口，準備要狠狠修理那些在宵禁時限後才進來的人，蒂塔趕緊以雙臂護頭、減輕被痛扁的力道。囚監出手很重，但蒂塔幾乎感受不到痛楚。當她爬上自己的鋪位的時候，看到有顆頭冒出來，就在她鋪位旁邊，是她媽媽。

「艾蒂塔，妳回來得這麼晚，沒事吧？」

「媽媽，我沒事。」

「妳真的沒事嗎？沒有騙我？」

蒂塔不高興回話：「沒啦。」

她媽媽把她當成了小女孩一樣，讓她好生氣。她很想告訴母親，她當然是在騙他人，在奧斯威辛，大家都在互相欺瞞，不過，把自己的怒火發洩在她母親身上並不公平。

「所以一切都還好嗎？」

「是的，媽媽。」

有人破口大罵：「賤女人！閉嘴！不然我就割斷妳們的喉嚨！」

囚監下令：「不准再吵了！」

營房一片安靜，但蒂塔心中的聲音卻一直沒有停歇。*赫許其實不像大家所想的那樣。好，那他是怎樣的人？*

她努力拼湊自己所知道有關他的一切，她這才發覺其實並不多。在布拉格邊郊的運動場匆匆瞄了他一眼，然後就是在泰雷津遇到了他。

泰雷津猶太隔離區……

8

蒂塔記得很清楚，在尤瑟赫夫區那間小公寓裡面，油膩深紅色桌布的那封打字信函，上面有「帝國保護者」的鋼印，那是改變一切、毫不起眼的一張紙，它甚至改變了那座距離布拉格六十公里小鎮的名字，原本是泰雷津，如今卻以深色的大寫德文字母印出了新的名字：泰雷津恩史達特，彷彿想要大聲宣告一樣。然後，旁邊還有一個字詞：搬遷。

泰雷津，或是泰雷津恩史達特，是希特勒慷慨捐贈猶太人的城市——這一直是納粹的宣傳詞。他們甚至還拍了一部紀錄片，找了猶太導演庫特．葛倫，片中的人在工作坊開心工作，玩各種運動、而且還心平氣和聆聽演講、參與各種社交活動，一切都是靠旁白強調猶太人在泰雷津過得心滿意足。這部紀錄片「證實」了軟禁與殺害猶太人的謠傳是謊言。紀錄片才剛拍完，納粹就把庫特．葛倫送入奧斯威辛，死於一九四四年。

蒂塔嘆氣。

泰雷津猶太隔離區……

布拉格的猶太居民委員會提供了諸多選擇，讓「帝國保護者」萊茵哈德．海德里希從中挑選一個、作為他們所謂的猶太城市。不過，海德里希要的就是泰雷津——其他都不要——理由無人能撼動：因為泰雷津是一座有護牆的城鎮。

蒂塔想起那天早晨的傷悲心情，他們必須把所有的生活塞入兩個皮箱，拖著它們走到斯托穆夫卡公園附近的集合地點。捷克警察一路跟盯這些被驅逐的群眾、確定他們全部搭上前往泰雷津的專門列車。

她翻閱心中的相簿，找尋一九四二年十一月的某張照片。她父親正幫助她的老參議員祖父、在波赫修維茲的火車站下車，而她的祖母則站在後頭緊張凝望。蒂塔現在的表情很惱怒，因為她想到了那種就連最元氣飽滿、最硬挺之人也難逃毒手的老衰過程。她的祖父一直是堅石堡壘，現在卻只是一座沙堡。在那幅凝凍畫面的後方，她也看到了她母親不帶任何情緒的一貫表情，佯裝根本沒有惡事臨頭，不想要引起任何人的關注。她也看到了自己，十三歲的她，模樣比較像是小女孩，身形古怪臃腫。她媽媽叫她套了好幾件毛衣，不是因為天氣冷，而是因為規定每個人只能帶五十公斤的行李，穿上多層衣服就表示可以帶更多行李。她父親站在她後面，以平常開玩笑時的裝認真口吻對她說道：艾蒂塔，我早就告訴妳不止一次了，不要吃那麼多雉雞肉。

在她儲存的泰雷津相簿當中，她看到的第一幅影像——他們走過了進入市區的大門檢查哨，以及寫有德文標語「勞動讓你得以自由」的那座拱門之後——是一座生氣勃勃的城市。有醫院、消防隊、廚房、工作坊，還有托兒所。泰雷津甚至還有自己的猶太警察，「隔離區護衛隊」，他們就跟全世界的其他警察一樣，身穿外套，配戴深色警帽，四處巡邏。不過，要是更仔細觀察這繁忙街景，將會發現大家拿著的是沒有提把的籃子、破爛的毯子、手腕上戴的是沒有指針的手錶……居民倉促來回奔波，宛若十分匆忙，不過，蒂塔後來終於有了體悟，無論步伐有多快，最後一定是遇到某堵牆，這一切只是假象。

泰雷津是處處死胡同的城市。

她就是在那裡又見到了佛列迪．赫許，不過一開始的回憶是聲音，而不是畫面，宛若卡爾．邁冒險小說的美洲草原場景再現，爆出水牛大驚逃般的轟然嘈亂。

她當時剛到猶太隔離區才幾天而已，整個人依然處於驚愕狀態。她收工準備返回住處——她被分派在城牆底下種菜，提供納粹親衛隊食用。

她正準備要回到自己的小房間，聽到了附近街道傳來動物奔跑聲響。她感覺到那些馬匹，趕緊貼住某棟公寓的牆面，以免被踩死，不過，街角出現的是一大群男孩與女孩，帶引他們的是一位身材健美的男子，頭髮一絲不苟後梳，步伐流暢靈活。當他經過蒂塔旁邊的時候，還微微頷首致意。是佛列迪．赫許，錯不了，就連身穿短褲與T恤也依然優雅。

過了好一陣子之後，她才再次見到他，都是因為一堆書帶來了再次相遇的機緣。

蒂塔當初發現她爸爸居然在母親將床單、衣物、內衣褲，以及其他物品打包的時候，偷塞了一本書進去，讓她嚇了一大跳。所幸她母親當場並不知道，不然一定會因為浪費了這麼多的行李重量而怒氣沖天。當她母親在第一個晚上打開行李箱，看到那本厚厚的書，怒氣沖沖盯著蒂塔的爸爸。

「要是少了那本書，我們就可以多帶三雙鞋子。」

「莉莎，我們為什麼要買這麼多鞋子？我們哪裡都去不了。」

她母親默不作聲。但她覺得母親低頭是為了不想讓他們發現她在偷笑。有時候她母親會斥責她爸爸愛作夢，但其實心裡很欣賞他這一點。

爸爸是對的，那本書帶引我所到達的彼方，遠遠超過了任何一雙鞋。

她躺在奧斯威辛的鋪位邊緣，想起自己打開湯瑪斯．曼的《魔山》書封時的場景，不禁面露微笑。

打開某本書，宛若登上火車準備去度假。

《魔山》敘述主角漢斯．卡斯托普從漢堡前往瑞士阿爾卑斯山區達沃斯探望表哥約哈希姆，他因為罹患了肺結核而待在某間優美的健康水療中心。一開始的時候，蒂塔不確定自己認同的對象是那個開心的漢斯？還是那位生病的紳士約哈希姆？

在我們這個年紀，一年非常重要，世界會在這段期間之中發生諸多改變與進步！但我卻必須像蝙蝠一樣留在這裡，對，彷彿我待在某個惡臭黑洞裡，我向大家保證，這種類比並不誇張。

蒂塔想起自己讀到這一段的時候，曾經無意識跟著點頭附和，現在，躺在奧斯威辛鋪位的她，睜著雙眼，依然在猛點頭。她覺得書中的角色比她自己的父母更懂得她，因為只要當她抱怨他們在泰雷津歷經的所有不幸——包括她父母得睡在不同區域、自己得在菜園工作、生活在被城牆包圍的城鎮的窒息感、單調的餐食——他們總是告訴她要有耐心，一切很快就會結束了。也許明年戰爭就會結束，他們對她講出這句話的語氣，儼然像是在宣布什麼好消息一樣。對大人來說，一年不過就是一顆大蘋果的一小塊而已。她父母會對她微笑，她只能垂頭喪氣咬住舌頭，因為他們什麼都不懂。青春正盛，一年幾乎就等於是一生，一整顆蘋果。

每逢她父母與其他夫妻待在她那一棟內院聊天的下午，她會躺在自己的床上，披著毯子，覺得自己像是被迫待在水療中心貴妃椅休養的約哈希姆。或者，比較像是漢斯．卡斯托普，決定趁空檔再多待幾天休假，不過態度比較屬於觀光客的慵懶，而不是病人。

在泰雷津的時候，蒂塔躺在床上等待夜幕降臨，就像是書中的表兄弟一樣，只不過，她的晚餐——差不多就只有麵包與起司——與貝格霍夫國際水療中心的五道菜晚餐相比，實在太寒傖了。

她躺在奧斯威辛的鋪位，突然靈光閃動。起司！起司是什麼味道？我根本想不起來，還真棒啊！

雖然有四層毛衣裹身，但她真的覺得自己和約哈希姆一樣冷，也與那些晚上躺在自家陽台貴妃椅上面、裹著毯子、吸取冷冽山氣幫助修復受損肺部的那些病人一樣冷。當她閉著雙眼、躺在泰雷津那裡的時候，她與約哈希姆的想法一致，青春瞬間就結束了。

那是一部很厚的小說，所以，在接下來的那幾個月當中，她被迫囚禁的時光是與約哈希姆還有他的開心表弟漢斯一起度過。她沉浸在那間豪奢貝格霍夫水療中心的各種秘密、八卦以及限制之中，因為疾病，讓時間似乎陷入了停滯。她參與了這對表兄弟以及其他病患的對話，也算是成為裡面的一員。書本裡的景況比困住她的那座圍牆城市更逼真、更令人身歷其境，而且，也遠比自己所身處的世界——這個由電網與毒氣室所構築的奧斯威辛惡夢——更加逼近真實。

某個下午，某個有一半德國血統、常常在隔離區共享小房間裡閒晃的女孩，決定開口詢問老是在看書、平常沒理會她的蒂塔，是否知道俄文小說《ShKID共和國》？還有，可曾聽過L四一七營房的那些男生？哦，她當然聽過那些人物？

蒂塔立刻闔上書本，專注傾聽。她充滿好奇，詢問漢卡可否帶她去認識這些人……「就是現在！」

漢卡說現在有點晚了，想勸蒂塔打消念頭，可能明天看看吧。不過，蒂塔現在露出微笑，因為她想起自己當時立刻打斷對方。「我們沒有明天，一切就是現在！」

這兩個女孩迅速前往L四一七營房，男孩區，她們的探訪時間只到七點為止。到了門口的時候，漢卡停下腳步，神色嚴肅盯著自己的樓友。

「注意路德克……超帥！但千萬別想要跟他眉來眼去，因為是我先注意到他的。」

蒂塔舉起右手，佯裝慎重，兩人上樓的時候笑個不停。到了營房之後，漢卡與某個高瘦男孩講話。蒂塔不知道該幹什麼，走到某個在畫圖的男生旁邊，他正在繪製外太空裡的地球。

她沒有自我介紹，直接劈頭問道：「前景那些奇形怪狀的山是什麼？」

「是月球表面。」

彼得．金茲是《前進》雜誌的總編輯，這是一本活頁式的地下刊物，每個星期五的時候會朗讀內容，主題是猶太隔離區的事件報導，不過他們也接受評論、詩作，以及奇幻文學。彼得是朱勒．凡爾納的超級大書迷，《從地球到月球》是他最愛的作品之一。晚上的時候，他躺在自己的鋪位，心想要是能夠擁有巴比肯先生的那種大砲，可以把自己塞在某顆巨球裡面、射向外太空，一定很過癮。他暫時擱下畫筆，抬頭，盯著剛才發問的那個超自信女孩。他喜歡她眼中的光彩，不過，他開口的語氣卻很嚴厲。

「妳真是好奇。」

蒂塔臉紅，突然之間尷尬無比。她因為自己太多嘴而好懊悔，然後，彼得的態度卻立刻改變。

「好奇心是優秀記者的一大優點。我是彼得．金茲，歡迎加入《前進》。」

現在，待在奧斯威辛的蒂塔，很想知道彼得．金茲會怎麼撰寫這裡三十一號營區的各種活動，她也很好奇那個纖瘦敏感的男孩現在怎麼了。

在他們認識的第二天，蒂塔與彼得走到了被大家稱之為「德勒斯登營區」的門口。先前彼得問她是否願意與他一起幫雜誌做專訪，蒂塔遲疑了一秒——應該是不到一秒——立刻就說好，他們要去訪問的對象是圖書館館長。

想到能當記者，就讓她好開心，而當她與堅定的彼得．金茲到達L三〇四營房門口，也就是圖書館的所在地，她的心中也產生一股油然而生的驕傲。他們詢問櫃檯人員，是否能請烏提茲館長接受《前進》雜誌兩名記者的專訪？這位女子對他們和善一笑，請他們入座。

過了幾分鐘之後，艾密．烏提茲現身了。在戰爭爆發之前，他本來是布拉格德語大學的哲學系與心理系教授，也是好幾家報社的專欄作家。

他告訴他們，這間圖書館約有六千本書，來源是猶太人社群的數百家公立圖書館與私人藏館，但它們現在已經全遭納粹關閉侵吞。他也解釋圖書館還沒有閱讀室，目前只是流動圖書館，他們靠著以輪車運送的方式把書本運到各棟建物、提供大家借閱。彼得詢問烏提茲，傳言他是法蘭茲．卡夫卡的朋友，是真的嗎？館長點點頭。

然後，這位《前進》雜誌總編提出要求，希望能夠陪同某名圖書館員跑一趟送書流程，這樣一來，他們就可以在雜誌裡解釋這一切如何運作，烏提茲爽快允諾。

到了約定的那個下午，彼得必須參加某場詩歌朗誦會，所以歡喜陪伴圖書館員西提寇娃小姐推著書車、在泰雷津各大街道走動的就是蒂塔。一整天待在工作坊、工廠、鑄造廠裡面勞動，或是處理農務之後，能夠藉由流動圖書館而得到逃遁的機會，自然受到大家熱烈歡迎。不過，西提寇娃小姐卻告訴她，書籍經常被偷，而且大家借書的目的未必是為了要閱讀，大家也會把它們當成衛生紙或是火爐的燃料。

這位圖書館員不需要大聲嚷嚷「圖書館服務」、宣布自己到來，老老小小都會同聲互相通知，開心叫喊，過沒多久之後，大家立刻出現在營房門口，迫不及待翻閱可供借閱的書。蒂塔太喜歡那種推書車走動的感覺，自此之後，她開始固定幫忙。一天工作結束，要是沒有美術課的話，她會在剩餘的下午時光幫忙這位圖書館員。

就是在這個時候，她再次遇到佛列迪．赫許。

他住在大型衣料工廠附近的某棟營房，但很少在那裡看得到他的人。他總是四處奔忙，安排運動競賽或是參與猶太隔離區的青少年活動。只要蒂塔看到他朝書車走來，總是穿著整整齊齊，步伐充滿活力，而且他一定會以淡淡微笑相迎，讓你感覺自己很重要的那種剛剛好的笑意。他總是在找歌譜與詩集，在他週五傍晚為年輕人舉辦慶祝安息日聚會的時候、可以派上用場。他們經常歌唱與講故事，佛列迪還會向他們講述歸返巴勒斯坦的事，戰後一定要去的地方。有一次，他甚至還鼓勵蒂塔參加他們的小組聚會，但她覺得很不好意思，而且覺得父母不會放行。不過，她的內心深處卻渴望加入那些一起唱歌、像大人一樣在討論事情，甚至偷偷接吻的青少年與青少女。

蒂塔現在才發覺自己對於佛列迪・赫許的了解居然這麼少，而她的命卻完全掌控在他的手中。要是他告訴德國指揮官「俘虜蒂塔・艾德勒在自己的衣服裡偷偷藏書」，他們就會在下一次盤查的時候、在大庭廣眾之下把她抓走。不過，要是他想要告發她……那麼為什麼不早點動手？如果三十一號營區是赫許的初衷，那麼他為什麼要放棄？不合理。蒂塔覺得自己應該要挖掘真相，但得要偷偷摸摸。也許赫許想要為俘虜爭取優惠待遇，萬一被她這樣一亂就搞砸了。

一定是這樣。

她想要信任赫許……但為什麼這位營區長官擔心大家發現他的真相之後會討厭他呢？

9

隔離營裡面擠滿了剛進來的俄羅斯俘虜。身為士兵的尊榮幾乎已經所剩無幾：被剃光頭，身穿條紋囚服，現在成了乞丐大隊。他們在等待，有的來回踱步，還有的坐在地上，聚集成群的小團體並不多，而且氣氛一片死寂。某些人透過鐵絲網凝望對面的家庭營，盯著那些依然還保有頭髮的捷克女人，以及在集中營大道互相追逐的孩子。

魯迪·羅森伯格的角色是隔離營的登錄員，現在正忙著為這些新進俘虜造冊。魯迪會說俄語、波蘭語，還有一點點的德語，這一點讓負責監控登錄流程的納粹親衛隊輕鬆多了。今天早上，截至目前為止，供他使用的四支鉛筆當中，已經有三支穩穩落入他的口袋。現在他正在與某名年紀甚至比他還小的德軍下士講話，他經常與對方插科打諢，取笑的主題通常是剛從女性遣送列車下來的年輕女子。

「拉特克下士，我們今天真的是工作大爆量，似乎每次都是您要處理這些艱鉅工作。」與德國人講話一定要使用正式語氣，就算對方只有十八歲也一樣。

「的確如此。羅森伯格，原來你也注意到了，一切都是我在張羅，你搞不好會以為我是這部門唯一的下士。都是那個該死的中士對我有意見，巴伐利亞來的土包子混蛋，沒辦法忍受柏林人，現在也只能看看他們能否把我調派到前線了。」

「下士，抱歉打擾您，可是我已經沒鉛筆了。」

「我派人去警衛室找一支過來。」

「長官，既然要派人過去一趟，那麼就不要浪費這一趟，可否請您吩咐他帶一整盒過來？」

那名納粹親衛隊士兵惡狠狠瞪了魯迪一眼，然後，臉上浮現微笑。

「羅森伯格，一整盒？你要這麼多鉛筆做什麼？」

魯迪發覺這名下士其實沒像外表那麼蠢，所以他也露出賊笑，彷彿兩人是同夥一樣。

「嗯，這裡得要寫許多資料。而且，要是有剩下的鉛筆，那麼製衣區工人當然就可以拿筆寫下情報。集中營裡很難弄到鉛筆，要是你可以給這些人鉛筆，那麼有時候他們會送新襪子作為回報。」

「偶爾還會有猶太小妓女！」

「是有這個可能。」

「我懂了……」

這名納粹親衛隊的懷疑神色，等於是在向魯迪示警。要是拉特克舉報他的話，魯迪就完蛋了，他必須盡快說服對方。

「你知道的嘛，這只是對大家略施小惠而已，他們也會投桃報李，有些人很體貼會送我香菸。」

「香菸？」

「有時候，送到洗衣房的衣服口袋裡會有零散的香菸盒……甚至偶爾還會冒出美國品牌的菸盒。」

「美國菸？」

「沒錯！」他從口袋裡抽出一根香菸，「就像這個。」

下士微笑，「羅森伯格，你真是混蛋，超聰明的混蛋。」

「不容易找到。不過，長官，我也許可以幫你弄來幾支。」

下士的眼中露出了貪婪閃光，「我也喜歡美國香菸。」

「長官，那味道當然是截然不同，根本不像那種黑菸草。」

「的確不像……」

「美國香菸就像是金髮女人一樣……品質超優。」

「想也知道……」

第二天，魯迪口袋裡塞了兩捆鉛筆、前往與愛麗絲約定的地點。他必須得多次施恩送禮才能弄到下士的香菸，不過他不是很擔心，他知道要怎麼搞定。他走向圍欄，再次想到了家庭營。以前他們從來不准許猶太人以家庭的形式住在一起，為什麼納粹允許這種事？這個謎團讓反抗團體想破了頭。他懷疑佛列迪・赫許也許知道一些他不該知道的秘密。赫許是不是隱滿了什麼？但話說回來，誰沒有秘密？魯迪也沒有把自己與某些納粹交好、讓他得以走私一些小物的事告訴史莫列斯基。反抗團體的反應可能是不以為然，但他沒差，反正史莫列斯基也一直不是那種會一次亮出全部底牌的人。他擔任自己營區德國人囚監的助理不也是很開心嗎？

他在營區後頭來回踱步，等到愛麗絲走過來之後才走到圍欄前面。要是在高塔執勤的是那種脾氣乖戾的士兵，很可能會隨時吹哨，對他們下令要往後退。愛麗絲正在圍欄的另一頭，距離他只有幾公尺遠而已。魯迪這兩天都在期待這一刻，終於看到了她，他好開心，一切的辛苦都覺得不算什麼。

「坐下來。」

「我站著就好，地上都是泥巴。」

「不過，你還是得坐下來，所以警衛會覺得我們只是在聊天，不會懷疑我們倚靠在圍欄邊是要搞鬼。」

愛麗絲乖乖坐下，這個動作也因此撩高了裙子，她的內褲——在這一片污地之中、不可思議的一抹白——短暫露了一下，魯迪覺得有一陣電流竄遍全身。

愛麗絲問道：「一切都好嗎？」

「現在看到了妳，一切都很好。」

愛麗絲臉紅了，但露出滿足的微笑。

「我弄到了鉛筆。」

她似乎不是很驚訝，這反應讓魯迪有點失望，他本來以為鉛筆能夠產生戲劇化效果。這女孩一定不知道在集中營裡面交易有多麼困難，還有從納粹親衛隊那裡弄到這東西得冒多大的風險。

魯迪不懂女人。愛麗絲對他印象深刻，他當初盯著她雙眼的時候就知道了。不過，男人總是希望對方能夠坦然說出一切。

「你要怎麼把這些鉛筆送進我們的集中營？找人送過來嗎？」

「在這種時候不能相信任何人。」

「所以呢？」

「等著看吧。」

魯迪一直透過眼角偷瞄瞭望塔的士兵。位置很遠，只能看到對方上半身與頭部的一小塊輪廓而已。不過，由於那士兵的槍掛在肩上，那麼魯迪就可以研判對方什麼時候會面對他們、何時轉身，因為當他面對他們的時候，他右肩上方的槍口方向是指向集中營的另一個方向；當他背向他們的時候，槍口方向是朝向集中營。多虧了這個臨時羅盤，所以魯迪才推敲出這名士兵以悠閒步伐在打轉。

魯迪一看到槍口轉向他的方向，立刻大膽衝到圍欄前面，愛麗絲伸手掩口，嚇得要命。

「趕快，靠近一點！」

魯迪從口袋裡取出那兩捆鉛筆，每一捆都以線繩牢牢綁緊，他以指尖抓著鉛筆，小心翼翼將它們從高壓電網的縫隙遞過去。愛麗絲趕緊從地上撿起來，她從來沒有這麼接近過這座有數千瓦特電流的圍欄。魯迪發現槍口轉動，士兵準備轉頭面向他們，兩人立刻後退了好幾公尺。

「你為什麼不先通知我？」愛麗絲的心臟依然怦怦跳，「可以讓我先有心理準備啊！」

「還是不要先準備比較好，有時候得要隨機應變。」

「我會把鉛筆交給赫許先生，我們非常感謝。」

「我們該走了……」

「嗯。」

「愛麗絲……」

「怎麼了？」

「我還想再見到妳。」

愛麗絲的微笑勝過千言萬語。

他問她：「明天同樣時間地點，可以嗎？」

她答應了，準備走向集中營大道，回到她的營區。魯迪揮手道別，愛麗絲的龜裂雙唇對他送出了一個飛吻，它飛過了鐵刺網上方，魯迪在半空中就把它攔了下來，他從來沒想過這麼簡單的一個動作會讓他這麼開心。

當天早上，還有另外一個人同樣暈頭轉向。蒂塔注意每一個人的動作，每一次挑眉，還有下巴緊繃的狀態，她想要找出話語所沒有揭露的真相。疑心就像是一開始幾乎察覺不出的發癢，等到有感覺之後，就會忍不住拚命抓個不停。

不過，日子還是得繼續過下去，蒂塔不希望有人發現她憂心忡忡。所以，她早上的第一要務就是執行圖書館員的職責，坐在椅子上，雙肩挺直，緊貼煙囪通風口，書本已經在她面前的長椅一字排開，準備要違抗世界。賽普・李赫特恩斯坦已經開始指派助理、幫助她在每小時交換的時候掌控書本流向，這個早上的助理是一個皮膚蒼白的男生，一直靜靜坐在她身邊，還沒開口講過話。

第一個過來的是某位負責附近某個男生小組的年輕老師，他對她默默點頭致意。她聽說他是共產黨，學養非常豐富，甚至還會說英語。她仔細端詳他的一舉一動，想要搞清楚是否能夠信任對方。不過，她實在無從判斷。她發現在對方刻意裝作不在乎的表情之下，依然看到智慧的光芒，他瞄向那些書，一看到赫伯特．喬治．威爾斯的那本書，立刻點點頭，彷彿表示讚許。然後，他又在佛洛伊德的理論書那裡停頓了一會兒，不以為然搖搖頭。蒂塔仔細觀察他的一舉一動，她不知道他接下來不知道會說出什麼話，簡直讓她覺得懼怕。

終於，他沉思了一會兒之後，開口說道：「要是赫伯特．喬治．威爾斯發現他的鄰居是西格蒙德．佛洛伊德，一定會對妳發脾氣。」

蒂塔面紅耳赤，睜大雙眼盯著他。

「我不明白——」

「別理我，只是看到威爾斯這樣的理性社會主義者、居然會與佛洛伊德那種販賣幻想的人並列在一起，讓我嚇了一跳。」

「佛洛伊德是奇幻小說作家？」

「當然不是。佛洛伊德是奧地利的心理學家，出身摩拉維亞，是猶太人，專門觀察人類的腦內世界。」

「他看到了什麼？」

「根據他的說法，太多太多了。在他的著作之中，他解釋人類心靈是衰敗記憶的儲藏室，害人類變得瘋狂。他想出了治療心理疾病的某種方法：病人躺在沙發上，佛洛伊德讓病患一直講話，說出所有的記憶。佛洛伊德靠著這種方法探索病患最深處的思維，他把它稱之為精神分析。」

「後來呢？」

「他變得很有名。這一點也讓他一九三八年在維也納的時候得以逃過一劫。有些納粹衝進了他的諮商室，摧毀了一切，然後留下了兩千元的帝國馬克，佛洛伊德發現之後，他說他從來沒收過這麼高的諮詢費。佛洛伊德認識奧地利以外的許多重要人士，不過，即便如此，納粹依然不允許他離開奧地利、前往倫敦與妻女會合，除非他簽下註明納粹非常禮遇他、而且第三帝國統治之下的維也納生活非常美好的某份誓言。他詢問是否可以在文件後面多加一段話，因為他覺得德國人實在太過謙虛了。然後，他寫道：我要向每一個人大力推薦蓋世太保，納粹很開心。」

「他們就是不懂猶太人的幽默。」

「就德國人的角度來說，幽默只是摳腳底而已。」

「他到了英國嗎？」

「佛洛伊德在隔年就死掉了。當時是一九三九年，他年事已高，身體孱弱。」這位年輕教師拿起佛洛伊德的書，隨意翻閱。「希特勒於一九三三年下令燒毀的第一批書當中，也包含了佛洛伊德的著作。這本書很危險，不只是因為我們偷偷藏匿——它本來就是禁書。」

蒂塔身體微顫，決定要改變話題。

「誰是赫伯特·喬治·威爾斯？」

「他是自由思想家、社會主義者。不過，最重要的是，他是偉大的小說家。妳有沒有聽過《隱形人》？」

「有啊。」

「好，他就是那本小說的作者。還有《世界大戰》，他在這部作品中討論的是火星人登陸地球的情景，此外，還有《莫羅博士島》，大談將人類與動物基因混合在一起的瘋狂科學家，我想門格勒醫生一定會很喜歡他。不過我覺得他最優秀的作品是《時光機器》，」他繼續說下去，似乎若有所思。「妳能想像嗎？要是能夠進入那座機器回到一九二四年、阻止希特勒出獄，妳知道那會是什麼場景嗎？」

「不過有關那機器的一切都純屬虛構吧？」

「很遺憾，的確如此，小說可以補足人生缺憾。」

「對了，我可以把佛洛伊德先生的書與威爾斯先生的書放在長椅的兩端，這樣會不會比較好一點？」

「不要，就照現在這樣吧，也許他們可以互相學習。」

他態度好嚴肅，蒂塔不知道這位年紀輕輕卻有老成姿態的教師到底是在開玩笑？還是極度認真？

他轉身，回去他的學生小組，蒂塔這才驚覺他根本就是活人版的百科全書。她身旁的助理一直沒講話，等到這位老師離開之後才開口，他聲音的音頻好高，像小孩子一樣——難怪他一直很沉默——他說這位這位老師名叫歐達．克勒，是個共產黨員。蒂塔聽了之後，點點頭。

下午的時候，有老師找蒂塔商借某位活人書——《騎鵝歷險記》。瑪格達老師看似弱不禁風，一頭雪白的頭髮，宛若麻雀一樣瘦小。不過，當她一開始講故事，立刻就變身為巨人。她的聲音變得活力十足，還會誇張地張開雙臂、描述鵝群載著主角尼爾斯飛越天空的景象。一群年齡有大有小的小孩，也隨著故事而爬上強壯的鵝群，他們一邊飛翔，一邊聽著每個字句而睜大眼睛，大家一起坐在鵝身上面，飛越瑞典天空。

幾乎所有的孩子以前都聽過這個故事了，某些還聽過好幾遍，但最能沉醉其中的是最了解故事內容的孩子。他們很清楚故事的各個階段，甚至因為已知劇情而哈哈大笑，因為他們早就參與了這場冒險。就連讓三十一號營區老師們頭痛的蓋布瑞爾，平常根本靜不下來的那個小孩，現在也變成了雕像。

尼爾斯是個老是喜歡戲弄自家農場動物的任性小孩。某一天，他父母去教堂，家裡只剩下他一個人，他與某個地精發生衝突，對方已經受夠這男孩的傲慢態度，把他縮為森林小動物的尺寸。尼爾斯為了要恢復原形，抓住了某隻家鵝的脖子，加入某群野鵝的行列，飛越瑞典鄉間。一向無禮、現在卻抓著鵝脖子的尼爾斯，個性轉為成熟，也發覺這個世界並不是只有他而已。小孩們會因為自身遇到的殘酷現實而激動不已，比方說自私的人會插隊搶湯，或是偷竊鄰居們的湯匙。

有時候，當蒂塔找瑪格達老師、請她在某個時段講述尼爾斯故事的時候，她會陷入遲疑。「可是他們聽我講這故事都已經十幾次了！要是看到我又講一次，一定會起身離開。」

從來沒有人離席。無論他們聽過了幾次，不重要，總是覺得津津有味。而且，不僅如此，他們一定要從頭開始聽。有時候瑪格達老師擔心會讓大家無聊，還想要跳過某些部分、把故事濃縮為精簡版，不過，卻會引發聽眾立即抗議。

「不對！不是那樣！」

她必須回頭，不能遺漏任何細節，講完整個故事。小孩聽的次數越多，得到的歸屬感也越強烈。

故事講完了，另一個小組在玩的猜謎遊戲也已經結束，工藝課亦然，先前有一群女孩一直忙著以舊襪子與木棍在做布偶。等到副校長完成下午的點名之後，小孩離開營房，與家人在一起。

助理們迅速完成任務。拿竹掃把掃地其實比較像是證明自身職務的某種儀式，而不是真有其必要。排好凳子也不需要費時太久，清理根本不存在的剩食也一樣，因為大家根本不會浪費一絲一毫的食物。碗底一滴湯都不剩，大家都舔得乾乾淨淨，就連一小塊麵包屑也會被視為珍寶。助理們裝模作樣打掃完之後，離開了營房，三十一號營區變得一片寧和。

老師們一起坐在椅凳上頭、討論今天的活動。蒂塔躲在木堆後的角落，通常在課程結束之後，她會窩在那裡看書，反正這些書也不能被帶出營外。她發現有根木棍斜靠在角落牆面，上頭有一個以細線做成的小網。應該是一個粗陋的捕蝶網，但網線接合得太糟糕，根本很難抓到蝴蝶，許多洞都大得可以直接逃脫。她不知道這種無用物品的主人是誰，反正，奧斯威辛裡面也沒有蝴蝶，她想多了。

她發現某個牆板隙縫裡藏了東西，她抽出來，是鉛筆，其實是尖端燻黑的一小截木根。不過，鉛筆是寶貴的物資。她拿起摩根史坦教授遺留的某隻紙鶴，小心翼翼把它打開。這樣一來，她就有一小張紙片可以畫畫了。她好久沒畫畫……最後一次是在泰雷津的時候。

隔離區某位非常優秀的藝術課老師總是這麼說，繪畫是一種逃避的方式。她有豐富學養，個性熱情，蒂塔從來不敢違逆她。不過，繪畫的功能不像書本，一直沒有辦法讓蒂塔跳脫自我世界、或是登上他人生活的列車——效果適得其反。

她在泰雷津的畫作很陰暗，筆觸混亂，天空總是滿布暗灰風暴。每當她一想到自己青春幾乎還沒有開始、似乎就已經結束而悲傷不已的時候，繪畫就成了一種與她自己的對話方式。

蒂塔開始畫營區：椅凳、筆直石煙囪，還有兩張長椅——其中一個是她的座位，另一個放置書本。

老師們的聊天內容，她不想聽都不行，今天下午大家的語氣都焦慮不安。「臭臉老師」激烈抱怨她沒辦法教小孩地理，因為她的聲音無法蓋過那些士兵的吼叫與喝令，他們要不就是伴隨遣送俘虜進入集中營，不然就是押解那些經過三十一號營區、準備步向淋浴間與死亡的俘虜。

「火車到來，我們必須假裝什麼都沒聽到。我們繼續講課，小孩子則自己交頭接耳，我們的行為就像是裝聾作啞，彷彿什麼都不知道……面對現實，向小孩解釋集中營的事不是比較好嗎？反正他們都知道是什麼狀況，不如就好好和他們討論恐懼。」

佛列迪．赫許今天不在那裡。他現在經常關在自己的小房間裡面，出現在營區社交生活圈的頻率越來越低。當蒂塔進入他的小房間，將書本歸放在秘洞裡的時候，他通常都在專注寫東西。有一次，他曾經向她解釋，那是寫給柏林的報告，因為他們對於三十一號營區的實驗非常有興趣。蒂塔不知道這些報告是否與赫許不為人知的秘密有關聯。

由於赫許不在現場，所以面對難搞的席絲可娃老師、提醒她要注意營區管理規則的人成了米瑞安．艾德斯坦。

另一位老師打斷米瑞安，「不過，妳真的認為小孩不擔心嗎？」

「那麼，就更應該要好好學習了，」米瑞安回道，「不斷討論下去又有什麼用？難道要一直對傷口撒鹽？這所學校的使命超過了純粹教育的層級，我們要讓他們產生某種生活正常感，以免灰心喪志，讓他們看到我們還是繼續在過日子。」

某人問道：「要持續多久呢？」大家的對話內容又變得激動了起來。樂觀與悲觀意見都有，大家七嘴八舌，對於要怎麼解釋所有孩子手臂上的刺青，也就是象徵六個月後特殊處置的印記，冒出了各式各樣的理論。對於九月遣返潮的那些人來說，時間越來越迫近，大家的對話變成了亂哄哄的場面。

蒂塔是在這個時段唯一能夠待在營房裡的年輕助理，目睹老師們的討論現場，也不知道為什麼，讓她感到很不自在。當她聽到「死亡」那個字詞的時候，感覺近乎猥褻又邪惡，是年輕女孩不該聽到的字詞，所以她離開了。她一整天都沒有看到佛列迪，顯然他是有要事在身，高層正式來訪，他必須準備妥當。米瑞安．艾德斯坦有他房間的鑰匙，她打開門，讓蒂塔可以進去藏書。她們迅速互看了一眼，蒂塔想要在副校長身上找出是否有背叛或虛偽的蛛絲馬跡，但她在艾德斯坦女士的眼眸之中只看到了哀傷。

蒂塔離開三十一號營區的時候，陷入沉思。她在考慮是否該請教父親，畢竟他很明智。突然之間，她想起自已應該要注意門格勒，她迅速轉頭了好幾次，就是為了要確定是否有人在跟蹤她。風勢消緩，集中營漸漸被雪色所覆蓋，集中營大道幾乎空蕩蕩，只剩下幾個人匆匆趕回營房，準備取暖。放眼望去，沒有任何納粹親衛隊。不過，在某個營區之間的小道，她看到有個身穿破外套、以手帕權充圍巾的人，不顧寒冷天氣，一直在跳來跳去。她定睛一看：白色鬍碴、白髮、圓框眼鏡……是摩根史坦教授！

他拿著一根有網罩的棍子上下揮舞，蒂塔認出那是放在三十一號營區的捕蝶網。現在，她知道主人是誰了。她站在那裡盯著教授，因為她看不出來他在揮動那東西的用意，然後，她終於懂了，她壓根也沒想到摩根史坦教授會拿它捕捉雪花。

他看到她盯著他，對她友善揮揮手，然後又繼續瘋狂追逐他的雪花蝴蝶。他在追雪的過程中好幾次差點滑倒，但最後抓到了，看著雪花在手心裡慢慢融化。老教授站在那裡，鬍碴佈滿冰晶，蒂塔覺得她看到了他的滿足微笑。

10

每個下午，當蒂塔進入佛列迪．赫許的小房間、將書本歸位的時候，她總是想辦法盡快離開，避免眼神接觸。她不想要冒險，看到任何可能會破壞信任關係的證據。她寧可相信他的良善。不過，蒂塔卻很難將其拋諸腦後，她竭盡努力，就是沒有辦法抹去腦海中所見到的那幅畫面。

蒂塔的好奇心——被那位年輕教師歐達．克勒激發了出來——所以她每天下午都窩在自己的秘密角落閱讀赫伯特．喬治．威爾斯的作品。這時候，營區裡的課程都已經結束，學生們在玩遊戲，有的在玩猜謎比賽，有的在準備話劇，不然就是使用那些不知從哪裡冒出來的鉛筆在畫畫。她好盼望他們能夠擁有一些能夠讓老師能夠自由運用、作為討論主題的精采小說。《世界簡史》是圖書館借閱率最高的一本，因為它最接近正常的教科書。的確，當她埋首其中的時候，彷彿覺得自己回到了布拉格的就學時光，一抬頭就可以看到黑板，還有老師佈滿粉筆灰的手。

我們的世界之史，依然是一段眾人認知殘破不全的歷史。兩百年前，人類所掌握的歷史，也只不過比前三千年多一點點而已，先前所發生的一切都是傳說與臆測。

威爾斯比較算是小說家，而非歷史學家。在這本書當中，他暢談地球的生成過程，還有在二十世紀初的時候，科學家們對於月球出現的各種荒誕理論。接下來，他帶引讀者走遍了所有的地質時代：初見海藻的下古生代、有三葉蟲的寒武紀、石炭紀與其獨特的沼澤，還有第一批爬蟲類出現的中生代。

因火山爆發而產生巨變的星球，以及後續的氣候變化，炎熱氣候與極端冰河時期的交替出現，讓蒂塔驚喜神遊不已。爬蟲類時代有主宰地球的巨大恐龍，讓她特別著迷。

爬蟲類世界與我們人類的差異，在於我們無法對其行為模式產生共鳴。我們無法想像自己會像爬蟲類一樣，基於本能動機，出於口腹之慾、恐懼，以及憎惡而無腦莽撞行事。

她不知道赫伯特·喬治·威爾斯要是看到人類現居的世界，是否還能夠區辨爬蟲類與人類之間的差異。

在亂哄哄的三十一號營區午後，陪伴蒂塔的就是這本書。它安全帶引她穿越埃及及雄偉金字塔與亞述人戰場的地下通道，波斯大流士一世的疆界地圖，讓她看到其領土之廣袤遠遠超過現今的所有帝國。威爾斯對於「猶太區牧師與預言者」的評語卻不符合她小時候學到的猶太聖史，讓她有些困惑。

所以她寧可回頭翻閱有關古埃及的內容，讓她可以沉浸在擁有神秘姓名的法老世界，而且還能登船探索尼羅河。赫伯特·喬治·威爾斯果然沒錯，真的有時光機器——它就是書本。

一日將盡，她把書藏好，然後接受最後一次點名。等待所有犯人號碼逐一核實，必須要煎熬站立排隊將近九十分鐘，一結束之後，她好開心，準備要上她爸爸的課，今天是地理課。

當她經過十四號營區的時候，她看到瑪吉特與芮妮一起斜靠在邊牆，她們也剛結束點名，但過程更加痛苦不堪，因為地點在戶外。她們看起來憂心忡忡，所以蒂塔停下腳步，詢問她們狀況。

「妳們怎麼了？待在這裡會被凍死的。」

瑪吉特面向似乎欲言又止的芮妮，她放開額前的一綹金色髮捲，開始緊張兮兮嚼髮尾。她嘆了一口氣，一坨氣從她口中旋飄而出，消失在空氣中。

「那個納粹……他騷擾我。」

「他對妳做了什麼？」

「還沒有。但今天早上他又走向我的壕溝，整個人就站在我面前。我知道是他，沒抬頭。但他依然在那裡動也不動，撫摸我的手臂。」

「妳後來怎麼辦？」

「我剷了一堆土、抛向我旁邊女孩的腳邊，她開始像瘋狂野獸一樣尖叫。現場有點混亂，其他德國士兵都聚過來。他往後退，完全不吭氣。不過，他跟著我……我沒有騙人，瑪吉特昨天有看到。」

「對，就在點完名之後。我們兩個本來在聊天，準備回到我們的營房找我們的爸媽，他站在距離我們只有幾步的地方，動也不動。他盯著芮妮——千真萬確。」

蒂塔問道：「他是怒氣沖沖盯著她嗎？」

「不是，就只是盯著看。妳也知道……男人的那種齷齪神情。」

「齷齪？」

「我覺得他想要和芮妮上床。」

「瑪吉特，妳瘋了嗎？」

「我當然知道我在講什麼，男人的表情就可以看出一切。他們死盯女人的模樣，彷彿已經看到妳脫光光的畫面。」

芮妮低聲說道：「我好害怕。」

蒂塔抱住她，告訴芮妮其實大家都很害怕，而且還向芮妮保證，她們會竭盡一切努力陪在她身邊。

芮妮雙眼泛出淚光，全身顫抖，不知道是因為天寒還是害怕。蒂塔拿起一小片木塊，在覆滿白雪的地面畫了好幾個方格子。

她的兩個朋友幾乎是異口同聲發問：「妳在幹什麼？」

「畫跳格子的格線。」

「拜託！蒂婷塔！我們十六歲了，我們不玩跳格子，那是小孩子的遊戲。」

蒂塔還是小心翼翼繼續畫方格，彷彿根本沒聽到瑪吉特所說的話一樣。畫完之後，她抬頭望著朋友，她們正等待她的回應。

「大家都進去營房了，又不會被別人看到！」

芮妮與瑪吉特皺眉搖頭，蒂塔則在地上四處找東西。

「這塊木片應該不成問題。」她把它丟進其中一個方格之中。

她跳過去，顫顫巍巍落在格子裡。

芮妮哈哈大笑，「妳真是笨手笨腳。」

蒂塔假裝生氣回嘴：「妳覺得妳在雪地裡跳格子會比較厲害嗎？」

芮妮撩起裙子，丟出木片，以完美精準度跳出去，引來瑪吉特鼓掌叫好。接下來輪到瑪吉特。她是三人中的最後一名，她一跳出去就腳步不穩，最後狼狽摔在雪地上，蒂塔想要把她拉起來，結果自己卻踩到了冰往後滑倒。

芮妮看著她們兩人哈哈大笑，躺在地上的瑪吉特與蒂塔朝她扔雪球，落在她頭上，害她滿頭白髮。

三個女孩哈哈大笑，終於，她們笑了。

蒂塔雖然濕答答，但很開心，她趕緊匆忙離開，因為這是她星期三的地理課。星期一是數學，而星期五是拉丁文。她的老師是阿德勒先生，也就是她爸爸，而她的腦袋則成了她的筆記本。

她還記得她那天回到尤瑟赫夫區公寓家中的場景，她發現她的父親——已經再沒有辦公室可去——待在客廳兼用餐室，坐在屋內唯一的桌子前面，以手指撥弄地球儀。蒂塔揹著書包走過去，親了他一下，這是每天下午的慣例。有時候，他會把她抱上自己的大腿，開始玩猜國家的遊戲，他緩緩轉動金屬架上的地球儀，然後讓它突然停下來，伸出手指隨便一點，要她猜測那是什麼國家。那一天，他似乎若有所思，他告訴她，她的學校送了一封信：放假。小孩一聽到「放假」這個字詞，就像是音樂入耳一樣。不過，她父親說出口的那種語氣，還有那些突如其來的學校假期，卻讓這樣的樂聲變了調。她還記得當她驚覺自己再也沒辦法去上學的那一刻、喜悅瞬間轉為哀傷，然後，她父親示意叫她坐在他的大腿上面。

「以後妳就在家自學。艾米拉叔叔是藥師，他會教妳化學，還有露絲堂姊會幫妳上藝術課程。我會跟他們說，妳放心。然後，由我來教妳語言與數學。」

「地理呢？」

「當然會上啊，我們會四處遊歷到妳受不了為止。」

還真的是這樣。

那時候他們在布拉格，後來，他們在一九四二年被遣送到泰雷津。現在，從奧斯威辛的地獄回首過往，那段時間還不算太壞。在德軍佔領布拉格之前，她父親一直拚命工作，陪伴女兒的時間並不多，所以爸爸能成為她的家教老師，讓蒂塔好開心。

現在，蒂塔走向她爸爸營房的時候，不時會回頭張望，確保門格勒並沒有在緊迫盯人。不過，老實說，她現在比較想知道三十一號營區長官的狀況。

她爸爸會在營房邊等她，要是沒下雨的話，他每週一、週三，以及週五都會守在那裡。兩人會一起坐在某顆大石頭上面，那就是她的學校，她父親已經拿樹枝在泥地裡畫好了世界地圖。在她年紀比較小的時候，她父親為了要幫助她記憶，會講出斯堪地那維亞半島是巨蛇的頭、義大利是高雅女子長靴之類的話。現在，盯著父親在奧斯威辛泥巴地裡所畫的世界地圖，很難看清它的面貌。

「艾蒂塔，我們今天要學習的是地球的海洋。」

不過，她就是沒辦法專心上課。她心想要是父親能夠看到三十一號營區裡的那本地圖，不知道會有多麼歡喜。不過，把書帶出營區之外違反規定，而且，門格勒在她後頭虎視眈眈，更是想都不用想。她心思太混亂，無法專心聆聽父親的解釋，而且，現在冷死了，已經開始飄雪。

所以一看到母親提早現身，讓她好開心。

「天氣好冷，今天就到此為止吧，不然你們兩個都會感冒。」

在奧斯威辛，沒有藥物，就連毯子與食物也付之闕如的這種地方，感冒等於是殺人兇手。

蒂塔與她父親起身，雖然因為天寒發抖的人是他，但他還是把自己的外套披在蒂塔身上。

「我們進營房吧，快要吃晚餐了。」

「媽媽，把一塊乾麵包稱之為晚餐，妳真的是樂天派。」

「艾蒂塔，這就是戰爭——」

「我知道，我知道，這就是戰爭。」

她母親陷入沉默，蒂塔趁此機會提到她一直掛念心頭的事，但她問得迂迴。

「爸爸……如果你想找集中營的某人傾吐秘密，能讓你百分百信任的人是誰？」

「妳和妳媽媽。」

「對，我知道，我的意思是除了我們之外。」

她母親插嘴：「土諾斯卡太太人非常好，妳可以相信她。」

她父親回道：「妳要是對她說些什麼，就連公廁清掃大隊隊長也會立刻就知道，那女人就跟廣播電台一樣。」

「爸爸，我也這麼覺得。」

「我在這裡所見過最正直的人就是托瑪榭克先生。其實，就在不久之前，他還過來問我們怎麼樣，他會關心別人的狀況，這種人在集中營並不多見。」

「所以要是你問他對於某件事的看法，他會誠實以對，你覺得他會對你講真話？」

「當然。但妳問這個做什麼？」

「哦，沒事，隨便問問罷了。」

蒂塔默默記下托瑪榭克先生這個人，她之後會去找他聊一聊，看看他對佛列迪有什麼看法。

她母親又繼續說道：「妳外婆總是這麼說，會講實話的只有小孩與瘋子。」

小孩與瘋子，小孩根本不太了解赫許，但蒂塔想到了摩根史坦。她不能隨便找個大人、說出自己對赫許這種地位崇高的人有所懷疑。大家可能會在大庭廣眾之下罵她是叛徒啊什麼的。但她找摩根史坦就沒有那種風險了，要是他把她的事說出去，她可以全盤否認，這不過是瘋老頭再次胡說八道罷了。他會不會真的知道赫許的事？

她假稱要去找瑪吉特，向她爸媽說再見。她知道這位退休老建築師通常在晚餐前都會待在三十一號營區，也就是她平常躲在木堆後頭翻書的那個角落。

課程結束之後，助理們不能在營區裡逗留，但蒂塔是圖書館員，這身分給了她一點特權，也許這就是其他助理似乎不太喜歡她的原因。但她真的不在意，現在她心中滿是焦慮與疑團。

有一群老師聚在三十一號營區裡聊天，他們沒注意到她進來。她走到後頭，在那個木堆附近東張西望，摩根史坦教授拿著一張使用多次的紙張重摺紙鶴。

「午安，教授。」

「哇，哇，是圖書館員小姐，見到妳真是開心。」

他站起來欠身。

「有什麼需要我效勞的地方？」

「哦，我只是正好經過——」

「很好，每天固定散步半小時可以延長十年壽命。我有個堂哥每天走路三小時，活到了一百一十四歲。而且他之所以死掉呢，是因為某次散步的時候摔倒，跌落山谷。」

「可惜這地方太可怕了，不會有散步的感覺。」

「哎呀，妳只要動動雙腿就是了，腿又看不到。」

「摩根史坦教授……你認識佛列迪．赫許很久了吧？」

「我們是在被遣送來這裡的列車上認識的，所以就是……」

「九月。」

「沒錯。」

「你覺得這個人怎麼樣？」

「我覺得他是很優秀的年輕人。」

「就這樣？」

「妳覺得這樣還不夠嗎？這年頭很難找到有氣質的人，教養根本不重要了。」

蒂塔陷入遲疑，但她能夠誠實以對的人不多了。「教授……你覺得佛列迪是不是隱藏了什麼秘密？」

「當然有啊。」

「什麼？」

「書本。」

「什麼啦，我早就知道了！」

「抱歉，阿德勒小姐，千萬別生氣。妳問我，我就給妳答案啊。」

「對，當然，抱歉。我想要問你的重點是信賴，我們是否能夠信任他？」

「妳問了奇怪的問題。」

「對，就忘了我剛才的提問吧。」

「我不是很懂妳的意思，是否能夠信賴赫許？意思是能否相信他勝任營區長官嗎？」

「其實不是。我想問你的是，你真的覺得他是表裡如一的人嗎？」

教授沉思了一會兒，「不，不是。」

「他表裡不一？」

「是啊，我也是，而妳也一樣表裡不一，大家都一樣。所以上帝讓我們的思緒變得靜默無聲，這樣一來，我們就只會聽到自我的心聲。沒有人應該知道其他人到底在想些什麼，每當我說出自己的想法的時候，大家都會對我生氣。」

「真的是這樣……」

「我想妳要問我的是，在這個名為奧斯威辛的牢獄裡，可以信任誰？」

「沒錯！」

「我必須承認，關於信任，或是關於大家所理解的信任，我個人只相信我最好的朋友。」

「誰是你最要好的朋友？」

「我，我就是我最好的朋友。」

蒂塔盯著他以指尖撫平紙鶴，完全無法從他身上問出任何有用的線索。

蒂塔回到自己的營房，躺在自己的鋪位。這兩天她都沒看到門格勒。但她不能太自信，因為那男人能夠看透一切。她不知道能不能找米瑞安．艾德斯坦談赫許的事，但萬一米瑞安是他的共犯呢？

這一切讓蒂塔好迷惘。她會找機會與托瑪榭克先生聊一聊。蒂塔閉眼，腦海中浮現一幅景象：她與瑪吉特平躺在雪地裡，芮妮望著她們，三個人都哈哈大笑。只要她們能夠大笑，一切都不會消逝。

11

在一九九四年二月底的時候，某位德國高層代表團造訪奧斯威辛－比克瑙集中營。領頭的是阿道夫．艾希曼中校，他於一九四一到一九四五年之間、擔任蓋世太保猶太部門的上級突擊隊大隊領袖。他們此行任務是親自聽取三十一號營區長官提出的必要報告，他就是在奧斯威辛所有的集中營當中、唯一安置小孩的實驗性營房的負責人，佛列迪．赫許。

佛列迪．赫許早已對李赫特恩斯坦下令，無論年紀大小，所有的小孩都必須要以完美狀態列隊接受檢查。佛列迪對清潔衛生有高標準要求，小孩每天早上七點起床，助理們會帶領他們去盥洗室。二月清晨的氣溫最低可能降至攝氏零下二十五度，而且當時就連水管也因低溫而封凍。

赫許在早上十點出現，打理得一絲不苟，鬍子刮得乾乾淨淨，點名隊伍已經就緒。他的態度比平常更具有軍事風格，顯然是有壓力，吹哨聲不斷，還有靴子的來回踱步重響。過沒多久之後，兩名納粹士兵開始清道，準備迎接胸前掛滿金屬徽章與彩飾的長官。

佛列迪．赫許雙腿併攏，腳跟發出軍事訓練的喀嚓聲響，開始維持立正姿勢。取得長官的允許之後，他開始發言，詳述三十一號營區的運作。顯然赫許講母語德語的時候泰然自若，畢竟他不是捷克人。

少校魯道夫．霍斯與艾希曼走在最前面，後方的隨員包括了其他納粹親衛隊成員，其中一個是奧斯威辛－比克瑙指揮官，史瓦茲霍伯。門格勒醫生站在比較後面的位置，他是上尉，遠遠比不上領頭造訪的那些中校軍官，某些人以為他往後退是因為出於對層級的尊重，但蒂塔觀察他，覺得他露出一種近乎是無聊的冷漠表情，她沒猜錯，長官們的陣仗讓他覺得很無趣。

門格勒突然抬頭，盯著蒂塔。他假裝凝視前方，但她感覺到門格勒緊盯她不放，他到底想要對她做什麼？

艾希曼點點頭，冷峻神情完全掩藏不住他的高傲。他態度很明顯，願意聽赫許講話是天大的恩惠，所有高官都會與這名猶太人營房長官保持五十公分以上的距離。雖然赫許身穿乾淨襯衫，不算皺的褲子，但在那一群身著熨燙制服與閃亮靴子的軍人之間、他的模樣就像個農夫。蒂塔望著他，雖然她對這個人有疑念，但還是產生了無比的敬意，他們也許看不起他，但還是專心聆聽。蒂塔相信他，她真的很想要相信他。

代表團剛離開，兩名助理隨即把中午的湯帶到營房，大家又恢復了日常的秩序，紛紛拿出有缺口的碗與歪七扭八的湯匙，小朋友向上帝祈禱，至少讓他們能夠發現一小塊胡蘿蔔。用餐結束之後，營房裡的人漸漸散去，只剩下幾個老師，聚在後面的椅凳旁邊聊這次的探訪。他們想要知道赫許的想法，但他正好消失，躲開了眾人的提問。

長官用餐室裡面有豐盛大餐：番茄湯、雞肉、馬鈴薯、紫甘藍、烤得過頭的魚、香草冰淇淋，以及啤酒。這些服務生都是「耶和華見證人」教派的信徒。霍斯喜歡用這些人，因為他們從不抱怨，他們相信如果這是上帝的旨意，那麼他們就必須歡喜遵從。

他對同僚們開口，「好……」然後又站起來，根本懶得抽出塞在胸前的餐巾。

他向某名女服務生示意過來，掏出他的魯格手槍，然後，把槍管抵住她的太陽穴。其他的納粹高層不再進食，一臉期盼望著他。

這名俘虜，一臉鎮定，拿著一些髒盤子，站在原地動也不動，並沒有盯著持槍者或是正對自己的手槍。她悄聲祈禱的時候，目光並沒有望向任何地方，她沒有抱怨，沒有抗議，甚至連一絲恐懼的表情也沒有。

霍斯爆出粗嘎笑聲，「她在感謝上帝。」

其他人發出客套的笑聲。魯道夫・霍斯最近鬆了一口氣，因為他底下的軍官必須為集中營的某些違例事件扛下責任、但所幸他保住了自己奧斯威辛指揮官的位置，某些蓋世太保的高層看待他的目光也不再那麼善意。艾希曼沒等到霍斯回到座位就自己繼續喝湯，在用餐的時候玩這種遊戲，他認為很不識大體。就他的角度而言，殺死猶太人是嚴肅的工作，所以，到了後來，納粹親衛隊領導人海因里希・希姆萊在一九四四年、因德軍潰敗難擋而下令中止「最終解決方案」（譯註：納粹針對猶太人的種族滅絕計畫）的時候，艾希曼卻繼續下令執行大屠殺，不到最後一刻絕不罷休。

被蒂塔取了「比克瑙廣播電台」外號的土諾斯卡太太放出消息——俘虜們能夠享用臘腸特別餐——最後是空歡喜一場，希望又落空了。

蒂塔去找她父母，不過，當她穿越人群的時候，正好看到了托瑪樹克先生，心想這是找他聊一聊的大好機會。她朝他的方向走去，不過集中營大道人潮眾多，她很難筆直前行，有時候還跟丟了，不過，最後還是再次看到了他。他走向人群比較稀落的三十一號營區與醫院營區，雖然他年紀與蒂塔父親相仿，但他動作迅速，她跟不上他。她看到他繞過三十一號營區，幾乎要進入衣料營房的集中營邊界，那裡的監管人是囚監階級的一般德國俘虜，而不是猶太人。蒂塔不知道他打算做什麼，因為猶太俘虜不能在未經許可的狀況下進去那間營房，德國人一定覺得儲存在那裡的破爛衣物是珍寶。托瑪樹克先生可能是想替有需求的俘虜弄些衣服。她的父母曾經告訴過她，善良的托瑪樹克先生幫助了許多人，其中也包括了為他們尋找衣物。

蒂塔還來不及追到他面前，他已經邁步進入營房，所以她必須等他出來。家庭營圍欄的另一頭是進入奧斯威辛－比克瑙的寬廣大道，他們的鐵軌工程已經在收尾階段，之後就可以讓遣送列車直接穿越大門口主控一切的監視塔下方、直接進入集中營的中心。她不是很喜歡待在那裡，看到大門口的那些士兵，所以她走到了營房的側面，看到了木牆的某道縫隙。她湊過去，聽到托瑪樹克先生的溫和聲音，他唸出了某些名字與營房號碼，講的是德文。

蒂塔好迷惑，靠坐在牆邊。

有個怒氣沖沖的聲音打斷了托瑪樹克的報告。

「我們已經告訴你很多次了！我們不需要那些退休的社會主義者名單！我們要的是反抗團體的成員姓名！」

蒂塔認出那人是誰了，那種冷酷尖銳的說話方式，就是「神父」。

「很不容易啊，他們東躲西藏，我很努力——」

「再努力一點。」

「是，長官。」

「現在可以走了。」

「是，長官。」

蒂塔慌張跑到營房後頭，所以他們出來的時候看不到她，她跌坐在地。和善的托瑪榭克先生……怎麼會？她現在還能信任誰？

她想起摩根史坦教授的話：相信自己。

她必須獨自面對一切。

佛列迪．赫許也得要獨自面對一切自己以謊言黏補破口的那座迷宮。他待在自己的小房間裡，有人敲門，進來的是米瑞安．艾德斯坦。她坐在木地板上面，背貼牆壁，看來十分倦累。她問道：「艾希曼對於你的報告有沒有什麼評語？」

「沒有，什麼都沒有。」

「他要那份報告幹什麼？」

「誰知道……」

「史瓦茲霍伯一直很亢奮，從頭到尾都像哈巴狗一樣在對艾希曼微笑。」

「或是杜賓狗吧。」

「沒錯。他那張臉會讓人想到金毛杜賓狗。那門格勒呢？看起來像是跑錯了場子。」

「他這個人一向特立獨行。」

米瑞安陷入沉默。她從來沒想到會以那種方式談論門格勒——儼然他是某個熟人。

「我不知道你怎麼能夠與這麼噁心的人共事。」

「當初是他授權將死亡俘虜的配糧送到三十一號營區。我跟他打交道，因為這是我的職責。我知道有些人說門格勒是我的朋友，他們根本什麼都不清楚。如果能為我們的孩子多爭取一些利益，我就算與魔鬼交易也在所不惜。」

「你已經這麼做了啊。」米瑞安微笑，還對他眨眼表示理解。

「與門格勒打交道有一個好處，他並不恨我們。依他的聰明程度，他不會這麼做。也許正是這個原因，讓他成為最可怕的納粹。」

「如果他不恨我們，為什麼要當這種變態行為的幫兇？」

「因為那對他來說剛好正中下懷。他曾經告訴過我，他並非那種把猶太人當成來自地獄的畸形低等種族的納粹，他在猶太人身上找到了許多可敬的特質——」

「好，那麼他為什麼要摧毀我們？」

「因為我們很危險，我們是能夠對抗亞利安的人種，能夠打敗他們優越地位的人就是我們，這就是他們要消滅我們的原因。對他來說，這與他個人毫無關聯，純粹就事論事而已。他不懂仇恨……但可怕的是他也不懂得憐憫，他對於一切都不為所動。」

「我沒辦法與那類的罪犯討價還價。」米瑞安說出這句話的時候，臉龐閃過一抹痛苦。

佛列迪起身，走到她面前。「妳有沒有聽到亞可布的其消息？」

六個月之前，米瑞安與她的家人從泰雷津被送來這裡，蓋世太保就逮捕了她先生、將他送進與奧斯威辛一號營相隔三公里的政治犯監獄，自此之後，她再也沒有見到他，也沒有聽說任何消息。

「今天早上，我有機會與艾希曼短暫交談了一會兒。我們在布拉格的時候一起參加過某些會議，他認得我，不過一開始的時候他假裝不認識我。他很卑鄙，就跟所有的納粹一樣。那些士兵差點要打我，但他最後還是制止了他們，讓我詢問亞可布的事。他說他們把他移送到德國，他非常好，我們很快就可以團聚。然後，他立刻轉頭離開，我根本來不及講完話。我有一封信要交給亞可布，但根本連遞出去的機會都沒有，艾瑞爾寫了一些話給他爸爸……」

「我來想辦法打探消息。」

「佛列迪，謝謝。」

佛列迪回她：「我本來就欠他人情。」

米瑞安再次點頭，但她知道這的確是事實，只是她不該多言。

蒂塔在集中營大道拚命往前走，她要把托瑪樹克先生揪出來。她對他的厭惡感超過了納粹親衛隊，他們身穿制服，可以知道他們是誰，還有想幹什麼。她害怕他們，看不起他們，甚至對他們深惡痛絕……但她根本沒想到托瑪榭克先生的優雅猶太式笑容會讓她想吐。

她腳步匆忙，奔向自己的目的地，她想要擬定計畫，但卻根本想不出來，現在她只能實話實說。

她到達了她父親的營房。在營房前面，她看到了經常圍繞在托瑪榭克先生身邊的那一群人，當然，也包括了她的父母。有名女子在講話，托瑪榭克先生半閉雙眼，站在那一群人的中間，點頭表示同意，還露出微笑鼓勵對方繼續說下去。

蒂塔衝過去，還濺起飛泥弄髒了某些人的衣服。

「天哪！小妹妹！」

蒂塔臉紅了，聲音發抖，但是當她指向站在中間那個人的時候，整隻手臂並沒有顫抖。「托瑪榭克先生是叛徒，他是納粹親衛隊的線人。」

現場立刻傳出竊竊私語，大家緊張不安。托瑪榭克先生想要維持微笑，但無法得逞，有一邊已經垮了下來。

第一個站出來的是莉莎．阿德勒。

「艾蒂塔，妳在說什麼？」

「我來告訴妳吧，」某名女子打斷她，「妳女兒行為不當，她怎麼敢突然羞辱托瑪榭克先生這樣的重量級人物？」

「阿德勒太太，」另一個男人也開口，「妳應該要狠狠打女兒一巴掌。要是妳不出手，我來。」

「媽媽，我說的是實話，」蒂塔緊張不安，現在變得沒那麼篤定了。「我聽到他在衣料營房與『神父』在講話，他是奸細！」

「不可能！」開口的是先前那名女子，她現在已經氣急敗壞。

那男人已經開始朝蒂塔走去，「如果妳不出手甩妳女兒巴掌叫她閉嘴，那我來幫忙。」

「要是得處罰誰，那就處罰我吧，」莉莎語氣平靜，「我是她母親，要是女兒行為不當，你應該要對我賞巴掌才對。」

一聽到這句話，漢斯．阿德勒開口了。

「沒有人該被賞巴掌，」他語氣堅決，「艾蒂塔說的是實話，我知道她沒說謊。」

「我當然說的是實話，」蒂塔覺得自己勇敢多了，「我聽到『神父』叫他交出反抗團體的情報。所以他才會一整天都在集中營四處走動，問這麼多的問題，叫大家講出自己遇到的麻煩。」

阿德勒先生瞪著他，「托瑪榭克先生，你要否認嗎？」

大家幾乎都轉頭面向托瑪榭克。他沉默不語，只是站在那裡，臉上依然掛著半笑不笑的表情。

「我……」他開口了，眾人準備聆聽，大家都認為這是他可以輕鬆澄清的誤會，

「我……」

不過，他最多就只能講出這個字而已。他擠出通道，匆匆回到自己的營房。眾人困惑，站在原地互看彼此，然後又望向阿德勒一家人，蒂塔抱住她父親。

「漢斯，」莉莎問道，「你為什麼這麼確定艾蒂塔說的是實話？這簡直令人匪夷所思……！」

「我不知道。但這是法庭裡會使用的技巧，吹牛法：對於自己不是很有把握的事，佯裝百分

百篤定，然後被告就會因為不安全感而洩底，誤以為已經東窗事發，心防完全潰堤。」

「萬一他不是內奸呢？」

「那我就會道歉，不過，」他對女兒眨眼，「我知道我掌握了一手好牌。」

其中一名男子走過去，伸出了友善之手，放在漢斯的肩頭。

「我忘了你是律師。」

「我自己也忘了。」

他們還得做一件事，才能夠截斷托瑪榭克先生的奸細之路：啟動「比克瑙廣播電台」。阿德勒一家人去找土諾斯卡太太，這位善良女子喊了好幾次上帝與先知之名，然後，立刻展開行動。不到四十八小時，集中營的每一個人都得到警示，托瑪榭克先生已經威信掃地。

12

魯迪・羅森伯格走向他隔離營的營房後頭，目的地是電網。愛麗絲・蒙克已經在另一頭等他。兩人都距離電網有三步之遠，然後，雖然鐵網有數千瓦特的電力穿流而過，他們還是大膽向前一步。兩人都坐下來，以免引發警衛的懷疑。

這個下午，魯迪與愛麗絲又聚在一起聊天。愛麗絲講述她在布拉格北部的富庶實業家家族的故事，還有她多麼渴望回家。羅森伯格則是大談等到這場戰爭與集中營惡夢結束之後、他想要前往美國的夢想。

「那是充滿機會之地，做生意是聖行，那是全世界唯一能讓窮人成為總統的地方。」

天氣冰寒，地面全部結霜。魯迪身穿夾克，但愛麗絲只有破爛毛衣與老舊的羊毛披巾。魯迪發現她雙唇轉為藍色、全身發抖，要她趕緊回去自己的營房，但她不肯。

寒天下午待在戶外共享親暱，她比較開心，而不是擠在滿室都是汗臭與疾病，有時候，還有憎恨的女營房裡面。

兩人終於冷得受不了，站起來，朝電網走近一步。士兵們已經習慣看到他們會面的場景，魯迪會送其中一些人香菸，有時候會權充他們與那些俄羅斯與捷克士兵的翻譯，所以，截至目前為止，他們的午後會面還在可容受範圍之內。

魯迪會把自己當登錄員的趣聞分享給愛麗絲，但他不想要告訴她有關自己看到那些站在辦公桌另一頭、集中營新報到成員眼眸裡的故事。所以他有時候會瞎編一些搞笑情節，讓他的故事更生動。當愛麗絲提到他們每天把數百人送進毒氣室的時候，他告訴她只有那些病入膏肓的人才會被送進去，而且立刻轉換話題。

「我有帶禮物給妳……」

他把手伸入口袋，然後打開了拳頭。很小的東西，但愛麗絲驚覺它的寶貴價值的那一刻，雙眼睜得好大，是珍寶，是一瓣大蒜。

魯迪早已成為監控最靠近他們那座守衛塔的專家。當士兵的槍管狀態顯示是背對他們的時候，他立刻快走兩步朝圍欄走去，他不能碰觸電網，但也不能慌亂。他小心翼翼以指尖夾好、把它送入合適的洞中。五秒鐘，他放開蒜瓣，愛麗絲伸手一把接下，四秒鐘。兩人都回到原位，距離圍欄相隔了好幾步之遠。

愛麗絲的臉龐有敬佩也有恐懼，魯迪好開心。願意把手指伸入致命電網裡的人並不多，有些黑市販子是將貨品從分隔營區的電網上方丟過去，但魯迪認為如果從遠處角度來看、這種舉動太明顯了，而且集中營裡面有太多人愛嚼舌根，有太多人盯著不放。

「愛麗絲，吃啊，裡面有豐富的維他命。」

「可是這樣我就不能親你了。」

「拜託，愛麗絲，妳一定要吃，這很重要，妳好瘦。」

愛麗絲逗他，「所以你就不喜歡我嗎？」

魯迪嘆氣，「妳明明知道我有多喜歡妳。而且，妳的頭髮今天好漂亮。」

「你注意到了！」

「但妳要吃下去，我花了好大的氣力才弄到那瓣大蒜。」

「我真的非常、非常感激妳。」

不過，她卻藏在手心裡，沒有吃。魯迪看到了，心中暗罵髒話。

「我那天送妳一根芹菜的時候，妳也做出同樣的事。」

然後，愛麗絲對他露出淘氣神情，抬高下巴，彷彿在給他暗示。魯迪終於恍然大悟，狠狠拍了一下額頭。

「愛麗絲，妳瘋了！」

他一直到這時候才發現愛麗絲戴了紫色髮帶，也許樣式是有點幼稚，但在這地方卻是奢侈品。那可是花了他一根芹菜所換來的東西，愛麗絲哈哈大笑。

「不要，不要這樣！冬天還沒有結束，妳根本很難弄到溫暖的衣服，妳必須要吃東西。妳還不明白嗎？負責運屍車的人每天從妳的集中營載走幾十具屍體——死因是精疲力竭、營養不良、甚至只是感冒。愛麗絲，在這裡感冒會要了妳的命，我們大家都很虛弱，妳一定要吃下去！」這是他第一次對愛麗絲語氣嚴厲。「給我現在就吞下那瓣大蒜！」

他得要交出最近剛進來的那些俄軍姓名與軍階給某名廚房助手、才弄到那瓣大蒜。魯迪不知道、也不想知道對方要那名單做什麼，不過那是很有價值的情報。

幫這種忙甚至有可能害他丟掉性命。

愛麗絲一臉悲傷凝望著他，他看到她眼中有淚。

「魯迪，你不懂。」

她就只說了這句話。她不是愛講話的人，而且魯迪不懂，他真的不懂。拿一根充滿營養、很難弄到手的芹菜，去換一條某個集中營工作坊粗製濫造、完全無用的紫色布條，對他來說是蠢行。他也不懂愛麗絲馬上就要十六歲了，青少女時代被困陷在戰爭的醜惡之中，只要能夠有某個下午感受到美麗，就能讓她感到開心，而這種心情比一整園的芹菜更來得滋養。

她裝出可愛神情，尋求魯迪原諒，他聳肩以對。他不懂她，但他當然不可能對她生氣。

他的那一瓣大蒜命運已定。當天下午點名結束之後，愛麗絲衝向九號營房找拉達先生。他個頭矮小，是載送屍體小組的成員，這不是什麼好工作，但卻能夠讓他在集中營四處移動，而行動自由就表示可以做生意。愛麗絲手握一小塊香皂，拚命吸聞，那是天堂的氣味；拉達也對他的蒜瓣做出一樣的事，也是天堂的氣味。

愛麗絲實在太開心了，趁宵禁到來之前一直在洗衣服。她穿上藏在鋪位枕頭底下的壓箱寶，全身都是小洞的毛衣、一件非常老舊的格紋裙。她每隔兩週洗衣服的時候才會做這樣打扮，她手洗自己內衣、襪子，以及現在已經褪成灰色的藍裙。

只有三個水龍頭能夠勉強流出水滴，她得要花一個半小時排隊，才能夠得到使用權。那個水不能喝，已經有好些不相信、或是忍不住口渴煎熬的人因而死亡，尤其是夜半時分，因為距離最後一次喝水——中午喝的湯——已經是許多小時之後的事了。

冰寒的水讓她雙手刺痛，又麻又難受。一分鐘還沒到，隊伍後頭的女人已經對她破口大罵，要她趕快離開。還有好幾個偷偷講她壞話，但卻刻意大聲讓她聽得一清二楚。在集中營裡面沒有秘密，充斥流言，就像是從地板到天花板的滿滿霉斑一樣，蔓延之路摧毀了一切。

大家都知道她與那名斯洛伐克登錄員的關係，對於某些見不得別人好的俘虜來說，就是可惡。生存下去的渴望讓許多人道德敗落，開始以仇恨其他俘虜的方式克服恐懼與苦痛，他們認為傷害別人也算是一種可以緩解自身煎熬的正義。有個女人說道：「真是不公平哪！不要臉的婊子對那些有影響力的俘虜張開大腿，換到了一小塊香皂，而規規矩矩的女孩子卻只能用髒水！」

一群以圍巾包頭的女人們點頭附和。

另一個說道：「這年頭沒了規矩，連自重也消失了。」

「可恥！」又有人大聲罵人，擺明要講給愛麗絲聽。

這個年輕女孩奮力刷洗，彷彿期盼甘油香皂也許可以清除眾人的恨意。她雖然還沒有洗完，但還是草草結束。她好羞愧，無法為自己辯護，根本不敢抬頭。她離開的時候，把剩下的香皂就放在櫃架上，好幾個女人衝去搶奪，大吼大叫。

愛麗絲又羞愧又緊張，她現在萬萬不想見到她母親。所以走向了三十一號營區。營區的門總是留有一點隙縫，不過，當愛麗絲推開的時候，某個裝有螺絲的金屬碗卻立刻掉落地面，這是佛列迪·赫許的招數之一，要是有人在平常時間進來，他就會立刻知道。這位營區長官走出自己的小房間，發現愛麗絲在顫抖。

「小女孩，怎麼了？」

「佛列迪，她們恨我！」

「誰？」

「所有的女人！因為我和魯迪很要好，她們就羞辱我！」

赫許的雙手放在愛麗絲肩上，她止不住淚水。

「愛麗絲，那些女人不會討厭妳，她們連妳是誰都不知道。」

「她們真的恨我！她們用難聽的話罵我，我甚至連應該要回嘴的話都說不出口。」

「妳這樣是對的。當狗對某人狂吠，甚至咬傷人的時候，並不是出於憎惡，而是出於恐懼。要是妳必須面對攻擊性強烈的狗兒，千萬不要逃跑或大吼大叫，因為妳會嚇到牠，牠一定會咬妳。站在原地，慢慢和牠說話，牠就不會那麼恐懼了。愛麗絲，那些女人很害怕，對於我們所遇到的一切都充滿怒氣。」

愛麗絲開始冷靜下來。

「趕快去晾乾妳的衣服吧。」

她點點頭，想要道謝，但佛列迪卻大手一揮阻止她，不需要謝他，他要照顧他底下的所有人。助理們就是他的士兵，士兵從來不道謝，立正站好敬禮就夠了。

愛麗絲離開之後，赫許四處張望，然後又進入自己的小房間，關上了門。不過，營房其實並非空無一人，有人躲在木堆後方，靜靜聆聽。

蒂塔的父親得了感冒，一直沒有好轉，她母親逼他放棄父女的戶外課程，所以蒂塔下午都守在營房後面的秘密地點。她一直在等待那個神秘納粹親衛隊成員再次現身，但目前的守候沒有任何成果。如果她無法相信任何人，那麼她就只能靠自己解決赫許的謎團。佛列迪偶爾會出來做伏地挺身與仰臥起坐，不然就是舉高椅凳，把它們當成重訓工具。米瑞安·艾德斯坦某天下午曾經來訪，但就這樣而已。她知道瑪吉特最近常常坐下來與芮妮閒聊，她好想念與瑪吉特聊天的時光。

赫許誤以為營房裡已經沒人，關掉了所有的燈，所以裡面一片漆黑，蒂塔緊緊抱住自己取暖。這股顫抖寒意讓她想到了貝格霍夫水療中心的那些病人，他們會在晚上躺下來、面對阿爾卑斯山脈，讓乾燥冷冽的山氣淨化被肺結核傷害的肺部。在集中營的這些禮拜，讓她很難像當初在泰雷津一樣，享受密集閱讀《魔山》之樂。

貝格霍夫讓蒂塔想起了猶太隔離區，那裡的生活比奧斯威辛好多了。雖然泰雷津是一座無法治癒任何人的水療城鎮，但生活並沒有那麼兇暴駭人。

漢斯．卡斯托普一開始只打算要待幾天，後來又待了幾個月，最後變成了好幾年。每當他似乎要離開的時候，貝倫斯醫生就會發現他肺部的小問題，他就得繼續待下去。蒂塔開始讀這本書的時候，已經在泰雷津待了一年，當時她並不知道自己是否能夠離開那座城市監獄。由於有關牆外世界的那些謠言——納粹無情摧殘整個飽受戰火蹂躪的歐洲，已有數百萬人死亡，猶太人被送入滅絕集中營——對她來說，這些城牆也許禁錮了她，但同時也保護了她。

她不再在菜園工作，轉到某個軍服工作坊，輕鬆多了，久而久之，母親越來越提不起勁，父親也不像以往那麼妙語如珠，蒂塔就繼續看書。漢斯的故事讓她看得入迷，她一直陪在他身邊，直到他遇到了他生命關鍵一刻的時候才發生改變。那是狂歡節之夜，趁著眾人戴上面具的解脫時刻，他大膽向他雖然只客氣打過幾次招呼、卻讓他瘋狂愛戀的某位俄國大美女，喬夏夫人，進行第一次攀談。在貝格霍夫那種令人窒息的拘謹氛圍中，有了狂歡節的特許保護，他終於大膽拋下禮教，叫她克勞蒂亞。蒂塔閉上雙眼，沉浸在那浪漫的一刻，他拜倒在克勞蒂亞面前，以大膽熱情的方式宣示自己的衝動愛意。

蒂塔很喜歡這位擁有一雙杏眼的優雅喬夏夫人，她通常是最後一個進入豪華用餐室的人，關門總是很大聲，害漢斯嚇一大跳。一開始的那幾次，他很不高興，但後來卻被她的兇悍風格所深深吸引。狂歡節解放眾人，大家不再被社會禮儀嚴格規範所禁錮、而是由面具所掩護的時刻，喬夏夫人對漢斯說道：「所有的歐洲人都知道，你們德國人比較熱愛秩序，而不是自由。」

躲在木堆密處的蒂塔，想到了書中這個段落，不禁點頭稱是。

喬夏夫人說的一點都沒錯。

蒂塔很想成為喬夏夫人，教養良好又優雅的獨立女子。當她踏入某個地方的時候，所有的男孩都會偷偷看她。聽到那位年輕德國男子絕然大膽但動人的讚美之後，這位俄國女子完全不覺得自己被冒犯了。但接下來的轉折令人意想不到，喬夏夫人選擇轉換環境，前往塔吉克，也可能是西班牙。

如果蒂塔是喬夏夫人，很可能無法抵擋漢斯這種迷人又殷勤的紳士。倒不是因為她缺乏遊走世界的勇氣，因為，等到這場戰爭惡夢結束之後，她其實願意與家人到任何地方，甚至是佛列迪·赫許一直掛在嘴邊的巴勒斯坦土地。

就在這時候，她聽到營房大門打開的聲響。她小心翼翼偷瞄了一下，又看到了那個穿靴子與深色斗篷的高大身影，她的心在狂跳。

她心心念念的那一刻終於到來了。不過，她真的想要面對它嗎？每當真相揭曉的那一刻，就會有某個部分崩落。她嘆氣，心想最好還是離開營房，不確定感讓她好痛苦，但她需要知道事實。

蒂塔曾經在父母擺放在客廳咖啡桌的雜誌堆當中、看過某本裡面的一篇報導。裡面提到要是把玻璃杯口壓住牆壁，然後將耳朵靠在另一頭，牆面另一頭的對話就可以傳透過來。她踮腳走到營區長官的小房間牆邊，手裡拿著早餐碗，這種舉動風險很高，要是他們抓到她在偷聽，難保她會有什麼下場。

當她把金屬碗貼住牆面的時候，她才發現其實光是把耳朵貼在薄木隔牆就可以聽得很清楚了。牆板上甚至還有一個小洞，她可以藉此看到裡面的動靜。

她偷瞄到了赫許，表情陰鬱。他對面有個金髮男子，她只能看到他的背。那人並沒有穿納粹親衛隊制服，但也沒有穿一般的囚服。然後，她發現他佩戴了棕色的營區囚監臂章。

「路德維格，這是最後一次了。」

「為什麼？」

「我不能再繼續欺瞞我底下的人，」佛列迪伸手把頭髮往後一撥，「他們以為我是某種人，但其實我是另外一種人。」

「你是另一種人，有那麼糟糕嗎？」

佛列迪露出苦笑。

「你早就知道了答案，而且比任何人都清楚。」

「拜託，佛列迪，你就直接說出來啊……」

「沒什麼好說的了。」

「為什麼不說？」對方的話語充滿了諷刺與恨意，「這個天不怕地不怕的男子居然不敢承認自己的身分？你沒有說出自己是可怕之人的勇氣？」

這位營區長官嘆氣，聲音低沉。「是……同性戀。」

「靠，就大聲說出來啊！偉大的佛列迪．赫許是同性戀！」

赫許氣急敗壞，撲向那男人，狠狠揪住對方衣領，又壓制貼牆，看得出他脖子青筋爆凸。

「閉嘴！不准再講那個字眼。」

「拜託！有那麼可怕嗎？我自己也是，我不覺得自己是怪物。你覺得我很奇怪嗎？你覺得他們把我標示為賤類也是我活該嗎？」他說這句話的時候，指向縫在自己襯衫上的那個粉紅色三角形。

赫許放開他，閉上雙眼，伸手後梳頭髮平復心緒。

「路德維格，原諒我，我沒有要傷害你的意思。」

「好，你已經傷了我。」路德維格以帥氣姿態整理皺巴巴的衣領，「你說你不想要欺瞞底下的人，所以當你離開這裡之後該怎麼辦？找個會幫你煮符合猶太教規餐點的猶太好女孩，娶她為妻？這樣不就是欺瞞她嗎？」

「路德維格，我不想騙任何人，所以我們不能再見面了。」

「要是你覺得壓抑自己的感情會比較舒坦，那就隨便你。你試試看和女孩子上床啊，我試過，那就像是喝一碗無味的湯，但也不是糟糕透頂。你覺得欺瞞就會就此結束嗎？當然不可能！你依然在不斷惡意欺騙一個人：就是你自己。」

「路德維格，我已經告訴你結束了。」

這句話已經斷絕了對方的回應空間，他們兩人悲傷凝望彼此，不發一語。那個有粉紅色三角形的囚監緩緩點頭，接受了挫敗，然後又走到赫許身邊，親吻他的嘴唇，一滴無聲的淚水從路德維格的臉頰滑落而下。

在牆面另一頭的蒂塔差點失聲大叫，這已經超過了她能夠忍受的範圍，她從來沒有看過兩個男人接吻，她覺得好噁心。而且，這還是佛列迪・赫許，她的佛列迪・赫許。她悄悄奔出營房，甚至根本沒注意到狠撲而來的冷冽夜氣，她心煩意亂，也沒想到要注意門格勒醫生的行蹤。她外表驚愕，內心覺得骯髒。她對佛列迪・赫許超生氣，覺得自己被騙了，怒意的淚水讓眼前一片糊濕。

所以，她不小心撞到了迎面而來的那個人。

「小姐，小心哪！」

她回嗆：「喂，走路不看路的人是你啊！」

不過，當她抬頭，看到了摩根史坦教授的臉龐，才驚覺自己太粗魯，她差點把這個可憐的老先生撞倒在地。

「教授，請原諒我，我沒有認出是你。」

「是妳啊，阿德勒小姐！」他瞇著一雙近視眼盯著她，「但妳是不是在哭啊？」

她語氣尖銳，「喂！是因為天氣冷啦，刺激了眼睛！」

「有沒有我可以幫忙的地方？」

「沒有，任何人都幫不上忙。」

教授雙手扠腰。

「確定嗎？」

「我不能多說，那是秘密。」

「那就不要告訴我，秘密就不該說出來。」

教授對她欠身之後，不再說話，邁步朝自己的營房走去。蒂塔更加迷惑，也許這是她的錯，搞不好被他說中了，她不該管別人的閒事。她想要找某人談一談，她想到了米瑞安・艾德斯坦，她是唯一會在正規上課時間之外去找赫許的人。

蒂塔找到了米瑞安，她和她兒子艾瑞爾待在二十八號營區。快要宵禁了，所剩時間不多。現在不是探訪的好時機，但這位副校長看到了蒂塔的沮喪神情，她沒辦法拒絕。

昏暗天色與寒冷天氣沒辦法讓她們可以聊太久，但蒂塔還是從頭說起一切：被門格勒警告、如何意外第一次目擊赫許與某特定人士相會、她的疑惑，還有她竭盡一切努力要找出真相。米瑞安靜靜聆聽，沒有打斷她，當蒂塔講出赫許與其他男人的秘密戀情的時候，也完全沒有任何驚訝神情。甚至等到蒂塔全部講完之後，她依然保持沉默。

蒂塔不耐問道：「所以呢？」

「妳現在知道了真相，」米瑞安回道，「應該要感到心滿意足。」

「什麼意思？」

「妳想要真相，但卻是一個要為妳自己量身訂做的真相。妳希望佛列迪．赫許是個勇敢、有能力、清廉、充滿魅力、毫無瑕疵的男人……妳覺得自己被騙了，因為他是同性戀。妳大可以選擇開心以對，因為妳已經確認他不是納粹線人，他真的是我們的一分子，最好的人之一。不過，妳卻不高興，因為他不完全符合妳喜歡的那種面貌。」

「不，千萬別誤會。他不是他們陣營的人，我當然鬆了一口氣。只是……我無法想像他會那樣！」

「艾蒂塔，妳的語氣彷彿把它當成了一種罪行。唯一的差異是他喜歡的不是女人，而是男人，這並不是犯罪。」

「我以前在學校的時候，老師們說那是一種病。」

「真正的疾病是無法忍受異己。」

她們沉默了好一會兒。

「艾德斯坦太太，妳早就知道了對嗎？」

「叫我米瑞安就好，我們現在正在分享秘密，但那不是我們的秘密，所以我們無權說出去。」

她點點頭。

「妳很了解佛列迪，對嗎？」

「他告訴了我一些事，然後我又發現了其他的部分……」

「佛列迪．赫許到底是怎樣的人？」

米瑞安示意兩人應該要起來在營房附近走動一下，她的雙腳凍僵了。

「佛列迪．赫許的父親在他很小的時候就過世了，他很失落，後來他們幫他報名參加『德國猶太童軍協會』，當時組訓年輕猶太人的德國組織。他在那裡長大，找到了歸屬，對他來說，運動就是一切。協會很快就發現他有當教練與籌辦活動的天賦。」

蒂塔挽著米瑞安．艾德斯坦的手臂一起散步取暖，米瑞安的話語中還夾帶了她們便鞋踩踏在夜霜地面的聲響。

「他擔任『德國猶太童軍協會』教練的名聲越來越響亮，但是納粹黨興起卻毀了一切。佛列迪告訴我，阿道夫．希特勒的支持者是一群蔑視德國法律、老是在酒吧滋事的卑劣小人。後來，這些人開始為了遂行自身目的而開始制定法律。」

赫許告訴米瑞安，他永遠不會忘記那個下午，當他抵達德國猶太童軍協會的時候，卻發現牆面上有「叛徒猶太人」的噴漆。他不知道他們背叛了誰，完全想不出答案。某些下午的時候，有人會對陶瓷工作坊或他們在練合唱的時候對玻璃窗扔石頭。每一次重擊玻璃的聲響，都讓佛列迪內心的某個部分跟著碎裂。

某個下午，他母親叫他放學後要立刻回家，因為他們得要討論重要大事。佛列迪有事，但還是乖乖接受母親的命令，因為認真尊重層級與地位，是德國猶太童軍協會讓他謹記在心的教誨之一。

他回家的時候，發現整個家族聚在一起，神色憂鬱。他母親告訴大家，他們的繼父因為是猶太人而丟了工作，現在狀況變得很危急。他們決定要前往南美洲——玻利維亞——從頭開始。

佛列迪厲聲回嗆：「去玻利維亞？妳的意思是逃走？」

他繼父咬牙起身，站到他前面，但叫他閉嘴的卻是他哥哥保羅。

佛列迪離開了家，驚愕不已。困惑再加上習慣，讓他走到了一切和諧又井然有序的唯一地方——德國猶太童軍協會。他發現有位主任待在那裡，為了下一次的郊遊在檢查水瓶。通常赫許不會講私事，但他實在忍受不了逃走的懦弱行為。

這位負責統籌戶外活動的長官，一頭金髮已經漸漸轉為白髮，他在德國猶太童軍協會一路看著佛列迪長大。他告訴佛列迪，如果想要留下來，德國猶太童軍協會一定會準備位置給他。

佛列迪才十七歲，但已經頗具自信，他家人離開了，他自己一個人留下來。但這句話不算完全正確，他還有德國猶太童軍協會。一九三五年的時候，他們派他去杜塞道夫擔任青年導師。他告訴米瑞安，一開始的時候，他因為自己能在這麼充滿活力的城市從事新職務而暈陶陶，不過，面對大家對猶太人的公然惡意，他的喜悅很快就消失無蹤。後來，他們不再修理德國猶太童軍協會的窗玻璃，因為遭人丟石頭已經成為生活之日常。路上會有人對他們怒罵，而且每天參與活動的小孩數目越來越少，在某些早晨，他的籃球隊只有一個球員。

有一天下午，佛列迪在樓上，透過窗玻璃看到有人正在對總部入口的大型木門噴漆，他立刻衝下樓梯。拿著油漆刷子的男孩面露嘲笑表情看著他，毫不在意，繼續刷個不停。佛列迪猛抓男孩襯衫領口，力道猛烈，對方的油漆桶也立刻落地。

「你為什麼要這麼做？」他盯著這個戴著納粹標誌臂章的男孩，自己的國家會發生這樣的事，他困惑又氣惱。

那名青少年不屑大吼：「你們猶太人對文明造成威脅。」

「文明？你和你的朋友一天到晚毆打老人、對住家扔石頭，這是哪門子的文明示範？你懂什麼文明？當亞利安人住在歐洲北部的木屋、身穿動物毛皮、拿兩根棍子烤肉的時候，我們猶太人已經建立了許多完整的城市。」

佛列迪緊抓那個年輕納粹，好幾個人見狀，立刻開始聚集過來。

有個女人大吼：「有個猶太人在打小男生！」

某間水果店的老闆手持拉下鐵門的鐵棍出來，後頭還跟著十幾個男人。有人抓住佛列迪的手臂，把他拖走，是主任。

主任對他大吼：「我們趕快走！」

他們衝進總部，才剛剛關上大門，外頭已經有一大群憤怒居民衝過來。佛列迪深覺這是一種集體瘋狂的場景，都是那個留著醜陋小鬍子、滿心憎惡的政客，將人類轉化為仇恨機器。

第二天，他們關閉了這個德國猶太童軍協會的分部，把佛列迪送到了波希米亞。

他繼續為「馬加比青年運動」組織工作，為年輕人安排體育活動，一開始在奧斯特拉瓦，接下來是布魯諾，最後是布拉格。

他不是很喜歡捷克首都布拉格，而且捷克人的行為方式也令他困惑，與德國人相比，他們似乎更加隨性，不拘小節。不過，在布拉格近郊的哈吉堡，找到了舉辦體育活動的完美地點。他們要他帶領某個十到十二歲的男童團體，計畫目標是讓他們離開波希米亞、帶引他們進入中立國，最後到達巴勒斯坦。他們必須要有絕佳的體魄，但也需要知曉猶太歷史與自身的困境，才能夠心懷驕傲、殷切期盼回到祖先故土。

赫許投身工作，展現出接受任命時的一貫奉獻與熱情態度。他的成效與領袖氣質，讓布拉格猶太青年委員會的那些領導人做出決定，要讓這位負責又強韌的年輕人帶引剛加入協會、通常有一點迷惘的那些孩童團體。

佛列迪永遠忘不了，要讓這些小孩開心是多麼艱鉅的任務。他們與那些自小被父母灌以強烈猶太意識與錫安主義、深受「節制」猶太訓條薰陶的小孩大不相同，他們到來的時候已經有了充足的心理準備，熱情四溢。不過，他底下的那些都是害羞、悲傷，以及冷漠的孩子，他們對任何的遊戲或運動都不感興趣，而且佛列迪的那些風趣故事也完全無法激發他們的笑容。

小組裡有個名叫卡瑞爾的十二歲男孩，佛列迪從來沒看過那麼濃長的睫毛，也不曾見過那麼憂傷的雙眼。在首日下午活動快要結束的時候，赫許為了想要更加了解他們，所以在一九三九年九月那一天的時刻，他提議每個人講出現在最想要待在什麼地方。卡瑞爾幽幽回道，他想要在天堂，這樣一來就可以見到他爸媽。他們先前被蓋世太保逮捕，而他的祖母告訴他再也沒辦法見到父母了。說完之後，他坐下來，再也不說話。其他的某些男生，本來一直很嚴肅，突然以小孩那種典型的幼稚態度哈哈大笑——嘲笑他人，是一種掩飾自身恐懼的急救繃帶。

某天下午，布拉格猶太委員會負責青少年活動的副主席要求見赫許。他神色凝重，向佛列迪解釋納粹魔爪已開始逼近，邊界逐漸封鎖，過沒多久之後，將沒有任何人能夠能夠撤離布拉格。所以第一批的「節制」小組必須立刻離開，要在二十四小時之內完成，最多不能超過四十八小時。他詢問佛列迪是否願意擔任這個小組的護送員。

這是佛列迪從所未有的大好機會。他可以與這個小組一起離開，拋下對戰爭的驚恐，到達巴勒斯坦，這是他一直懷抱的夢想。不過，離開也就表示得拋下他在哈吉堡一手創辦的各個小組，對於那些被德意志帝國施壓受困、飽受羞辱的男孩來說，十分重要的那份任務，他也必須要放棄。離開，就表示必須放棄卡瑞爾與其他男孩。他還記得自己當初在亞琛的時候，自己因為喪父而十分失落，德國猶太童軍協會對他來說意義非凡，他是在那裡找到了自己的歸屬。

「換作是別人，一定都會離開，」米瑞安說道，「但赫許不是普通人，他最後留在哈吉堡。」

這位副校長緩緩點頭，兩人靜默不語，彷彿在思索這決定將會造成什麼後續效應。不可能的，未來已經超過了我們的想像範圍。

「歷經了這一切……我居然懷疑他，讓我覺得好愧欠。」

米瑞安嘆氣，吐出的氣化為一團白霧。就在這時候，宵禁警報響起，逼令每一個人回到自己的營區。

「艾蒂塔……」

「嗯？」

「妳明天一定要把門格勒醫生的事告訴佛列迪，他會知道該怎麼處理。至於其他的事……」

「是我們的秘密。」

米瑞安點點頭，蒂塔開始狂奔，幾乎是在冰凍泥地跳飛。她的心底依然感受到一股劇痛，不過，雖然她已經失去了她的王子，但她卻感到釋懷，赫許是可以信賴的人。

13

相隔幾個營房之外的三十一號營區裡面，佛列迪．赫許正在對那一排空無一人的矮凳講話。

「我完成了，已經把該做的事做完了。」

他的聲音在營房的漆黑環境之中迴盪，聽起來好詭異。

他告訴那位英俊的柏林男子，不要再來找他。他應該要覺得自傲才是，甚至是開心，因為他的意志力得到勝利，但他並沒有。他寧願自己是喜歡美女，但他的基本構造有狀況，也許是有哪一塊裝反了什麼的……

他走出營房，一臉憂傷，凝望眼前由泥巴、營房、高塔所組成的地景。在電燈的照映下，他看出有兩人面對面站在圍欄的兩側——愛麗絲．蒙克與那名隔離營的登錄員。現在一定是逼近零度的氣溫，但兩人不冷，或者覺得冷，但反正是在一起，所以耐受度比較高。

也許這就是愛吧——共享寒意。

有孩子們在的時候，三十一號營區似乎又小又擠，但等到他們離開之後，卻顯得空曠又死氣沉沉。

他為了要暖和身體，躺在營房地板上，手肘支住身體，開始揮動大腿，以剪刀式踢腳懲罰腹部肌肉。打從青少年時代開始，愛情就一直是佛列迪的問題來源。

儘管他在其他方面恪守紀律，但他一直無法克服自己最深沉的本性，讓他無比挫敗。

一、二、三、四、五……

在德國猶太童軍協會舉辦的戶外教學活動中，他喜歡與其他男孩一起窩在睡袋裡，他們總是喜歡和他說說笑笑，把他當成一分子。自他父親過世之後，他覺得與他們在一起備受呵護，舒服自在……這完全不像友誼，足球隊不僅只是足球隊而已，是他的家人。

十八、十九、二十、二十一……

他與男生廝混的愉悅並沒有隨著年紀增長而消失。他覺得自己與女孩們越來越疏遠，因為和她們在一起的時候，完全不會產生相親相愛的同儕情感。女孩們讓他覺得好可怕，她們對男生避而遠之，而且還會拚命嘲弄他們。只有隊友、還有那些與他一起登山以及比賽的男生們，才會讓他感到自在。進入成人階段之後，這種感覺依然存在，然後，他離開了亞琛，前往杜塞道夫。

身體為你做出決定的時刻到來了，他開始有了某些秘密邂逅。某些發生於燈光昏暗、地板永遠濕答答、洗手台裡有鐵鏽的公廁。不過，偶爾也會出現溫柔的顧盼，沒那麼呆板的愛撫，滿足的一刻，令人無法招架。愛情，就像是走過一攤碎玻璃。

三十八、三十九、四十……

在過去這些年當中，他一直努力舉辦運動比賽與訓練，讓自己的心靈處於忙碌、身體氣力耗竭的狀態。只要有一個閃失，就會毀了他的名聲。一直奔忙個不停，也可以掩飾他無論受到多麼熱烈歡迎、大家都喜歡他，但最後卻總是落單的事實。

五十七、五十八、五十九……

所以他繼續以剪刀式踢腳劃破空氣，造成腹部肌肉疼痛，懲罰自己，因為他無法成為自己所想望的那種人，或者，應該說無法符合眾人希望他成為的那種模樣。

七十三、七十四、七十五……

地上的一灘汗水顯現了他的決心，他自我犧牲的能力……還有他的成功。他坐好，心情輕鬆多了，任由過往記憶填補此夜的虛空。

而那些回憶把他拉回泰雷津。

他們在一九四二年五月把他遣送到泰雷津，彷彿把他當成了另一個捷克人而已。

他屬於第一批抵達者，技工、醫生、猶太住民委員會的成員，還有文化與體育教師也是，納粹準備要大規模遣送猶太人。

當佛列迪剛到達的時候，發覺這座城鎮是軍事思維設計：方形與斜角構成的街廓、幾何形狀的建物、春日應該會有繁花盛開的長方形花圃。他喜歡那種有邏輯的城市，因為符合他的紀律感。他甚至覺得這可能是猶太人歸返巴勒斯坦之前、一個更好的全新起點。

他第一次停下腳步、仔細端詳泰雷津，一陣風吹來，微微弄亂了他的直髮，他把它梳撫為原狀。不論發生任何狀況，他都不會失去自己的沉著。他不會因為歷史之風而後退，就算現在遇到摧枯拉朽的颶風也一樣不為所動。他是古老種族之後，屬於天選之民。

他在布拉格從事青少年團體訓練工作一直很忙碌，他希望可以繼續從事體育活動，以及激勵希伯來精神的週五聚會。

這並不容易，因為他必須要對抗納粹，還得注意猶太居民委員會的部分成員，因為他拚命隱藏的那種污點要是被這些人知道的話，絕對不會原諒他。幸好，他總是能夠得到委員會主席亞可布・艾德斯坦的支持。

他成功組織了各種運動團隊、安排拳擊與柔術課程，以及籃球錦標賽。他還創辦了有好幾支隊伍的足球聯盟，甚至說服德國衛兵組隊與俘虜比賽。

他還記得那些光榮時刻：觀眾的狂吼，他們不只是擠在場邊，還有一堆窩在建物的門窗邊、俯瞰內庭比賽。

他也想起了脆弱的時刻，而且還不少。

他記得某一場比賽，由他主辦的足球賽，納粹親衛隊對戰猶太人，裁判是他。當然，通往內庭的空位擠得水泄不通，梯台上有數百雙眼睛緊盯賽事。這不只是一場比賽，對佛列迪來說更是如此。他花了好幾個禮拜的時間組隊、研究戰術、給予他們心理建設、安排訓練項目，還請大家捐牛奶配糧給他的球員。

距離比賽結束只剩下幾分鐘的時候，納粹親衛隊的前鋒在中場攔截到了球。他開始以直線奔向禁區，所有的中場猝不及防，只剩下一名後衛可以截斷他。那名納粹朝他的方向跑過去，就在兩人要正面對決的時候，那名俘虜刻意收腿，讓納粹可以順利繞過他。納粹近距離出腳，拿下致勝的一分。赫許永遠忘不了那群亞利安人志得意滿的神情，他們打敗了猶太人——就連在球場上也一樣。

赫許吹哨，比賽結束的哨音響起，現場一片安靜。他走到搶下最後一分的前鋒面前，向他恭喜，那個納粹親衛隊笑得開懷，嘴裡根本沒有牙齒，彷彿曾經被人打得滿地找牙。佛列迪進入臨時更衣室，貌似面無表情，然後停下腳步，裝出在繫鞋帶。他讓那些球員從他面前離開，其實是刻意要等某人過來。沒有人注意到赫許迅速猛烈一推、把那名球員逼入了掃具室。等到進去之後，他把對方壓入一堆拖把桿裡面。

那名球員一臉困惑，「怎麼了？」

「你自己說啊，為什麼要讓納粹得分打敗我們？」

「好，赫許，我認識那個下士。他是大混蛋，徹頭徹尾的變態。他的牙齒全斷了，因為他總是拿嘴巴當開瓶器。這傢伙超殘忍，我根本不可能冒著斷頭風險攔阻他。」

佛列迪記得當初自己回給對方的一字一句，記得自己充滿了不屑。

「你大錯特錯。這並不是一場球賽而已，這裡有數百人在觀看，而我們卻讓大家失望了。裡面有幾十個小孩——他們會作何感想？如果我們像小蟲一樣畏縮，他們怎麼可能會因為身為猶太人而感到驕傲？每一場比賽都要全力以赴，這是你的職責。」

「我覺得你有點失控了——」

赫許的臉硬是湊到對方面前，相距不到〇點五公分，他看出對方眼中的恐懼，但在這麼狹小的空間裡已經退無可退。

「現在，給我仔細聽好了，我只說一次。下次你跟納粹親衛隊對戰的時候，要是不肯伸出你的腿，我會用手鋸弄斷它。」

那球員的臉色慘白如紙，趕緊溜到旁邊，逃之夭夭。

佛列迪回想這段過往，不禁發出氣惱嘆息。

那個男人是廢物，成人都已經腐化，所以年輕族群才會如此重要，還是可以形塑他們，讓他們越來越好。

一九四三年八月二十四日，來自比亞維斯托克的一千兩百六十名孩童，抵達泰雷津。超過五萬名猶太人被軟禁在那座波蘭城市的隔離區，在那一年的夏天，納粹親衛隊以系統化的方式、幾乎殺光了所有的成人。

亞維斯托克的孩童被安置在泰雷津的獨立區域，城鎮西部的某幾個街區，四周有鐵刺網包圍，納粹親衛隊密切監控。泰雷津高級突擊隊領袖對猶太居民委員會下達嚴格命令，絕對不允許任何人接觸這些小孩，只能間接傳達消息，而且這些孩子的最終去處一直成謎。能夠進去的只有五十三人，其中包括了醫療人員，他們的任務是阻斷裡面會出現傳染病。輕忽這些規定的人，將會受到最嚴厲的處罰。

納粹的目的就是禁止任何人接觸這些波蘭小孩——他們是比亞維斯托克大屠殺的目擊者兼受害者——那麼，在對戰爭充耳不聞的歐洲，他們罪行曝光的機會就可以降至最低。

當時，幾乎是泰雷津的晚餐時間，氣溫開始轉涼。若有所思的佛列迪·赫許擔任有五十名球員上場的足球比賽裁判。他心思重點是通往禁區街道的列柱，而不是忙著競逐足球的那一堆腿。

雖然他已經提出了多次的文件要求，為了那些波蘭孩子，必須要出面干預。但一直沒有得到青年委員會的許可。所以，當他一看到比亞維斯托克小孩隔離禁區出來的那群醫護人員，他立刻把哨子交給最靠近他的男孩，匆匆追過去找他們。

從醫療小組成員的臉龐可以看出他們相當疲憊，他們依然身穿髒兮兮的白袍，在人行道前行。佛列迪擋住他們的去路，詢問裡面小孩的狀況，但他們只是繼續前進，上級早已下令，必須三緘其口。有一名護士落在他們後頭，行走速度緩慢，彷彿心情低落，或是有些不知所措。那女子稍稍停下腳步，赫許看到她眼中有倦累的怒火。

她告訴他們，小孩子都嚇壞了，而且幾乎每個人都嚴重營養不良。「當警衛想要帶他們去洗澡的時候，他們變得歇斯底里。伸腳亂踢，大喊不要去毒氣室。警衛必須要把他們硬拖去洗澡。有一個由我負責清潔感染傷口的小孩告訴我，就在他上火車之前，他發現他們殺死了他的爸媽與哥哥姊姊。他死命抓住我的手臂，以恐懼至極的聲音告訴我，他不想要進去毒氣室。」

一想到那些因為恐懼而顫抖的孤兒，這名護士就好揪心，護衛他們的居然是殺死父母的兇手。她告訴佛列迪，他們假裝犯疼生病，緊緊抱住她的腿，但他們真正需要的不是藥品，而是關愛、保護、照顧，以及減輕恐懼的擁抱。

第二天，各式各樣的工人、廚工，以及醫護人員進入西區的管控地帶，也就是比亞維斯托克孩童被軟禁之處。百無聊賴的納粹親衛隊，緊盯這些人的一舉一動。

一群帶著建材的工人進去了，準備要修繕某棟建物。其中一名工人以扛肩的木板擋住自己的臉，他的身材跟一般工人一樣，挺直的肩骨，肌肉發達的雙臂，但他其實是運動教練，而不是工人，佛列迪．赫許偷偷摸摸混了進去。

一進去之後，他就行動自如，立刻朝最靠近他的那棟建物走過去。看到兩名納粹親衛隊就站在他面前，他突然全身緊繃，但他並沒有後退，反而流露出更堅決的姿態、朝他們的方向走過去。經過他們身邊的時候，他們完全沒有理會他，因為這裡有許多猶太平民在四處走動幹活。

他進入其中一間建物，裡面的空間配置就與泰雷津的其他建物一樣：大門進去之後就是門廳，兩側各有一道階梯，要是繼續往前走，就會進入由建物四面側廳所圍成的大型的方正內院。他隨便找了一道階梯，上樓，遇到了兩名帶著好幾捲電線的電工，對他客氣問好。他到達二樓，看到某些小孩坐在床鋪上面，雙腿在邊緣搖晃。

他站在梯台，對錯身而過的某名下士微微頷首致意，那名納粹親衛隊繼續往前走。佛列迪焦躁不安，對一個有這麼多小孩的地方來說，也未免太安靜了。就在這時候，他聽到後面有人喊他名字。

「赫許先生？」

他原本以為是隔離區的某名熟人，不過，當他轉頭過去的時候，卻發現是剛才遇到的那名親衛隊成員，對方展現友善態度對他微笑，缺牙的笑容。赫許認出了他，就是那名親衛隊球員。對方依然保持笑容，但立刻就蹙眉，整張臉像是皺爛的撲克牌。他發現這位體育教練不該待在這裡，舉起了手臂，以手指朝階梯一指，示意赫許必須走在他前面，就像是對待犯人一樣。佛列迪擺出輕鬆語氣，努力編出自己會出現在此的藉口，但這名士兵很堅持。

「現在就去崗哨！」

他們把他帶到負責警戒的上級突擊隊領袖面前，佛列迪立正站好，甚至還雙腿併攏發出了喀啦聲響。長官要求他出示進入此區的許可證件，他當然沒有。那名納粹怒氣沖沖，把臉湊到他面前，問他來這裡到底做什麼？

赫許目視前方，看起來完全不為所動，以他一貫的客氣態度回道：「長官，我只是想要努力盡本分，為住在泰雷津的小孩安排活動。」

「所以你不知道禁止接近這些小孩的規定嗎？」

「長官，我知道，但我是青年委員會的負責人，我想我應該是照顧孩童福祉的成員之一。」

赫許態度淡定，讓這位軍官覺得沒什麼好擔心，態度變得沒那麼強硬。他告訴佛列迪，他會將這起事件寫報告呈交上級，之後會通知佛列迪結果。

他丟下一句話：「搞到上軍事法庭也是有可能。」

他們把他關入崗哨旁邊的監禁區，還說確定報告細節之後就會釋放他。佛列迪依然神色自若，在只有狗籠大小的空間裡來回踱步，他因為無法看到小孩而十分氣惱，但除此之外，他依然很冷靜。才不會因此會有什麼軍事法庭，猶太隔離區的德國高層一直很看重他，或者，至少他自己是這麼認為。

穆爾斯坦拉比，隔離區猶太委員會領導階層的三巨頭之一，從圍牆另一頭的街道走來。看到青年委員會的某名代表居然被關在裡面，相當意外不悅。顯然赫許違反了禁止進入比亞維斯托克孩童區的規定，所以他現在就像是一般犯人一樣遭到監禁。這位神色嚴厲的領導人靠近圍牆，緊盯著他。「赫許先生，」他語氣責難，「你在那裡做什麼？」

「那你呢，穆爾斯坦先生？……你又在那裡做什麼？」

沒有軍事法庭審判，看起來似乎也沒有懲處。不過，某天下午，猶太隔離區委員會的正式傳令員帕維爾——大家都喊他「骨頭」，因為他雙腿細瘦，他也是泰雷津速度最快的短跑健將——打斷了佛列迪的跳遠訓練課，通知他當天下午必須要到位於馬格德伯格區的猶太行政局報到，不得有誤。

向佛列迪宣布消息的是委員會主席，亞可布．艾德斯坦：德國指揮部把他列入下一波遣送到波蘭的名單，或者，更精確的說法，是靠近歐斯維奇的奧斯威辛集中營。

他們都聽過有關奧斯威辛的各種可怕故事：大規模屠殺、在可能會累死工人的環境下逼人做奴工、各式各樣的騷擾與羞辱，傷寒肆虐卻完全沒有人得到治療……但這一切都只是傳聞。沒有人能夠以親身經驗證實為真，但話說回來，也從來沒有人能夠歸返，告訴大家這只是謊言。艾德斯坦告訴佛列迪，納粹親衛隊指揮部要求佛列迪到達奧斯威辛的時候，要主動向集中營長官報到，因為他們非常盼望他繼續擔任年輕小組的領導人。

「所以我會繼續和青少年在一起——一切都不會改變？」

艾德斯坦，這位有著和善圓臉、帶粗框眼鏡的老師，露出苦笑。

「未來的狀況會很艱險，非常艱險，佛列迪，比艱險更可怕。許多人進了奧斯威辛，但從來沒有人回來。即便如此，我們還是要繼續奮戰下去。」

赫許想起主席在那天下午對他所講的最後幾句話：「佛列迪，我們不能失去希望，千萬不要讓火焰熄滅。」

這是佛列迪最後一次見到亞可布．艾德斯坦，雙手反剪在後，凝望窗外，陷入了沉思。艾德斯坦當然知道過沒多久之後，自己也會被送上相同的路徑、進入滅絕營，他剛剛收到命令，他們已經摘除他的猶太委員會主席頭銜。身為泰雷津的猶太領導人，監管隔離區裡的民眾是他的責任。納粹親衛隊對於出入口的控管不是很嚴謹，一直有俘虜逃脫。艾德斯坦並沒有告發，反而是隱匿不報，直到人數短少太過明顯而東窗事發，納粹親衛隊這才發現至少有五十五名俘虜逃離了猶太隔離區。

死亡陰影朝艾德斯坦籠罩而來，他闖下了大禍。所以，當他到達集中營的時候，他們把他送入的地方不是奧斯威辛－比克瑙家庭營，而是奧斯威辛監獄。佛列迪知道他們會對裡面的犯人施以有史以來最嚴厲的酷刑，但他從來沒有告訴過米瑞安。

亞可布·艾德斯坦怎麼了？還有，我們大家的未來呢？

14

小孩都離開了，只剩下一些老師在閒聊，蒂塔忙著整理她的圖書館。這也許是她最後一次做這件事，因為她必須講實話：她被門格勒盯上了。所以，在她把所有的書放回去之前，她從秘密口袋裡取出了膠帶，修補俄文文法書的破痕，然後又取出阿拉伯膠，黏貼其他兩本書的書脊邊緣。威爾斯作品的某一頁邊角被摺記，她用力撫平，也以同樣的方式壓平、或者應該說是溫柔撫摸地圖集，其他的書本也得到相同待遇，甚至就連赫許大力反對、沒有封面的那一本書也不例外。她趁空剪了一小段狹長膠帶，貼合裂開的紙頁。接下來，她小心翼翼把所有的書放入杜丁西阿姨幫她縫製的秘密口袋，仔細擺放，宛若護士把新生兒放入小床裡面一樣。最後，她走向營區長官的小房間，敲門。

赫許坐在桌前寫報告，也可能是在計劃排球賽程。她詢問他可否讓她開口，他轉身面向她，一貫的冷靜表情，還有無人能夠參透的微笑。

「說吧，艾蒂塔。」

「我必須要告訴你，門格勒醫生在懷疑我，也許是與圖書館的事有關。在上次突檢之後，他在集中營大道攔下我，也不知道為什麼，他居然知道我有藏東西。他威脅我會一直緊盯著我，我的確感覺他在監視我。」

赫許起身，離開椅子，在小房間裡來回走動了好幾秒，表情專注。終於，他停下腳步，直視蒂塔的雙眸，對她說道：「門格勒緊盯的其實是每一個人。」

「他告訴我，他會把我放在解剖台上面，開腸剖肚。」

「他喜歡解剖人——以這種方式取樂。」佛列迪說完這句話之後，兩人陷入不安沉默。

「你不會再讓我當圖書館員了吧？我知道這是為我著想——」

「妳想要放棄嗎？」

佛列迪目光閃動，他總是掛在嘴邊的那盞內在小燈泡剛剛亮了，而蒂塔的也是，因為赫許的電力會感染給別人。

「當然不想！」

佛列迪．赫許點點頭，彷彿在對她說：我早就知道了。

「那妳就乖乖當妳的圖書館員。當然這有風險，但我們正在打仗——只是這裡的人有時候會忘了這件事。艾蒂塔，我們是士兵，有些人說我們在後方，所以就放下戒心，千萬不要相信他們的說法。這是戰爭，我們每一個人都有自己的前線。這是我們的戰場，必須要戰鬥到最後。」

「那門格勒呢？」

「一個優秀士兵必須要謹慎小心。我們要非常提防門格勒，永遠沒辦法知道他到底在想什麼。有時候他對你微笑，看起來十分真懇，但幾乎是在一瞬間，他的臉色就轉為嚴肅，而那種神情的冷酷感會讓你寒到心裡。如果門格勒真的握有對妳不利的具體證據，妳早就死了。所以，要是他看不到妳、聽不到妳、聞不到妳的氣息，這樣最安全。妳要避免與他有任何接觸，如果看到他，趕緊走向另一個方向。如果正面相迎，那就小心迴避目光，最佳策略就是讓他根本忘記有妳這個人。」

「我會努力。」

「很好，還有其他的事嗎？」

「佛列迪……謝謝你！」

「我請妳冒著生命危險站在火線，而妳居然謝我？」

其實蒂塔想說的是：很抱歉——我居然懷疑過你，真是對不起。不過，她不知道該如何啟齒。

「哦……我想要謝謝你一直待在這裡。」

赫許微笑，「不需要。哪裡需要我，我就會出現。」

蒂塔到了外頭，白雪覆滿集中營，也不知道為什麼有了這樣的妝點之後，比克瑙看起來沒那麼可怕了，近乎是沉睡的姿態。寒氣逼人，但有時候與營房內的激烈對話氣氛相比，反而更令人感到舒暢。

她正好遇到了蓋布瑞爾，老師們斥罵處罰的冠軍。這個無法無天的十歲紅髮男孩穿著一條過大的褲子，只能靠褲繩綁腰，佈滿油污的襯衫也同樣過大。他後頭有六個與他年紀相仿的小男生突擊隊。

蒂塔心想：他要去幹壞事了。

另外，還有一群約莫四、五歲的孩子，全部手牽著手，跟在那群男孩突擊隊後頭，相隔約數公尺之遠，他們身穿老舊衣服，臉龐髒兮兮，但天真無邪雙眼的亮光卻宛若新降雪花。

蓋布瑞爾是三十一號營區裡的小小孩偶像之一，因為他對於惡作劇有無窮想像力。就在今天早上，他把蚱蜢丟到瑪塔．科瓦克的頭上，她是一個非常矯揉做作的女孩，全營房的人都被她歇斯底里的尖叫聲嚇得動也不敢動。就連蓋布瑞爾自己也被她的超激烈反應嚇呆了，那女孩站到他面前，盛怒之下狠狠甩了他一巴掌，差點就刮掉了他臉上的雀斑。

負責的老師做出結論，塔木德經的正義已經得到實踐，接下來就繼續上課，蓋布瑞爾既然已經被人出掌修理，就不需要其他的處罰了。

通常這些小小孩想看蓋布瑞爾惡作劇的時候，都會被他趕走或嚇跑。所以，當蒂塔看到他後頭居然出現了一群小跟班，不禁嚇了一跳，她決定要以保持距離的方式、繼續跟蹤他們。

她看到他們走向集中營出口，這才恍然大悟——他們要去廚房。蓋布瑞爾的朋友們小心翼翼站在廚房禁區的安全距離之外，不過，蓋布瑞爾繼續往前走，其他人則待在門口附近。接下來發生的情節，不禁讓蒂塔想到了喜劇場景。蓋布瑞爾跑出來，某個脾氣非常火爆的女廚師碧塔追了上來，她拚命揮舞雙臂，宛若人體風車，彷彿把小孩子當成了鳥兒拚命驅趕。

蒂塔心想他們一定是來討馬鈴薯皮，這是小孩們最愛的犒賞食物之一。但這位廚師似乎已經受不了這些白吃白喝的小傢伙，決定要趕人。蓋布瑞爾打死不退，其他年紀比較大的小孩也一樣，反而一分為二，為蓋布瑞爾與兇巴巴廚師讓出了一條通路。蓋布瑞爾溜到一旁，廚師踩到一塊冰，差點摔倒。等到她恢復平衡之後，眼前看到的是剛剛到來的那群小小孩。他們依然手牽著手，因為一路拚命追趕那些大男孩而氣喘吁吁。碧塔看到那一直飢腸轆轆的表情，實在無法裝作視而不見，她完全沒料到一群臉上佈滿泥巴雪花、雙眼充滿祈求的小可愛站在她面前。她不再揮舞雙臂，反而垂放在兩側。

蒂塔聽不到她在說什麼，但反正也不需要。這個廚師個性強硬，雙手粗糙，卻有一顆溫柔的心。蒂塔想到蓋布瑞爾如此狡猾，不禁露出微笑，他讓最年幼的這群小孩到達這裡，軟化廚師的心。想必碧塔一定擺出最嚴厲的語調開始對他們訓話，她不能在未經長官允許的狀況下送出任何廚餘，要是囚監逮到她或是其他廚房幫手做出這種事的話，一定會丟了工作，而且會遭到嚴厲懲處，還有這個那個講也講不完……這些孩子依然以幼鹿般的雙眼盯著她，所以……她這次會破例，不過，千萬不要想再回來，不然她一定會狠狠修理他們。看到某些小孩點頭，也該給他們食物了。

廚師不見了，進入營房，幾分鐘之後出來，拿了一個金屬桶，裡面裝滿了馬鈴薯皮。她伸出大手阻擋來勢洶洶的那群小暴民，逼他們一個一個來，從最小的開始領，年齡最大的殿後。然後，他們回到了三十一號營區，大啖自己的馬鈴薯皮。

蒂塔心情很好，回到集中營大道，但走到一半的時候，遇到了她媽媽，整個人蓬頭垢面，對於一個就連待在奧斯威辛、也想盡辦法要弄到一把老舊梳子的人來說，這模樣與平常大相逕庭，她母親一直有仔細梳理頭髮的習慣。

所以蒂塔知道一定出狀況了。她奔向母親，迎向她的是一個異常熱切的擁抱，她母親說道，今天在她爸爸工作坊外頭等他，卻沒看到人。他的同事布萊迪先生告訴她，他今天早上沒有上工，因為沒辦法起床。

「布萊迪先生告訴我，妳爸爸發燒，但是囚監說最好不要送他去醫院。」

她母親很苦惱，真的不知道接下來該怎麼辦。

「也許我應該要堅持，逼囚監送他去醫院。」

「爸爸說他營房的囚監是社民黨德國人，不是猶太人。個性冷調，但人其實還不錯。也許醫院不太適合，那個在三十一號營區前面的醫院……」

蒂塔不說話了。她差點講出自己看到那些蹣跚進去醫院的人，通常出來的時候都已經躺在拉達先生與其他人推送的運屍車裡面。但是她不能提到死亡，必須要讓那個字眼遠離她的父親。

「我們根本沒辦法見他，」蒂塔母親在哀號，「我們進不去男子營房。我請布萊迪先生幫忙，這位來自布拉提斯拉瓦的善良紳士願意幫我，我在門口守候，他進去探望妳爸爸，然後再出來告訴我狀況。」她必須暫作停頓，因為激動哽咽，蒂塔緊握她的手。「布萊迪先生告訴我，他跟今天早上的狀況一樣：因為高燒而陷入半昏迷，狀況看起來很糟糕。艾蒂塔，也許妳爸爸應該要去醫院才是。」

「我們去看他。」

「妳在說什麼？我們不能進去他的營房！我們不能這麼做！」

「他們也不可以把人關起來又殺人啊，但他們卻沒有受到任何阻攔。妳先去他營房門口，等我一下。」

蒂塔衝去找米蘭，他是三十一號營區的助理之一。雖然他長得好看，但蒂塔覺得他個性不是很討喜。

她在三十一號營區旁邊找到了米蘭。明明是典型的酷寒波蘭下午，但他卻與兩個朋友坐在外頭，斜靠在木頭牆板。他們在殺時間，盯著來來往往的俘虜，對女孩子品頭論足。一想到要站在這些比她年紀稍長的男生們面前，她實在高興不起來，這些傢伙的鼻子下方才冒出了一點點鬍鬚、滿臉痘痘，但卻表現得像是鬥雞。當她靠近他們的時候，她渾身不自在，她覺得他們一定在嘲笑她的細腿還有稍嫌幼稚的羊毛襪。不過，當她站定在他們面前的時候，她知道自己絕對不能膽怯。

「哇，哇哇哇！」最先開口的是米蘭，態度擺明了他是老大。「看看是誰在這裡，圖書館員呢——」

「你不該在三十一號營區外面講那件事！」蒂塔打斷他，但立刻就因為自己的粗魯態度而感到懊悔，因為這男孩變得面紅耳赤，一個比他年輕的女孩害他在自己的朋友面前出醜，他可不喜歡這樣——而且，蒂塔還得要請對方幫忙。「好，米蘭，我有事情要找你……」

那三個男孩互推手肘，開始咯咯賊笑，受到慫恿的米蘭也開始吹噓。

「哦，女孩子經常來找我要這要那的……」他得意洋洋，眼角飄向他的朋友，想知道他們作何反應。他們大笑，露出了缺牙。

「我需要借用你那件大大的長外套，一下子就好。」

米蘭神色十分驚詫，笑聲沒了。他的外套？她要向他要外套？當初他們在分配衣物的時候，他能夠拿到這件外套真的是超級好運，這是二號營最好的外套之一。曾經有人要拿配糧麵包甚至馬鈴薯向他交換外套，但無論是什麼價碼，他都不為所動。在不到零度的雨天下午，萬一沒有這件外套，是要叫他怎麼辦？

「妳瘋了嗎？我絕對不能讓人碰我的外套，而且，絕對不能就表示絕對不能，妳聽清楚沒有？」

「只要一下就好——」

「別傻了，一分鐘都別想，絕對不可能！妳以為我是呆瓜？我給妳外套，妳拿去轉賣，然後我就再也看不到它了。妳還是趕快走吧，不然我等一下就真的生氣了！」他說出這段話的同時已經起身，擺出耍狠表情，顯然他至少比蒂塔高了二十公分。

「我只要借用一會兒而已。你可以全程跟著我，確保你的外套不會消失，我會把我晚餐的配糧麵包給你。」

蒂塔提到了神奇關鍵字：食物。對於一個已經不記得最後一次食慾得到滿足是什麼時候的發育中男孩來說，這可是莫大的承諾。他的肚子老是咕嚕叫，對於食物的焦慮成了某種執念，比女孩大腿更讓他興奮垂涎的就只有雞腿了。

「一整份配額……」他重複這句話，開始思考對方的提議，他已經開始想像大餐的滋味。甚至還可以存一點留到早上配清湯，吃一頓真正的早餐。「妳說妳只會穿外套一下下，我全程監看，然後妳馬上就會還給我？」

「對，我不會騙你。我們在同一個營房工作，所以要是我要你的話，你會舉發我，他們就會解除我三十一號營區的職務，我們沒有人想要離開那個營房。」

「好，讓我想一想。」

那三個男孩交頭接耳，除了低語之外，還偶爾爆出笑聲。終於，米蘭抬頭，擺出了得意洋洋的姿態。

「沒問題，我的外套可以借妳一會兒，妳要給我一整份配額麵包……但我們還要摸妳的奶！」

他瞄了同伴一眼，那兩人拚命興奮點頭，彷彿裝了彈簧一樣。

「別鬧了，我幾乎沒……」

她發現他們三個哈哈大笑，彷彿很開心似的，或者，他們需要笑聲掩蓋自己提出這種交易時的緊張與彆扭。蒂塔悶哼一聲，要不是因為他們的身材比她高出一大截，她一定對他們一人甩一巴掌。

他們居然這麼不要臉……或者，這麼愚蠢。

但她別無選擇。

反正是怎樣有差嗎？

「好，沒問題，現在趕快讓我試外套。」

米蘭脫掉外套，上半身剩下只有三顆釦子的襯衫，冷得直發抖。蒂塔穿上了長外套，超大，正符合她的期待。這件衣服具有一個特色，現在對她而言價值連城，集中營裡面其他衣服很難找到這樣的功能——帽兜。她立刻大步離開，米蘭緊跟在後。

「我們要去哪裡？」

「十五號營房。」

「妳的奶呢？」

「等一下。」

「妳說的是十五號營區？但那是男子營房——」

「沒錯……」蒂塔把帽兜蓋住頭，幾乎整張臉都被蓋住了。

米蘭停下腳步。

「等等，妳不會真的要進去那裡吧？女人禁止進入，我可不想跟著妳進去，萬一他們抓到妳的話，他們也會處罰我，我覺得妳腦袋不太清楚。」

「我不管你要不要跟，反正我都要進去。」

男孩的雙眼睜得好大，現在他抖得更厲害，不只是因為天冷而已。

「你不進去的話，可以在門口等我。」

米蘭必須加快腳步，因為蒂塔步伐急快。她看到她母親就在幾公尺之外，躲在她爸爸營房的入口附近，她不想現在停下腳步和母親打招呼。莉莎·阿德勒太傷心了，居然沒有認出身穿男子外套的女兒。蒂塔毫不遲疑，立刻進去營房，根本沒有人注意到她。米蘭站在門口罵髒話，不知道這女生是不是要了他，他從今以後再也看不到自己的外套了。

蒂塔穿越了一排排的床鋪，有些人躺在未運轉的橫式火爐上面，還有的人坐在鋪位上聊天。有些人則是直接躺在鋪位，但這明明是在天黑之前嚴格禁止的行為。從這種種跡象看來，他們有個和藹可親的囚監。這裡臭氣沖天，比女子營房還可怕，汗水酸臭味令人想吐。蒂塔沒有動帽兜，根本沒有人注意到她。

她在營房後面發現了她父親，整個人平躺在他下方鋪位的草蓆上面。她拉開自己的帽兜，把臉湊到父親面前。

她輕聲細語：「是我。」

他原本半閉著眼，不過一聽到自己女兒的聲音，就稍微睜開了雙眼。蒂塔把手放在他的前額，好燙。她不確定他是否認得她，不過她握住他的其中一隻手，繼續對他悄聲說話。通常在不確定對方能否聽到自己聲音的狀況下、很難好好講話，但卻出奇流暢，她說出了從來沒說、因為總以為將來有機會說出口的那些話。

「你還記得你在家裡教我地理嗎？我記得很清楚……你懂好多事情！爸爸，我一直深深以你為傲，永遠永遠。」

她開始說起自己在布拉格的童年美好時光、在泰雷津猶太集中營的開心時刻、還有她和她媽媽有多麼愛他。她不斷重複，讓這些話語能夠穿透他的高燒。她覺得他的身體微微動了一下，也許他的內心深處正在聆聽她講話。

漢斯．阿德勒幾乎沒有什麼能夠對抗肺炎的武器——營養不良的孤單男子向充滿活力的細菌大軍奮戰，已經被徹底擊潰。蒂塔想起就在他們離開布拉格之前、她曾在保羅．德．克萊夫的著作裡讀到這些細菌獵人，要是透過顯微鏡觀察病菌，它們簡直就像是一群微縮版的掠食者，數目之多根本難以抵禦。

她放開他的手，把它放在骯髒的床被下面，親吻他的額頭。她再次拉起帽兜，轉身準備離開。就在那時候，她瞄到了米蘭，距離她數步之遙。她以為他一定會暴怒，沒想到那男孩凝望她的目光卻意外充滿溫柔。

他問道：「妳爸爸嗎？」

蒂塔點頭。她在自己衣服裡摸找了一下，拿出了她晚上的配糧麵包，交給對方。

但男孩的雙手依然插在口袋裡，搖頭拒絕。她走到門口，脫下外套，母親認出她了，神色困惑。

「外套可否借我媽媽一下？」她還沒等到他回答，她立刻對母親說道：「穿上，趕快進去。」

「可是，艾蒂塔——」

「趕快啊！在右後方，他意識不清，但我想他聽得到妳說話。」

她媽媽調整帽兒，得到了充分掩護，悄悄溜了進去。米蘭默默站在蒂塔旁邊，不知道該說些什麼是好。

「米蘭，謝謝你。」

那男孩點點頭，遲疑了一會兒，彷彿在思索適當的字詞。

她低頭望著自己幾乎平坦的胸膛，「至於那個……嗯……」

「拜託！不用了！」米蘭臉紅，狂揮雙手。「我現在得走了，明天把外套還給我。」

他轉身匆匆離去，不知道等一下要和朋友們怎麼解釋回來的時候外套沒了，那女孩也不見了。他們一定會覺得他是白痴。他可以說他在回程途中就吃完了麵包，還有，他幫大家摸了女孩的胸部，畢竟那外套是他的。不過，一想到這種藉口就讓他猛搖頭，他知道他們會立刻識破謊言。他還是告訴他們實話好了，當然會被他們大力嘲笑，還會說他容易被騙。不過，他知道該怎麼應付那種狀況，他會朝第一個開口亂講話的狠狠揍下去，讓對方得用放大鏡找牙。然後，大家又會重修舊好。

當蒂塔正在等待莉莎回來的時候，瑪吉特出現了，從她那焦心的表情看來，想必是聽說了蒂塔父親的事。在奧斯威辛，各種消息傳播速度很快，尤其是壞消息。瑪吉特走到蒂塔面前，給了她一個擁抱。

「妳爸爸還好嗎？」

蒂塔知道這問題背後其實隱藏了另一個更危急的問題：他能夠活下去嗎？

「他不是很好，發高燒，而且呼吸的時候胸腔會哮喘。」

「蒂塔，妳要有信心，妳父親以前成功度過許多難關。」

「未免太多了。」

「他很強壯，一定會奮戰下去。」

「瑪吉特，他以前很強壯，但過去這幾年讓他老化得很嚴重。我一直是樂觀主義者，但我現在已經不知道該怎麼想了，我不知道我們能不能撐下去。」

「一定可以。」

「妳怎麼能這麼篤定？」

她朋友沉默了好幾秒，咬住下唇，彷彿在思索答案。

這兩個女孩不說話了。她們已經不再是那種誤以為認真許願就可以成真的年紀了。宵禁警報響起，她母親從營房出來，宛若鬼魂拖著腳步在泥地前行。

瑪吉特開口：「我們得趕快。」

「妳先走——趕快跑吧，」蒂塔回她，「我們會慢一點。」

她朋友向她道別。現在，母女周邊無人，她母親神色迷惘。

「爸爸怎麼樣？」

莉莎回道：「稍微好一點了。」不過，她的語氣好心碎，顯見她在說謊。但反正蒂塔很清楚狀況，她太清楚母親的個性了，莉莎一輩子都在努力讓一切安然無恙，不要讓自然秩序發生任何改變。

「他認得妳嗎？」

「是啊，當然。」

「所以他有沒有對妳說什麼？」

「沒有……他有點疲倦，他明天就會好一點。」

回去營房的路上，兩人都不發一語。

他明天就會好一點。

她母親的語氣斬釘截鐵，沒有任何懷疑空間。蒂塔牽起母親的手，兩人加快腳步。

當她們進入營房的時候，幾乎所有的女人都已經躺在自己的鋪位，面向囚監，她是匈牙利女子，佩有代表罪犯的橘色臂章，高人一等。小偷、騙子、殺人犯，這些人的位階都高於任何一個猶太人。她在檢查半夜使用的尿壺位置，當她看到蒂塔與母親姍姍來遲，立刻揚起手中的棍棒，作狀威脅。

「囚監，抱歉，我父親——」

「白痴給我閉嘴，趕快上去妳的床。」

「是的，長官。」

莉莎緩緩爬了上去，就在躺下之前，迅速轉頭面向蒂塔，她沒有開口，但眼中悲傷盡顯。

「媽媽，不要擔心，」她女兒為她加油打氣，「要是爸爸沒有好轉，我們早上去找他的囚監談一談，帶他去看醫生。如果有需要的話，我會找三十一號營區長官談一談，佛列迪·赫許會幫助我們。」

「他明天就會好一點。」

營房熄燈，蒂塔與她的鋪友道晚安，對方沒理她。她心情好糟糕，根本沒辦法闔眼。她開始回憶父親過往的影像，想要找出最好看的畫面，她最喜歡的是這一幕：她父母坐在鋼琴前面，兩人都好看優雅——她父親穿白襯衫，捲起袖口，佩戴領帶與吊帶，而母親則身穿強調腰線的合身洋裝。兩人哈哈大笑，因為看來是找不出方法可以四手聯彈，兩人好快樂。

蒂塔想起他們離開布拉格的情景，走出大門、將行李放在梯台的那一刻。他們準備要關門，不知道將來還有沒有機會再開這道門。她父親又進去公寓，母女則在梯台望著他。他走向起居用餐室的邊桌前面，最後一次旋轉地球儀。

然後，蒂塔睡著了。

但她睡得並不安穩，一直受到驚擾。即將破曉之際，她突然醒來，覺得有人在呼喊她。她不安睜開雙眼，心跳怦怦作響。只看到一旁鋪友的腳丫子，唯一劃破沉靜的聲響是打鼾與講夢話的聲音，只是一場惡夢罷了……不過，蒂塔心中卻有了一股強烈的預感，她深信是爸爸在呼喚她。

一大早，集中營裡面到處都是執行早點名的士兵與囚監，點名過程長達兩小時，感覺像是她一生中最漫長的時光。當她們在排隊的時候，她一直與母親交換眼色，俘虜不能交談，不過，在這種狀況下，不要進行言語交流應該還是比較好吧。終於等到解散，她們趁眾人大排長龍等早餐的時候，奔向第十五號營區。

布萊迪先生從早餐的排隊人龍裡走出來，背負著壞消息，讓他雙肩沉重。

「阿德勒太太……」

莉莎聲音沙啞，「我先生怎麼了？他是不是狀況惡化？」

「他死了。」

怎麼能用這短短幾個字總結人的一生？

莉莎問道：「我們可不可以進去見他？」

「抱歉，但他們已經移走遺體了。」

蒂塔與母親早就知道了。天一亮，就開始堆屍，放入推車內，然後送入焚化爐火化。

蒂塔的母親似乎搖晃了一會兒，幾近崩潰邊緣。目前看來，他的死訊並沒有造成她傷心欲絕，也許是因為看到他躺在鋪位上的模樣讓她心裡有了底，但無法向他道別確實是一大打擊。不過，莉莎立刻恢復鎮定，把手放在女兒的肩上安慰她。

「至少妳爸爸沒有受苦。」

蒂塔覺得自己的血液開始沸騰，母親對她講話的態度像是把她當成小孩一樣，讓她更是惱怒。

「沒有受苦？」她突然甩開她母親的手，「他們奪走了他的世界、他的房子、他的尊嚴、他的健康……最後，他們害他孤單死去，就像一隻狗一樣，死在長滿跳蚤的小床，這樣的苦還不夠嗎？」講到最後那幾個字的時候，她差點失聲大吼。

「艾蒂塔，那就是上帝的期盼，我們只能順從。」

蒂塔一再搖頭，不以為然。

「我不要順從！」她在集中營大道狂吼，但幾乎沒有人多看她一眼。「如果上帝站在我面前，我會講出我對祂的看法，還有祂的悲憫已經扭曲變形了！」

她覺得自己好糟糕，尤其在她母親最需要安慰與支持的時候，居然對媽媽如此粗魯，但看到母親這種順從態度，就是讓她忍不住發飆。看到披著大圍巾的土諾斯卡太太走過來，蒂塔鬆了一口氣。想必她一定已經知道了消息，她捏了捏蒂塔的手臂表示關心，然後又給了莉莎一個溫暖擁抱。蒂塔沒想到母親好激動抓住朋友，她心想：這就是我應該做的啊，擁抱母親。但她沒有辦法，她太憤怒，無法擁抱，她想要四處亂咬，搗毀一切，就像他們摧毀她的世界一樣。

有三個蒂塔幾乎沒見過的女人突然冒出來，哭得好大聲。蒂塔睜著無淚雙眼，一臉疑惑盯著她們。她們朝她母親走來，不過，土諾斯卡太太卻出面干涉。

「不要來煩她！滾！」

「我們只是想要過來致哀而已。」

「給妳們十秒，要是再不滾，我就把妳們踢走！」

莉莎嚇呆了，不知道出了什麼狀況，而蒂塔已經沒有氣力向她們道歉，請對方留下。

「土諾斯卡太太，妳在幹什麼？這整個世界是瘋了嗎？」

「她們是食腐動物。她們知道死者家人傷心的時候沒有胃口，所以假裝流下鱷魚的眼淚，然後就大口吞下妳的配糧。」

蒂塔驚愕萬分，此時此刻，她痛恨全世界。她請土諾斯卡太太看住她母親，自己走到一旁。她並不是難以接受再也無法見到父親的事實，但她不想。她沒有心理準備，她不想屈服，現在不要，永遠不要。她離開現場，緊握雙手，指關節泛白，內心有熊熊烈火在燃燒。

再也不會看到穿著雙排釦西裝、戴氈帽的父親下班回來；或是耳貼收音機、凝望天花板的模樣；他再也不會把她抱在膝上、教她全世界有哪些國家或者好聲好氣指責她歪七扭八的字跡。

然而，她卻根本無法為他掉淚，她的雙眼好乾澀。這一點讓她更加悲傷。她無處可去，雙腳自然而然走向三十一號營區。小孩默默用餐，她沒有停下腳步，直接走到營房後面，躲到木堆後的避難所。她發現角落椅子有個孤單人影坐在那裡，嚇了一大跳。

摩根史坦教授以老派禮數向她問好，但蒂塔這次笑不出來，教授也停下誇張鞠躬的動作。

「我父親……」蒂塔說出這句話的時候，覺得血流沸騰，她的嘴裡冒出一句話，苦如膽汁。

「兇手！」

她咀嚼了一會兒，重複了五次、十次、五十次。

「兇手，兇手，兇手，兇手……！」

她踢倒小凳，然後把它抓起來，當成鎚茅一樣不斷揮舞。她想要砸東西，但不知道能砸什麼；她想要揍人，也找不到對象。她眼神狂暴，焦慮害她氣喘吁吁。

摩根史坦教授明明是弱不禁風的老頭子，但卻展現出奇的敏捷度，溫柔取走了她緊抓不放的矮凳。

「我要殺死他們！」蒂塔憤怒大吼，「我要拿槍殺死他們！」

「不行，艾蒂塔，不可以，」他語氣非常溫柔，「對他們來說，我們的仇恨就是某種勝利。」

蒂塔全身發抖，教授伸出雙臂抱住她，她把頭埋在這位老先生的懷中。幾名老師與一群好奇的學童聽到了噪音，伸長脖子，透過木堆的上緣張望。

教授伸出食指貼唇，示意他們要保持安靜，然後又以頭部動作示意請他們離開。看到教授如此嚴肅，這些人嚇了一跳，乖乖聽話，留下他們獨處。

蒂塔向教授傾吐心事，她好恨自己就這麼跑走了，沒辦法哭出來，讓父親失望，沒有辦法救他，一切都讓她好恨。不過，老教授卻告訴她，等到她的憤怒消退之後，淚水就會釋放而出。

「我怎麼可能不憤怒？我爸爸從來沒有傷害過任何人，從來沒有對任何人不敬……他們搶走了他的一切，如今，在這個噁心的牢籠裡，甚至還奪走了他的生命。」

「艾蒂塔，好好聽我說，逝者不再受苦了。」

逝者不再受苦了……他在她耳畔不斷低聲說出這句話。

摩根史坦知道自己所能提供的慰藉微不足道——老套俗爛的話——不過，在奧斯威辛，這是能夠幫助人們承受亡者傷逝之痛的良藥。蒂塔放開一直緊擰不放的手指，點頭同意，緩緩坐在椅子上面。摩根史坦教授把手伸入口袋，取出了一隻有點皺的褪色紙鶴，送給了蒂塔。

她望著那皺爛的紙鶴，就與她父親生前一樣脆弱，也與這位戴著破碎眼鏡的瘋狂老教授一樣脆弱，大家都這麼脆弱……然後，她覺得自己好渺小，突然覺得好軟弱。她的怒火慢慢沒了，淚水終於湧出。

這位老建築師點頭，蒂塔在他破爛大衣肩頭嚎啕大哭。

「逝者不再受苦了……」

蒂塔抬頭，以袖子抹去了淚水。她謝過教授，還說在早餐結束之前、她有要事必須完成。她趕緊衝向自己的營房，她媽媽需要她，或者，她需要她媽媽。

沒有差別了……

她母親與土諾斯卡太太坐在未啟動的火爐通風口上面。蒂塔走過去，發現母親動也不動，失魂落魄，而土諾斯卡太太自己的空碗放在地上，卻在喝莉莎食碗裡的晨茶，還拿了一小塊麵包沾裡面的茶水，想必那是新寡的莉莎昨晚吃不下的食物。

看到蒂塔盯著她母親的碗，不禁讓這位水果店女老闆一臉尷尬。

「是妳媽媽不想吃的……」蒂塔意外出現，讓她有些猝不及防，居然剛剛好抓到她在佔便宜。「我一直推辭……而且我們也該去工作坊了……反正最後也是得扔掉……」

蒂塔與土諾斯卡太太默默凝望彼此。她母親狀態恍惚，想必是陷入過往世界之中。土諾斯卡太太把碗遞到蒂塔面前、讓她可以吃最後幾口，但蒂塔搖頭拒絕。她的眼中沒有斥責，只有包含諒解與哀愁的神情。

「請吃完吧，我們需要妳健健康康，才能夠幫助媽媽。」

她母親表情靜如蠟像。蒂塔跪倒在母親面前，她媽媽終於抬起眼皮，專注凝望女兒，原本面無表情的神色開始崩潰。蒂塔緊緊抱住她，終於，母親哭了出來。

15

維克托．佩斯特克來自貝薩瑞比亞，那裡原來是摩爾多瓦的領土，十九世紀的時候，成為羅馬尼亞的一部分，該國是率先支持納粹的國家之一。那身穿納粹制服，腰際佩槍，還有下士的袖標，讓他成為奧斯威辛裡位高權重的人士。他掌管數千人，這些人要是沒有得到允許，根本無權開口對他講話，而無論他說什麼，他們都必須乖乖遵守，要不然的話，他可以眉頭不皺一下直接處死。

只要看到佩斯特克壓低帽子、雙手反剪在後、昂首闊步走過去的模樣，一定都會以為他天下無敵。不過，在奧斯威辛，幾乎所有的表象都不是真相。大家當然不知道這名納粹親衛隊的內心世界正在崩解，因為這幾個禮拜以來，他一直無法忘卻某名女子的畫面。

其實，她非常年輕，他根本沒和她講過一句話，連名字都不知道。某天，當他負責監控某個工作小組的時候，發現了這女孩。乍看之下，她就與其他猶太女孩一樣——衣衫襤褸、綁頭巾、削瘦的臉龐——不過，她卻有個細微的動作讓他好痴迷。她會抓住蓋住眼睛的一綹髮絲，拉撐捲度，放入嘴中咬髮。這是一個小動作，不知不覺的習慣，她雖然自己不知情，但這動作卻讓她顯得獨一無二，維克托．佩斯特克已經愛上了那樣的姿態。

那一天，他更仔細端詳她：美麗的臉蛋、漂亮的金髮，還有籠中金絲雀的那種纖弱感。當他在負責監控的時候，一直忍不住直盯著她不放。他企圖接近她有兩三次之多，但一直無法下定決心找她攀談。她似乎很怕他，他覺得這反應也很正常。

當他加入羅馬尼亞「鐵衛團」的時候，一切似乎都好夢幻。他們給了他好看的淡褐色制服，在營地高唱愛國歌曲，讓你覺得自己很重要。甚至，在一開始的時候，摧毀那些隱藏在他村落邊郊、疾病肆虐的吉普賽破屋，讓他覺得很有趣。

然後，狀況變得複雜。本來是徒手作戰，然後使出鐵鍊，最後是拔槍。他認識裡面的一些吉普賽人，更重要的是，他有猶太朋友——比方說，拉底斯勞斯。他常常去拉底斯勞斯的家中寫功課，不然就是在樹林裡找栗子。某一天，他幾乎是在無覺無感的狀況下，拿著火把、燒毀了拉底斯勞斯的住家。

他大可以退出，但他並沒有這麼做。納粹親衛隊給的薪水很好，而且眾人都對他大表讚許。這是他家人第一次以他為傲，當他休假回家的時候，甚至還叫他穿制服照相，讓他們可以把相片放在用餐室的邊桌。

然後，某一天，他被派到了奧斯威辛。

現在，他不確定家人如果知道他的工作包括了壓迫勞工直到他們倒下、把小孩送進毒氣室、要是他們的媽媽反抗就痛毆她們一頓，是否還會以他為傲？對他來說，這一切似乎都很瘋狂，他擔心別人會發現他的反應。的確有幾次如此，某名長官告訴他必須要對俘虜更加嚴厲才是。

上級並沒有指派他執行士兵的巡邏任務，而且指揮總部不允許納粹親衛隊在家庭營裡面閒晃。不過崗哨的中士是他朋友，所以他進去根本輕而易舉，而且，他經過崗哨的時候，士兵們還立正敬禮，他喜歡那種感覺。

她們剛結束下午的點名。他知道那個捷克女孩被分派到哪一個小隊，所以，等到她們解散之後，他在那一大群女人之中認出了她。他朝她走過去，但那女孩一看到他走來，反而加快速度離開。他腳步越來越急，但他能夠讓她停下來的唯一方式就是抓住她的手腕。她的手骨細瘦，皮膚粗糙，但能夠與她如此靠近，讓他心中盈滿一股獨特的喜悅。她有燦亮的藍色眼眸，面色驚恐。他發現其他俘虜站在一旁，距離他們好幾步之遠。這名納粹軍官轉過去，露出猙獰表情，那群旁觀者立刻一哄而散。能夠引發別人的恐懼，真是爽快，適應這種地位完全不費吹灰之力。

「我叫維克托。」

她還是不說話，他立刻放開了她的手腕。

「抱歉，我不是故意嚇妳。我只是……想知道妳叫什麼名字。」

那女孩在顫抖，幾乎沒辦法講話。

「長官，我叫芮妮·紐曼，」她回道，「我是不是犯了什麼錯？你要處罰我？」

「不！不是！不是那樣！只是我看見妳……」這名納粹親衛隊結結巴巴，找不到合適措辭。

「我只是想要跟妳當個朋友。」

芮妮一臉吃驚望著他。朋友？妳可以為了某些好處聽從某名納粹親衛隊的指令，拍他馬屁，或是成為他的線人，甚至當情人。但與納粹親衛隊為友？真的能夠與殺害自己的行刑者當朋友嗎？

由於她依然一臉疑惑望著他，不發一語，佩斯特克低頭，悄聲對她說道：「我知道妳在想什麼，又是一個瘋狂的納粹親衛隊。嗯，我是納粹，但我沒有那麼瘋狂。我不喜歡你們所受到的待遇，我覺得很恐怖。」

芮妮依然緊閉雙唇。她不知道這是怎麼回事，充滿了困惑。士兵佯裝憎惡德意志帝國、贏得俘虜信任，成為朋友之後，從他們口中問出反抗團體的情報，這種故事她聽得太多了，她好怕。

這名軍官從口袋裡取出某個小東西，交給了她，某個漆木方形小盒。他想要塞到她掌心，但她卻一直往後退。

「這是送給妳的禮物。」

她一臉狐疑望著那個黃色盒子。他掀起小蓋，開始播放悅耳的金屬音樂。

他露出了得意笑容，「是音樂盒。」

芮妮端詳那個要送給她的禮物，但過了好一會兒後還是沒有要收下的意思。他點點頭，露出燦爛笑容，等待她的開心反應。

芮妮的臉上完全看不到熱情，雙唇抿成一條線，眼神空洞。

他很苦惱，「怎麼了？妳不喜歡嗎？」

「又不能吃……」她語氣尖銳，比狂捲一切成空的二月冷風還殘酷。

佩斯特克了解到自己的愚蠢之後，充滿愧疚。他花了一整個禮拜的時間找音樂盒，不斷來回尋覓，與親衛隊同僚、各式各樣的猶太黑市商人打交道，終於被他找到了一個。他行賄、哀求、威脅，到處尋找才弄來這東西。現在，他才明白這是一份無用的禮物。在俘虜又冷又餓的這種地方，他為女孩所想到的唯一物品居然是這個愚蠢的音樂盒。

又不能吃……

他狠狠捏爆那個小小音樂盒，宛若把它當成了麻雀，嘎吱聲響清晰可聞。

「抱歉，」他語氣哀傷，「我是大白痴，什麼都不懂。」

芮妮覺得這名納粹親衛隊似乎是真的很頹喪，他的尷尬不像是裝的，而且她對他的觀感似乎十分重要。

「妳希望我帶什麼東西給妳？」

她沒有回答。她知道有女孩為了一份麵包配糧會出賣自己的身體。佩斯特克看到她的表情，驚覺自己又犯了錯。

「別誤會，我不要求任何回報。我只是想要在我們每天犯下累累惡行的時候，做一點好事而已。」

芮妮依然不發一語。這名納粹親衛隊發覺要贏得她的信任並不容易。女孩以他喜愛的那種姿態拉了一綹捲髮，放到嘴裡。

「要不要我改天過來再找妳？」

她沒有回答，雙眼又對著集中營的泥地東瞄西瞄。

他是納粹親衛隊——他可以為所欲為，不需要經過她許可就可以找她講話。她什麼都沒說，但佩斯特克太興奮了，將她的沉默視為慎重的允諾。

畢竟，她沒說不要。

不然，他想要做什麼都不成問題。

他開心微笑，以奇怪的揮手姿勢向她道別，

「我很快就會來找妳，芮妮。」

她望著那名納粹親衛隊離開，站在原地許久不動。好生困惑，泥地裡留有銀色齒輪、彈簧，還有金黃色的碎屑。

蒂塔很難熬。她父親不在世的壓力讓她難以承受。不復存在的事物怎麼會這麼沉重？空虛怎麼會有重量？

那天早上，她幾乎沒辦法起床。她動作太慢，擋住了壞脾氣鋪友，對方飆罵髒話，蒂塔從來沒遇過這麼惡劣的態度。這個老女人的火氣本該會讓她嚇得半死，但她已經沒有害怕的氣力。她轉頭，以冷漠至極的目光盯著對方，她嚇了一跳，因為對方就此收口，等待蒂塔慢慢下床，再也沒講一句話。

下午點名結束，解散之後，三十一號營區的孩子吵吵鬧鬧衝出去，如果不是去玩耍，就是與父母相會。處於茫然狀態的蒂塔，慢吞吞收拾書本，拖著腳步走向營房長官的小房間，準備把書藏好，佛列迪正在翻弄某些包裹。

赫許開口：「我準備了一個東西給妳，方便妳修補書本。」

他握住一把圓頭的可愛藍色剪刀——幼齡學童使用的那一種。能夠在集中營弄到這麼獨特的物品，想必花了他一番功夫。他立刻離開，省得蒂塔開口道謝。

蒂塔決定要好好利用這把剪刀、修整那本老舊捷克小說的脫落線頭。現在她寧可待在三十一號營區幹活，她知道士諾斯卡太太與幾位泰雷津的舊識正在陪伴她母親，而她現在不想見任何人。她把所有的書都藏好，除了那本破爛的小說之外，然後，她拿出了附有綁繩的紫色小袋，裡面裝的都是她圖書館員的小型急救設備。這袋子本來裝的是一整顆馬鈴薯，某場競爭激烈字謎比賽獎品，蒂塔偶爾會把那袋子湊到鼻前，猛力嗅聞馬鈴薯的美妙甜香。

她走到那個秘密躲藏角落，聚精會神準備開工。首先，她以剪刀剪去那些垂爛欲落的線頭，然後，她以縫合傷口的方式，利用粗針加線重新縫合那些快要鬆脫的書頁。成果不是很美觀，但現在已經牢牢固定了這些紙頁。她還在破損的頁面黏了一些膠帶，它已經不再像是快要解體的書。

她想要逃離這個害死她父親的噁心集中營現實環境。書本就像是通往秘密閣樓的暗門，打開它，鑽進去，世界變得不一樣。

她遲疑了一會兒，不知道是否應該要閱讀那本缺頁的書，根據赫許的說法，這本《好兵帥克歷險記》並不適合年輕女孩閱讀。不過，她遲疑的時間就只有那麼一下而已，比午餐喝湯下肚的時間還短。畢竟，誰說她想要當年輕女孩？而且，她比較想當研究微生物的科學家或是飛行員，而不是身穿打褶洋裝搭配白色羅紋襪的拘謹小姐。

本書作者雅羅斯拉夫．哈謝克，將場景設定為一次世界大戰的布拉格，他筆下的主角是個愛講話的胖子，曾經成功逃兵一次——「因為愚蠢而免役」——如今卻又被徵召。他坐輪椅到達入伍辦公室，看起來是膝蓋罹患風濕。他是個好吃懶做又愛喝酒的混混，名叫帥克，他賺錢的方式是抓野狗，然後把牠們當純種狗賣出去。他對每一個人都彬彬有禮，而且他的手勢與友善目光總是充滿了溫柔。每當他提出要求的時候，總是可以講出闡釋主題的趣聞或故事，不過，通常都無關宏旨，而且也沒有人想聽。只要是有人攻擊他、或是對他大吼大叫，甚或是羞辱他，他從來不回嘴，而是大表贊同，這一點讓大家很困惑。他靠著這種方法騙了大家，以為他是個大白痴，也就隨便他了。

「你真是個大傻瓜！」

帥克以最溫順的語氣回道：「是，您說的真是對極了……」

蒂塔想念曼森醫生，她在閱讀過程中、伴隨他走過了威爾斯山脈的各個煤炭小鎮，甚至還想念冷靜躺在長椅、面對阿爾卑斯山脈的漢斯・卡斯托普，而這本書要讓她鎖定的就是波希米亞與戰爭。她隨意翻看，不太懂這位捷克作家想要告訴她什麼，某名暴怒軍官斥責這位士兵主角，可憐的大肚男子，穿得破破爛爛，有點傻氣。她不喜歡，因為這簡直是頹廢。她喜歡能夠擴展人生的作品，而不是輕貶人生的書。

不過，這角色卻有某種熟悉的感覺。反正外頭的世界更是一場糊塗，所以她寧可窩在自己的小椅子上頭，專心看書，希望坐在那裡聊天的老師們不要太注意她就好。

她又讀了一會兒，認識了這位身穿奧匈帝國制服而渾身彆扭的帥克，不過，當時的捷克人，至少勞工階級是如此，對於在第一次世界大戰時必須接受傲慢德國人指揮十分不悅。

蒂塔心想：真的是被他們說中了。

帥克是魯卡斯中尉的助手，上司總是對他大吼大叫，罵他畜牲，只要帥克害他生氣，一定會狠狠拍打帥克的後腦勺。因為，帥克顯然具有將一切複雜化的本領，交付給他的文件亂放，執行軍令總是搞錯方向，害這名中尉不斷出醜。雖然帥克狀似無論做什麼都脾氣很好，充滿了善意，但是卻沒有用什麼腦袋。蒂塔依然不知道帥克是裝笨？抑或真的是大白痴？

她很難理解作者到底想要表達的是什麼。面對上級的問題與指令，這個荒唐士兵的回答總是鉅細靡遺，講個不停，最後還開枝散葉，演變成有關他親戚與鄰居的離題小故事，而且，他會一本正經，把這些東西以荒謬至極的方式、塞入應答上級的內容之中。

我認識一個在里本區開酒吧的帕洛貝克先生。有一次，某個電報操作員喝琴酒喝醉了，本來準備要發送某名可憐死亡男子的親友弔唁信，但卻反而誤把酒吧酒單價格表帶走了。最後，爆出了一場大醜聞。尤其是因為先前沒有人看過價目表，大家沒想到這位好心的帕洛貝克老先生所責出的每杯酒，其實多索討了好幾分錢，但他後來解釋，那些多出來的費用是為了慈善之用……

他解釋理由的故事實在太冗長又離奇，最後中尉對他大吼：「滾開！你這個蠢蛋！」──蒂塔腦中浮現那中尉的表情，發現自己居然在大笑。她立刻責罵自己，這麼愚蠢的角色怎麼會讓她哈哈大笑？她甚至一度懷疑，發生了這些事、再加上依然發生中的一切，有資格大笑嗎？深愛的人性命岌岌可危，怎麼能笑得出來？

她突然想到了赫許，他那永遠不變的神秘微笑。突然之間，她懂了：赫許的微笑就是他的勝利，他的笑容就是告訴站在他面前的人，無論是誰，絕對都比不上赫許。在奧斯威辛這種地方，一切事物的設計目的都是為了要逼你哭泣，微笑是一種違抗的姿態。

她繼續跟追那個笨蛋帥克與他的搞笑伎倆。在她生命中不知何去何從的黑暗時刻，她抓住了某個小混混的手，對方拉了她一把，鼓勵她要繼續向前。

當蒂塔準備回到自己營房的時候，夜幕低垂，夾帶凍雨的寒風讓她臉龐刺痛。但是她卻精神大振。不過，在奧斯威辛這種地方，快樂會在瞬間消逝無蹤。有人朝她走來，吹著普契尼作品的音樂。

蒂塔低聲呢喃：「我的天……」

她還得經過好幾間營房才能回到自己的住處，路上燈光昏暗，所以她趕緊溜進最靠近她的那間營房，希望他不會看到她。她往前狂奔，超過前面兩個女人，然後砰一聲關上門。

「妳為什麼要這麼匆忙進來這裡？」

蒂塔伸手指向外頭，因恐懼而雙眼圓睜。

「門格勒……」

那兩名女子的惱怒沒了，轉為警戒狀態。

她們低聲重複：「門格勒醫生……」

消息立刻在床鋪之間迅速流傳，大家的低語與交談聲慢慢消失。

「死亡醫生……」

某些女人開始祈禱，其他人要求大家保持安靜，才能聽到外頭的聲音，果然有微弱的高頻樂音，穿透雨聲而來。

某名女子向大家解釋，門格勒醫生對眼睛有特殊執戀。「聽說有個名叫維克斯勒．揚庫的猶太醫生俘虜，曾經看過位於吉普賽集中營的門格勒辦公室裡面有張木桌，上面擺滿了眼睛標本。」

「我還聽說他會把眼球盯在牆上的軟木板，像是在展覽蝴蝶標本一樣。」

「他們還告訴我，他縫接兩個小孩的側身，他們就這樣黏合在一起、回到了自己的營房，疼痛難耐大哭不已，身上還冒出了壞疽臭氣，當天晚上他們就死了。」

「還有，我聽說他正在研究讓猶太女性絕育的方法，如此一來，她們就再也無法生小孩。他使用放射線照射她們的卵巢，然後摘除，研究最後效果如何。這個惡魔之子連麻醉劑都不肯使用，那些女子的叫聲淒厲震耳。」

有人叫大家安靜，那音樂哨聲似乎慢慢遠離了。

然後，大家聽到了外頭不斷飛傳的接力喝令聲，大家都扯開喉嚨大喊，響徹二號營b區，「雙胞胎到三十二號營區！」人在屋外的俘虜必須要配合傳令，如若不從，就會面臨嚴重懲處——在奧斯威辛，永遠得要慘遭處決的可能性。那對男雙胞胎茲丹尼克與葉爾卡，以及女雙胞胎艾琳與芮妮，無論人在哪裡，都必須立刻前往醫院院區報到。

約瑟夫．門格勒醫生在慕尼黑大學取得醫學學位，從一九三一年開始，就一直在親納粹單位工作。他的導師是恩斯特．魯丁醫生，大力支持無用的生命應該要予以殲滅的理論，魯丁也是希特勒於一九三三年針對畸形、心理疾病、憂鬱症，或是酗酒者頒布的強迫絕育法令的起草者之一。門格勒想盡辦法爭取到派駐奧斯威辛的機會，他在那裡擁有可供做遺傳實驗的人體倉庫。

那對男雙胞胎的母親陪同他們到了指定地點。她一直無法放下有關門格勒醫生的那些血腥故事，她必須咬緊下唇避免落淚，因為小孩開開心心在她身邊，不斷在水塘間跳來跳去，她沒有勇氣開口告訴他們不要繼續玩了，別讓泥巴濺了一身，她的下唇在流血。

到了入口的檢查哨，她將孩子交給某名納粹親衛隊，凝望他們穿越金屬大門、前往納粹醫生的實驗室。她覺得自己可能永遠再也看不到他們了，不然就是回來的時候少了條胳臂、或者嘴巴被縫起來，不然就是被那瘋子的什麼可怕念頭造成身殘。不過，她無能為力，因為拒絕上級命令可以被處死。有時候，是門格勒自己出來，把小孩帶入他所使用的三十二號營房醫療區某個房間，還有的時候，則是由其他人把小孩帶入實驗室，這也是最讓她害怕的時刻。

截至目前為止，小孩與醫生見面之後都還是安全歸返，甚至還很開心，與他相處了幾個小時之後，回來時還會帶一塊約瑟夫叔叔送給它們的香腸或是麵包。他們還說他人很好，會逗他們哈哈大笑。他們會向她解釋正個過程，他測量他們的頭圍，然後一起以及分別做相同的動作，還有，叫他們用力吐舌。不過，有時候他們什麼都不想解釋，而且對於父母頻頻詢問在實驗室的那些秘密時刻百般閃避。遇到這種時候，他們的母親只能默默回到自己的營房，喉嚨裡宛若含了一團鐵刺網揉結而成的球。

蒂塔鬆了一口氣，因為他今晚尋找的對象並不是她。蒂塔朝剛才講出門格勒驚悚至極故事的那女人走過去，她有一頭亂七八糟的白髮，髮絲從頭巾露了出來。

「抱歉，我有事要請教您。」

「小妹妹，問吧。」

「是這樣的，我有個朋友曾經被門格勒警告——」

「對，他警告他會監視她。」

「真糟糕……」

「什麼意思？」

「當他盯上某人，就像是鷲鳥在目標的上空盤旋一樣。」

「門格勒看過的臉，絕對不會忘記，這一點我很清楚。」

她說出這句話之後，臉色變得非常凝重，而且沉默不語。突然之間，她再也不肯開口，某段記憶暫時讓她無法言語。

「妳一定要拚命避開他，就像是躲瘟疫一樣。納粹高層會暗黑魔幻儀式——我很清楚。他們會進入森林裡，歡樂舉行邪惡彌撒。納粹親衛隊的領導人希姆萊，一定是詢問了他的靈媒之後才會做出決策。他們是來自黑暗世界的人——我很清楚。阻礙了他們的那些人真是好可憐哪，他們的邪惡不屬於這個世界，而是來自於地獄。我認為門格勒是墮落天使，他是佔據某具肉身的路西法。要是他盯上了某人，只能靠老天保佑了。」

蒂塔點頭，默默離開了。要是上帝存在，那麼惡魔也是。他們是同一條鐵軌的旅客，只是方向相反。上帝與魔鬼以某種方式互相制衡，甚至可以說是彼此需要：如果邪惡不存在，我們又如何知道自己在行善？進而能夠比較兩者，看透差異？她心想，這世界沒有其他地方和奧斯威辛一樣，能夠讓魔鬼橫行無阻。

路西法會以口哨吹出歌劇詠嘆調？

夜幕降臨，唯一的呼嘯是風動，她不禁全身顫慄。她發現電網附近有人，就在某道光束的下方。是個女人，正在與圍牆另一頭的某人說話。她認出那是三十一號營區的某位助理，最年長也最漂亮的那一個，愛麗絲。她曾經有一次幫蒂塔處理圖書館工作。她告訴蒂塔，她認識羅森伯格，那名登錄員，但她強調了好幾次，堅持兩人只是朋友，彷彿這對她而言是一大重點。

蒂塔很好奇他們的話題，難道還有什麼白天遺漏的事嗎？也許他們只是在凝望彼此，說出沉浸愛河的人會說出的那些美麗字語。如果羅森伯格是漢斯．卡斯托普，愛麗絲是喬夏夫人，那麼、他會跪在圍欄的另一頭說出這句話，我知道就是妳了，就像是卡斯托普在狂歡節那一夜、終於對她坦白時吐露的真言。他說，陷入愛河，就是看到某人之後、立刻就認出那就是一直在等待的另一半，蒂塔不知自己將來是否也會有突然領悟的那一刻。

她的思緒又回到愛麗絲與羅森伯格身上。如果戀人在圍欄的另一方，是要怎麼談戀愛呢？她不是很確定。但在奧斯威辛，最怪異的事也顯得稀鬆平常。她會不會愛上在圍欄另一頭的某人？更重要的是，在這麼可怕的地方，有可能陷入愛河嗎？答案應該是肯定的，看到愛麗絲．蒙克與魯迪．羅森伯格不畏寒站在那裡就知道了。

上帝允許奧斯威辛存於世間，所以也許祂並不如大家所說的一樣，是個萬無一失的鐘錶匠。最齷齪的糞土之中，會冒出最美麗的花朵，蒂塔心想，也許上帝不是鐘錶匠，而是園丁。

上帝播種，惡魔拿鐮刀收割，截斷一切。

她很好奇，這場瘋狂遊戲，誰會是贏家？

16

歐達．克勒走向他父親營房的途中，一直在思索今天下午要對小朋友講述哪一個故事。總有一天，為了要讓三十一號營區小孩轉移注意力、所編出的故事，他會好好收集之後出版問世。有好多任務尚待完成！但這場戰爭卻困住了他們。

他曾經相信革命，而且這不過就是一場戰爭而已。都已經是陳年往事了……

他趁用餐的空檔去探視爸爸，他父親坐在工作坊前面喝湯，這裡生產的物品是德國士兵水壺的吊帶鉚釘，雖然年事已高，而且被奪走了戰前所擁有的一切，但克勒先生並沒有失去對生命的熱愛。就在上禮拜，他在熄燈之前、於營房後面舉辦了一場小小的演唱會。歐達必須承認，雖然父親的聲音變得衰弱，但依然聽起來有專業歌者的水準。大家都聽得開心，甚至興致盎然，可能以為他是老藝術家，個性有點瘋癲的退休二線歌手。只有少數幾人知道理查德．克勒本來是布拉格非常重要的商界人士，擁有一間生意興隆的製衣工廠，旗下有五十名員工。

雖然理查德．克勒一直緊盯公司財務狀況，但他真正的熱情一直是歌劇。某些商界人士知道克勒先生超級熱愛顫音，不禁皺起眉頭。他甚至還去上課——都到了這把年紀！

歐達覺得他父親是全世界最認真的人，所以父親從來不停止歌唱，無論是高唱或柔音都不成問題。當猶太居民委員會派人到達他的宿區、通知大家有半數的人必須要被遣送到奧斯威辛的時候，有些人發出怒吼，有的人哭泣，還有某人撞牆。

不過，他父親卻小聲唱起歌劇《弄臣》吉爾達被綁架、曼托瓦公爵悲傷不已的那一個段落：「有人把她從我身邊擄走了……我似乎看見了淚水。」他的嗓音極其低切溫柔，也許，正是因為如此，大家漸漸安靜下來，最後只剩下了他的歌聲。

當歐達看到他的時候，他眨了一下眼睛。這位老先生失去了自己的公司與住家——全被納粹徵用——就連他身為上層階級的尊榮也一起消失了。不過，他並沒有失去內心力量或是願意打趣的心情。

歐達看到父親安然無恙，與同事們閒聊當天的死亡人數，這已經成為生活之例常。然後，他走向三十一號營區，四處張望，眼前的景象令人傷悲，憔悴的眾人衣衫襤褸宛若乞丐。他從來沒想到會見到自己的同胞變成這樣，不過，大家越是落魄，就更加激發他的猶太認同感。

沉醉在卡爾·馬克思教誨的青少年時代，他已經將其拋諸腦後，當時的他深信國際主義與共產主義是歷史所有疑問的解答。他曾經有一小段時間不知道自己的歸屬是什麼，因為他明明出身布爾喬亞家庭，卻與共產主義理論夾纏不休，他是會講德語的捷克人，他是猶太人。當納粹進入布拉格、開始拘捕猶太人的時候，歐達終於知道了自己在世界的位置：血緣與千年傳統讓他與猶太人的牽繫遠遠超過了其他的群組。就算他對於自己的認同有任何懷疑，納粹也逼使他須臾不忘，因為他們在他胸前縫上了一顆黃星星。

所以他加入了錫安主義者組織，成為「準備」運動的活躍成員，也就是讓年輕人準備「阿利亞」，歸返巴勒斯坦。一想到那些總是有人帶吉他、從容歌唱的戶外活動，就讓他覺得相當開心，但也有一抹淡淡的哀愁。在那樣的兄弟情誼之中，具有他不斷尋索的基本精神——某種我為人人、人人為我的槍手群組情誼。

在圍著營火、講述恐怖傳奇的那些夜晚，他開始編出自己的第一批小故事。那段日子當中，他偶爾會遇到佛列迪．赫許，他認為此人是充滿說服力、找不出任何缺點的人，所以能夠接受赫許在三十一號營區的領導，他深以為傲。

現在時局不佳……

但歐達個性樂觀。他繼承了父親的冷面笑匠幽默感，而且猶太人本來就有充滿挫敗的歷史，他不相信他們無法脫離這種困境。為了要擺脫這種負面念頭，他又繼續思考該告訴小孩們什麼故事，因為故事不能有結局，想像力才會永不休止，小孩會一直懷抱夢想。

歐達鼓勵自己：你就是你的夢想。

歐達．克勒二十二歲，但自信卻讓他顯得更為老成。他說的是自己以前講述多次的故事，全是他自己編的，所以萬一他忘了什麼細節，隨便再塞一段就是了。

主角是一個四處流浪、販賣無聲橫笛的混混，他的橫笛沒有洞，他說，以這種方式吹出的美妙樂音，只有在天堂才會聽得見……

「你們一定不相信有多少人買了他的長笛——直到某個小孩要買笛的時候，狀況才為之改觀。」

他講完了故事，聽眾們衝向門口，童稚時代的焦急感一覽無遺，每一分鐘都要活得精采，因為當下就是一切。歐達望著那些小孩衝出去，也看到某名助理像火箭一樣奔向出口，及肩長髮隨著步伐律動在飄揚，那個有一雙纖細長腿的圖書館員總是跑個不停……

她貌似有天使臉孔，但歐達注意到她那種活力十足的行動方式與手勢，看來要是哪裡不符合她的期待，應該就會魔鬼上身了。他也注意到她通常不與老師們交談，把書遞交出去，取回時微微點頭，總是匆匆忙忙。但話說回來，他覺得她可能只是假裝匆促，目的是為了掩飾自己的羞怯。

蒂塔的確是衝出營區，她不想要碰撞到任何人，因為她的衣服裡藏了兩本書，那可是高度易燃品。

先前她去佛列迪・赫許的小房間準備藏書的時候，房門是鎖住的。雖然她敲了好幾次門，就是沒有人應答。她在營區角落找到了米瑞安・艾德斯坦，她正在與一群坐在小凳上的老師們閒聊。米瑞安告訴她，佛列迪突然被史瓦茲霍伯指揮官叫過去，忘了把他小房間的鑰匙交給她。她把蒂塔拉到一旁，悄聲詢問晨課結束時還來不及收好的那兩本書該怎麼辦？

「別擔心，我會處理。」

米瑞安點頭，刻意看了她一眼，提醒她要小心。蒂塔沒有再說什麼，這是她身為圖書館員的權利。放在她秘密口袋的那兩本書將會與她共眠過夜。這麼做的確很危險，但她覺得把它們留在營房裡也不是很安全。

小孩們幾乎都離開了，有些老師把其他學生帶到營區後面進行運動訓練。但還是有一群年齡不一的男孩與女孩待在營區裡、專注聆聽歐達・克勒講話。這位年輕教師知識如此豐富，而且講話風格又這麼譏諷，讓她印象深刻。她本來想要留下來聽他對小孩說些什麼——她猜應該與巴勒斯坦有關——不過，她已經和某個名叫帥克的痞子要約會。不過，她不小心聽到這老師所說的一些話，讓她好吃驚，這並不是他平常在早上的主題，政治課或是歷史課，他正在講故事，而且訴說時的熱情讓她大為驚豔。看到這樣一個學養優秀的嚴肅年輕人會以這麼激昂的方式講故事，讓她甚是好奇。

對蒂塔來說，熱情非常重要。她做事需要熱情。所以她投入全部的心力執行派書任務——早上是紙本書，到了比較輕鬆的下午，就是「真人書」。關於「真人書」的部分，她早已安排好了講故事老師的輪值表。

如果她小心行事，那兩本來不及放入秘洞的書、會依然藏在她衣服暗袋裡，直到隔天早上再拿出來。不過，蒂塔忍不住想要知道她的朋友帥克怎麼了，所以她躲進公廁看書，其實，那裡只是一長排臭氣熏天的黑洞。

她找了一個低調的角落，突然想到帥克，以及創生他的作者雅羅斯拉夫·哈謝克，一定會覺得此處是最契合這本小說的閱讀場所。在哈謝客作品第二部的簡介中，他提出了自己的觀察心得。

會對於粗俗表達方式感到憤怒的人，個性都很懦弱，會被真實的生活突然嚇得半死。尤斯塔斯修士在他的著作中曾經提到，聖路易只要聽到有人大聲放屁就會開始哭，唯一能夠讓他安靜下來的方式就是禱告。有各式各樣的人想要把捷克共和國轉化為一個有拼花地板的巨大沙龍，只有穿上燕尾服戴上手套的人才能走過去——續存某個上流社會精緻傳統的地方，受到周全保護之後，就能讓精英之狼為所欲為，極盡逞兇行惡之能事。

在這個每天早晨數百個洞都會塞滿屎尿的地方，可憐的聖路易一定會禱告個不停。蒂塔離開公廁，步伐必須小心翼翼，因為地面結冰。到了晚上，奧斯威辛－比克瑙就成了鬼城，一個個集中營的成排營區的照明只有昏暗街燈，標示出無盡的幾何狀光照格網圖。寂靜是好事，門格勒的邪惡音樂並沒有現蹤。

一回到營房，她就開始找媽媽。通常她是話匣子，會把三十一號營區的事或小孩惡作劇告訴她媽媽，但今晚蒂塔卻什麼都沒說。當莉莎擁抱女兒的時候，感覺到她衣內有書本的硬邦邦輪廓，不過，當晚她什麼都沒說。子女們永遠不明瞭，其實媽媽們知道的事比他們以為的還多。而且，在這個封閉的世界，消息在鋪位之間的傳播速度，宛若床蚤在飛跳一樣。

蒂塔覺得，不要向母親吐露自己在三十一號營區的任務，是在保護媽媽，但蒂塔並不知道其實反而是母親在保護她。莉莎很清楚，只要假裝不知道艾蒂塔在忙些什麼，那麼女兒就不會擔心這個舉動引發母親憂煩，心情也就比較平靜，莉莎不會成為自己十多歲女兒的負擔。

當蒂塔詢問母親是否有收聽「比克瑙電台」的時候，莉莎假裝生氣。「不可以嘲笑土諾斯卡太太！」其實，聽到蒂塔又能夠開玩笑，她心中很歡喜。「我們在討論蛋糕食譜。她居然不知道藍莓搭配檸檬皮的配方！我們開心聊了一下午。」

在奧斯威辛開心聊了一下午？

蒂塔不知道母親是不是瘋了，也許這樣也不壞，這個可怕二月的某些日子讓她們好煎熬。

「還有一個小時才宵禁，趕快去看一下瑪吉特！」

莉莎經常在夜晚對女兒下達這種指令：把蒂塔趕出她們的營房，叫她去找朋友，不要待在營房的寡婦堆裡。

蒂塔走向八號營房，衣裙內的書也跟著在微微晃動。她覺得母親喪夫之後所展現的堅強，讓人刮目相看。

蒂塔找到了瑪吉特，她與她媽媽、小兩歲的妹妹海嘉坐在某張鋪位的尾端。蒂塔向她們一家人問好，然後，瑪吉特媽媽自己說要去找她的某個鄰居，因為她很清楚小少女比較喜歡自己講悄悄話。海嘉依然待在原處，但雙眼低垂，似乎快要睡著了。她身心俱疲，因為她運氣不好，被分配到辛苦工作：她的小組搬石板到集中營大道準備鋪地，根本是白忙一場。一早到達的時候，地面結冰封凍，根本無法置入石板，等到冰融之後，地面又變得太過泥濘，石板直接陷下去、完全被泥巴蓋住，然後，第二天又得搬更多石板，重複一模一樣的步驟。

從事這種體力粗工，卻只靠早晨喝一點飲品、午餐喝湯、晚餐吃一小塊麵包，任何人都會累得要死。喜歡為大家取綽號的蒂塔，偷偷為海嘉取了「睡美人」的別名，不過，自從她發現瑪吉特覺得這一點也不好笑之後，她就再也不敢大聲說出口。不過，其實這外號還真的符合她的模樣：超級枯瘦，因為體力被榨乾，幾乎只要一坐下來就會立刻睡著的憔悴青少女。

蒂塔說道：「妳的母親刻意讓我們獨處……真的好體貼！」

瑪吉特回她：「媽媽們總是知道自己該做些什麼。」

「我過來的時候也一直在想我媽媽。妳也知道她個性狀似懦弱，但她的堅強遠遠超過我的想像。自從我父親過世之後，她還是在那間臭得要命的工作坊一直工作，完全沒有一句抱怨，我們睡在那間木頭冰庫裡面，她根本連感冒都沒有得過。」

「幸好是如此。」

「我曾經不小心聽到睡在我們附近的兩個年輕女人在講話……妳知道她們怎麼稱呼我媽媽和她的朋友嗎？」

「什麼？」

「『老母雞俱樂部』。」

「好壞。」

「但她們沒說錯。有時候她們會在同一時間窩在鋪位上面聊天，吵得要命，簡直就像是農場母雞一樣。」

瑪吉特微笑。她很謹慎，她覺得嘲笑長者不太好，但聽到蒂塔又能夠開玩笑了，她很開心，這是好現象。

蒂塔問道：「妳知道芮妮最近怎麼樣嗎？」

瑪吉特態度變得嚴肅，「她這幾天都在迴避我。」

「什麼意思？」

「哦，不只是我而已。她工作一結束，就立刻和她媽媽一起離開，不跟任何人說話。」

「但為什麼呢？」

「大家都在講閒話。」

「妳在說什麼？講閒話？芮妮的事嗎？為什麼？」

瑪吉特有些扭捏，因為她找不到合適字詞向朋友啟齒。

「她和某個納粹親衛隊很要好。」

奧斯威辛－比克瑙集中營裡有些不能逾越的界線，而這正是其中之一。

「妳確定那不是謠言嗎？妳也知道大家喜歡亂編各式各樣的故事。」

「不是，蒂塔，我親眼看到她和他說話。他們站在入口崗哨那裡講話，因為大家通常不會接近那種地方。不過，在一號與三號營房卻可以看得一清二楚。」

「他們有沒有接吻？」

「天哪，希望不要，光想到那畫面就讓我全身顫抖。」

「我寧可跟豬接吻。」

瑪吉特笑得直不起腰，蒂塔發現自己講話變得跟好兵帥克一樣。更糟糕的是，她覺得這樣滿好的。

就在這時候，與她們相隔了好幾棟的另一間營房，芮妮正忙著為母親清除頭髮上的蝨卵。這個動作可以讓她的雙手與雙眼保持忙碌，但她卻開始胡思亂想。

她已經知道其他女人在批評她。她也知道接受納粹親衛隊的友誼並不恰當，就算是有禮體貼的維克托也不例外。

維克托？

不管他到底友不友善，他畢竟是看管俘虜的士兵，更可怕的是，他是劊子手。不過，他對她很好。他送給她一把細齒梳子，讓她可以幫助母親免受蟲蝨之苦。而且還送給她一小罐紅醋栗果醬。她和她母親把它塗抹在晚餐的配給麵包，享受了幾個月來的第一頓豐盛大餐，她們已經好久沒嚐到那種美味了！那樣的維他命有助預防疾病，可以保命。

這名年輕納粹明明從來不要求她有任何回報，難道她真的應該跟他斷絕往來？她是不是應該拒收他的禮物，直接說出不想與他有任何瓜葛？

她很清楚，批評她的那些女人當中，許多人如果遇到相同狀況，一定會拚命向對方討索。她們是為了老公或小孩或是誰誰誰，但一定會收下餽贈。如果沒有人在妳面前打開紅醋栗果醬抹麵包，繼續裝清高下去當然很容易。

維克托說等到這一切結束之後，他希望兩人能夠訂婚。她一直沒有給他答覆。他向她訴說羅馬尼亞，描述家鄉村落的風貌，如何以揹沙包跑步比賽以及廣場的大型酸甜燉肉來慶祝重要節日。芮妮很想要討厭他，她知道自己有責任要討厭他，但是恨意與愛意太相像了，都不是可以自行選擇的項目。

夜幕降臨奧斯威辛，黑暗中不斷有列車抵達，越來越多如弱葉顫抖的迷惘無辜者被遣送而來，而且煙囪冒出的紅光顯示出焚化爐從來不曾停歇。家庭營的俘虜們躺在到處都是跳蚤的床墊、努力克服因恐懼而失眠的問題。熬過一個晚上，都是一場小小的勝利。

到了早上，大家又開始在金屬槽裡面洗臉，以毫無淑女風範的姿勢褪下內褲、撩起裙子，與其他三百個人同時進行解放，然後，又是在冰寒之日的緩慢痛苦點名過程。地面寒氣會把大家的便鞋直接凍為冰鞋。士兵們離開集中營，密密麻麻的名冊上要是有哪個人的姓名旁邊加註了叉叉，指的就是撐不過前一晚的那些人。最後，佛列迪．赫許關上營區大門，挑眉，小孩們喧鬧散開，搶椅凳坐下，某些老師們駐足在圖書館前面，三十一號營區的嶄新一天，於焉登場。

蒂塔滿心期盼的是午餐湯，解壓舒心。更重要的是，那表示下午即將開始，她可以繼續與那個已經成為她朋友的放浪士兵一起冒險。帥克隸屬的大隊有一名奧地利長官個性殘暴，名叫杜爾林。他的長官很賞識他，因為他對待下屬非常嚴厲，有時候甚至還會毆打他們。

閱讀真的是一大樂趣。不過，總是有人隨時準備要搞破壞鬧場。愛管閒事的「臭臉老師」，髒兮兮的髮髻和鬆垮垮的皮膚，就是她錯不了，她正朝蒂塔的隱身處張望，她身旁還有另一個老師，雙眼細小，幾乎要靠顯微鏡才能看得到。

那兩人站定在蒂塔面前，臉色難看，逼她要把那本書交出來。她把那一疊書頁遞過去，其中一人搶下了書，紙頁散了，連結書脊的破爛縫線幾乎要斷裂。蒂塔臉色抽搐，但忍耐咬住舌頭不吭氣。

老師開始閱讀內容，眼睛睜得越來越大，下巴的鬆垮肌膚因為怒氣而不斷顫抖。蒂塔覺得「臭臉老師」的表情與帥克的軍團某些長官聽到他搞笑話語的反應，根本就是一模一樣，她雖然想笑，但也只能憋住。

「真叫人無法接受！下流！妳這個年紀的女孩絕對不能看這種邪惡的書，裡面都是髒話。」

就在這時候，兩名副校長兼老師的直屬上司，李赫特恩斯坦與米瑞安．艾德斯坦，正好從赫許的小房間裡出來。席絲可娃老師看到上級出現，露出得意微笑，向他們兩人示意趕快過來。

「你們看看，無論這裡有多麼骯髒，還是應該要有學校的樣子。你們身為副校長，不能允許小孩讀這種粗俗低級小說，這本書裡面有我這輩子聽過最齷齪的髒話。」

她為了要強調自己所言句句屬實，還請他們聽了一個段落，裡面對教會層級充滿不敬，還有針對某名神父的咒罵之詞。

他喝得爛醉，但是他擁有中尉軍銜，不管他們的職位是什麼，上帝都給予這些軍隊隨行神父隨時都能喝到吐的天生本領。我曾經遇過一個名叫卡茲的神父，為了換酒，幾乎已積到了可以出賣靈魂的地步。結果，他真的賣了聖器，我們把他換來的酒喝得一滴不剩，要是有人願意給了教堂一點捐獻，我們也會拿來當酒錢。

當席絲可娃老師發現李赫特恩斯坦在拚命憋笑的時候，她狠狠闔上書本。蒂塔一直盯著書本的損傷，書脊的那些紙頁幾乎都快要解體了。席絲可娃老師堅持這件事非同小可，而且要求必須把它列為禁書，她繼續抓著那些紙頁在空中揮舞再次質疑，要是他們允許小孩看這種書，將會灌輸給他們什麼樣的價值？

蒂塔已經受不了這老師以拿蒼蠅拍的方式亂揮那本書，她跳起來，雖然矮了對方十五公分，直接站定在老師面前，以最禮貌但冷冰冰的語氣問道，是否可以先把書還給她，只要一下就好……拜託。而且她還特別狠狠強調了「拜託」這個字詞，簡直像是敲了老師的腦袋一樣。席絲可娃老師萬萬沒想到蒂塔會提出這種要求，一臉不悅，還是把那本嚴重受創的書交出去。

蒂塔小心翼翼收下那本書，把散開的書頁整理好，又把搖搖欲墜的那幾頁塞回去。她好整以暇，其他人則是專注一臉好奇盯著她撫平紙頁，宛若在處理打仗後的傷口一樣修復書本。從她的雙手與目光可以看出她對這本舊書充滿敬重與呵護，就連那名怒氣沖沖的老師也不敢講話。

最後，一切都回歸原狀，蒂塔小心翼翼打開那本書，面向臉色謹慎小心的李赫特恩斯坦，以及神情不帶任何情緒的米瑞安．艾德斯坦進行解釋，她說書中的確有老師剛才唸的那類故事，但也有類似以下這樣的故事，現在輪到她朗讀了：

對於那些不想要上前線的人來說，最後的手段就是進軍牢。我曾經遇過一位數學老師，不想加入炮兵隊殺人，他偷了某名軍官的手錶，所以他們把他關進監牢，這完全是出於他的預謀。他對戰爭沒有興趣，也不覺得有什麼迷人之處。他深信槍殺敵人、以砲彈與手榴彈消滅敵營那些與他一樣不幸的數學老師，根本就是嚴重蠢行，殘暴之舉。

「這本蠢書教給我們一些很糟糕的概念，其中之一就是戰爭愚蠢又殘忍，難道各位也會否定這觀點嗎？」

現場陷入靜默。

李赫特恩斯坦真希望自己現在有香菸可以夾在嘴裡。他搔抓左耳拖時間，最後終於開口，目的是為了要避免表態。

「抱歉了各位，但是我得離開趕緊與醫生開會，商討有關為孩童出診的事。」

太多女人聚在一起了。李赫特恩斯坦選擇離開現場，而且是迅速閃人。

米瑞安．艾德斯坦很不情願，但還是得當這場閱讀教材戰事的調停者。

「艾蒂塔剛才唸的那一段，我覺得非常合情合理，而且，」她直視席絲可娃老師，「我們不能說這是一本對宗教不敬的褻瀆小說，畢竟裡面提到的是某些天主教神父是酒鬼，我們拉比的審慎正直性格並沒有受到質疑吧。」

這番諷刺的話讓這兩位女老師覺得被羞辱了，十分氣惱，她們轉身，喃喃自語，不知道在抱怨斥罵什麼。等到確定她們的距離相隔得夠遠之後，米瑞安．艾德斯坦對蒂塔附耳低語，等到蒂塔看完之後，她想要找個下午空檔借這本小說。

17

又一個早晨到來，蒂塔準備要展列她的圖書館。當她進入赫許的小房間的時候，他正在畫排球隊的戰略圖，當天午餐過後的下午時段，他會與另一名老師的隊伍在營區後面、舉行一場重要對戰。蒂塔不像她上司那麼雀躍，因為經過漫長的早點名之後，她的腿好痠痛。

「艾蒂塔，一切都好嗎？晨光真是美麗——今天太陽會露臉一陣子，妳等著看吧。」

「我的腳痛死了。都是因為點名好折磨人，沒完沒了，真討厭。」

「艾蒂塔，艾蒂塔……這是受到保佑的點名！妳知道為什麼會拖這麼久嗎？」

「嗯……」

「因為我們都還在這裡。自從九月之後，我們沒有失去任何一個孩子。妳明白嗎？九月之後，家庭營裡因為疾病、飢餓，或是疲累而喪命的人超過五千人之多，」蒂塔悲傷點頭，「但是三十一號營區的孩子全部都安然無恙！艾蒂塔，我們成功了，我們做到了。」

蒂塔對他露出了哀戚的勝利微笑，要是她父親還在世該有多好，她就可以把這段話告訴他了。

她悄悄把放書的那張凳子挪移了幾公尺，這樣一來，就能夠更靠近歐達・克勒，聽到他的講課內容。現在，既然她爸爸過世了，她就必須要自學，而克勒的主題總是很有趣。她仔細端詳他——身穿厚重羊毛衣，圓臉，以前應該是肥嘟嘟的小男孩。

他在孩子面前大談火山，「地殼下的十萬多公尺是燃燒地帶。有時候，內部壓力產生隙縫，白熱的物質從其流出，形成了火山。這種物質是融化的岩石，成為一種名為熔岩的超熱漿狀物。在海洋的底層，火山噴發會形成熔岩錐，最後就成為了島嶼，比方說，夏威夷就是如此。」

蒂塔專注聆聽各個小組上課時的低語聲，宛若一股熱氣，讓他們身處的荒涼馬廄有了暖意，而且還把它變身為學校。她很納悶，又想到了那個問題：為什麼他們還能活著？

為什麼他們容許五歲小孩們在這裡亂跑？這是他們每一個人都很納悶的問題。

如果蒂塔能夠把她的金屬食碗貼住集中營軍官食堂的牆壁，專心聆聽，就會聽到這個讓她苦思多次的問題之解答。

在那間食堂裡，只剩下兩個人，一個是負責比克瑙集中營的史瓦茲霍伯指揮官，另一個是擔負「特殊」任務的納粹親衛隊上尉醫官門格勒。指揮官面前放的是一瓶蘋果酒，這位醫官則是咖啡。

門格勒冷冷觀察這位指揮官——長臉，眼神瘋狂。這位醫官不覺得自己是極端主義者，因為他是科學家。也許他不想承認的是自己其實很嫉妒史瓦茲霍伯的清藍眼眸，近乎透明，與他自己的棕色雙眼相比，更接近正宗亞利安人種。他的雙眼，再加上他比較深的膚色，給了他一個不討喜的南地中海外貌。在唸書的時候，有些小孩會取笑他，喊他吉普賽人，他現在很想逼那些人躺在他的解剖台上面、叫他們有膽再說一次。

活體解剖是一種獨特的體驗，就像是以鐘錶師傅的角度觀察某隻手錶，但對象換成了生命……

他仔細觀察史瓦茲霍伯喝酒。擁有數十名助理可供差遣的納粹親衛隊指揮官，卻沒有刷得一塵不染的軍靴與燙得漿挺的襯衫衣領，實在是很糟糕。這是一種懶散的徵象，不可饒恕。他看不起史瓦茲霍伯那種刮鬍子時候割傷自己的鄉下莽夫，除此之外，史瓦茲霍伯還做出了讓門格勒十分惱怒的事：不斷重複先前兩人之間出現的對話，措辭一模一樣，以及同樣愚蠢的論點。

而史瓦茲霍伯又再次詢問門格勒，為什麼他的長官會對這種荒謬的家庭營抱持這麼濃厚的興趣？他等待這位醫生講出他已經知道的答案。門格勒努力擺出耐心，假裝和藹可親，但其實口吻很刻意，彷彿在跟小孩或是智障講話一樣。

「指揮官大人，你本來就很清楚，這個集中營對柏林當局來說具有重要戰略意義。」

「靠！醫生大人，對，我早就知道了！但我不明白的是為什麼要設想得這麼周到？現在是還得為他們弄一間托兒所嗎？他們是不是瘋了？以為奧斯威辛是度假村？」

「要是那些緊盯著我們的國家抱持這種想法，就達到我們的目的了。當國際紅十字會開始要求我們提出更多有關集中營的資訊、準備要派出調查員的時候，我們一向聰明絕頂的納粹親衛隊領導人海因里希．希姆萊，不但沒有拒絕採訪，反而會鼓勵他們前來。我們會讓他們看到他們想看的畫面：猶太家庭在一起生活，小朋友在奧斯威辛裡面跑來跑去。」

「搞得太複雜了——」

「要是我們不這麼做的話，當那些負責追蹤從泰雷津隔離區送來這裡的猶太人的國際紅十字會調查員出現之際，就會看到我們不想讓他們見到的場景，我們當初在泰雷津所做的一切就白費了。等到我們接待他們的時候，給他們看這裡就夠了，但不要讓他們看到廚房，只有遊戲室的範圍。然後，他們就會心滿意足回去日內瓦。」

「他媽的紅十字會！這些懦弱的瑞士人，連個軍隊都沒有，他們以為他們是誰，居然敢指揮第三帝國該怎麼做？為什麼不給他們看大門就好？不然我還有更妙的一招，把他們交給我，不用進廚房了，我直接把他們送進焚化爐。」

門格勒面露不屑微笑，盯著臉色越來越紅的史瓦茲霍伯。他真想拿起自己的馬鞭，朝史瓦茲霍伯的頭一陣猛揮。步行，不能動用他的鞭子，太寶貴了。更好的方法就是掏槍，轟爛史瓦茲霍伯的腦袋，一定很過癮。不過，史瓦茲霍伯雖是個大白痴，但他畢竟是比克瑙的指揮官。

「親愛的指揮官大人，請不要輕忽了我們提供給世界的假象與我們計畫的重要性。我們必須小心翼翼。你知道我們敬愛的領導人在納粹黨的第一個位置是什麼嗎？」

門格勒故意沉默許久，他知道他得要自問自答但是他以羞辱史瓦茲霍伯為樂。「宣傳部部長。他在他的著作《我的奮鬥》當中提到了這一點——你看過沒有？」看到指揮官的憂心表情，讓門格勒心中大爽。「境內與境外的許多德國人，依然不明白以滅種方式、清洗人類不良基因之必要。還是有某些國家處於警戒狀態，打算開闢新的戰場，我們現在當然不樂見，我們想要成為戰場在哪裡、何時開打的決定者。親愛的指揮官，這就像是在動手術一樣，你不能隨便愛割哪裡就割哪裡，必須選擇合適部位下刀。戰爭是我們的手術刀，我們應該要精準運用，如果你像瘋子一樣持刀，很可能最後會刺在自己身上。」

史瓦茲霍伯無法忍受門格勒高高在上的語氣——簡直像是老師在面對一個沒救的學生一樣。

「靠，門格勒，你講話的態度就像是政客一樣！我是軍人，命令下來，我一定會執行。要是親衛隊領導人希姆萊說我們得保留家庭營，那就留啊。但這個托兒所的事……和家庭營有什麼關係？」

「指揮官大人，宣傳……宣－傳－啊。我們要叫這些俘虜寫信告訴他們的猶太親戚，自己在奧斯威辛得到了良好待遇。」

「這些猶太雜碎覺得自己受到什麼樣的待遇，我們擔心個屁啊？」

門格勒深呼吸，在心中默數到三。

「親愛的指揮官大人，接下來還有許多外頭的猶太人必須陸續帶進來。不知道自己將要進入屠宰場的動物，帶進來的時候當然比較乖順，不會像那些知道自己即將沒命而全力抵抗的動物一樣。史瓦茲霍伯，你出身鄉下小村落，想必很清楚這一點。」

門格勒最後一段話激怒了史瓦茲霍伯。

「你怎麼敢說圖青是小村落？我告訴你，大家公認圖青是全巴伐利亞、全德國最美的小鎮，甚至……可以說是全世界。」

「指揮官大人，當然，我完全同意，圖青是個美妙的小鎮。」

史瓦茲霍伯本想要回嗆，但他發現這個在賣弄學問的中產階級醫生在刻意激怒他，他才不會上鉤。

「醫生大人，很好，有必要的話就弄托兒所吧，」他大吼，「不過，我絕對不允許集中營內引發任何問題或騷動，要是一出現違紀，就得要立刻關閉。你覺得負責的那個猶太人可以維持秩序嗎？」

「為什麼不行？他是德國人。」

「門格勒上尉！你怎麼能把他那種噁心猶太畜牲當成我們的榮耀德國人？」

「好，你要怎麼稱呼他是你的事，不過，根據赫許的檔案，他出生於北萊茵西伐利亞邦的亞琛，就我所知，那的確位於德國。」

史瓦茲霍伯狠狠瞪了門格勒一眼。門格勒知道他在想什麼——他的上司覺得他的傲慢無禮令人受不了——但門格勒並不擔心，因為他也感受到上司舉棋不定。

史瓦茲霍伯知道他自己必須謹慎行事，因為門格勒在柏林有一些位高權重的朋友。他的眼中閃過一抹斜光，彷彿在舔唇期盼門格勒的幸運星殞落的那一刻，然後史瓦茲霍伯就可以享受輾壓他的快感。但門格勒露出和善微笑，因為他知道那一刻永遠不會到來。他永遠比這些軍人搶先一步，其實，那些人什麼都不知道，也不知道自己為什麼會身處在這場戰役之中。門格勒倒是很清楚，他拚命要讓自己成為明星。首先，他會掌控德國研究基金會，然後，他會改寫醫學史的進程，最後，是人類的進程。喬瑟夫．門格勒知道自己不是客氣的人，這種事情就留給弱者吧。

歷史會給門格勒好好上一課。強者最嚴重的弱點就是這個癥結：他們以為自己無堅不摧。所以，第三帝國的強大威力也是它的弱點。它開了許多戰場，最後全面崩盤。同盟國的飛機已經開始在奧斯威辛附近盤旋，而且遠方可以聽到第一批的轟炸聲響。

沒有人能夠逃避軟弱，就連無堅不摧的佛列迪．赫許也一樣。

那是幾天之後的事。下午的最後活動結束，營區的人漸漸散了，蒂塔匆匆收好那些書，包在布料裡面、以免被暗洞裡的泥土弄髒，然後，走向赫許的小房間準備藏書。她想要盡快回去找母親，陪伴在她身邊。

她敲了敲赫許的房門，聽到他喊了聲請進。他一如往常坐在裡面唯一的椅子上頭，但這次他並不是在忙著寫報告，反而是雙手交疊胸前，雙眼放空，他的內心發生了變化。

她走向某堆摺疊好的毛毯，底下就是那道暗門，然後，她把書本放入裡面。她動作迅速，這樣一來就可以盡速離開，以免打擾赫許。不過，當她準備轉身離開的時候，她聽到後頭傳來赫許的聲音。

「艾蒂塔……」

赫許的語氣慢條斯理，也許還有一點疲憊，缺少平日對年輕人鼓舞士氣講話時的那種能量。當她面向這位身材精實運動員的時候，卻沒想到看到的是一個疲憊的人。

「妳知道嗎？也許，等到這一切結束之後，我不會去『應許之地』。」

蒂塔一臉困惑望著佛列迪，看到她的反應，他露出和善微笑，他心想，她不懂也很正常。他多年來竭盡一切努力向年輕人解釋，應該要以身為猶太人為傲，應該要準備好歸返錫安之地，他們可以利用戈蘭高地作為更接近上帝的跳板。

「好，妳看看這裡的人……他們是誰？錫安主義者？反錫安主義者？無神論者？共產主義者？」嘆氣聲息暫時讓他的話變得模糊不清，「有誰在乎？妳要是再仔細觀察，眼中所見到的就是人，如此而已。脆弱又墮落的人，行善與行惡的能力都能夠發揮到極致的人。」

蒂塔努力想要聽清楚他在說什麼，但赫許就與先前一樣，比較像是在自言自語，而不是對她說話。「曾經對我重要的一切，現在對我來說都微不足道了。」

他再次陷入沉默，目光飄向遠方——當我們想要檢視內心世界時的那種神情。蒂塔搞不懂，她不明白曾經竭盡努力要回到「應許之地」的人，怎麼會突然之間興趣盡失？她本想問個清楚，但他已經不再看著他，心思已經飄離。她決定讓他一個人待在自己的迷宮世界，悄聲離開現場。她後來才參透那是怎麼一回事，不過，在那個當下，她並不明白那是當人類站在生命懸崖、心思清透罕見時刻的心境轉變，從斷崖頂端往下看，一切都渺小得不可思議。

蒂塔瞄了一下桌面，那些紙頁是赫許的手稿，但她又仔細端詳，發現它們並不是報告或是行政事項，而是詩。最上面的那一張紙，印有集中營指揮總部的指頭，宛若鬆落、壓垮一切的大石，她時間不多，只看到那個黑體字：「**遣送**」。

遣送的消息已經傳到了隔離營登錄員魯迪・羅森伯格的耳中。九月遣送潮的六個月期限已經到來，而且，檔案也已經預示德國人展開動作要進行「特殊待遇」，其實就是遣送。

所以，當他在圍欄旁焦急等待愛麗絲的時候，他緊張得扣住了身上那件黑市外套所有的釦子，他沒辦法靜下來，全身神經就像是冒著火光的裸露電線一樣。

前一天，他請愛麗絲幫忙史莫列斯基交代給他的任務，找出家庭營的反抗團體秘密成員到底有多少人。反抗團體運作極其隱密，他們通常自己也不會互相認識。這個下午，魯迪才知道就連愛麗絲自己也是透過某個朋友才與反抗團體接上線。

史莫列斯基的話一向不多，差不多就是五、六個字詞而已。這是他的生存技巧之一。只要有人逼他解釋或是責問他怎麼這麼不愛說話的時候，他總是給出這樣的答案，他有個擔任刑事訴訟律師的朋友告訴過他，啞巴可以活得久。不過，魯迪當時很焦急，心情沮喪，忍不住一再追問是不是出了問題。史莫列斯基總是惜字如金又隱晦——講出的話就只有這幾個字——「狀況正在惡化」。

他話中的「狀況」，所指的正是家庭營。

警衛塔的士兵看到隔離營的這名登錄員一如往常、與他的家庭營猶太女友走向電網的時候——根本沒多瞄一眼，他們早就習慣了。這些德國人根本分不清楚那些衣衫破爛、骨瘦如柴的猶太女孩有哪裡不一樣，所以他們沒發覺這一次靠近電網的不是愛麗絲·蒙克，而是她的閨蜜海蓮娜·雷茲科娃，家庭營反抗團體的協調員之一。她來到這裡，是為了要回答反抗團體領導人要求提供的機密資訊：家庭營裡面一共有三十三名秘密成員，共分為兩組。海蓮娜詢問魯迪是否還知道有關遣送的其他消息，但他能提供的也不多了。他聽說有可能送到海德布雷克集中營，但完全沒有任何細節，上級口風超緊。

他們不發一語，站在那裡互看了好一會兒。這女孩要是出現在別的地方，可能是個美女，但一頭纏黏髒髮、龜裂雙唇、污穢衣衫，讓她成了二十二歲的乞丐。平常一向多話的羅森伯格，面對這個現況悲慘、未來一片黑暗的女孩，也不知道該說什麼才好。

當天下午，他得到授權進入二號營d區，表面上是去收名單，但其實是與史莫列斯基見面。他坐在自己營房前的木椅猛嚼樹枝，把它當成了無菸可抽時刻的替代品。魯迪平常有囤積各種物資的習慣，立刻遞上一根香菸。

他把海蓮娜提供的家庭營反抗團體人數，以及主要成員的情報講了出來，史莫列斯基的反應只是點點頭，表示聽到了。魯迪希望對方可以多加解釋現在的狀況，但卻什麼也問不出來。雖然史莫列斯基已經心裡有底，但魯迪還是假裝對方什麼都不知道，說出執行「特殊待遇」的日期是三月六日，愛麗絲身處的九月遣送潮的六個月期限節節逼近。「我希望那一刻永遠不要到來。」

史莫列斯基抽菸，全程不發一語。羅森伯格心想這就是會面結束的意思，尷尬道別。他回到自己的營區，不確定這個波蘭人保持靜默是因為藏有重要情報？抑或是因為根本不清楚該怎麼辦？

下午點名所花的時間比平常久。好幾名納粹親衛隊通知所有的囚監到集中營門口集合。在那裡等待他們的是集中營囚監——負責二號營b區的德國平民犯人，名叫威利——還有被他們取名為「神父」的那個中士，兩側有手持機關槍的士兵在護衛。俘虜們盯著營區頭頭走向「神父」，在他身邊圍出了一個半圓形。

佛列迪．赫許活力十足，邁開大步，走過集中營大道，超越了那些沒那麼積極與會的囚監，天色逐漸昏暗，但依然很容易辨識出赫許前往開會、充滿自傲與信心的身影。

「神父」雙手縮在大衣袖口裡面、正在等他們，看到他們陸續到來，臉上露出冷笑，看來他心情很好。對於這名中士來說，可以送走一堆俘虜是好消息，畢竟，一半的俘虜就表示一半的麻煩。某名助理把各營區裡的九月遣送潮俘虜編號清單交給了那些囚監，囚監們要通知這些人第二天早上要另外排一隊、而且帶著他們的個人物品——自己的湯匙與碗——就是要把他們遣送到另一個集中營。佛列迪．赫許收下了最短的那一份名單，三十一號營區就只有一個人睡在裡面，就是他自己，營房長官。在只聽得到名單發出紙張窸窣聲響的靜默之中，他是唯一敢挺身而出，以立正之姿站在中士面前的人。

「上級突擊隊領袖大人，容我請教，我們能夠知道我們要被遣送到哪一個集中營嗎？」

「神父」死盯赫許數秒之久，完全沒有眨眼。中士們通常不會容忍未經許可就直接開口這種蔑視行為，不過，這一次，他忍耐下來，只是冷冷回道：「到時候就知道了，解散。」

囚監站在各自的營房前面，開始大吼第二天遣送名單的編號。大家困惑低語，因為大家不知道離開奧斯威辛是否要感到開心？同樣的問題不斷在重複：「他們要把我們帶去哪裡？」不過，沒有答案，或者，有太多可能的答案，所以每一個都毫無價值可言。大家都聽過六個月之後的特殊待遇，那會是什麼？

蒂塔與瑪吉特討論了許久，想要在這一堆問題裡找出答案。她們屬於十二月遣送潮，還不會被送去任何地方。蒂塔想得心累，走回自己的營房，這個消息讓她心神不寧，失去了平日的謹慎，並沒有隨時往後顧盼，而且也忘了要緊貼營房邊前進，萬一遇到狀況就可以立刻衝進裡面。她聽到有德國人在講話，還伸手抓住她。「蒂塔……」

她嚇了一跳，是佛列迪．赫許，他正準備要回到自己的營房，深沉的眼眸之中有一股熱情光芒，蒂塔知道他又恢復了往常的生氣勃勃與頑強不屈。

「我們現在該怎麼辦？」

「繼續前進。接下來可能會遇到走不出去的迷宮，但要是退後只會更糟糕。不要理會任何人，聆聽自己腦海的聲音就對了，持續下去。」

「可是他們要把你帶到哪裡去？」

「我們會在其他地方工作。但這一點不重要，重點是這裡有一項必須完成的任務。」

「三十一號營區——」

「已經著手的工作，必須要完成。」

「我們會讓學校繼續運作下去。」

「沒錯，但還有另一件重要任務得執行。」

蒂塔一臉困惑望著他。

「聽我說，奧斯威辛的某些狀況只是表象，但將來終會出現某個能夠戳破真相的微小縫隙，妳等著看吧。德國人誤以為撒謊對他們有利，但我們會在最後一秒鐘得分，因為他們太過自信。他們以為我們崩潰了，其實並沒有。」他說出這番話的時候若有所思，「我沒有辦法在這裡幫助妳贏得這場比賽。不過，蒂塔，妳一定要有信心，真正的信念。妳等著看吧，一切都會否極泰來，妳要相信米瑞安。最重要的是——」他凝望她的雙眸，露出魅力滿滿的微笑。「妳永遠不可以放棄。」

「永遠不可以！」

他帶著神秘微笑、以健壯身姿邁步離開，蒂塔默默站在那裡，不太確定他所說的在最後一秒得分是什麼意思。

那是一個幾乎無眠的夜晚，營房床鋪之間充滿了悄聲謠言，還有近乎荒唐的各種理論以及祈禱。

有人大吼：「他們把我們帶去哪裡很重要嗎？反正也不可能比現在更糟糕了。」在一片愁雲慘霧之中，這句話發揮了安慰效果。

與蒂塔睡同一個鋪位的那個胖女人是九月遣送潮的其中一員，所以她也會被送走。她除了與她的床友們講些粗鄙的笑話之外，幾乎沒說什麼。她從來不跟蒂塔講話，好話或難聽的話都沒有。當她躺下，一如往常把腳貼在蒂塔的臉旁邊的時候，蒂塔向她道晚安，而她的反應也一如以往，不吭氣——就連平常悶哼的應聲方式也沒了。她假裝入睡，但雙眼閉得死緊，根本不是睡著的模樣。在這很可能是最後一夜的漫漫長夜之中，就算是最強悍的人也無法入眠。

那日的清晨多雲冷冽，強風還夾帶著雪花，與其他日子並無太大差異。排隊的時候有些混亂，因為平常的秩序產生變動：九月的人站在一邊，而十二月的人站在另一邊。囚監拚命在整隊，而納粹親衛隊也比平常來得緊張，甚至還敲槍托，這是在早點名時相當罕見的狀況。氣氛緊繃，大家都拉長了臉。

囚監助理忙著在名冊註記，點名變得出奇緩慢。蒂塔在那裡站了好久，覺得雙腳已經慢慢陷入泥地之中，要是點名繼續拖下去，她一定會整個人被吞噬。

終於，將近三小時的點名結束，九月遣送潮的近四千人開始移動。現在，他們的目的地是家庭營旁邊的隔離營，眾人拖著疲憊的步伐、朝那個方向前進。登錄員魯迪・羅森伯格站在隔離營裡面，專注盯著一切的活動，彷彿覺得在這些士兵的姿態與手勢之中、可能會有某些蛛絲馬跡，透露這些人將何去何從，而他的愛麗絲也在其中。

蒂塔與她母親默默站在那裡凝望，身旁是同一批遣送潮的其他人。大家依然在自己營房門口排隊，而士兵們帶領九月的這些老鳥前往二號營b區的出口，一切井然有序。這樣的隊伍當然沒有任何的歡樂氣氛，不過某些俘虜露出微笑，認為等待他們的將會是一個更好的地方，還有的頻頻轉頭道別，雙邊都有人在揮手——留下來的那一群，還有即將離開的那群人。蒂塔抓住母親的手，緊捏不放。她不知道自己的劇烈胃痛是因為天寒？抑或是為那些離去的人而擔憂？

她看到淘氣的蓋布瑞爾大步走過去，哈哈大笑，因為他刻意放慢步伐、絆倒了後頭的某個瘦小女孩，她氣得狂罵髒話。有個大人的手從後方伸出來，猛扯蓋布瑞爾的耳朵，是席絲可娃老師，她是處罰小孩的高手，出手的同時，步履依然穩健有節。三十一號營區的舊識與老師從蒂塔面前經過、準備前往隔離營，他們身邊還有許多她先前不曾注意過的面容——大部分都憔悴沉重。某些人對著留下的十二月遣送潮孩子們打招呼，而他們也拚命回揮個不停，打破集中營一成不變作息的這起事件，讓他們覺得好有趣。

身穿補丁外套、戴著破碎眼鏡的摩根史坦教授，也不斷搞笑對大家微微鞠躬。當他經過蒂塔身邊的時候，並沒有停下腳步以免妨礙到後頭的人，他的神色突然變得嚴肅，還對她眨眼。然後，他又恢復原狀，臉上掛著他的老瘋子笑容、繼續表演他的欠身禮。雖然只有幾秒鐘，但是當蒂塔看著他的時候，她發現教授表情出現變化，變得截然不同，彷彿就在那一瞬間，他拉起自己的面具，讓她看到他的真貌。不是瘋狂老頭的恍神表情，而是安然自若者的鎮靜面容。現在，蒂塔心中已經再也沒有任何疑惑。

「摩根史坦教授！」

她給了他一個飛吻，他面向她笨拙鞠躬，惹得小孩子哈哈大笑。他也向那些孩子們鞠躬。他是在表演結束的那一刻離開舞台的演員，向觀眾們道別。

她很想要給他一個擁抱，讓他知道現在她終於明瞭了——其實，她從頭到尾都知道——他並沒有瘋。如果他們把你關在瘋人院，那麼最慘的狀況莫過於你是個正常人。當初在「神父」與門格勒突襲檢查的時候、他在關鍵時刻裝瘋賣傻救了她一命。這就像佛列迪所說的一樣：某些狀況只是表象。她好想給教授一個道別的吻，但她辦不到，依然在賣傻的摩根史坦已經走遠了，被離開的人群所淹沒。

「教授，祝你好運。」

一大群女人經過她前面，某個女人——少數不戴頭巾女子中的其中一個，違反嚴格規定，腳步堅定，離開了隊伍，直接朝她走來。一開始的時候，蒂塔沒有認出她，不過，那是她的超胖鋪友，她的纏結亂髮蓋住那道將臉一分為二的傷疤。她站定在蒂塔面前，以蟾蜍般的雙眼盯著她，兩人四目交接了一會兒。

她以粗啞聲音說道：「我叫莉達！」

囚監小跑過來，對她大吼，叫她立刻回去隊伍裡面，而且還惡狠狠揮舞棍棒。當她匆匆回到隊伍的時候，又短暫回頭顧盼，蒂塔對她揮手道別。

她大叫：「莉達，祝妳好運！我愛妳的名字！」

她覺得她的鋪友露出了驕傲微笑。

佛列迪．赫許在最後一批揮手道別的人群當中。他身穿自己最乾淨的襯衫，銀色口哨在胸前微微晃動，走路姿態流露軍人的精準，頭抬得很高，目光直視前方，完全不理會任何人的揮手或道別，即便是呼喊他名字的人也一樣。

他的心情與折磨他的那些猶疑並不重要。這是猶太人的一場全新的流亡，這次是被迫從自己的監牢離開，他們必須以最高尊嚴面對它。所以他不回應任何的招呼或揮手，就算某些人誤會他態度傲慢亦然。

他的確對自己的成就感到驕傲。在三十一號營區存在的時日當中，沒有任何一個孩童死去。讓五百二十一個小孩在奧斯威辛存活好幾個月之久，應該是無人能夠創下的紀錄。他目視前方，但焦點並不是前面那個人的後頸，而是更遠、更遠的地方，遙遠的那一排人群，甚至是比那更遠的地平線。

必須要看得遠，對目標抱持野心勃勃。

九月遣送潮魚貫離去，開始謠傳大家將要被轉送到海德布雷克集中營。大多數的人都覺得自己將要面臨嚴苛的淘汰過程，許多人到不了那裡。甚至還有人覺得大家都去不了。

18

一九四四年三月七日

魯迪・羅森伯格盯著九月遣送潮的三千八百名俘虜從家庭營出來、抵達隔離營，也就是二號營a區。史莫列斯基告訴他的消息太可怕了，任何人聽到都會難過不已。不過，魯迪忙著在一群群的人潮中找尋他女友愛麗絲的削瘦身影。終於，他們四目相接，滿足的微笑掩蓋了痛苦。等到所有的俘虜都被安排好營房之後，納粹允許他們在集中營裡面自由活動。魯迪在自己的房間與愛麗絲見面，一旁還有她的兩個反抗團體朋友，薇拉與海蓮娜。

海蓮娜告訴他，大部分的俘虜似乎都接受了官方說法——大家會被遣送到某個更北邊、靠近華沙的集中營。

薇拉聲音尖銳，讓原本就憔悴的臉龐更像是小鳥了。

「集中營猶太社群的某些重要代表認為德國人沒那個膽殺死小孩，因為他們擔心消息會散布出去。」

羅森伯格別無他法，只能轉述史莫列斯基今天早上的想法，他從來沒有說過這麼可怕又直接的話。「他告訴我所剩時間不多，而且他認為明天大家都會死。」

大家對魯迪這段話的反應是全然沉默。這些女子很清楚，反抗團體領導人比誰都清楚狀況，因為他在奧斯威辛有廣大的間諜網絡。緊繃感引發了各式各樣的謠言，有一半的謠言最後變成了願望、臆測，以及幻想……

海蓮娜立刻恢復了開心態度，「如果戰爭在今天晚上結束呢？」

「如果戰爭在今晚結束，我回到布拉格，那麼我回家的第一件事就是到我媽媽家，吃光一整桶的菜燉牛肉。」

「然後我會帶著一大條麵包爬進去，把醬汁抹得乾乾淨淨，把它當成鏡子、對著它清理眉毛。」

他們開始聞到了燉肉的濃香，發出快樂的嘆息。然後，他們又回到了現實，聞到的是恐懼氣味。他們想要重新整理思緒，希望能夠在如此晦暗的未來當中、努力找出正面思維，某些能夠讓他們合理解釋一切的錯漏細節，能夠維繫希望以及生命的一根小釘。

魯迪因為是登錄員，所以可以看到遣送名單，而他唯一能夠提供的其他情報，就是九月遣送潮續留家庭營的只有九個人：門格勒醫生要求留給自己做實驗的兩組雙胞胎，本來要與遣送潮一起進入隔離營的三名醫生與一名藥劑師，這同樣也是出於門格勒醫生的要求，而第九個人是威利囚監的情婦。其他人都必須接受當初在九月遭到遣送的時候、納粹早已擬定的特殊待遇。

其實，魯迪的線報並不正確。「不需移送」的名單上面還有其他人。不過，在這種階段，狀況太混亂，但真相終會逐一浮現。大家各抒己見卻得不到任何結果，精疲力竭了一個小時之久，最後全都累壞了，陷入沉默。

薇拉與海蓮娜離開了，魯迪與愛麗絲發現只剩下他們兩個。這是第一次兩人之間沒有鐵刺網，沒有揹著槍枝的士兵在高塔上監控他們，周邊也沒有會讓他們想起附近在燒屍的那些煙囪。

他們互望了好一會兒，滿臉害羞，一開始的時候還有些彆扭，然後，目光越來越熾烈。他們年輕又俊美，充滿了活力，期盼、慾望，迫不及待想要享受當下。然後，當他們再次凝望彼此，眼中的慾望火光已經綻亮，他們覺得喜悅得以讓他們與外隔絕，帶引他們到了另外一個境地，沒有任何事物能夠奪走此時此刻。

在美夢持續的當下，魯迪抱住愛麗絲，他相信自己的快樂如此強烈，絕對不可能被摧毀。當他睡著的時候，心想只要一覺醒來、所有的惡行都會被消滅，生活的流轉方式又會回到戰前——公雞在黎明時啼叫，還有新鮮烘焙麵包的香氣，以及令人心情愉快的牛奶工單車鈴聲。不過，第二天黎明到來，一切都沒有被殲滅，比克瑙的可怕地景依然完好。他太年輕，不懂快樂無法征服一切——因為它太脆弱了。

魯迪被激動的人語突然吵醒，宛若腦中有某扇窗戶炸裂為百萬碎片。是海蓮娜，她憂心忡忡。她說史莫列斯基正急著找他，集中營裡面到處都是納粹親衛隊，馬上就要出大事了。海蓮娜幾乎歇斯底里、抓住他的手臂，根本就是把他直接拉下床，魯迪只能慌張穿鞋，而愛麗絲依然在被窩裡酣眠，想要在美夢中多貪留一會兒。

「拜託！魯迪快一點！沒時間了，我們沒時間了！」

魯迪一走到外頭，也立刻察覺狀況不對勁。有許多納粹親衛隊——他從來沒看過這麼多——也就是說，這些人是從其他分隊派來增援執行特殊任務，這並不像是押大群俘虜上火車的一般程序。他得要立刻去找史莫列斯基，魯迪當然寧可不要見他，不要聽他必須說出的話，但真的必須去二號營d區找他。拜職位之便，魯迪編出配糧有短少、必須要出去領取的理由離開隔離營，完全不成問題。

這位反抗團體首領的臉已經不是臉了——只看得見一大坨皺紋與兩個眼袋。他已經不再拐彎抹角，講話不再小心翼翼，宛若剃刀一樣鋒利，他毫不遲疑，立刻說出口：「從家庭營遣送出來的那些人，今天就會沒命了！」

「你的意思是他們要殺死老人、病患，還有小孩？」

「魯迪，不是，是所有人！那些被迫協助處理毒氣室受害者的猶太年輕人接到命令，今晚焚化爐準備要燒四千具屍體。」

他幾乎沒有任何停頓，馬上繼續說道：「魯迪，我們沒有時間哀傷，起義時刻到了！」

史莫列斯基承受巨大壓力，但他的話語卻極其精準，也許是因為在他失眠的漫漫長夜當中、已經事先演練並重複了數十次之多。

「要是捷克人發動反抗，要是能夠起身迎面戰鬥，他們絕對不會孤單。會有數百人，甚或是數千人將會與他們站在一起，如果運氣好，可能會奏效。趕快去勸說大家，我們退無可退，奮戰或是一死——沒有其他選擇。不過，要是沒有人出面領導，根本沒有任何機會。」

魯迪面露不解神情，史莫列斯基開始向他解釋集中營裡至少有六個性質迥異的政治組織：共產黨、社會主義者、錫安主義者、反錫安主義者、社會民主黨人士、捷克國族主義者……「要是其中某個團體主動提議，很可能會引發討論，出現各式各樣的意見，彼此衝突，如此一來，就不可能團結反抗。所以我們需要一個讓大多數人都敬重的人，充滿勇氣，不會遲疑的人，願意大聲呼喊，能夠讓其他人樂意追隨的人。」

魯迪懷疑問道：「但有誰做得到？」

「赫許。」

這位登錄員慎重點頭，他意識到事件重要性非同小可。

「你得要找他談一談，告知他現在的狀況，說服他領導起義。魯迪，沒時間了，赫許必須帶引大家、與他共同起身反抗。」

起義……令人精神一振、意義非比尋常、值得留存史書的字詞。不過，當魯迪揚起目光、看到一身破衣的男男女女與小孩，手無寸鐵，飢腸轆轆，必須面對高塔之上的成堆機關槍、軍犬、裝甲車，卻令他開始猶疑不決的那個字詞。

史莫列斯基很清楚，就算不是全部，但也會有許多人死亡……不過，可能會因此弄出某個破口，許多人——數十人，甚或是數百人——可能有機會奔往森林，成功脫逃。

也許他們突然發動起義，可以炸毀集中營的主要設備。如此一來，也許能夠讓死亡機器暫時無法發揮功能，即便只有片刻，也可以挽救許多人的性命。或者一事無成，只會造成一堆人死在機關槍砲火之前。在納粹的絕然壓倒性威力面前，有太多不確定因素，但史莫列斯基卻不斷重複同一句話：「魯迪，去告訴他吧，跟他說已經退無可退了。」

魯迪．羅森伯格回去隔離營的時候，心中義無反顧——他們的死刑已經得到批准，但是他們可以為自己的命運一戰。佛列迪．赫許的胸前掛有啟動的鑰匙，那只銀色的哨子。驚天一響，號召近四千人同心協力憤怒起義。

他邊走邊想到了愛麗絲。截至目前為止，他一直沒有把愛麗絲當成九月遣送潮裡判死名單裡的一員，彷彿這一切與她無關。她明明也在名單裡面，但魯迪一直告訴自己，她沒有，愛麗絲如此青春美麗，不可能，處處充滿驚奇的身體，還有宛若雌鹿的雙眼，將會在幾個小時之內成為一坨死肉。他告訴自己：不可能，這違反了自然法則，怎麼可能會有人想要看到愛麗絲這樣的年輕女子死去？

魯迪加快腳步，緊握雙拳，全身充滿了將沮喪轉為怒火的爆氣。

他回到集中營，雙頰因為氣憤而火燙，海蓮娜站在集中營入口焦急等他。

「告訴佛列迪．赫許，趕快到我房間來，要開緊急會議，」他吩咐她，「跟他說這是最最重要的事。」

這是贏得一切或一無所有的關鍵時刻。

海蓮娜立刻就回來了，身旁還跟著赫許，年輕人的偶像，錫安主義的倡議者，說話分量足與約瑟夫．門格勒相當的人。魯迪迅速打量他：擁有健美肌肉，完美後梳的濕髮，穩重，還有略帶嚴厲的眼神，彷彿本來沉浸在自己的思緒之中，因為被打擾而惱怒。

當魯迪解釋比克瑙的反抗團體領袖已經收集了確切證據，泰雷津的九月遣送潮將會在當晚被送入毒氣室、全遭滅絕的時候，赫許的表情沒有任何變化，看不出驚訝，也沒有任何反應。他保持沉默，直挺挺站在那裡，簡直就像是士兵一樣。魯迪緊盯著佛列迪胸前那個宛若護身符的哨子。

「佛列迪，你是我們的唯一的機會，只有你可以跟集中營的那些領導人對話，說服他們煽動自己的追隨者，一起對抗士兵，發動起義。你必須去見這些領導人，讓你的哨子發出訊號，通知大家起身反抗的時間到了。」

這個德國人依然沒有任何回應，表情莫測高深，緊盯著眼前的這名斯洛伐克登錄員。魯迪已經把他該說的話都說完了，也陷入沉默，在這種無望處境之中，提出了這種孤注一擲的計畫，他等待赫許對其做出反應。

赫許終於開口，不過，講話的不是那位社會領導人或永不妥協的錫安主義者，也不是驕傲的運動員，而是孩童教育家，他喃喃問道：「魯迪，那小孩怎麼辦？」

羅森伯格希望之後再討論這個。小孩是全局之中最弱的一環，在暴動起義的時候，他們活下去的希望最為渺茫，但魯迪對此也有了答案。

「佛列迪，無論如何，這些小孩一定會死——這一點毋庸置疑。我們是有機會，也許很渺小，但這樣的機會可以讓數千名俘虜起身反抗，摧毀集中營，然後就能夠解救許多日後的遺送者，他們再也不會被送到這裡。」

佛列迪依然緊抿雙唇，但他的雙眼正在對魯迪說話，在事涉徒手搏鬥的起義時，小孩會是對方率先屠殺的對象，要是圍欄有了破口，大家蜂擁逃出，小孩子也只能淪為最後一批。如果俘虜必須躲避槍林彈雨、跑過荒野數百公尺才能進入森林，那麼最後一波到達、一開始就撐不下去的也是他們。還有，就算真有人能夠進入森林，在孤立無援又不知東南西北的狀況下，接下來又該如何是好？

「魯迪，他們信任我，我怎麼能在此刻放棄他們？我怎麼可以為了救我自己而任由他們被宰殺？萬一你弄錯了呢？他們其實是要移送到另一個集中營？」

「不可能，已經無力挽回了，佛列迪，你救不了那些孩子。你要想想其他人，想想全歐洲成千上萬的孩子，要是我們現在不起義，那些孩子都會被送來奧斯威辛。」

佛列迪．赫許閉上雙眼，伸手扶額，宛若發燒一樣。

「給我一小時，我需要一小時的時間仔細思考。」

佛列迪離開房間的時候，展現出一貫的挺直身姿，看到他走過集中營的人，絕對想不到他肩頭背負了四千條人命的不可承受之重，他一邊走路，不斷頻頻撫摸哨子。

好幾名已經知道狀況的反抗團體成員，進入魯迪的房間，想知道結果，他也把自己與三十一號營區長官的對話結果說了出來。

「他說給他一點時間仔細考慮。」

其中一個神色嚴峻的捷克人開口，他說赫許只是在拖時間。大家都盯著他，叫他解釋清楚這是什麼意思。

「他們才不會動他。對於納粹來說，他很有用，反正他早就準備了寶貴的報告給他們。赫許是德國人，他在等待門格勒開口要人，隨時把他帶走，他在等的就是這個。」

現場出現短暫沉默，氣氛緊繃。

瑞娜塔．布本尼克開始對他破口大罵，「你們這種共產黨就是會講這種垃圾話！佛列迪為了集中營小孩而冒生命危險的次數比你多了好幾百次！」

那個捷克人也開始回吼，罵她是愚蠢的錫安主義者，還說他們聽到了消息，赫許頻頻詢問他現在營房的囚監，是否有人留給他任何口信？

魯迪挺身而出，想要當和事佬。他現在終於明白找到一個領袖，唯一的發聲者——能夠團結各式各樣的團體、說服他們同心協力起義——為什麼這麼重要了。

等到大家都離開之後，愛麗絲坐在魯迪旁邊，一起等待，因為他們現在能做的就只有這個了，等待赫許的回應。在這種充滿不確定的混亂場面當中，愛麗絲現身讓他鬆了一口氣。她很難相信納粹會殺光他們，就連小孩也不放過，死亡固然可怕，但她卻覺得很陌生，彷彿那只是別人的事，不會降臨在她頭上。魯迪告訴她這的確是可怕消息，但史莫列斯基對這種事的判斷不會錯。然後，他叫她改變話題，他們暢聊離開奧斯威辛之後的生活，還有她有多麼喜愛鄉村屋宅、她喜歡的食物、等到她生小孩之後打算為子女取的名字……圍繞的主題是真正的生活，而不是困陷他們的這一場惡夢。曾有那麼一瞬，某種未來似乎露出了曙光。

十分鐘過去了，那股緊繃感簡直令人無法承受，魯迪想到了赫許所背負的重擔。愛麗絲正在對他說話，但他已經沒在聽了，空氣中有一股令人窒息的壓力，他的腦袋裡有一個可怕的時鐘在滴答作響，逼得他快發瘋了。

一小時過去了，依然沒有赫許的消息。

一分鐘接著一分鐘過去了，又是一個小時，還是沒有赫許的動靜。

愛麗絲已陷入沉默許久，把頭枕在魯迪的大腿上面，他驚覺死神腳步已經十分迫近。

值此同時，隔壁家庭營的三十一號營區課程處於暫停狀態。現在負責的是十二月遣送潮的老師，他們也開始憂心忡忡。某些老師想要為小朋友帶遊戲，但小孩根本坐不住，他們想知道同學去了哪裡，對於猜謎或歌唱完全沒有興趣，這是一個緊繃的沉靜無聲的無力下午。火爐沒有燃料，溫度比平常更冷。某名助理到來，告訴大家納粹已經指定了新囚監、取代屬於九月遣送潮的那些營房猶太管理員。

蒂塔不時探頭出去，想要知道二號營a區是什麼狀況，她有一半的同伴被送入那裡。她看到隔離營大道有許多人來來去去，甚至還有人走到了圍欄旁邊，但是維安嚴密，士兵立刻把他們趕走。

氣氛好緊張，蒂塔覺得現在拿出書本就太蠢了。它們昨天還好好待在赫許房間的秘洞，但現在由李赫特恩斯坦保管。這位新的長官以自己的配糧換了六根香菸，一根接一根抽完之後，開始在營區內來回踱步，宛若困陷籠中的獅子。

大家都很關心九月遣送潮那些人的狀況。當然，這是出於團結與憐憫，但也是因為這些人的遭遇可能是他們三個月後的預示，也就是在集中營期滿六個月的那一天。

19

在二號營a區，魯迪已經等不下去了。

他動作敏捷，迅速跳起來，默默望著愛麗絲。他扳動指關節，喀喀作響，下定決心要前往赫許的營房，逼他做出決定。而且，除了「好」之外，他不會接受其他答案，他們必須要立刻起義，不能有任何延遲。

他離開營房的時候十分焦慮，不過，當他走在忙碌的集中營大道，也變得越來越勇敢，邁出的步伐更加堅決。他已經準備要以強勢態度解決赫許的疑慮與異議。他腳步堅定，深呼吸，才能面對家庭營長官等一下可能丟給他的各種阻礙，

他準備要克服一切困難，讓哨音響起，發動起義。他剛才雖然在等待，但已經詳細演練赫許可能丟給他的所有反對意見，無論是哪一個，他都已經準備好了完整答案。魯迪很有自信——他已經推演了各種可能性，而且全部都可以克服。

的確，對於一切的疑問，魯迪準備了解答。他沒有任何遺漏，絕對不可能被駁倒，但他萬萬沒有想到的是自己聽不到任何異議。當他到達赫許擁有個人房的營區時，萬萬沒料到會看到那種場景。

這位堅定的登錄員步履積極，走入營區，敲了敲赫許的房門，沒有人回應，他下定決心直接走進去，看到佛列迪手腳伸出床鋪之外，當他走過去、準備叫醒佛列迪的時候，立刻驚覺狀況不

妙，佛列迪呼吸困難，臉色發青，佛列迪快死了。

魯迪奔出營房，像個瘋子一樣大叫找人幫忙。回來的時候帶了兩名醫生，他們只帶了幾項醫療器材，本來正準備依循門格勒先前的號令、要回到家庭營，他們迅速檢查了兩次，低聲交談，表情嚴肅。

「這是嚴重的中毒事件，鎮定劑使用過量，我們已經無能為力。」

他們抬頭，看到桌上有一瓶全空的魯米那藥罐，佛列迪．赫許的生命已經進入倒數計時。

魯迪．羅森伯格覺得自己心跳漏拍，差點就要昏過去了。他必須緊貼木牆，才能挺直身體。他望向那位痛苦不堪的偉大運動員，當然，這是最後一次了。赫許胸前的金屬哨子動也不動，魯迪這才驚覺，這個偉大男人到了最後、無法承受自己的決定將會造成部分小孩死亡，他決定自己要先走一步。

羅森伯格滿心焦慮，覺得也許該找其他的領導人了，史莫列斯基會找到其他方法發起暴動。他衝出去，但正當他要離開集中營、去找反抗團體首領的時候，狀況生變，他遇到了一群納粹親衛隊，隔離營被封鎖了，所有人一律不得進出。

魯迪走到二號營b區的圍欄邊，向某名總是在那一頭徘徊的反抗團體成員招手，必須請他傳話。他告訴那個人，有重要情報得立刻告訴史莫列斯基。

「佛列迪．赫許自殺了！趕快告訴史莫列斯基！」

那人說不可能，而他們剛剛也接到命令，不能離開家庭營。魯迪轉身，在隔離營大道行進變得艱難，這裡成了一座不安的蟻丘，到處擠滿了慌張的俘虜與武裝士兵，大家都在亂走，等待，宛若暴風雨來臨前四處狂飛的鳥兒。

愛麗絲、海蓮娜，還有薇拉與他會面。他匆匆解釋狀況：佛列迪．赫許絕對不可能成為領導人了，而現在無法聯絡史莫列斯基，三個集中營互不連通，如今成了人間煉獄。

「可是，一定得起義啊，」那些女孩告訴他，「你下令，我們就開始行動。」

他努力向她們解釋，沒那麼簡單，不能以那種方式處理事情，如果沒有史莫列斯基下令，他無權做出此等重大決定。她們其實不太懂魯迪所說的話，他已經精疲力竭。

「我不能做出那種決定，我只是個無名小卒……」

現在，一向自傲的羅森伯格覺得自己是全世界最沒用的人。不只是因為他覺得周邊世界正在瓦解，就連他自己也會崩裂。

在家庭營當中，消息開始口耳相傳，內容很短，就與報喪電報一樣，最短的句子最令人身心崩潰，因為再也不會有任何回應了。這條消息宛若推土機，繼續在集中營四處橫行，一路留下重創跡痕。

佛列迪．赫許死了。

謠言開始出現了，大家聽到了「自殺」這個字眼，還有「魯米那」，某種大量服用就會致死的安眠藥。

來自匈牙利的三十一號營區助理，羅西．克勞茲，衝到裡面的時候面色十分驚恐，雙眼佈滿淚光。她差點無法以捷克語說出那幾句話，但那奇怪的匈牙利口音聽起來並不好笑，反而為這個消息增添了悲傷氣息。

佛列迪．赫許死了。

她沒有繼續多說，也不需要了。她癱坐在某張椅凳旁邊，開始啜泣。

有些人不願相信她的話，還有些人腦袋一片空白。進來更多助理了，他們臉色煞白，小孩們不再歌唱玩遊戲，笑容漸漸消失，他們神情所流露的恐懼大於哀傷，數百人都背脊一涼。在過去六個月當中，死神一直進不去三十一號營區，他們努力創造了奇蹟，讓所有小孩都活了下來。現在，奇蹟製造者自己死了。每一個人都想知道他是怎麼死的，為什麼會死——不過，他們心底真正想問的是：*要是沒有佛列迪，接下來他們怎麼辦？*哨音響起，有人以德語粗聲粗氣大吼，喝令每一個人要立刻回到自己的營房，準備接受晚點名。

莉莎早已在等待蒂塔，給了她一個擁抱，大家都知道赫許死去的消息。母女不需多言，她們只需要站在那裡，臉貼臉一會兒，緊閉雙眼就夠了。

新的營管爬到橫式火爐的上方，怒氣沖沖叫大家安靜，眾人都嚇得不敢繼續低聲講話。她是猶太人，才剛滿十八歲沒多久，如今卻擁有權力。她要負責配送湯與麵包的配糧，她再也不需要挨餓，也不需要穿著那些發臭的木頭便鞋，因為她可以靠著偷藏的配糧買靴子。所以，她毫不遲疑，要是囚監或納粹親衛隊叫她大吼，她會放聲配合，要是他們叫她打俘虜，她就會這麼做。其實，她會在納粹親衛隊開口要求之前、自己先主動大叫與打人，所以她就可以符合他們的期待。她一開始就給下馬威，粗魯大吼，除非聽到隔天早上的起床號，否則不能出門，有誰膽敢犯規，士兵絕對開槍格殺勿論。

蒂塔期盼一個人獨享鋪位已經好久了，現在，終於有了，她卻睡不著。夜幕降臨比克瑙，營區一片寂靜，外頭只聽到風嘯、還有電網的單調嗡鳴聲響。她一直渴望可以自己一個人睡，但現在也不知道怎麼回事——她無法入眠。最後，她跳下自己的鋪位，走向母親那裡，她現在也是獨自睡一個鋪位，她挨到母親身邊，這是她小時候作惡夢時的習慣動作。只要被惡夢驚醒，她就會爬到父母的床上，因為待在那裡絕對一切安好無恙。

魯迪又開始想辦法、企圖進入二號營d區通知史莫洛斯基。這次他的理由是必須要遞送某些重要文件，但卻被打回票。他很堅持，還說他們必須轉送赫許的遺體，但還是再次被拒。他回到圍欄邊，打算找他的線人，但卻沒有看到對方蹤影，大家都得待在營房裡，完全不可能進行聯絡。

魯迪回到自己的小房間，過了一會兒之後，又跑出去，期盼大門換了警衛，那麼這一次他就可以說服中士讓他進入二號營。就在那時候，從其他集中營調派過來的一大群囚監進入了隔離營，他們手持棍棒，開始打人，大吼大叫，俘虜必須立刻分成兩組，男的站一邊，女的站在另一邊。接下來是痛扁、哨音，還有痛苦與驚慌的叫喊。

愛麗絲奔向魯迪，抓住他的手臂，某名士兵見狀破口大罵，以德文吼叫：「男人站這邊！還有女人站這邊！」

魯迪與愛麗絲周邊的棍棒如雨下，泥地上全是噴濺的鮮血。愛麗絲被迫放開魯迪，但目光依然緊隨不離，臉上依然掛著悲傷笑容。他們把她推向女俘的那一邊，然後又急忙帶她們走向停在集中營門口的某輛卡車，卡車一輛輛過來，排成了一整列，引擎怠速等待中。

魯迪瞬間驚愣，大家把他拖向某一群男人之中，大家全縮在一起躲避棍棒襲擊。他突然大驚，自己被塞進了那群被迫前往死亡卡車的人群之中。

囚監揮舞棍棒，納粹親衛隊拿著機關槍虎視眈眈，就是為了確保沒有人能夠逃跑：只要有人膽敢越雷池一步，他們就會又踢又推。魯迪把香菸放在嘴中，佯裝鎮定，猛力擠開其他俘虜，走向站在人群邊緣、他認識的某個囚監。

趁囚監還來不及拿起棍棒猛打魯迪、逼他回到人群之中，魯迪趕緊大吼自己是十四號營房的秘書。「營管下令叫我要立刻向他報告。」

那名囚監是德國人，臂章顯示他的身分是犯人，他在一片混亂之中迅速瞄了魯迪一眼，認出了他，揮到一半的棍棒凝在半空中不動。他向某個攜帶衝鋒槍的士兵示意，他們讓他離開了。有人抓住魯迪的外套，想要跟他一起離開，卻被衝鋒槍打中了肋骨。魯迪聽到他在祈求，但是他沒有轉頭，他走開了，佯裝不在意，但雙腿幾乎癱軟。

在他走回自己營房的途中，他聽到大吼大叫、喝令、啜泣、卡車車門關上、引擎逐漸遠離的各種聲響。他想到了愛麗絲，想到了她最後一次凝望他的情景，他猛搖頭，彷彿想要把那一段記憶拋諸腦後，這樣一來，就再也不會壓得他無法喘息。他繼續往前走，腳步急快，終於回到了自己的房間，關上了房門。

沒有任何文字可以確證魯迪．羅森伯格到底是不是哭了。

蒂塔躺在自己的鋪位，依然睜著雙眼無法入睡，所有的女人都一樣。夜晚好沉靜，就連車子在濕滑地面不斷踩煞車、還有卡車暫停引擎依然空轉的聲響都聽得一清二楚，越來越多卡車開進來。

然後，夜晚炸裂。隔壁集中營傳來大吼大叫、哨音、啜泣、向缺席上帝的哀求，接下來是卡車門打開又狠狠關上的聲響，隨即是上鐵栓的聲音。驚慌尖叫劃破了啜泣與哀嘆，數百人的聲音夾雜在一起，成為混亂的尖叫風暴。

家庭營裡沒有人入睡，沒有人講話，沒有人移動。在蒂塔的營房裡，有人大聲問道：「怎麼了？他們怎麼了？」其他女人被惹惱了，立刻喝令她閉嘴，還要求大家要保持肅靜。她們必須要專注聆聽，才能知道究竟發生了什麼事，或者，也許她們希望眾人靜默是因為這樣納粹親衛隊就不會聽到她們的聲音，不會注意到她們，就能讓她們能夠繼續待在臭氣沖天的鋪位裡，還能活下去——至少，能再撐久一點。

卡車上栓的砰砰聲響持續不斷，人聲漸漸安靜下來。引擎陸續發出轟隆聲響，看來第一批卡車即將離開。然後，蒂塔、她母親，以及營房的其他人都覺得自己聽到了音樂——也許是自己悲痛而造成的幻覺吧？不過，那聲音越來越響亮。

「那是不是歌聲？」

合唱音量蓋過了卡車的轟隆聲響。有人大聲說出自己的疑惑，其他人也跟著重複，彷彿這實在難以置信，所以他們必須要對別人，或是自己講出這件事——「他們在唱歌！被帶上卡車、準備受死的那些男女俘虜在唱歌！」

他們聽出那是捷克的國歌，「哪裡是我的家——」然後，另一輛卡車過去了，傳出的是猶太國歌〈希望〉，後面那一輛卡車的俘虜唱的是〈國際歌〉。音樂當然是斷斷續續，宛若賦格，而且隨著卡車遠離也越來越小，這些歌聲漸漸消失。這一夜，數千人就此永遠噤聲。

一九四四年三月八日的那一晚，二號營b區家庭營的三千七百九十二名俘虜被送入毒氣室，然後，被送入奧斯威辛－比克瑙的三號焚化爐。

20

第二天早晨，蒂塔不需要因監大吼大叫就醒來了，因為她根本睡不著。她媽媽親了她一下，然後蒂塔跳下床，前往三十一號營區接受點名，每天都是如此。只不過，今天和以前完全不一樣，以前和她一起待在這裡的人有一半都不見了，而且再也不會回來。

雖然蒂塔知道自己接下來的舉動可能會引發囚監或警衛的注意，但還是離開集中營大道，前往最靠近圍欄的營房後面。她盯著隔離營，抱著渺茫希望，也許可以看到哪個人還活著。不過，二號營a區的營房卻沒有任何動靜，只有地面上某件衣物的殘留碎片在飄晃。

前晚的吼叫聲已經沒了，只剩下凝重的沉默。集中營裡空無一人，安靜得宛若墓園，可以看到地上有許多被踩爛的帽子、某件被丟棄的外套，以及一堆空碗。

三十一號營區小朋友手作的某個水泥娃娃的頭從一堆雜物中露了出來。蒂塔瞄到泥地裡有個白色的東西，一張皺巴巴的白紙。她定睛一看，再也無法移開目光，

那是摩根史坦教授的紙鶴，被踩爛在泥地裡。

蒂塔覺得自己就跟那紙鶴的命運一樣。

賽普．李赫特恩斯坦在某名納粹親衛隊冷冷注視之下、執行早點名，不過，等到士兵離開營房之後，大家就稍微輕鬆一點了。小孩們到處尋找有哪些人不見了，雖然平常點名的時候大家都不高興，但今天早上迅速結束，卻讓大家震駭不已。

蒂塔為了逃開營房內的壓迫感，衝到了外頭。不過，雖然不久之前才剛破曉，但空氣卻變得灰暗。微風帶來一陣乾雨，讓一切都變得髒兮兮。細灰，他們從來沒有見過的黑色落雪。

在壕溝裡的人都仰頭向天，搬運石頭的人直接把它們扔在地上，直接愣在現場。

工作坊的人也停止勞動，不管牢監大吼大叫，全都跑出去張望，這可能是他們的第一次反叛——仰望黑色的天空，完全不在意喝令與威脅。

突然之間，夜色似乎又回來了。

有人問道：「天！那是什麼？」

另外有人叫喊：「是上帝的詛咒！」

蒂塔抬頭，她的臉、雙手，還有衣服，全都沾染了會在指縫裡碎解的灰色細屑。三十一號營區的所有俘虜都衝出來，想知道是怎麼一回事。

有個嚇壞的小女孩問道：「出了什麼事？」

「不要怕，」米瑞安．艾德斯坦對小朋友說道，「是我們那些九月遣送潮的朋友，他們回來了。」

小孩與老師默默聚在一起，許多人默默祈禱。蒂塔雙手合為碗狀，可以留住一些靈魂的雨滴，她止不住淚水，被燻黑的臉頰留下了兩道白色淚溝。米瑞安．艾德斯坦抱住她的兒子艾瑞爾，蒂塔也與他們一起相擁。

「他們回來了，蒂塔，他們回來了。」

他們再也不會離開奧斯威辛。

某些老師站在原地不動，他們說不教課了，對某些人來說，這是某種抗議方式，而其他人純粹就是覺得自己再也撐不下去。李赫特恩斯坦想要鼓舞大家的士氣，但是他欠缺佛列迪．赫許的那種領袖氣質與魅力，而且，他也無法掩蓋自己也心情低落的事實。

某名教師詢問赫許出了什麼事，其他人也垂頭喪氣聚在一起，彷彿在參加葬禮。

有人說他聽到了消息，赫許躺在擔架上、被送上了卡車，如果不是性命危殆，就是已經死亡。「我想他是為了維護自尊而自戕。他一身傲骨，不會讓納粹取他性命，他絕對不會放任他們享受那種快感。」

「我是覺得當他看到他自己的德國同胞欺瞞背叛他的那一刻，他受不了。」

「他無法忍受小孩受苦。」

蒂塔靜靜聆聽，內心在翻攪，彷彿覺得赫許之死已經超過常理解釋的範圍。她不只感受到悲痛，也覺得困惑，*要是學校少了赫許處理一切，接下來該怎麼辦？*她找了一張盡量避開大家的椅凳，但她看到李赫特恩斯坦朝她走來，憔悴削瘦的身形，他十分緊張，要是能夠弄到香菸，叫他折壽十年也不成問題。

「小孩子都嚇壞了。艾蒂塔，妳看看他們，全都動也不動，完全不說話。」

「賽普，我們大家都很難過。」

「我們必須要有所作為。」

「作為？我們能做什麼？」

「我們現在能做的就是持續努力，必須刺激這些孩子產生反應，為他們唸些什麼吧。」

蒂塔張望四周，看到孩子們一個個坐在地上，圍成小圈圈，安靜無語，咬指甲或是抬頭望著天花板。他們從來不曾這麼消沉或靜默。蒂塔覺得虛軟無力，而且嘴裡有一股苦味。她只想要坐在自己的小椅凳，不想動，不想開口，也不希望有人對她講話，而且再也不要起身。

「我要為他們唸什麼？」

賽普．李赫特恩斯坦張嘴，但卻說不出任何一個字，所以又閉嘴，目光低垂，看起來有些尷尬。他承認自己對書本不熟，而且他們也沒辦法請米瑞安．艾德斯坦朗讀，因為她也崩潰了，她坐在後頭，雙手掩面，拒絕與任何人講話。

「妳是三十一號營區的圖書館管理員！」

蒂塔點頭，她必須重新扛起自己的責任，這一點無須任何人提醒。

當她走向營區長官小房間的時候，她真希望能夠請教泰雷津圖書館的烏提茲館長，對於遇到這種悲慘狀況的孩子，到底哪一本書最適合他們？她有一本主題嚴肅的小說、一些數學書籍，還有一些關於了解世界的教本。不過，在她移開蓋住暗門的那疊破毯之前，她已經下定決心了。

她拿出最破爛的那一本——其實就差不多等於是一堆散落的書頁而已。這可能是最不恰當、最不適合教學，而且最不相關的一本書，甚至還有老師大表反對，認為它不登大雅之堂，品味低劣。不過，那些認為花朵是在花瓶裡長大的人根本不懂文學。現在圖書館已經成了她的急救箱，她現在要給這些孩子一點藥品，能夠幫助她自己重拾她覺得已經永遠失去的笑容。

李赫特恩斯坦向某名助理示意守在門口，而蒂塔則坐在營房中間的某張椅凳。只有少數幾個小孩盯著她，狀似好奇，但大多數的孩子卻依然盯著自己的腳尖。

她打開書，隨便找了一頁就開始唸，也許大家都聽得見她的聲音，但沒有人理會她。小孩們無精打采，許多躺在地上，老師們繼續自顧自低聲講話，一直在交換有關九月遣送潮死亡的情報，就連李赫特恩斯坦自己也坐在椅凳上面，閉上雙眼，想要遠離一切。

蒂塔朗讀，沒有任何聽眾。

一開始的場景是一群捷克士兵接受奧地利高層指令，搭乘火車到前線，到達目的地之後，某個名叫督博的傲慢中尉開始檢視部隊，而帥克一直亂講話想激怒他。他來回踱步，冒出了口頭禪：「你們認識我嗎？」他說道：「好，我告訴你們，你們其實根本不認識我！不過，等到你們知道我是誰之後，我就會把你們逼哭！白痴！」中尉又問他們是否有兄弟，他們說有，他又對他們大吼大叫，這些士兵的兄弟一定跟他們一樣笨。

那些面容悲傷的孩子依然坐在角落，不過已經有一個不再啃指甲，還有好幾個已經不再盯著天花板，盯著講個不停的蒂塔。也有好幾名老師轉頭看著她，但他們依然沒有放棄聊天，他們不太清楚蒂塔坐在那裡幹什麼。蒂塔繼續唸下去，出現了臭臉中尉與帥克的衝突場面，他正在批評某張宣傳海報，有個奧地利士兵使用刺刀、插入某名俄羅斯騎兵的身體，抵住牆面。

督博中尉語氣粗魯，「你是對這海報哪裡不滿意？」

「長官，我不喜歡的是這名士兵隨便使用他的軍配武器的方式。刺刀碰到牆壁很可能會折斷。此外，這也是相當無謂的舉動，因為那名俄羅斯人已經高舉雙手，所以他已經投降，他現在是犯人，而你必須要善待犯人，因為他們也是人。」

中尉不懷好意問道：「你是在暗示你覺得那個俄羅斯敵軍很可憐？」

「長官，我覺得他們兩個都很可憐。那個俄羅斯人可憐是因為他被刺刀穿身，而那名士兵之所以可憐，是因為他會因為自己的舉動被關禁閉，長官，因為那是石牆，鋼鐵沒那麼堅韌。我在戰前服役的時候，曾經遇過一名中尉，愛講髒話的程度遠超過所有的老鳥。在閱兵場的時候，他總是會對我們大吼：『當我說「立正」的時候，你們必須要目視前方，就像是貓咪撒尿一樣專注。』不過，除此之外，他還算是個明理的人。有一次，過聖誕節的時候，他發瘋了，買了一大堆椰子送給所有的夥伴。自從那天之後，我就知道刺刀有多麼脆弱，因為有一半的人拿刺刀想劈開椰子，一個接著一個斷刀，中尉把我們關了三天。」

某些小孩現在開始有興趣了，還有些站在遠處的小孩為了想聽得更清楚，開始往前靠攏。某些老師依然在講話，但其他老師告訴他們要安靜。蒂塔溫柔又堅定的字音，加上帥克的俏皮話，漸漸讓大家的低聲咕噥消失無蹤。

「他們也逮捕了我們的中尉，我真心覺得遺憾，因為除了椰子而關我們禁閉之外，其實他是個好人……」

中尉督博怒氣沖沖盯著好兵帥克的稚氣臉龐，火大問道：「你認識我嗎？」

「長官，是，我認識你。」

中尉督博的雙眼都爆凸了，他開始跺腳大吼：「不，你還不認識我！」

帥克以刻意的親切口吻說道：「對，長官，我認識你，你跟我們是同一個部隊。」

「我告訴你，你不認識我！」中尉忍不住再次大吼，「你可能認識我善良的那面，但要是你知道我恐怖的那一面，一定會嚇得半死，我很兇，會把大家逼哭。好，你到底認不認識我？」

「長官，我當然認識你。」

「我跟你說最後一次，你不認識我。混蛋，你有沒有兄弟？」

「報告長官，我有一個哥哥。」

看到帥克真懇面孔與善良表情，這個中尉更火大，甚至吼叫得更大聲：「所以你哥哥就跟你一樣是個畜牲，想必是大白痴。」

「是，長官，大白痴。」

「你那個大白痴哥哥在做什麼？」

「他本來是老師，因為戰爭被徵召入伍之後，他們叫他當中尉。」

督博中尉目光宛若利劍，死瞪帥克，而他則是一臉溫善望著中尉。督博氣得面紅耳赤，大吼叫他滾蛋。

某些小孩哈哈大笑，待在營房後頭的米瑞安・艾德斯坦也透過指縫在偷看。蒂塔繼續唸出這位士兵的更多意外情節與冒險，他假裝犯蠢，大力嘲笑戰爭，所有的戰爭。米瑞安抬頭望著她的圖書館管理員，這本小書靠著裡面的小故事讓大家凝聚在一起。

當蒂塔闔上書本的時候，小孩子全部站起來，四處亂晃，甚至還在營房裡跑來跑去，終於恢復了生氣。蒂塔輕柔撫摸以線串縫的破舊書脊，感到很開心，因為她知道佛列迪會以她為傲。她實踐了自己對他的許諾，持續努力，絕不放棄。不過，一陣愁緒卻籠罩心頭，他為什麼要放棄？

21

門格勒走入家庭營的大門，伴隨他的有華格納的《女武神的騎行》樂聲，還有狂襲朔風。他仔細端詳四周，宛若有X光眼一樣，似乎是在找尋什麼，或是某人，但蒂塔人在三十一號營區裡面，待在那裡很安全……至少現在是如此。

大家都說奧斯威辛前指揮官魯道夫．霍斯最引人稱頌的功績之一，就是在一九四三年年尾、門格勒成功遏止了一場已影響了七千名婦女的嚴重霍亂。這次傳染病爆發失控是因為營房裡到處都是蝨子，不過，門格勒卻想出了對策，他下達命令，把某間營房的六百名婦女送入毒氣室，然後將她們的營房從頭到尾徹底消毒。戶外放置了浴缸與消毒器具，隔壁營房的所有女人都必須經過徹底消毒之後，才能進入那間乾淨的營房。然後，他們對她們原本居住的那間營房進行消毒，對集中營的所有女子繼續施行相同步驟。門格勒就是靠這個方法成功終結了這場傳染病。

高層祝賀這位醫官，甚至還想要發獎章給他。這就是他行事的準則：重點是總體成果與科學進程，至於遭他拋棄的那些人命無關緊要。

某名資深中士把他的那些雙胞胎送過來了。小孩子走進來的時候，有些怯懦，齊聲向他問好：「日安，約叔叔。」他對他們微笑，撫弄了一下小艾琳的頭髮，然後他們就前往位於F集中營的專屬區，當門格勒不在的時候，就由納粹親衛隊負責監控，他們把那裡稱之為「動物園」。門格勒旗下有好幾名病理學家供他差遣。這些孩子有充足食物、乾淨的床單，甚至還有玩具與點心。不過，只要他們與醫生進去那個地方，他們父母的心跳似乎就瞬間停止，直到他們回來之後才恢復正常。截至目前為止，他們的孩子回來的時候總是很開心，口袋裡塞一塊圓麵包當獎勵，還有許多小故事，測量身體的各個部位、檢測血液、偶爾會打針，而醫生在施打之後一定會給他們巧克力棒作為補償。

其他孩子就沒有這麼幸運了。門格勒曾經針對雙胞胎進行疾病影響研究，在吉普賽集中營裡面，他對多組雙胞胎注射傷寒病菌，看看他們的反應，然後又殺死他們進行驗屍，研究每一對雙胞胎的組織演化。

他對他們說道：「不要忘了『約叔叔』！」因為他可不想忘記這些孩子。

遺忘不是選項。喪禮已經是奧斯威辛的日常，但蒂塔沒辦法忘記，其實，她不想忘記，佛列迪．赫許突然終結自己的生命，但一直有個問題直鑽她的腦袋：為什麼？

她繼續執行自己的圖書館管理員工作——在每堂課結束之後收好書本——但她開始封閉自己。看到三十一號營區不畏一切如常運作，她很高興。不過，也許是因為人變少了，少了赫許之後，一切變得沒那麼重要，甚至是平淡無味。

蒂塔今天的助手是一個非常可愛的男生，臉上佈滿肉桂色的雀斑。換作是其他場合，她可能會對他友善一點，因為長得好看的男生並不多見。不過，當他想要找她聊天的時候，她幾乎很少理會他，因為她若有所思。

她一直在想那個在腦中縈繞不去的問題：為什麼赫許要自殺？

這不像他的風格。

這不像他會做的事。

想想他所忍受的一切，還有他律己甚嚴——他的個性具有德國人與猶太人的綜合特徵——躲避自身責任似乎很反常。蒂塔搖頭，頭髮來回甩動，一再重複答案「不可能」——整個拼圖缺了一塊。佛列迪曾經告訴過她，他們是士兵，必須要奮戰到最後一刻。他怎麼可能會棄守崗位？不，這不符合佛列迪．赫許的邏輯。他是戰士，他背負了任務。她在最後那個下午看到他的時候，他的確比較悲傷，甚至更形脆弱，也許他知道從種種跡象看來這次遣送注定是悲慘結局。

但她不懂他為什麼要自殺。蒂塔無法忍受心裡掛記著解不開的疑團，她很固執，她媽媽老是這麼說她，而她母親說得沒錯：蒂塔就是那種無法忍受拼圖缺最後一塊的人。

所以，一等到三十一號營區的工作一結束之後，她就直接回到自己的營區，趁著她母親與土諾斯卡太太獨處的時候，立刻湊過去。

「土諾斯卡太太，抱歉打斷您，不過我有問題想要請教您。」

她母親語帶責備，「艾蒂塔，妳是一定要每次都這麼魯莽嗎？」

土諾斯卡太太微笑。有年輕女孩向她請益，讓她很開心。

「親愛的莉莎，就讓她說吧，和年輕人聊天可以讓我保持年輕。」說完之後，她還發出輕笑。

「是與佛列迪．赫許有關的事，您知道他是誰吧？」

土諾斯卡太太稍微點點頭，有些不悅，這種問題讓她覺得自己被冒犯了。

「我想要知道大家對於他死亡這件事的看法。」

「他服用過量的可怕藥丸自殺。大家都說藥丸可以治百病，但我是不信。如果醫生建議我服藥治感冒，我自己是從來不碰，我一直寧可採行的方式是吸入尤加利樹精油。」

蒂塔媽媽問道：「妳說的一點都沒錯。的確，我也是。妳有沒有試過煮薄荷葉？」

「老實說，沒有。是說要單煮薄荷葉？還是要混合尤加利樹精油？」

蒂塔發出了哀號。

「我已經聽說了藥丸的事，但我想知道他為什麼那麼做！土諾斯卡太太，大家是怎麼說的？」

「哦，親愛的，眾說紛紜，那男人之死讓大家議論紛紛。」

蒂塔母親接話：「艾蒂塔老是說他是個好人。」

「當然啊。但在世時當好人是不夠的。我可憐的丈夫，願他安息，他真的是個超級大好人，但他也個性懦弱，所以我們的水果行一直做不起來，農夫們老是騙他收下別人絕對不收的爛水果。」

「嗯，」蒂塔快要爆炸了，開口打斷她。「但大家到底說了赫許什麼？」

「小妹妹，我聽到了各式各樣的傳言。有些人說他害怕被送進毒氣室，還有的人說他有藥物成癮的問題，用藥過度。有人認為他看到他們殺了這些小孩之後、出於悲傷而自盡。還有一個女人對我說——她的態度彷彿是在說什麼秘密一樣——他們對他下咒，有些納粹會搞巫術。」

「我想我知道你說的是誰——」

「我還聽到了某種美好的說法……有人說，這是一種反抗的行為，他自殺，所以納粹就沒有辦法取他性命。」

「那妳覺得誰是對的？」

「老實說，每一個人說出自己理論的時候似乎都言之成理。」

蒂塔點點頭，對她們道別。想要在奧斯威辛挖掘真相，就像是想要以摩根史坦教授的捕蝶網抓住雪花一樣。真相，是戰爭爆發之後的第一個犧牲者。但蒂塔決心要找出真相，無論在泥地裡埋得多深都要挖掘出來。

所以，就在同一天的夜晚，當她母親已經爬上鋪位之後，蒂塔迅速溜到「比克瑙廣播電台」的鋪位。

「土諾斯卡太太……」

「怎麼了？艾蒂塔？」

「有件事我想要問妳……而且我想妳一定有答案。」

「應該是吧，」她的語氣有點得意，「妳要問我什麼都不成問題，我對妳絕對是一切坦白。」

「我想要找反抗團體的人，可以給我哪個人的名字嗎？」

「可是，親愛的小妹妹……」土諾斯卡太太已經開始後悔剛才說出一切坦白的話，「這不是小女孩的事，很危險。妳媽媽要是知道我讓妳去找反抗團體，她一定再也不肯和我說話了。」

「我又沒打算加入，不過妳現在既然提到了這件事，我覺得也不壞。但我這種年紀，他們一定不會要我的。我只是想要問裡面的成員有關佛列迪．赫許的事，他們一定比別人清楚內情。」

「妳也知道最後一個見到他的人是隔離營的登錄員，羅森伯格——」

「我知道，但是真的很難找到他。要是能詢問這個集中營的某人就好了……拜託……」

土諾斯卡太太嘀咕了一會兒。

「好吧，但別讓他知道是我叫妳過去的。有一個從布拉格來的人，名叫阿爾托，因為他的頭光溜溜就像顆撞球，而且還有個跟茄子一樣的大鼻子。不過，我可是什麼都不知道哦。」

「謝謝妳，我欠妳一個人情。」

「親愛的，妳並沒有欠我什麼，妳沒有欠任何人。在這種地方，我們付出的一切早已超過了我們的清償極限。」

第二天，蒂塔都待在三十一號營區。

也不知道為什麼，大家上課的時候沒那麼吵鬧，但依然還是有飢餓感，還有擔心今天就是大限之日的恐懼感。只要一結束，她就會衝出去，想辦法找那位阿爾托。

她今天協助米瑞安・艾德斯坦、教導某個七歲女童小組練習拼字，但最後卻成了製作鉛筆的手作課。下雨了，所以下午沒有戶外活動或是體育活動。小孩子的臉都很臭，因為沒有辦法玩「偷培根」或是跳格子。蒂塔也不高興，因為已經連續下了好幾天的雨，大家都躲在營房裡，因此她沒有辦法找到那個禿頭男子。

米瑞安・艾德斯坦並沒有在孩子面前顯露傷感，但是赫許之死卻讓她覺得自己被拋棄了。而且，艾希曼來家庭營的時候告訴她，她先生亞可布被移送到德國，一切安好，但自此之後，她就一直沒有她先生的消息。

她有所不知，艾希曼說謊。真相根本不是如此：亞可布依然被關在奧斯威辛一號營的可怕監獄裡，就在距離比克瑙三公里的地方。那裡的牢房是狹小的水泥空間，犯人根本沒辦法坐下來，他們必須以雙腿交疊的姿勢站著睡覺。納粹的虐待手法井然有序：電擊、鞭打、注射。這些士兵覺得最過癮的虐囚方式之一就是假行刑。他們會把犯人拖到院子，蒙住他們的雙眼，扳起步槍的扳機，接下來，當犯人開始發抖或身體功能失控的時候，他們就會利用未裝子彈的槍枝、發出扣下扳機的金屬聲響，最後，士兵們才把俘虜帶進去。其實，他們經常行刑，甚至連俘虜靠站的牆壁都懶得清理，牆面黏有一道紅色殘髮腦漿的長型污痕，顯現的是受害者的平均高度。

蒂塔利用石頭、幫這些小女孩銼磨她們的湯匙尖端，然後，她們再以銼好的湯匙把木棒削出尖頭。有時候，木棒裡面有節瘤，完全無法使用，還有的時候，尖頭突然斷裂，只能從頭開始。辛苦努力一小時之後，這些小女孩終於都有了尖頭木棒。然後，米瑞安小心翼翼在深鍋裡以木屑生火，然後把木棒尖端燻黑，它們就成了天然炭筆，每支可以寫三、四個字。紙張也是稀缺的物資，李赫特恩斯坦一次只能弄來一點點，他告訴納粹的藉口是他得要準備名冊。

米瑞安為女童們唸了幾個詞彙，她們開始辛苦寫字。蒂塔站在一旁，凝望她們跪在地上、以矮凳當桌子，雖然字跡樸拙，但這些小女孩十分努力。她拿了一支木頭鉛筆與一張紙，她已經好久沒畫圖了，手指在紙面上迅速飛畫，但炭筆筆尖立刻就磨光了。米瑞安．艾德斯坦湊到蒂塔肩後定睛細望，看到了垂直線條與一個圓圈——這已經是木鉛筆的極限——不過，光是那幾筆勾繪，已經讓她眼睛一亮，她知道那是什麼。

她語氣惆悵，「布拉格的天文鐘……」

「妳認得……」

「就算它沉到海底，我也會認得它。對我而言，它象徵的是鐘錶匠與職人所打造的布拉格。」

「每一天的生活。」

「對，就是生活。」

蒂塔發覺副校長把某個東西塞入她的羊毛襪上緣，然後，兩人彷彿若無其事，繼續盯那些小女生的功課。蒂塔撫摸大腿的時候，發現有一小塊隆凸。是真正的鉛筆，她多年來所收過最好的禮物。正因為米瑞安．艾德斯坦經常會有這樣的舉動，所以大家都喊她米瑞安阿姨。

蒂塔利用下午的剩餘時間、忙著畫布拉格天文鐘，包括了骷髏、公雞、黃道帶圓盤、主教，以及傾斜的滴水嘴。好些小孩發現她在畫畫，都湊過來定睛觀看。他們並非全都是布拉格人，就算是某些在布拉格出生的小孩，也不記得自己城市的樣貌。蒂塔耐心解釋，有個骷髏人會在整點敲鐘，接下來，那些人偶會從某道門魚貫露出，然後又移向另一道開展的門。

等到她畫完之後，她小心翼翼把它摺好，交給米瑞安的兒子，他握住其他男孩的手，他們正在玩旗語遊戲。她把那張紙放入他的口袋，還告訴他說那是要送給他母親的禮物。

她不能讓自己閒下來，開始花時間為佛洛伊德的專論重新補膠水，當天有借出，送回來的時候書脊有些脫落，然後，她以雙手撫平這些受了一天折磨的書頁，一張接著一張。

納粹親衛隊下士維克托．佩斯特克在撫弄芮妮．紐曼捲髮的時候，態度也同樣很開心。芮妮讓他玩她的頭髮。她不讓他吻他，也不肯讓他做出其他舉動。但是當維克托要求撫摸她頭髮的時候，她沒辦法、也可能是不知道該怎麼拒絕他，或者，她根本沒這個念頭。

他是納粹，是壓迫者、罪犯……但她幾乎很難在自己集中營的同伴身上看得到他對待她的那種崇敬。到了晚上的時候，芮妮必須把自己的碗藏在手臂底下或是綁在腳邊，因為搶碗的事時有所聞。還有的女人會出賣自己的身體，當奸細。還有那些非常正直、保守又虔誠的人會羞辱她，還罵她是妓女，因為她收受納粹軍官的水果贈禮、轉送給她的母親。

兩相對比，她與維克托在一起的時候就成了寧和時刻。維克托告訴她——幾乎都是他在講話，她負責聆聽——在戰爭爆發之前，他在農場工作，她腦中浮現他扛著乾草包的模樣。要不是爆發了這一場討厭的戰爭，他應該就跟其他人一樣吧，是個誠實勤奮的普通男孩，誰知道呢，搞不好她還會愛上他。

不過，這個下午，維克托卻比平常更緊張。每次他們見面的時候，他都會送給她一份禮物，現在他已經學到了教訓——這一次他帶來的是以紙包好的臘腸，但他其實想送給她的是另一份禮物。

「芮妮，我有個計畫。」

她望著他。

「我有個計畫，可以讓我們兩個逃離這裡，結婚，一起展開新生。」

她不發一語。

「我已經都計畫好了。我們可以直接走出大門，不會引發任何人起疑。」

「你瘋了……」

「沒有，真的沒有。妳會穿納粹親衛隊的制服，而且是天黑之後，我會給妳密碼，然後我們就冷靜走出去，當然，妳不可以開口，然後我們搭火車到布拉格，我在那裡有人脈，我已經認識了一些俘虜朋友，他們知道我跟其他納粹親衛隊不一樣。我們可以弄到假文件，前往羅馬尼亞，然後我們在那裡等到戰事結束。」

芮妮仔細打量眼前這個瘦弱、相當矮小，而且還有些古怪的士兵，她直視他黑髮與藍色雙眼。

「你願意為我這麼做？」

「芮妮，叫我為妳做什麼都不成問題，妳要不要跟我一起走？」

芮妮嘆氣。對於被監禁在圍牆與火葬場之間的數千名犯人來說，逃離奧斯威辛是每一個人的夢想。她抬頭，抓了一坨髮絲捲尾，開始放入嘴裡亂啃。

「不要。」

「但妳千萬不要害怕，這方法一定行得通。我們會挑我朋友執勤的日子，不會有任何阻礙——很容易……待在這裡只是等死而已。」

「我不能把我媽媽一個人留在這裡。」

「我不會拋下我媽媽。不需要繼續討論，你就不要再堅持了。」

「可是芮妮，我們還年輕——她會諒解的，我們還有人生在等著我們。」

「我已經告訴你了，不需要繼續討論下去了。無論你說什麼，我都不會改變心意。」

「芮妮——」

佩斯特克思考了一會兒，他從來就不是悲觀主義者。

「那我們就帶妳媽媽一起走。」

芮妮開始生氣，這聽起來完全不切實際，狀似有趣，但她覺得一點也不好玩。對佩斯特克來說，完全沒有風險，但對她與她母親來說，當然不是如此。這一場出逃奧斯威辛的遊戲，彷彿去電影院一樣，如果劇情讓你不耐煩，大可以直接起身離座，但她們並沒有那種本錢。

「維克托，對我們來說，待在這裡不是一場遊戲。我爸爸死於傷寒，而我堂哥、他的妻子，以及其他九月遣送潮的人一起遇害。你就忘了吧，逃亡遊戲一點也不好玩。」

「妳覺得我在開玩笑？妳還是不了解我。如果我說我要把妳和妳媽媽帶離這裡，我說到做到。」

「不可能，你自己也很清楚。她是患有風濕病的五十二歲女子，你是要把她打扮成納粹親衛隊？」

「我們會調整計畫，讓我想辦法。」

芮妮望著他，不知道該怎麼打算是好。難道維克托真有辦法讓她們兩人活著離開這裡？要是她們真的能逃出去，之後又怎麼辦？兩個從奧斯威辛逃出的猶太女子加上一名叛徒，難道能夠躲避納粹的追殺？就算真的可以好了……雖然他已經是叛逃者，難道她要與一個納粹在一起？她真心想要與一個遇到要奪走數百人性命的時候、依然不會良心不安的人共度一生嗎？

太多難題了。

她再次陷入沉默，反正就是不說話，佩斯特克覺得她不吭氣就是答應了，因為這符合了他的主觀期盼。

雨終於停了，所以蒂塔趁大家喝湯的時候、趕緊去找那位反抗團體的成員。不過，地面成了一灘黏泥沼澤，簡直要把她吞沒了一樣。俘虜們休息時聚在工作坊外頭，她徘徊了好久，但就是沒看到那個人。

現在，她坐在自己的椅子，拿起那本封面與封底都不見的法文小說，小心翼翼撫平皺痕，然後為書脊塗抹一點膠水。膠水是瑪吉特給的，她被分派到製作軍靴的工作坊，偷拿了那一瓶膠水。蒂塔想要在借給唯一能看懂這本書的人之前、好好修補這一本書，那是一位脾氣不太好的老師，名叫瑪可塔。她有一頭少年白長髮，手臂細如竹竿。大家說她在戰前曾擔任某位政府部長小孩的家教。她是某一個九歲女孩小組的老師，蒂塔偶爾會聽到她會教她學生一些法文，她們都聽得很專注，因為她總說這是優雅小姐們所說的語言。對蒂塔來說，這種宛若音樂的話語，就像是吟遊詩人所創造的語言一樣。

雖然蒂塔覺得瑪可塔有點疏離，而且不喜歡聊天，不過，這位老師過去曾多次向蒂塔開口借那本小書，蒂塔今天忍不住問她，是否知道那是什麼書？瑪可塔從頭到尾打量蒂塔，驚訝萬分。

彷彿蒂塔開口問她是不是處女一樣……

多虧有了瑪可塔，蒂塔終於能夠正式依照書名與作者進行分類，大仲馬的《基督山恩仇記》。老師還告訴她，這本書在法國很出名。

今天，瑪可塔向蒂塔借閱那本書，所以，等到她修補好之後，她走到瑪可塔旁邊，她獨坐一旁，沉浸在自己的思緒之中。瑪可塔很少與別人說話，不過，蒂塔早已設想過該如何接近她，而現在正是時候。營房很安靜，因為艾維・費雪在後頭帶大家練習合唱，受不了他們歌聲的人早就跑光光了。蒂塔沒有等待對方開口邀請，直接一屁股坐在她隔壁的椅凳。

「我想知道這本書在講什麼，可以告訴我嗎？」

要是這位老師要她滾開，那麼她會立刻起身離去。但瑪可塔看了她一眼，令人大吃一驚的是，並沒有趕人。而且，有蒂塔在身邊似乎讓她很開心，更驚喜的還在後頭，這位寡言女子以出人意表的和藹態度開始講故事。

「基督山伯爵……」

她告訴蒂塔，有一個名叫愛德蒙．唐泰斯的年輕人，她以法文唸出主角的名字，母音清朗有力，所以立刻就賦予主角某種正統文學感。她說愛德蒙是誠實、身材魁梧的年輕人，駕著「法老號」回到馬賽，準備見他的父親與加泰隆尼亞的未婚妻。

「船長在海上死亡，他接續執掌船隻，船長的遺願是請愛德蒙替他送信到巴黎的某個地址。在那個階段，愛德蒙得到命運的厚愛：船主要讓他當船長，而他的未婚妻，可愛的美西蒂絲，愛他愛得癡狂，他們馬上就要成婚了。不過，同樣愛慕美西蒂絲的堂哥、而且也是船上水手的那個人卻很不高興，因為他並沒有當上新船長。他告發唐泰斯叛國，而死亡船長的信件正好成了構陷的證據，很慘。所以，在他婚期那一天，唐泰斯從幸福高點直墜絕望深淵，他在婚禮舉行時被逮捕，被帶入可怕的伊夫堡孤島監獄，成了裡面的犯人。」

「那是什麼地方？」

「面對馬賽港的某座小島。他在囚室裡被關了多年，不過，他認識了隔壁囚室的倒霉牢友，法利亞神父，大家都覺得他是個瘋子，因為他總是對獄卒大吼大叫，如果他們放了他，他會分給他們大筆財富。這位神父靠著自製工具、多年來耐心挖地道，但是他錯估了方向，結果出口不是監獄外牆，而是唐泰斯的囚室。靠著這個地道，現在這兩間囚室可以相通，而獄卒對此渾然不覺，他們兩人互相作伴，被監禁的壓力也得到了紓解。」

蒂塔專心聆聽。她對愛德蒙‧唐泰斯產生了認同感，明明是無辜的人，卻因為惡行而被監禁，根本就是不公不義，這種遭遇就與她自己和她的家人一模一樣。

「唐泰斯是什麼樣的人？」

「強壯又英俊，非常英俊。最重要的一點，他心腸很好，善良又大方。」

「他後來怎麼了？有沒有得到他應得的自由？」

「他與法利亞開始計畫逃脫，花了多年的時間挖地道。值此同時，法利亞神父也成為唐泰斯的導師，幾乎就與他父親一樣，教導他歷史、哲學，以及其他的科目。不過，就在地道快要完成的時候，法利亞神父死了，他們功敗垂成。當唐泰斯以為自由已經快要到手的時候，他朋友死了，一切也為之崩解。」

蒂塔似乎光是操心自己的不幸還不夠，她癟嘴，為可憐唐泰斯的厄運感到傷悲，瑪可塔露出了微笑。

「唐泰斯是非常足智多謀又勇敢的男人。等到獄卒確認神父死亡、離開之後，唐泰斯從秘密通道溜入法利亞那一邊，把好友屍體移到自己的牢房。然後，他回到法利亞那裡，鑽進死亡神父的屍袋裡面。當負責扛屍的人進來的時候，帶走的其實是唐泰斯，他的計畫是等到他們把他送入殯儀館之後，他會趁無人注意的時刻立刻脫逃。」

「好棒的計畫！」

「沒妳想的那麼好。他並不知道在這個邪惡的伊夫堡監獄並沒有殯儀館，也沒有墓葬，因為犯人的屍體是直接被拋入海中。他們把還躲在裹屍袋裡的唐泰斯從高處丟進海裡。所以當他們發現自己被唐泰斯欺騙之後，就覺得反正他也是淹死了。」

蒂塔好焦急，「他死了嗎？」

「沒有。故事還長得很呢。他努力從屍袋掙脫出來，雖然他累得要命，但還是成功游到了岸邊。但妳知道最精采的是什麼嗎？法利亞神父並不是瘋子，因為愛德蒙·唐泰斯真的找到了寶藏，而且他所挖掘出的財富足以讓他冠上新的身分：他成了基督山伯爵。」

蒂塔天真問道：「他從此就過著幸福生活了嗎？」

瑪可塔一臉驚訝看著她，而且還有一點斥責的意味。

「當然沒有！他怎麼能夠佯裝一切都不曾發生、繼續過日子？他做出該做的事，報復每一個曾經背叛他的人。」

「他成功了嗎？」

瑪可塔用力點頭，顯然唐泰斯鐵了心要完成復仇。她開始簡述梗概，唐泰斯，也就是現在的基督山伯爵，靠著狡猾精密的計畫，以毀滅性方式懲罰當初摧毀他人生的那些人。那是一套天衣無縫、馬基維利式的繁複計畫，就連誤以為唐泰斯已死、最後嫁給堂哥的美西蒂絲，也沒有發覺他的詭計。他對她也毫不留情。他接近每一個人，靠著自己有錢又圓滑老練的伯爵角色、取得他們的信任，然後毀了他們。」

當瑪可塔說完基督山伯爵的無情報復故事之後，兩人都陷入沉默。蒂塔起身準備離開，但卻轉身詢問老師：「瑪可塔……妳講這故事講得好棒，彷彿我自己真的看過一樣。可以請你當我們的『真人書』嗎？就像是我們請老師講《騎鵝歷險記》、美國印第安人的故事、猶太人歷史一樣，現在我們又可以聽到《基督山恩仇記》。」

瑪可塔迴避目光，低頭望著踩扁的泥地，她又恢復成平常的模樣，那個不善交際的怯懦女子。

「抱歉，不可能。教自己的女學生就夠了，但對我來說，站在營區中間……絕對不可能。」

蒂塔注意到光是這個念頭就讓這女子臉紅了，但他們怎麼能夠白白錯失任何一本書？所以蒂塔立刻想到了佛列迪．赫許遇到這種狀況的時候、會說出什麼樣的話。

「我知道對妳來說會很艱難，不過……只要小孩聽到故事，就暫時不會聞到人肉的焦味、放下恐懼。在聽故事的時候，他們很開心，我們不能對小孩的這種快樂搖手拒絕。」

老師也同意，稍稍讓步。「我們的確不能……」

「要是我們看待現實，只會感受到怒火與憎恨。瑪可塔，我們唯一擁有的是自己的想像力。」

這位老師終於不再盯著地板，揚起顴骨突出的臉龐。

「就算我一份吧。」

「瑪可塔，謝謝，太謝謝妳了，歡迎加入圖書館。」

老師說，現在為小孩唸書已經太晚了，所以她明天早上要再次借書。

「我得要複習一些段落。」

蒂塔發覺自己的聲音微露欣喜，而且當她離開的時候，也出現了從所未見的輕快腳步，不禁讓她嚇了一跳。也許是因為「真人」書的概念讓她回魂過來。低聲唸出愛德蒙．唐泰斯的名字，努力接近法文發音。她不知道自己是否會像小說裡的主角一樣，想盡辦法脫離困境，她覺得她不像他那麼勇敢，不過，要是她有機會可以奔向森林，她絕對不會有片刻遲疑。

而且，她還想到萬一自己成功的話，是否會花一生的時間報復所有的納粹親衛隊士兵與軍官？是否會採取有條不紊、毫不留情、對，甚至是殘酷的方式，就像是基督山伯爵一樣？當然，要是他們必須承受自己施加在無辜者身上的同等痛苦，她當然會心情暢快，不過，話說回來，一想到自己喜歡的是故事一開始時那個快樂自信的愛德蒙．唐泰斯，遠勝過後來那個充滿算計、滿心仇恨的那個人，不禁覺得有些傷悲。她自問：我們真能夠自我選擇嗎？抑或是百般不願也只能認分接受命運的蹂躪？就像是一棵蒼翠的樹任由斧頭亂砍、成為乾柴？

她突然想起父親離世前幾天的那段回憶，他躺在髒兮兮的鋪位，沒有任何藥物可以緩解他的痛苦，他就這麼慢慢被納粹對死亡執戀的病症所殺害。思及這段過往，她的太陽穴因為盛怒搏動，產生一股難以平息的施暴渴望。不過，她隨後想起摩根史坦教授對她的教誨，不禁讓她點頭稱是：對他們來說，我們的仇恨就是某種勝利。

如果摩根史坦教授瘋了，那就把我跟他關在一起吧。

22

與家庭營相隔兩個營區的那個地方，正在上演所有俘虜都不想看到的場景，不過，他們別無選擇。魯迪．羅森伯格帶著一些名單、來到了二號營d區，當他走在集中營大道的時候，納粹親衛巡邏隊也進入了營區，他們押解四名枯瘦的俄軍，雖然臉上有瘀傷，鬍鬚凹凸不平，衣衫襤褸，但依然態度倨傲。魯迪的朋友威茲勒，被分派到集中營殯儀館的俘虜，他告訴魯迪，這些俄國戰犯負責比克瑙集中營外頭的增建工程，每天都在忙著堆鐵片與木頭，累得半死。

某天早上，負責監管這些俄羅斯人的囚監失蹤了幾個小時，與負責清理隔壁土堆的女囚主管搞親熱，那四名俄羅斯俘虜想辦法弄了一個秘洞，又拿了四片厚實的棧板沿邊蓋出牆壁，然後拿了一片木板蓋出屋頂。接下來，他們又在周邊堆了更多的木棧板，讓那個小小的秘洞藏在底下。他們的計畫是等到囚監分神的時候，打開屋頂木板、然後爬進秘洞。到了點名的時候，大家才會發現他們不見了。德國人會誤以為他們已經逃跑，將會鎖定森林與附近區域，因為他們絕對不會猜到這些人其實躲在集中營的鐵網邊，距離集中營圍欄只有幾公尺而已。

德國人做事有條不紊。只要有人逃跑，就會啟動警戒狀態，立刻動員納粹親衛隊分組搜尋，在鄰近城鎮的檢查哨加強安檢，時間整整三天。等到這段時間結束之後，特殊措施就宣告結束，納粹親衛隊回歸日常守衛任務。所以俄國人得在窩藏處待三個整天，然後趁第四天夜晚到達森林邊界，就可以在沒有特定搜索與追兵的額外壓力之下、展開逃亡。

這名登錄員自己也會想逃亡的事，後來成了一種執念。某些集中營老鳥說逃亡熱侵襲人的方式就像是傳染病一樣，心中會突然湧現一股衝動，無法抑遏逃亡的渴望。一開始的時候，只是偶爾想想，後來出現的頻率越來越高，到了最後，已經無法專心思考其他事物，日日夜夜都在謀畫如何逃亡。

那些俄羅斯人離開秘洞企圖逃亡，才不過幾天的時間而已，羅森伯格就看到一群納粹親衛隊士兵押著被上鏈的那一群逃犯、進入集中營，壓陣的是史瓦茲霍伯指揮官，羅森伯格目睹一切，心情沉重。那些俘虜舉步維艱，一身破衣，眼睛腫得幾乎只能瞇眼而已。集中營士兵們吹哨子，下令所有的俘虜一定得離開營房，在集中營大道走動的人也必須全體集合，大家被迫要觀看這一場公開行刑。只要有人想要迴避目光，德國人就會狠狠打下去，他們要逼每一個人都親眼目睹，因為處罰與行刑是納粹的標準教育工具。想要讓俘虜們了解為什麼不該逃亡，就是讓他們親眼目睹企圖逃走會有什麼下場，沒有比這更好更實用的方法了。

指揮官下令士兵停步，站在某個營房前面，這裡近屋頂處裝設了滑輪。一般人可能以為這是為了要吊起乾草包或是穀袋，但其實是為了把人吊死。史瓦茲霍伯很享受這一刻，從容不迫發表冗長演說，盛讚德意志帝國對於違紀者的高效率處理方式，而且還喜孜孜宣布等著伺候他們的殘酷刑罰。

在處死這些逃犯之前，先抽個五十鞭，彷彿是要先讓他們淺嚐酷刑的滋味。然後，一個接著一個，繩子纏繞在他們的脖子上面。某名中尉從圍觀者裡面隨便點了六個，喝令他們拉繩索。他們遲疑不定，中尉立刻把手放在槍套、作勢準備拔槍，那六個人趕緊開始猛拉。第一名逃犯開始亂踢，陷入窒息，腳尖開始離地，慢慢斷氣。

魯迪一臉驚恐望著那男人的扭曲面容，眼珠宛若全熟的水煮蛋——硬是從腫脹的眼瞼裡蹦出來，他吐出巨大的舌頭，變形嘴巴裡冒出無聲哭喊，最後一陣瘋狂亂踢，然後，是各種體液流淌落地。魯迪轉頭，瞄到其他逃犯的臉龐，他們幾乎都站不直，彼此癱靠在一起，等待自己被處決，他們已經把死當成了解脫。

難怪他們接受套索卡頸時如此乖順——只求盡快結束一切。

雖然那場景讓羅森伯格深受震撼，不過，他想盡辦法要逃出奧斯威辛二號營的決心卻沒有受到動搖。愛麗絲留給他一段酸楚又甜蜜的模糊回憶，最重要的是，她向他證明了在這樣的地獄之中、不可能綻放任何的美好花朵。突然之間，集中營讓他覺得快要窒息了，這麼接近死亡，讓他難以忍受，他得要想辦法逃跑，就算是最後得被人吊起來、以繩索套住脖子雙腳亂踢也在所不惜。

他已經在二號營d區打探了一陣子，找的都是對集中營摸得熟門熟路、連哪裡有隙縫都一清二楚的人。某個下午，他遇到了法蘭特謝克，他平常會打交道的某位營房秘書，也是重要的反抗團體成員。許多營房囚監都有秘書，表面上是助理，其實是可以受到囚監保護。魯迪向他吐露自已渴望逃離的心情，法蘭特謝克叫魯迪第二天去他房間喝咖啡。

咖啡？

咖啡是那些與黑市關係良好的人才能夠擁有的奢侈特權，因為你需要的不只是咖啡，還得要有研磨器、咖啡壺、水，以及加熱的工具。當然，魯迪一定會赴約！他好愛咖啡，更愛與關係良好人士打交道。他進入營房——這時候空無一人，因為這時候大家都待在外頭、為奧斯威辛的增建工程拚命工作——前往法蘭特謝克的房間。他沒敲門就進去了，但嚇到的人卻是他自己。當他看到除了那名秘書之外、還有另一個身穿制服的納粹親衛隊的時候，他心臟漏拍，浮現腦海中的第一個字眼是背叛。

「進來吧，魯迪，沒問題，大家都是朋友。」

他在門口短暫遲疑了一會兒，不過，法蘭特謝克可以令人放心，或者，至少他覺得是如此。那名納粹親衛隊趕緊過來自我介紹，握住了魯迪的手，態度友好。

「我叫維克托，維克托．佩斯特克。」

魯迪當登錄員的時候，聽過各式各樣的故事，但從來沒有一個像這名納粹親衛隊所說的計畫一樣，令他瞠目結舌。

「要不要和我一起逃？」

維克托鉅細靡遺解釋他的計畫，老實說，其實不能說輕率，至少第一部分是如此：身穿納粹親衛隊的制服，從大門離開，不要啟人疑竇，搭乘前往布拉格的火車。等到第二天早上德國人發現他們失蹤的時候，他們已經到達了布拉格。至於計畫的第二個部分，魯迪就覺得很瘋狂了，為他們自己與兩名女子張羅文件，然後回到奧斯威辛，把那兩名女人帶出來。

魯迪仔細聆聽，其實，能在納粹親衛隊的陪伴下逃亡，他想不出有什麼比這更好的方法，但直覺告訴他行不通。也許是因為他內心深處不相信這個納粹親衛隊，引發了他本能的負面反應。但無論原因為何，他還是客氣拒絕，向那兩個人表明自己希望謹慎行事，絕對不能有任何閃失。

原來，法蘭特謝克沒有咖啡壺，只是拿襪子裝了咖啡豆、放入一般的水壺，以火爐煮沸。不過，魯迪離開房間、讓那納粹親衛隊暢談他自己計畫的時候，心想壺泡咖啡真是風味絕佳。

的確，維克托・佩斯特克開始以危險方式散播消息，有納粹親衛隊想要找人結伴一起逃亡。雖然許多聽到謠言的人並不相信，覺得那不過就是一場幻夢，但真的有佩斯特克這個人，而且他堅持不改其志。他可以一個人出發，但他需要一個熟悉布拉格地下組織的人，所以他才能夠弄到假證件，把芮妮與她母親盡快弄出來。

他努力不懈，終於遇到了準備一起參與計畫的同伴，此人名叫西格弗里德・萊狄勒，他是家庭營的俘虜，是反抗團體的成員，也是染上逃亡偏執病的人，只要能夠離開奧斯威辛，叫他做什麼都不成問題。

那天下午，佩斯特克與芮妮見面，一如往常，她依約赴會，神情十分嚴肅，似乎有些害羞，雙手一直緊緊放在大腿上面，頭低低的。

「這是我們在奧斯威辛最後一次相見了。」

維克托花了多天時間向她講述逃亡計畫，但她還是無法置信。

「大日子已經到來，」他告訴她，「哦，當然這只是第一部分。首先，我會離開這裡，然後我會回來接妳和妳媽媽。」

「但要怎麼接我們出去？」

「妳最好還是不要知道細節比較好。萬一哪裡出了紕漏都很可能會引發嚴重後果，而且萬一狀況不如預期，我甚至可能必須改變計畫。不過妳完全不需要擔心，總有一天，妳會走出集中營的大門，我們就會自由了。」

芮妮的淡藍色雙眸直盯著他，她展現媚態，以他最愛的那種姿勢、抓了一坨捲髮放入口中，

「我現在得走了。」

芮妮點點頭。

就在最後一刻，她抓住他的外套袖子，把他拉了回來。「維克托……」

「怎麼了？」

「一切小心。」

他開心嘆了一口氣，現在一切都攔不住他了。

蒂塔也一樣，一切都無法攔阻她想要挖掘赫許自殺死因的急切心情。她花了好幾天的時間在工作坊外頭徘徊，找尋阿爾托的蹤影，但總是徒勞無功。

不過，有時候一逮到機會，就是得緊抓不放。

「打擾一下……」

那個疲倦男子目光友善，看了她一眼。

她小心翼翼走向應該是最後一批收工的那一群人。

「我在找一個人……是個光頭。」

那些疲憊的男人看了她一眼，目光友善。

「我在找一個人……沒有頭髮。」

那些人互看彼此，看來工作到這麼晚，他們的腦袋運作緩慢，似乎不明白這年輕女孩在問什麼。

「沒有頭髮？」

「對，我的意思是全禿，一根頭髮都沒有。」

「一根頭髮都沒有？」

「一定就是他！」其中一個說道，「她講的一定是庫特啦。」

「應該吧，」蒂塔回道，「請問哪裡可以找到他？」

「在裡面，」他們指向工作坊，「他永遠是最後一個離開，他負責打掃、清理、把所有物品歸位。」

其中一個男人說道：「任務艱鉅。」

「對，既然是猶太人，又有共產黨身分，就得吞下去。」

另一個人酸言酸語，「而且還是個禿頭。」

「禿頭有好處，蝨子會從你的頭頂滑下去。」

那個愛諷刺的男人繼續回嘴，「遇到下雪的時候，那些蝨子就可以從你的頭頂一路滑雪下去。」

他們離開了，哈哈大笑，宛若蒂塔根本不在那裡一樣。她在外頭等了許久，那個禿頭男子終於出現了，土諾斯卡太太說的果然沒錯，看鼻子就認得出來。

蒂塔走到他身邊。

「抱歉打擾了，但我想要打聽一些消息。」

那男人狠狠瞪她一眼，加快腳步，現在蒂塔得要小跑步才能跟上他。

「好，我想知道有關佛列迪·赫許的事。」

「妳為什麼要跟著我？我什麼都不知道——別煩我。」

「我不想要煩你，但我想要知道——」

「妳幹嘛找我講話？我只是工作坊的清潔工。」

「大家說你不只是——」

那男人突然停下腳步，惡狠狠瞪了她一眼。他左右掃視，蒂塔驚覺要是門格勒在此刻看到她的話，她就完蛋了。

「大家講錯了。」

那男人繼續往前走。

「等一下！」蒂塔不爽，「我要找你講話！你是喜歡我們對彼此大吼大叫嗎？」

好幾個人好奇轉頭，那男人低聲罵髒話，抓住蒂塔的手臂，把她拉進營房之間的狹巷，燈光比較昏暗。

「妳是誰？妳想要幹什麼？」

「我是三十一號營區的助理，你可以信任我，找米瑞安・艾德斯坦打聽一下就知道了。」

「好，好……妳就說吧。」

「我想要知道佛列迪・赫許為什麼自殺？」

「為什麼？很簡單——他嚇壞了。」

「什麼意思？」

「就跟妳聽到的一樣。他臨陣退縮，被大家要求起頭反抗，他沒那個膽，就這樣。」

「我不相信。」

「我才不管妳信不信，事情就是如此。」

「你不認識佛列迪・赫許吧，對不對？」

對方一聽到蒂塔的話，立刻啞口無言，彷彿當場被人抓包一樣。蒂塔講出這句話的時候，滿腔怒火差點變成了淚水，她好不容易才忍住哭泣的衝動。

「你不認識他，你對他一無所知。他從來不會躲避任何狀況，你以為你很懂他，反抗團體的人無所不知……但你什麼都不懂。」

「喂，小朋友，我只知道反抗團體領導人的命令傳達給他之後，他馬上就吞下那些藥丸，想要一了百了，」阿特勒態度惱怒，「我不知道這人有什麼好說的，三十一號營房根本就是一齣啞戲而已，整個家庭營都一樣。赫許與我們其他人都在演納粹的這場戲，我們一直是他們的幫手。」

「你這話什麼意思？」

「這個集中營只是一種掩護，拿來遮醜。當某些國家聽到德國集中營是人類屠宰場的傳言的時候，可能會有國際觀察員來這裡追查是否為實，而這裡的唯一目的就是在他們面前掩蓋真相。家庭營與三十一號營房都是舞台佈景，而我們只是劇中的演員。」

蒂塔沉默了，那個禿頭男子搖頭。

「不要再想了。妳的朋友赫許嚇得要死，那只是人性而已。」

恐懼……

蒂塔突然發覺恐懼像是一種鏽斑，就連最堅強的信念也會因此受損，它侵蝕了一切，摧毀了一切。

禿頭男子離開，緊張兮兮左顧右盼。

蒂塔依然站在邊巷裡，字字句句在她腦中轟然作響，阻斷了她周遭的一切。

刻意安排的裝飾品？佈景裡的演員？納粹的傀儡？他們在三十一號營區的所有努力，只是為了讓德國人受益？

她必須伸手撐住營房邊牆，才能站穩，因為她現在頭暈目眩。整個家庭營只是一場謊言？都不是真的？

她開始覺得也許真的是如此。命運揭發真相，曝光的那一刻，不過就是湊巧倏現而已。但從另一方面看來，謊言比較具有人性，它是由人所創生，為了目的而量身訂做。

蒂塔去找米瑞安．艾德斯坦，她待在自己的營房，坐在她的鋪位，她的兒子艾瑞爾正好在向母親說再見，他等一下要和其他小男生走過集中營大道，準備領取晚餐的配糧麵包。

「米瑞安阿姨，我現在會不會打攪到妳？」

「當然沒有啊。」

「是這樣的……」蒂塔的聲音猶疑不定，整個人，她的雙腿又開始像活塞一樣在顫抖。「我剛剛去找了一個反抗團體的人，他說出一種令人難以置信的說法，家庭營只是一種納粹的障眼法，萬一有其他國家觀察員來調查的時候就可以……」

米瑞安默默點頭。

「原來是真的！妳知道！」蒂塔壓低聲音，「所以我們做的這一切都是在服務納粹。」

「完全不是這樣！他們有計畫，但我們實踐的卻是自己的計畫。他們想要把小孩當成倉庫裡的垃圾，但是我們卻開辦了學校。他們想把小孩搞得像是畜欄裡的牲口，但我們卻讓他們覺得自己還像個人。」

「這樣又有什麼用？所有九月遣送潮的小孩都死了。」

「還是值得的，我們完全沒有白費任何功夫。妳還記得他們是怎麼開懷大笑的嗎？還記得他們大唱〈小雲雀〉或是聆聽真人書講故事？你還記得當我們把半塊餅乾放入他們的碗的時候，他們開心得跳來跳去？還有他們準備表演時的那種興奮感？艾蒂塔，他們很開心。」

「但時間太短暫了——」

「生命，所有的生命都很短暫，但只要能夠想辦法維持一瞬間的快樂，那麼活這一遭就值得了。」

蒂塔陷入沉默，開始仔細思索她的一生之中、遇過多少次火柴劃亮與熄滅的經驗——還真的很多。即便在最幽黑的暗處之中，也會看到火焰綻亮的短暫須臾。有時候，遇到可怕災難的時候，也會出現這種時刻，她打開某本書，埋首其中。她的小小圖書館是一盒火柴。想到這一點，她露出了略帶憂傷的微笑。

「現在這些小孩呢？我們又會如何？米瑞安阿姨，我好害怕。」

「納粹可以強奪我們的家園、我們的財產衣物，甚至是我們的頭髮，但無論他們拿走我們多少東西，都無法拿走我們的希望，那是我們的東西，千萬不能失去它。妳聽到同盟國空軍轟炸的次數越來越多，戰爭不會一直持續下去，我們必須準備好迎接和平。小孩子必須要持續學習，因為他們會看到一個殘破的國家與世界，這就是他們面對的空間，而妳，還有青少年世代，必須要予以重建。」

「不過，小孩集中營其實是納粹的詭計。國際觀察員會過來，德國人會把這裡當展示區，掩蓋毒氣室，然後這些觀察員看到的是小孩子們在奧斯威辛過得很好，然後他們離開的時候卻是被蒙在鼓裡。」

「或者，並非如此。」

「這話是什麼意思？」

「那將會是我們的決戰時刻，我們一定會讓他們離開之前知道真相。」

然後，蒂塔想起九月遣送潮離開之前的那個下午，她在集中營大道遇見佛列迪時的情景。

「我剛剛想起最後一次見到佛列迪的時候、他對我說的那些話，他提到了戳破真相的微小縫隙，他說，那將是真相揭曉的一刻。我們必須冒險，他說如果要贏得勝利，必須要趁他們最沒有防備的時候，在最後一刻攻門。」

米瑞安點頭附和。

「計畫就是如此。他離開之前交給我一些文件。他書寫的資料遠遠超過了集中營的要求，他收集了事實、日期、姓名、奧斯威辛發生的一切事件的完整檔案，他打算交給中立的觀察員。」

「佛列迪再也沒有辦法把它送交出去了。」

「對，他已經不在這裡了，但我們不會放棄，對不對？」

「放棄？不可能？一切交給我了，我一定全力以赴。」

三十一號營區的副校長露出微笑。

「可是他為什麼要在最後一刻投降自殺？」蒂塔問，「反抗團體的人說他很害怕。」

米瑞安．艾德斯坦的笑容突然僵住。

「那個反抗團體的成員是這麼說的，他們請他帶領大家反抗，但是他臨陣脫逃。我告訴那個人，你根本不知道你自己在講什麼，但他似乎很有把握……」

「當他們確定九月遣送潮要被送入毒氣室的時候，他們的確要求他帶領起義，有個信賴的線人告訴了我這個消息。」

「然後他拒絕了這項提議嗎？」

「帶領有老有小的家庭起義、面對武裝納粹親衛隊，老實說，這不能算是很理想的計畫，他請他們給他一些時間思考。」

「然後他就自殺了。」

「對。」

「為什麼？」

米瑞安．艾德斯坦發出嘆息，讓蒂塔覺得心中一片空荒。

「並非一切的疑問都能找出答案。」

米瑞安抓住蒂塔的肩膀，把她擁入懷中，兩人互擁許久，此時的沉默勝過千言萬語。然後，她們熱情道別，蒂塔離開了營房，一人獨行，她心想，也許並非一切的疑問都能找出答案。但是佛列迪告訴過她，永遠不要放棄，而她一定不會放棄追尋答案的想望。

三十一號營房裡的上課低語聲打斷了她的思緒，歐達．克勒的小組與她相隔只有幾公尺而已。小孩們非常專注聆聽他的解釋，蒂塔也豎耳傾聽，這樣一來才不會荒棄了被納粹阻斷的學習之路。她想念學校。她很想要繼續唸書，也許可以當個女飛行員，就像她翻閱她母親某本雜誌時所看到的報導一樣。那名女主角名叫艾蜜莉亞．埃爾哈特，照片裡的她身穿男性皮衣、前額掛著飛行眼鏡下飛機，雙眼好夢幻。蒂塔心想，一定是得要苦讀才能成為飛行員。她所坐的位置可以聽到好幾名老師的講課聲，她拿不定主意到底該專心聽哪一堂課。

她盯著歐達．克勒講課，大家都說他是共產黨員，共產主義依然是夢想，還沒有成為惡夢。歐達正在向學生解釋光速，而且宇宙之中沒有任何比它更快的東西，大家看到那些在空中閃動的星星，其實是它們散發的光子以極快的速度、穿越數千萬公里，出現在我們的瞳孔前面。他的熱情深具感染力，讓小朋友聽得如癡如醉，他的雙眉動個不停，而且食指也一直在搖晃，宛若羅盤裡的指針。

蒂塔突然想到，飛機裡的那種羅盤實在很難懂。也許她應該要當藝術家，而不是飛行員，這構想不錯，當藝術家也是可以飛行，而且不需要倚靠那麼多工具，她會畫下自己在空中翱翔時所俯瞰的世界。

當她離開三十一號營區的時候，瑪吉特正在等她，旁邊還站了她妹妹海嘉，現在比以前更削瘦。瑪吉特悄聲告訴蒂塔，她有點擔心她妹妹實在太枯瘦。海嘉運氣不好，被指派去清理戰壕，由於春雨綿綿，他們必須得花一整天的時間清理淤泥。

有許多俘虜都與海嘉一樣，看起來就是比其他人削瘦。彷彿麵包與湯直接穿過他們的身體，完全沒有留下任何痕跡。也許她們跟別人一樣瘦，但頹喪神情裡所蘊含的某種心事，還有目光之中的挫敗，讓他們看起來更顯孱弱。大家經常說起霍亂、肺結核，以及肺炎，但對於宛若瘟疫肆虐集中營的憂鬱症，卻鮮少被提及。蒂塔的父親也是受害者，某些俘虜突然之間就元氣盡失，他們是已然放棄的人。

蒂塔與瑪吉特開始開玩笑，想要讓海嘉打起精神。

「好，海嘉，妳在這裡有沒有發現什麼好看的男生？」

海嘉站在那裡，不知道該如何回答是好，所以蒂塔把問題丟給她姊姊。

「好吧，瑪吉特，難道妳在集中營裡也沒有發現值得再看一眼的男生嗎？我們得要求集中營指揮官遣送一些過來。」

「等等……我在十二號營區看到一個男生，超帥！」

「超帥？海嘉，妳有沒有聽到？這說法好老派！」

三個女孩都哈哈大笑。

蒂塔繼續玩下去，「妳有沒有跟這個帥哥說話？」

「還沒有，他一定至少也有二十五歲了。」

「天，太老了。要是妳跟他一起出去的話，大家會以為妳是他孫女。」

「蒂塔，妳呢？」瑪吉特也反問回去，「整個營房裡難道沒有值得關注的助理嗎？」

「助理？哪有可能，誰會對滿臉青春痘的男生有興趣？」

「哦，想必是有令人感興趣的男生嘍？」

「沒有啦。」

「一個都沒有？」

「有一個很獨特的人。」

「哪裡獨特？」

「當然，不是說他有三條腿，」接下來蒂塔就變得認真了，「他是那種似乎很嚴肅的人，但很會講故事。他名叫歐達．克勒。」

「所以就是那種無聊型的男生。」

「完全不是！」

「嗯，海嘉，妳覺得呢？男生們的長相真是慘不忍睹吧？妳說是不是？」

海嘉微笑表示同意。和平日嚴肅的姊姊討論男生，她覺得很不好意思。不過，與蒂塔在一起的時候卻不一樣，她就是有本事，能讓氣氛變得沒那麼沉重。

那一晚，海嘉、瑪吉特、蒂塔以及集中營其他人入睡的時候，某名納粹親衛隊下士進入了家庭營，完全沒有人注意到他，他身上還帶了個背包。

他前往某棟營房後頭，移開了封鎖大門的木槓。西格弗里德．萊狄勒立刻從陰暗處現身，默默換了衣服，原本的乞丐變身成為容光煥發的納粹親衛隊。佩斯特克覺得有中尉佩章的制服比較好，因為比較不會有人膽敢對這身打扮的人開口說話。

他們經過安檢哨，站崗裡那兩名士兵還對他們舉手致敬，然後，他們朝集中營大門前進，矗立在那裡的巨大守衛塔儼然像是一座邪惡城堡。由於天色昏黑，所以監視塔上半部的玻璃窗監控區燈光大亮。身穿中尉制服的萊狄勒全身冒汗，但佩斯特克的步伐卻充滿自信——他深信他們可以順利通過管制站，不會有任何問題。

他們走到了陰森巨塔之下的管制站。當守衛看到那兩名士兵走過來的時候，立刻轉身面對他們——機關槍也同時對準了他們。佩斯特克悄聲告訴萊狄勒放慢腳步，讓他走在前面，但記得要繼續往前走，而且，最重要的是，動作不能有任何遲疑。要是萊狄勒自信篤定，那麼士兵就根本不會起疑，他們沒那個膽敢攔下中尉。

佩斯特克展露百分百自信領頭往前走，與萊狄勒相隔數步之遠。他走向士兵，態度像是遇見老友、準備要吐露什麼秘密似的，他壓低聲音，說要帶某名最近剛調動到奧斯威辛的軍官、去一號營的妓院逛一逛。

那兩名士兵根本連知情大笑的時間都沒有，因為那名身軀挺得筆直的中尉已經走到他們面前，他們趕緊立正站好，而那名假軍官只是隨意點頭應了一下。佩斯特克追趕上級的腳步，兩人消失在夜色之中，管制站的士兵覺得那兩人運氣真不錯，的確如此。

佩斯特克與萊狄勒前往奧斯威辛火車站，搭乘幾分鐘之後前往克拉科夫的列車。要是一切順利，他們會搭乘另一班前往布拉格的列車。他們默默往前走，努力掩飾，絕對不能露出行色匆匆的姿態。自由的氣息讓西格弗里德背脊發癢，或者，可能是那身軍官制服在作祟。

23

早晨點名沒完沒了。終於結束的那一刻，納粹親衛隊吹哨子，以德語大吼大叫。某名士兵跑過來，下令要重複點名一次。許多捷克猶太人會說德語，所以這道命令引發營房一陣沮喪的竊竊私語，又得站立一小時……他們不知道出了什麼事，但顯然是有狀況，因為看得出這些軍人緊張不安。有人喃喃講出了某個字詞，然後就這麼一排排傳了下去：逃亡。

後來，三十一號營房的早晨，盈滿了震耳欲聾的〈小雲雀〉歌聲。艾維．費雪以他興高采烈的一貫風格，指揮合唱團高歌，而孩子們無論年齡大小，都喜歡唱這首歌，所以它成了三十一號營區的營歌。蒂塔也加入合唱的行列，大家都浸淫在音樂的聽覺震顫之中。營區裡的三百六十個孩子，真的是扯破喉嚨齊聲合一。

等到他們唱完之後，賽普．李赫特恩斯坦宣布逾越節晚餐馬上就要開始了，各個小孩營區的領導人都卯足全力，要讓它成為意義非同小可的盛會，小孩子拍手鼓掌，某些甚至熱情吹口哨。先前早有謠言在流傳，營區長官花了好幾天的時間、為了這場慶典拚命在黑市購買足夠的材料，這是一種可以讓日子過得開心一點、為孩子提供某種正常生活感的新聞。此外，還有另一個以光速傳播的謠言，是關於某個名叫萊狄勒的俘虜逃跑的事，所以他們才必須接受第二次點名，難怪他們要求所有的男性俘虜，包括小男生，都必須要剃頭。囚監們一直大吼「衛生」這個字詞，但其實這種舉動全是出於惱怒。蒂塔的濃密頭髮幸好是保住了，因為女性有豁免權。

不過，也沒差吧？

德國人特別光火，因為他們說萊狄勒能夠順利脫逃，是因為有某名叛變的納粹親衛隊士兵出手相助。他們氣急敗壞，就算找到再怎麼粗糙的繩索吊死他，也難解他們的心頭之恨。瑪吉特告訴蒂塔，那個有問題的士兵就是與芮妮約會的人，但芮妮再也不跟任何人說話，不只不提這件事，不論什麼都一概不說。

感謝老天，目前他們還沒有被抓到。

命就是命。蒂塔走在集中營大道，睜大眼睛豎起耳朵，找尋是否有門格勒的蹤影。不過，她現在看到的那個人，卻是她偶爾發現會出現在圍欄另一頭的高階俘虜。蒂塔花了好幾個禮拜想破腦袋，企圖找出方法見到此人，如今他出現在這裡，雙手插著口袋，獨自行走。他身穿類似馬褲的長褲，模樣就像是囚監，

但他其實是隔離營的那名登錄員，魯迪．羅森伯格。

「抱歉打擾一下……」

魯迪放慢腳步，但是並沒有停下來，他專注的是自己的計畫，現在已經沒有退路，那股渴望已經讓他受不了了。非死即活，他要逃離這裡，再也無法繼續等待。日子已經安排妥當，只需要幾處有關補給的細節搞定就可以了。箭在弦上，他不能讓自己有任何分心。

「妳想要什麼？」他滿是不耐，「我沒有食物可以給妳。」

「我不要那東西，我曾經在三十一號營區與佛列迪．赫許一起工作過。」

羅森伯格點點頭，但還是繼續往前走，蒂塔必須加快腳步才能跟上他。

「我認識他——」

「別鬧了，沒有人認識那個男人，他不讓任何人有機會認識他。」

「但他很勇敢。他有沒有對你說過些什麼話？能夠為他自殺提出合理解釋的話？」

羅森伯格暫時停下腳步，以疲憊神情望著她。「他是人。你們都誤以為他是聖經裡的族長，是傳奇泥人之類的人物。」他不屑嘆氣，「他營造了英雄氛圍，但他不夠格。我見過他，他跟一般男人沒兩樣。老實說，他再也受不了，崩潰了，就和其他人一樣。有這麼難懂嗎？忘了他吧，他的時代已經過去了，現在要專心的就是該如何活著離開這裡。」

魯迪臉色很臭，結束談話之後又繼續往前走。蒂塔玩味他的話，還有充滿敵意的語氣。當然，赫許是人，他有他的弱點，她很清楚。他從來沒有說過他不懼怕，他當然很怕。他說的是，你必須要把恐懼吞下去。羅森伯格是那種見多識廣的人——大家都這麼說。他給了她中肯建議：關心自己就夠了。不過，蒂塔不想當理智的人。

四月帶來了比較暖和的溫度，冬日惡寒威力也為之趨緩。雨勢讓集中營大道成了到處都是小池塘的沼澤，濕氣讓呼吸道疾病患者增加了不少。集中營大道的推屍車每天早上都堆滿了遭肺炎奪命的屍體。霍亂也讓許多人喪命，就連傷寒也是殺手。這不是傳染病爆發的暴增，而是類似水龍頭滲漏的那種穩定速度。

四月不只為比克瑙帶來了一大堆的水，也迎來了一堆的遣送潮。有些日子甚至一天會有三班塞滿猶太人的列車到來，讓集中營內部的新月台積滿了水也擠滿了人。三十一號營區的孩子們躁動不安，他們想要到外頭看火車到來，對於地上堆積如山的行李與包裹充滿了好奇。一盒又一盒的食物，他們目光貪婪，嘴巴在滴口水。

名叫威基的十歲男孩大叫：「看！好大的起司！」

「還有散落一地的那些東西……是不是黃瓜？」

「我的天，是一盒栗子！」

「哦，你說對了！真的是栗子！」

「但願風能夠把一顆栗子吹來這裡就好了！我要求不多——只要一顆就好！」

威基開始悄聲禱告：「上帝，我只要一顆栗子，別無所求！」

某個一臉髒兮兮、頭髮亂七八糟的五歲小女孩往前走了好幾步，有個大人趕緊伸手抓住她的肩膀，讓她不能再往前跑。

「什麼是栗子？」

比較大的那些孩子哈哈大笑，不過，他們面色立刻轉趨嚴肅。小女孩從來沒看過栗子，從來沒有吃過烤栗子或是傳統的十一月栗子蛋糕。威基下定決心，要是上帝聽到他的祈願，讓風吹來一顆栗子，那麼他會分半個給那小女孩，要是不知道栗子是什麼味道，就不算真正活過。

老師們注意的不是那些食物包裹，而是被士兵毆打、強迫排成隊形的一群群衰弱民眾，這樣一來，就可以讓他們進行每一波遣送潮過來時悲慘的固定儀式：把那些等一下必須剃光毛髮、上刺青的人、送到艱困環境中工作做到死的人挑出來，剩下的就是當場處決。家庭營裡的六、七歲的小孩們有時候會嘲笑圍欄另一邊那些剛來的人。很難判斷他們是不是真的在嘲笑，對於這些陌生人的苦難毫不在意？抑或向自己的同伴佯裝不在意，是他們硬逞強、克服自己的焦慮的方式？

在逾越節的第一個夜晚，家庭成員通常會團聚在一起圍桌，唸出《哈加達》，講述以色列人離開埃及的故事。通常會喝四杯酒向上帝致敬，還會準備「奇亞拉」，這種家宴盤裡面會擺放以下的食物：「茲若亞」（通常是羊骨）、「貝茲亞」（通常是烤成褐色的蛋，象徵法老的鐵石心腸）、「瑪若」（通常是苦味香草或辣根，象徵猶太奴隸在埃及的嚴酷處境）、「哈若塞特」（蘋果、蜂蜜，以及乾果所製成的綜合甜點，象徵猶太人在埃及造屋時所使用的灰漿），還有「卡爾帕斯」（一小片歐芹浸泡在鹽水之中，象徵以色列子子孫孫的生命，永遠浸沐在淚水之中）。最重要的元素，「瑪匝」，未發酵的麵包，餐桌上的每一個人都會拿到一小片。逾越節家宴與天主教慶祝耶穌復活的聖餐禮，都是為了讚頌耶穌與門徒們的最後晚餐。歐達．克勒向他的學生們逐一解釋，沒有一個小孩漏聽了任何一個字，因為他們覺得宗教傳統與傳統餐飲都很神聖。

李赫特恩斯坦滿足了自己的願望——他們要慶祝的是逾越節。雖然他們無法以正統方式備足所有的材料，不過，當營區長官從他的小房間走出來、手執象徵家宴餐盤的木板，所有的小孩都引頸期盼。很可能是雞肉的帶骨肉、雞蛋、一片蘿蔔，還有一碗鹹水，裡面有些香草在漂浮，這些食材的擺盤位置都準確無誤。

米瑞安阿姨把甜菜根果醬加入晨茶，把它當成了酒。而她也是負責揉製麵團的人。平常幫忙營房維修工作的瓦特爾，弄到了一片厚鐵絲網，把它彎折成金屬烤網之後拿來烤麵包。小孩們盯著整個過程，看得好痴迷。在一個食物如此稀缺的地方，他們一臉驚奇，盯著一小坨麵粉加上一點水之後，居然變成了散發令人垂涎香氣的可口麵包。終於，出現了奇蹟。

所以，在營區後頭吵鬧追逐的小小孩，一被交代要保持安靜，立刻就閉上嘴巴，空氣中瀰漫著一股因神秘感而產生的靜肅。

終於，六塊麵包出爐，放在桌子的正中央。對於三百個小孩來說，分量不是很多，但李赫特恩斯坦還是下令每一個人都取用一小塊，足以親口嚐到「瑪匝」是什麼滋味。

李赫特恩斯坦告訴孩子們：「這是我們的先祖逃離奴隸生活，奔向自由時所食用的未發酵麵包。」

大家在他面前、以井然有序的方式傳遞麵包。

小孩回到各自的小組，坐下來，吃著傳統麵包與喝假酒，聆聽老師解釋猶太人出埃及記的故事。蒂塔在各個小組之間興奮來回，聆聽不同的人講述同樣一個故事，先知摩西帶領眾人長征穿越沙漠的卓越壯舉。這些故事讓小孩好入迷，摩西為了要接近上帝的狂雷巨聲而爬上陡峭的西奈山，然後又讓紅海一分為二、讓猶太人可以穿越到達彼岸，這些故事讓他們全神貫注。這也許是史上最離經叛道的逾越節慶祝儀式——根本不是晚上，而是中午。當然，他們沒辦法吃傳統的羊肉，完全無法吃到傳統的家宴。不過，他們還是有特別的款待，每個小孩都能夠拿到半塊餅乾。雖然他們什麼都沒有，不過，為了歡慶節日的努力與信念，已經讓它成了一場感動人心的儀式。

艾維·費雪召集為了今天而演練多日的合唱團，他們開始唱貝多芬的〈快樂頌〉，一開始的時候，大家態度怯生生，但後來卻大方有度。由於在這間營房演練的時候，根本很難保持隱密，所以集中營的其他人也因為太常聽到而記住了歌詞，他們也跟著一起唱和，最後，成了數百人齊聲高歌的大合唱。

他們的樂聲魔力穿透牆面，從鐵刺網滲流出去，在集中營壕溝工作的俘虜們暫時停工，斜靠鐵鏟仔細聆聽。

「聽！是那些孩子，他們在唱歌……」

在製衣營房，以及為電子設備製造電容器的雲母營房，大家也暫時放慢工作速度，面向快樂旋律流滲而出的方向，這似乎與集中營世界扞格不入。

「不，不是，」某人回道，「是來自天堂的天使。」

在灰燼從來不曾停止落下、囚監壓迫俘虜直至他們雙手出血的那些壕溝之中，風吹來的樂聲與話語是一場神蹟。歌詞敘述的是百萬人互相擁抱、全世界互相親吻，所有人類都是兄弟姊妹的某段時光。

在這座人類有史以來最大的死亡工廠當中，這是一種對和平聲嘶力竭的呼喊。〈快樂頌〉的歌聲如此嘹亮，甚至傳到了某個知名愛樂者的辦公桌前。他抬頭，彷彿聞到了美味水果餡餅的濃烈香氣，下定決心要找到是哪個烤箱在烘焙一樣。

他立刻放下手邊的文件，走過通往家庭營的集中營大道，站在三十一號營區的門口。

小朋友們已經重複了第一段歌詞好幾次，大家都對此熟記在心，正準備快要唱完的時候，那個戴著銀色骷髏頭佩章軍帽的人出現在門口，投射出一道巨大恐怖的幽影。

門格勒醫生……

李赫特恩斯坦臉色冰寒，彷彿冬日再次歸返。

他繼續唱，但音量變得微弱，他們沒有得到授權，不能歡慶任何猶太節日。蒂塔也短暫陷入沉默，但立刻又恢復高歌，因為雖然大人們陷入沉默，但小孩卻繼續盡情歌唱，宛若什麼事都不曾發生一樣。

門格勒站在那裡聆聽了一會兒，表情淡然，無動於衷，令人根本猜不透。門格勒面向李赫特恩斯坦，他停止歌唱，神情恐懼望向對方。門格勒點頭讚許，彷彿很喜歡聽到的樂聲，他揮舞戴著白色手套的手，鼓勵他們繼續唱下去。這位軍官轉身離開，營區的人繼續唱完〈快樂頌〉，每一個人都縱聲高歌，這樣一來，就可以向門格勒表達他們的力量。然後，他們爆出掌聲，部分是為了自己、自身的元氣以及膽量。

就在逾越節歡慶劃下句點過後沒多久，正當大家準備接受晚點名，〈快樂頌〉的樂聲依然在他們的耳邊迴盪不已的時候，外頭卻傳來不同的音樂，比較尖銳，比較急迫，而且完全聽不出喜悅，不過，某些人聽到的時候卻面帶微笑，這是響徹集中營的警報巨響。

納粹親衛隊開始奔跑，原本在集中營大道的兩名士兵衝向自己的崗哨。這種警報聲表示有人逃亡，逃亡是孤注一擲——如果不是重獲自由，就是一死。

在過去這幾天當中，這是逃亡警報第二次響起。第一次是那個名叫萊狄勒的男子，據說是反抗團體的成員，大家說他與某名叛變的納粹親衛隊偕同逃亡。目前沒有他們進一步的消息，這應該算是最好的消息了。據說那名納粹讓萊狄勒換裝為納粹，然後兩人冷靜走出大門，負責監控的士兵蠢到不行，甚至還邀請他們一起喝幾杯伏特加。

現在，警報再次響起，俘虜逃亡激怒了納粹，這是蔑視他們的威權，但更重要的是，他們違反了德國人深深執著所建構的那一套秩序。對於史瓦茲霍伯來說，兩起發生時間如此相近的逃亡事件已經是一種褻瀆。的確如此，當他們通知他這個消息的時候，他狠踢下屬，要求他們立刻開始點名，每一個人都不能放過。

俘虜們知道這將是漫長的一夜，果然沒錯。德國人逼迫每一個人，包括小孩，排隊站在集中營外頭的主道。他們點名了好幾次——已過了三小時之久，俘虜們依然站在那裡。這種方法可以確保沒有其他人失蹤，但這也是某種復仇的形式，因為納粹無法對逃犯直接發洩怒氣，至少現在不可能。

當士兵們四處奔跑，緊張氣氛節節高漲之際，登錄員魯迪．羅森伯格與他的同志弗雷德．威茲勒，依然待在幾百公尺外的漆黑環境之中。兩人躲在某個類似拱道的窄小隱蔽處。魯迪心中浮現的是幾天之前的景象，俄國逃犯被吊死在集中營的正中央——藍色的腫脹舌頭，還有眼球爆凸而出時噴出的血色淚水。

一滴汗水從額頭滴落而下，他根本不敢伸手抹汗。現在，待在那群俄羅斯逃犯建造的地道裡的人是他，還有他的朋友弗雷德。他們決定要豁出去了——非生即死。

集中營警報響起。他把手伸向弗雷德，碰觸他的大腿，弗雷德的手則放在魯迪的手臂上面，現在已經無法回頭了。他們會等個幾天，看看納粹是否會拆除俄羅斯人蓋的藏身處，要是沒有的話，他們就可以確定安全了。不久之後，他們就會知道答案。

而在家庭營當中，蒂塔累了一整天，現在距離熄燈只剩下幾分鐘，她正在幫母親清除蟲卵，以免它們孵化成為蝨子，這必須要以小梳子不斷梳理她的髮絲。她母親沒辦法忍受不潔，至少，以前沒有辦法，她老是斥責蒂塔，總是提醒蒂塔要以肥皂洗手之後才能摸東西。現在她別無選擇，只能忍受髒污。蒂塔回想起母親戰前的模樣，是個美女——比女兒漂亮多了——而且非常優雅。

某些俘虜也趁睡前的時光、滅殺一直窩藏在髮內的那些討厭小房客。她們的手動個不停，鋪位之間也不斷在討論白天的事。

「我不懂，從來不會挨餓、工作也不是特別辛苦，而且因為獲得納粹看重、永遠不會被選入死亡名單的人，居然會以這種方式賭命。」

「大家都不懂。」

「逃亡是自殺，幾乎所有人最後都被送回來上吊。」

「反正，我們快要離開這裡了，」另一名女子說道，「他們說俄國人逼德國人撤退，戰爭很可能會在這個禮拜就結束。」

這番話引發大家激動交頭接耳，想要看到這場漫無止境戰爭結束的欲望，強化了各種樂觀的理論。

「而且，」某個意見領袖說道，「只要有人逃亡，就會報復到我們身上：更多的限制與處罰……在某些集中營，他們會把人送入毒氣室洩憤。誰知道我們接下來會發生什麼遭遇？某些人居然自以為是到這種程度，完全不管自己害他人身處危境之中，真是難以想像。」

大家都點頭表示同意。

莉莎·阿德勒很少參與這種討論，她不喜歡引起別人關注，而且，她總是喝斥女兒不夠謹慎。能夠操持數種語言的女子，居然經常選擇的是沉默之語，令人詫異。不過，這一次她選擇開口。「終於，有理智的聲音出現了，」眾人再次點頭，「總算有人說出了事實。」

大家低聲表示贊同，莉莎繼續說下去。

「終於，有人提到了相當重要的一件事：我們完全不擔憂這個人是否能夠平安逃脫，我們的焦慮是這個事件可能會對我們造成什麼影響，可能會害我們少喝了一湯匙的湯、或是讓我們站在外頭好幾個小時接受點名，這才是我們關心的重點。」

某些女子喃喃低語，充滿困惑，但莉莎依然滔滔不絕。

「妳們說逃跑沒有用。德國人有數十名巡邏士兵在搜查逃犯，這樣一來，就得讓他們在自己的前線派駐更多的軍隊，而不是讓他們去對抗即將來解救我們的同盟國軍隊。我們要是在這裡反抗，藉以分散德國軍隊，難道沒有任何意義可言？難道我們待在這裡乖乖聽從納粹親衛隊的命令、最後等到他們決定處死我們就有任何意義嗎？」

大家驚愕不已，完全沒有人交頭接耳，也無人發表異議。蒂塔依然拿著梳子，愣住不動，現在營房裡只聽得見莉莎．阿德勒的聲音。

「我曾經聽過某個年輕女孩叫我們『老母雞』。她說得沒錯，我們一整天嘰嘰呱呱，也沒做什麼事。」

「妳講是很會講，要是逃跑這麼棒，妳怎麼不自己示範呢？」先前發表過意見的某個女人尖聲反駁，「講是一回事，但是——」

「我太老了，不夠堅強也不夠勇敢。我是老母雞，所以我尊敬那些勇者，他們能夠完成我做不到的事。」

圍繞在她身邊的那些女子不只是安靜了下來，根本連一句話也說不出來。就連總是在聊天時扮演主角的土諾斯卡太太，也一臉困惑望著自己的朋友。

蒂塔把梳子放在床墊上面，凝視母親，宛若拿顯微鏡在觀察她一樣，她發現與她生活多年的那個人其實有很不一樣的面向。她一直以為母親在丈夫過世之後，一直窩在自己的世界裡，與周遭的一切相當疏離。

「媽媽，我已經好多年沒聽到妳一次說這麼多話。」

「艾蒂塔，妳覺得我說了什麼不該說的話嗎？」

「當然沒有。」

數百公尺之外的地方，寂靜壓境，然後是幽暗的天色。不管兩人中的哪一個將手湊到自己的面前，根本看不到自己的手指頭。在這個木造的小空間裡，他們只能或坐或躺，時間流逝速度緩慢得好痛苦。有個老鳥建議他們要把菸草泡在煤油裡，如此一來軍犬就追不到他們的氣味。

魯迪發現弗雷德．威茲勒的呼吸節奏焦躁不安。他們有充分的時間可以重溫已經在腦海裡浮現無數次的那些點點滴滴。魯迪忍不住心想，在集中營待的位置明明高人一等，大可以就這麼隱藏自我、待到戰爭結束，他先前也都這樣熬過來了，他居然就這麼離開，真是瘋狂。但是他被逃亡熱攻心，完全無法拋諸腦後。他忘不了愛麗絲．蒙克凝望他的最後神情、或是佛列迪．赫許的發青臉龐。

親眼看到連佛列迪．赫許那種無敵強人都崩潰的模樣，他認為自己已經無法免疫了。

還有，愛麗絲之死又該怎麼說呢？他要如何接受她的美貌與青春居然難以阻擋仇恨的壓路機繼續前進？納粹暢行無阻，他們打算在天涯海角追殺最後一個猶太人的意志堅決，手段有條不紊又殘暴無情，他與威茲勒必須要逃走。但這樣還不夠，他們必須要告訴世界——尤其是動作遲緩的西方國家，誤以為戰爭前線在俄國或是法國——其實波蘭的正中央才是真正的屠殺地，也就是被稱之為集中營的地方，但真正集中於此的是人類歷史中從所未見的可怕暴行。

所以，雖然不安更添這冰寒之夜的涼意，但魯迪已經心無二志，他就是應該要躲在這裡。

時間一點一滴過去，他們必須要在全黑的環境中待滿三個整天，雖然隙縫無法讓他們看到外頭到底是白天還是夜晚，但他們知道白天已經降臨，因為傳來了活動的聲響。

等待好艱辛。他們偶爾會盡量小睡一下，但是醒來的時候會緊張得嚇一大跳，因為當他們睜開眼睛的時候，世界不見了，完全被黑暗所吞噬。然後，他們幾乎是立刻想起自己躲在這個地洞，隨即冷靜下來，但也只有那麼一點點而已，因為他們的位置距離守衛塔只有幾十公尺，兩人一直轉頭張望，恐懼宛若夜間開花植物在綻放。

他們一直安安靜靜，因為他們知道外頭可能會有人在走動，可能會聽到他們的聲音。他們也不知道木板的網格小洞是否能夠提供足夠空氣，萬一不行，他們就會窒息而亡。不過，他們最後還是受不了，其中一人低聲問道，要是哪天早上有更多木板被放在他們的木堆上方的話，該怎麼辦？木板太重，他們根本無法移動。他們兩人都知道答案——這個藏身之所恐怕會變成一個封死的棺材，他們會因為窒息、或是飢餓與口渴而慢慢痛苦死去。在這樣冗長又充滿壓力的等待過程當中，會出現譫妄也在所難免，他們會問：要是真的就此困在裡面，誰會先死？

他們聽到狗吠，他們的最可怕敵人，但所幸牠們的位置在遠方。不過，他們又聽到了越來越靠近的另一個聲響：腳步與交談聲的清晰程度已經令人憂心忡忡。

軍靴踩踏地面砰砰作響。這兩名逃犯屏住呼吸，就算他們想呼吸也辦不到，因為恐懼已經封住他們的肺部。他們聽到木板被挪移的模糊聲響，某些納粹親衛隊正在搬動他們躲藏處的木板。壞消息。士兵們現在與他們的距離十分接近，他們甚至還能偷聽到片段對話，還有怒氣沖沖的抱怨，被迫取消休假，因為得清查集中營的周邊區域。他們的字字句句都充滿了對逃犯的恨意，還說找到這兩個傢伙的話，很樂意親自打爛他們的腦袋。魯迪聽得清清楚楚，發覺自己的身體慢慢變涼，彷彿已經死去了一樣，他能否活下去，就要看掩蓋他們的木板厚度，他們現在距離死亡只有四、五公分而已。

他頭上的腳步聲與搬移木板的動作，已經移轉到他躲藏處的旁邊。他緊張焦慮到不行，現在只想要掀開小洞的頂蓋，向外偷瞄，一切盡早做個了斷。他寧可士兵當場開槍射死他們。他希望那些人的憤怒可以讓他們免受在大庭廣眾之下被絞死的羞辱與痛苦。就在不久之前，魯迪的目標是重獲自由；現在，他只想死個痛快。他心跳急快，已經到了全身顫抖的地步。

有人在踩踏，還有發出宛若墓碑刮擦的木板挪動聲響，魯迪已經準備要放棄了，現在做什麼都於事無補。在逃亡之前的那幾天，他一直狂想當自己被抓到、確定自己必死無疑的那一刻會有多麼痛苦。不過，他現在知道了，並非如此，焦慮情緒是在事發之前。當納粹拿著魯格手槍指著你，喝令你舉高雙手的時候，會油然而生一股冷靜，某種釋放感，因為你什麼也不能做了，再也沒有任何需要恐懼的事。他專心聆聽木板被移走的聲響，不假思索就舉起了自己的雙手。他甚至還閉上了雙眼，避免窩在黑暗空間數日之後的乍然亮光。

不過，並沒有出現突如其來的光線。他覺得軍靴聲似乎變得越來越模糊，他不是在作夢……

他豎耳傾聽，發現對話聲以及其他噪音越來越遠。然後，一秒接著一秒過去了——每一秒的感覺都像是一小時那麼漫長——嗅犬也離開了，最後，恢復了寂靜，只有遠方偶爾傳來的卡車或是吹哨聲。除此之外，只有失控的砰砰低響，魯迪不知道那到底是他自己還是弗雷德的心跳，抑或是兩個人的心跳聲。

他們安全了……目前是如此。

魯迪為了慶祝，放任自己嘆了一大口長氣，稍微變換位置。這時候弗雷德伸出汗濕的手、找尋魯迪，魯迪握住了他的手，兩人一起發抖。

好幾分鐘過去了，危機解除，魯迪在弗雷德耳畔悄聲說道：「弗雷德，我們今晚離開——永遠離開這裡。」

無庸置疑：他們要永遠離開這裡。當他們把權充天花板的那片木板推開、爬了出去，進入被夜色保護的森林之中的那一刻，無論接下來會遇到什麼狀況，他們再也不是奧斯威辛集中營裡的犯人了，也許就此重獲自由，也可能會喪命。

24

比克瑙集中營的電網之內的夜晚，眾人苦熬難眠，鐵刺網另一頭的某個木蓋開了，有兩顆頭小心翼翼探了出來，魯迪與弗雷德猛吸新鮮空氣，宛若饗宴。

魯迪小心翼翼四處張望，發現附近沒有警衛，夜色成了他們的保護色。最靠近他們的監視塔不過只有四、五十公尺遠而已，但那裡的士兵緊盯集中營內部，根本沒有注意放置在圍牆之外的集中營增建工程木料堆之中、有兩道人影悄悄爬向森林。

對於這兩個人來說，進入樹林，讓肺部盈滿森林的潮濕氣息，是一種宛若新生的全新悸動。但是，過沒多久之後，他們嚐到自由滋味所產生的暢快感就消失無蹤。遠觀是如此美麗又可親的森林，但其實是在夜晚對人類一點也不友善的地方。他們立刻發現靠著隨便亂走的方式跨越國界絕非易事，地面處處陷阱，會刮傷人的灌木叢、不斷襲身的樹枝、害他們浸濕的樹葉。他們盡可能走直線，拚命拉開自己與集中營之間的距離。

他們的計畫是到達位於貝斯基德山脈的斯洛伐克邊界，距離這裡有一百二十公里，他們在夜晚步行，白天則是躲藏以及祈禱。他們知道不能寄望會有波蘭平民伸出援手，因為只要是幫助難民逃亡的當地民眾，一定會被德國人槍斃。

他們在黑夜中行走，被絆倒，摔跤，站起來繼續走。經過數小時的緩慢步行之後，他們並不確定自己是否方向正確，兩人發現林木越來越稀疏，大樹慢慢消失了，進入了某個灌木區，甚至還可以在數百公尺外看到某一家戶的燈光。他們終於走到了某條泥巴路，是比較危險，但只要路面沒有鋪設柏油，那麼應該就是鮮少有人使用。他們決定沿這條路繼續往前走，盡量靠著壕溝，豎起耳朵聆聽有無異聲。貓頭鷹的叫聲為黑夜增添了一抹詭異氣氛，寒風讓他們呼吸困難。只要一遇到房子，他們立刻會退回到林地之中，維持安全距離、繞路行走。有一次還遇到狗兒狂吠，差點害他們破功，逼得他們趕緊加快腳步。

天色微亮，他們低聲討論，決定要進入最濃密的林區，爬上某棵高樹，這樣就可以在白天的時候躲藏。現在，他們能夠看出周遭環境的輪廓，前行也比較容易。三十分鐘之後，光線的亮度已經可以讓他們看個仔細。他們互望彼此好一會兒，認不出彼此。他們待在漆黑環境之中整整三天，鬍鬚比平常長多了，而且表情也不一樣——離開集中營之後夾雜了不安與喜悅。其實，他們認不出彼此的原因是因為他們現在根本不一樣了——他們是自由人，兩人露出微笑。

他們爬上某棵樹，努力在樹枝之間調整出舒服的姿勢，但是卻很難找到平衡的位置。他們從包包裡取出像木頭一樣硬的麵包，喝光了小水壺裡的最後幾滴水，

他們滿心期盼等待朝陽升起，為他們指引方向，弗雷德果然馬上就知道方位，他指向某排低矮丘陵說：「魯迪，我們前進的方向正是斯洛伐克邊界。」

無論如何，現在都沒有人能夠奪走他們自由的這一刻，在沒有武裝納粹、警報，以及喝令的狀況下吃自己的麵包。在樹上維持平衡避免摔下去、或是避免樹枝戳身並不容易，但他們實在太累了，還是進入了某種讓自己小歇一會兒的昏睡狀態。

過了一段時間之後，他們聽到有人在講話，還有踩落葉的匆匆腳步聲。兩人進入警覺狀態，

睜開雙眼，看到一群小孩衝過樹下，全部都佩戴納粹臂章，而且在唱德文歌。他們互看一眼：希特勒青年團在這裡郊遊。要是這二十多個小孩的年輕帶隊人決定在幾公尺之外的空地野餐，那就慘了。他們兩個愣在當下，完全不敢動。那些孩子哈哈大笑、吼叫、奔跑、打架、唱歌……他們居高臨下，看得到他們的卡其色制服與短褲。小孩的粗野態度與充沛精力，還有偶爾會接近樹底找莓果丟擲同伴的危機時分，都讓他們神經緊繃。點心時間結束，帶隊老師對小孩下令，繼續啟程。吵鬧隊伍離開了，樹頭傳出鬆了一口氣的嘆息聲，他們的手不斷張合，想要恢復僵麻許久之後的血液循環。

兩人都在焦慮倒數，等待夜幕低垂。他們利用最後一點陽光仔細研究道路，並且利用夕陽位置準確定位西方。

他們的第二夜比第一夜更疲倦，必須不時停下來休息，因為累壞了。逃亡所激發的腎上腺素，給予他們前一天的精力，但現在已經完全消失無蹤。不過，儘管如此，他們還是往前走，直到天空出現亮光、已經不能繼續前進為止。他們沿路遇到多處十字與交叉路口，選擇的方法全是依照直覺，但他們真的不知道自己身在何處。

他們離開深林，到達沒那麼茂密的某個區域，沒幾棵樹，有農田與灌木林。他們知道這地區有人居住，但已經累得無法去多想什麼了。天色依然非常昏暗，但他們看到路邊有個被灌木叢包圍的空地，走過去之後，東摸西找了一些帶樹葉的樹枝，弄出一處臨時避難地，可以小睡幾個小時。如果這裡夠隱密的話，甚至還可以在裡面窩一整天。他們爬進窩藏處，以幾根濃密的樹枝蓋住入口。波蘭的破曉時分十分寒冷，所以他們抱在一起取暖，最後總算是闔眼入眠。

他們睡得很沉，所以被人聲吵醒的時候，太陽高掛天空，兩人因恐慌而感到腹痛，原來他們避難處的林相根本不像他們以為的那麼茂密，擋住入口的樹枝還留有隙縫，從洞裡望出去的景象，讓他們目瞪口呆，他們歇息處並不是森林空地，在夜色之中，他們渾然不覺自己已經到了某座城鎮的邊郊，其實，他們是在公園裡睡覺，幾公尺外就是長椅與鞦韆。

他們兩人互看了一眼，目光驚愕，根本不敢動，因為他們聽到有腳步聲慢慢接近。當他們準備逃亡的時候，擬定的計畫是躲避納粹親衛隊、檢查崗哨、軍犬的計畫，但現在遇到的惡夢卻是小孩。

恐懼還來不及臨身，已經有兩個金髮藍眼的小孩，一男一女，站在他們避難所的門口，以超級好奇的目光盯著他們。他們看到一雙黑色軍靴走近，站在小孩後面，小孩轉頭跑過去，以德文大吼：「爸爸，爸爸快過來！這裡有陌生人！」

他們看到了一頂納粹中士的帽子，然後，那名納粹盯著他們不放。魯迪與弗雷德全身僵麻，緊緊擁抱彼此，茫然無助。就在那一刻，他們眼前浮現人生走馬燈，他們本想要說些什麼，但是恐懼已經奪走了他們的聲音，讓他們動彈不得。

那名納粹中士端詳他們，臉上露出邪笑，他們看到他妻子的高跟鞋走過來，她丈夫對她附耳低聲說了些什麼，但他們聽不到。

他們只聽到那個憤慨德國女人的大聲叫喊：「以後不准再帶小孩到這種公園！居然會有兩個大男人躲在樹叢裡抱在一起！丟臉！」

那女人怒氣沖沖離開，中士臉上依然掛著淺笑，趕緊帶小孩追過去。

魯迪與弗雷德凝望彼此，兩人都躺在野草堆。他們沒有注意到自己依然維持原來的睡姿，互相擁抱。現在，他們抱得更緊了，衷心感謝恐懼讓他們無法開口。他們說出的任何話，就算是只有一個字，都很可能洩露出他們是外國人的秘密。通常，沉默是金。

魯迪．羅森伯格與弗雷德．威茲勒認為他們距離斯洛伐克邊境已經不遠，但他們不知道究竟哪一條才是通往貝斯基德山脈的正確路途。不過，這是他們的次要問題，主要問題是，他們現在並非隱形人。在某個小巷轉角，他們差點直接撞到某個女人。他們現在的位置是有人居住的曠野地帶，遇到這種滿臉皺紋、憂心忡忡打量他們的波蘭農人，看來是無法避免了。

他們做出決定，別無選擇，只能全豁出去了——他們遲早會遇到別人，反正，他們需要援助。他們已經超過二十四小時沒有進食，好幾天沒有睡覺，而且根本不知道現在行走的路線是否真的能夠前往斯洛伐克。兩人互看一眼，立刻同意向這女人講實話。他們靠著一口破爛波蘭語，混雜捷克語以及比手畫腳，甚至還為了要解釋清楚而打斷對方。他們告訴這位老太太，他們是從奧斯威辛逃出來的俘虜。他們性好和平，只是需要知道怎麼到邊界、回到自己的故鄉。

那名農婦依然抱持懷疑神色，甚至連他們想要靠近的時候，她還往後退了好幾步。弗雷德與魯迪陷入沉默，對方一直以如胡椒粒般的小眼睛打量他們。

他們又累又餓，失去了方向感——而且怕得要死。他們以手勢請求她幫忙，她低下頭。這兩個男人互看一眼，弗雷德以頭部動作示意，他們必須要盡快離開，不然這女人等一下就會大叫求援、向別人揭露他們的身分。不過，他們擔憂當他們一轉身、與她不再有任何眼神接觸之後，她就會直接去通報。

他們已經沒有時間後退。那女人抬頭，向前一步，宛若突然做出決定，她抓住了魯迪毛衣的袖子，他們這才發現她想要仔細打量他們。她緊盯每一個細節，宛若在挑馬或是小牛。她想要觀察這兩個到底是什麼樣的人：光是靠沒刮鬍子的臉龐與骯髒衣服，她無法全然相信他們說的就是真相，但她也注意到他們因缺乏睡眠而發腫的憔悴雙眼，凹陷在幾如死屍的削瘦臉龐之中。她還發現到他們的全身都看得到骨凸部位，幾乎要穿透皮膚而出。然後，她終於點點頭，向他們示意在原地等候，另一手表示會帶食物給他們，他們甚至覺得他們聽懂了她滿口波蘭話裡的幾個字——「人」與「邊界」。那女子走了幾步之後，又轉頭吩咐他們要在原地等待。

魯迪悄聲說道，她可能會去向德國高層舉報，等一下出現的可能是某個納粹巡兵。弗雷德說他們當然可以逃走躲起來，但要是她舉報這裡有兩個從奧斯威辛逃出的俘虜，德國人一定會封鎖這個區域進行搜索，他們很難逃走。

他們決定要等下去，走到他們一大早飲水的小溪的木橋另一頭，要是納粹親衛隊過來的話，他們就能提早發現，趕緊進入森林，爭取一分鐘的優勢。過了一個小時之後，那位老農婦依然沒有現身，現在他們肚子的想望不只是空氣而已。

魯迪低聲說道：「回到森林才是明智之道。」

弗雷德點點頭，但兩人都沒有任何動作。他們沒辦法，因為已經元氣耗盡，精力被榨得一滴不剩。

兩個小時之後，他們放棄等待，抱在一起努力抵擋天寒，甚至還開始打盹。匆忙的腳步聲打破寧靜，不管來者是誰，他們已經懶得逃跑。他們睜開雙眼，發覺腳步聲來自一名身穿麻袋衣、以繩子綁住褲頭的十二歲少年，手拿一個小盒，他們好不容易才搞懂是男孩的祖母派他過來，他們打開他帶的木盒，發現有兩塊熱氣蒸騰的馬鈴薯，下面是兩塊厚實的牛肉。現在就算是有人拿全世界的金礦來交換這些食物，他們也絕對不依。

在男孩離去之前，他們想辦法向他詢問哪裡是斯洛伐克的邊界。男孩叫他們要等待。所以，有了送食的友善示好，再加上他們開心狼吞虎嚥之後的食補元氣，他們稍微冷靜了下來，就繼續等待。夜幕幾乎是立刻到來，氣溫陡降。他們決定繞圈走動，放鬆筋骨，也驅趕一些寒意。

終於，他們再次聽到腳步聲，這一次比較謹慎，而且對方躲在暗處，一直到對方幾乎站在他們面前的時候、他們才靠月光映照看清他的模樣：此人是農夫打扮，但有持槍。武器，就是壞消息的同義詞。那男人正對他們，點亮火柴，在那一瞬間，三人的臉都被照亮了。他有淡褐色的濃密鬍鬚，看起來很像是鞋刷。他持槍的手放了下來，以另外一隻手向他們握手致意。

「反抗游擊隊。」

對方只講了這一句，但夠了。魯迪與弗雷德擁抱狂舞，最後倒在地上。那個波蘭人一臉困惑盯著他們，心想這兩個人是不是醉了。他們的確是醉了——因為自由的滋味而沉醉不已。

這位游擊隊員自稱名叫史塔尼斯，但他們懷疑應該不是真名。他以捷克語向他們解釋，發現他們的那名女子之所以心生懷疑，是因為擔心他們可能是偽裝的蓋世太保，四處找尋與反抗團體合作的波蘭人。他還說他們已經非常接近邊界，不過他們必須要小心巡邏的德國士兵，但他知道他們的巡邏時段，而且他們行事風格非常準確，每天晚上在同一個時間巡查同一個地點，所以想要避開他們是輕而易舉。

史塔尼斯叫他們跟他走。他們摸黑前進，走的是廢棄小徑，過了許久之後，到達一間廢棄石屋，茅草屋頂已經坍塌，輕輕一推門就開了，四堵牆面全被植物與濕氣所佔領。這名波蘭人蹲下來，點了火柴，移動了幾片枯木，抓住了一個鐵環。拉開之後，露出了某道暗門，他從口袋裡拿出蠟燭，點亮。在光線的輔助之下，他們下階梯，進入本來是儲存乾草的食物地下室，但現在裡面放有一些床墊、毯子，以及食糧。他們三人以露營的小瓦斯爐加熱罐頭湯、當作晚餐，這麼久以來，弗雷德與魯迪終於第一次安穩入睡。

這位波蘭人話不多，但做事出奇有效率。他們在第二天早上離開，他十分熟悉各個森林小徑，展現出宛若森林野豬的準確度。他們在林間走了一整天，幾乎沒有休息，最後他們躲在某個洞穴裡過夜，接下來的那一天，他們幾乎沒有停下腳步，他們翻山越嶺，輕鬆避開巡兵，他們找尋藏身的石頭，等到危險解除之後，繼續上路。隔天的黎明時分，他們終於到達斯洛伐克的領土。

「你們自由了。」那位波蘭人說出這句話，作為道別。

「不，還沒有，」魯迪說道，「我們還有一項任務沒有完成，我們得讓全世界知道現在發生了什麼事。」

那位波蘭人點點頭，欣然同意，他濃密的鬍鬚也跟著上下晃動。

「謝謝你，太謝謝你了——你救了我們的命。」

史塔尼斯聳肩，因為他沒有什麼特別想說的話。

這兩名男子接下來的第二段旅程包括了要讓世界真正明瞭第三帝國內到底出了什麼事，歐洲有所不知或其實不想知道的部分：這個問題不只是關於國境疆界而已——而是整個種族的滅絕。

一九四四年四月二十五日，魯道夫．羅森伯格與弗雷德．威茲勒進入位於日利納的猶太委員會總部，出現在斯洛伐克猶太人代表歐斯卡．紐曼的面前。由於魯迪在奧斯威辛時擔任登錄員，所以能夠讓他呈交出充滿可怖數據的報告（魯迪估算在奧斯威辛被殺害的猶太人有一百七十六萬人），這是第一次有人描述大規模計畫式屠殺、強奪財產、使用人髮生產布料，還有從假牙提煉金與銀轉作德意志帝國的銀幣。

魯迪也提到了懷孕的媽媽們、帶著緊抓她們衣角的小孩，排成一隊，被帶入噴出毒氣的淋浴間；如石棺大小的懲罰性監牢，待在裡面的犯人根本沒辦法坐下來；犯人在雪深及膝的戶外環境中穿著夏衫拚命工作，而一天只能喝到一碗稀淡如水的湯。他滔滔不絕，偶爾會掉淚，但他堅持一直說下去。一股強烈渴望讓他停不下來，他想要對著已經被炸彈炸到什麼都聽不見的世界吶喊，在歐洲境內的禁錮大門之內，還有更齷齪可怖的事件正在發生，我們必須不計任何代價，一定要阻止這種惡行。

等到魯迪陳述完之後，他覺得氣力放盡，但情緒得到了抒解。這份報告立刻就送到了匈牙利。納粹已經拿下了這個國家，正準備要安排猶太遣送潮、進入集中營，而全世界都以為那只是集中地，卻萬萬沒想到那其實是死亡工廠。

不過，戰爭不只是以機關槍與轟炸奪走人命而已，它也消抹了理智、毀滅了我們的靈魂。魯迪與弗雷德已經警告了匈牙利的猶太委員會，但完全沒有人理會他們。那些猶太領導人寧可相信納粹對他們做出的某些特定承諾，繼續將猶太人遣送到波蘭，這也造成進入奧斯威辛的匈牙利人大幅增加。魯迪承受了各種苦痛折磨，又歷經了自由的喜悅，現在必須吞下期盼幻滅的苦藥。他原本以為這份報告應該能夠挽救那群匈牙利人，但是並沒有，戰爭宛若氾流，難以控制，就算設下小小的防洪閘，最後也只會被水流沖走而已。

魯迪．羅森伯格與弗雷德．威茲勒被安置到英國，他們在那裡提出了自己的報告。在大不列顛群島，終於有人專心聆聽，只不過，能採取的行動微乎其微，也許，只有多增加了一點戰鬥的膽量，努力終結被狂人蹂躪的歐洲。

25

一九四四年五月十四日，又一批泰雷津的遣送潮到達家庭營，共有兩千五百零三人，隔天，第二批列車到達，又是兩千五百人。到了十八號，又抵達了第三批。總共多了七千五百人，當中幾乎有半數是德國猶太人（三千一百二十五人），剩下的是兩千五百四十三名捷克人、一千兩百七十六名奧地利人，還有五百五十九名荷蘭人。

第一天早上狀況混亂——大吼大叫、哨音、混亂。蒂塔與她母親不只被強迫睡在同一個鋪位，而且還得讓另一名俘虜擠進來。對方是一名驚恐至極的荷蘭女子，連「早安」都說不出口，整個晚上都在發抖。

蒂塔匆匆奔向三十一號營區，賽普·李赫特恩斯坦與他的小組成員為了重新安排營區教學而忙得不可開交。狀況亂七八糟，因為，現在除了捷克小孩之外，還多了德國與荷蘭小孩，彼此溝通相當困難。五月遣送潮送來了更多小孩，蒂塔接到李赫特恩斯坦與米瑞安·艾德斯坦的命令，暫停圖書館服務，等到新班級上軌道、狀況比較明朗之後再說。

這些小孩很緊張，不斷出現爭吵、推擠、打架，口角、淚水，困惑的感覺似乎越來越強烈。他們坐不住，因為他們被臭蟲、跳蚤、蝨子，還有各式各樣在潮濕草蓆中冒出來的小東西咬得不堪其擾。好天氣能夠促進生長的不僅僅是花朵，還有各式各樣的小蟲。

米瑞安決定使出殺手鐧：以救急的最後一點煤炭燒熱水，清洗小孩的內褲。狀況超級混亂，而且也沒有時間能把衣物放在煙囪口徹底吹乾，所以小孩得在內褲還濕答答的時候就穿上身。不過，看來大多數的蝨子都被淹死了，日子一天天過去，也逐漸恢復了平靜。

那些被分派到三十一號營房的人，一進入這一長排營房的時候，覺得自己陷入泥沼。不過，發現一間秘密學校，不但讓他們大感驚訝——而且還燃起了一絲希望。

等到各個小組多少算是步入正軌、某些校務恢復正常之後，李赫特恩斯坦在一天任務結束時召集大家，向大家介紹一位有著芭蕾舞者細腿、穿著毛襪與木質便鞋的青少女，雙腳侷促不安。要是隨便瞄她一下，可能會覺得她很瘦小，甚至是弱不禁風，但要是仔細端詳她，就會看到她眼中的亮光。她的舉動狀似害羞，但她也大膽觀察周遭的一切。她告訴大家，她是營區的圖書館員。

有些人請她重複她剛才說的話，因為他們不敢相信自己聽到了什麼。「這裡也有圖書館？但明明書本是違禁品啊！」大家不明白這麼危險又棘手的工作居然是由一個年輕女孩負責？所以米瑞安請她站到小凳上頭，讓大家可以專心聆聽她講話。

「午安，我是艾蒂塔．阿德勒。我們有一個圖書館，裡面有八本書和六個『真人』書。」

某些菜鳥顯然相當困惑，就連為了要向許多成人仔細解釋自身責任而語氣嚴肅的蒂塔，也忍不住露出了淺笑。

「別擔心，我們不是瘋子。當然，這些書沒有生命，真正的生命是說故事的人，各位可以來借書作為下午的活動。」

蒂塔繼續以捷克語與令人驚嘆的流利德文解釋圖書館的運作方式。站在她前面的那些剛上任教師們依然很困惑，因為在這個全世界最不正常的地方之中，討論學校的正常運作根本就是互相抵觸。等到蒂塔講完之後，她以摩根史坦教授那種有些誇張的姿態微微頷首，差點因為自己的正式態度而大笑出來。當她走回自己的低調位置、看到某些人瞠目結舌盯著她的時候，她覺得他們的反應更是逗趣。大家低聲說道：「她是三十一號營區的圖書館管理員。」

下午鬧哄哄，蒂塔根本不可能躲起來看書。她已經去看過自己平常待的木堆角落，發現有幾個小男生在那裡虐玩螞蟻。

她心想：可憐的螞蟻，想必在奧斯威辛找麵包屑找得很痛苦吧。

所以，她把《世界簡史》藏在衣服裡，趕緊溜進公廁，躲在某個簾幕的後方。當然，這裡很難好好看書，而且臭得要命——但正因為臭氣熏天，所以納粹親衛隊幾乎不太會探頭進來張望。而蒂塔有所不知的是，正因為如此，眾人偏愛以公廁這種地方進行黑市交易。用餐時間快到了，所以現在正是做生意的時候。某個在各大集中營區負責修繕工作的波蘭人，阿肯迪尤斯，是最活躍的黑市販子之一，他的品項範圍包括了香菸、梳子、鏡子、靴子……他是有犯人面孔的聖誕老公公，只要你準備好回報的物品，什麼東西都可以問他。蒂塔聽到有好幾個人在交談，所以刻意壓低了翻書的聲音。他們的對話聲傳入她的耳中，其中一個在講話的是女人。

蒂塔沒看到人，但知道是波赫米拉．克雷諾瓦，她有尖尖的朝天鼻，讓她看起來有幾分傲慢，但是柔軟腫脹的發紫眼瞼卻破壞了她的氣勢。

「我有個客戶，後天需要一個女人，下午時段，就在晚點名之前。」

「波赫米拉阿姨會搞定，但是負責我們那個營房的囚監有點緊張，所以我們要多給她一點。」

「波赫米拉，妳不要太過分。」

她拉高了回嗆的音量。

「我又不是幫我自己要東西，白痴！我告訴你了，是要給囚監。要是她不願意睜一隻眼閉一隻眼、讓我們使用她的小房間，你就沒東西可吃了。」

阿肯迪尤斯壓低聲音，但依然很火大，態度兇巴巴。「我們已經說好了，一份配糧麵包與十根香菸。別把腦筋動到我身上，我連一塊麵包屑都不會多分給妳。反正，要怎麼分是妳家的事。」

就連蒂塔都聽到了那女人的抱怨聲。

「只要十五根香菸就可以搞定一切。」

「我說過不可能。」

「靠，你這個波蘭人，真是高利貸吸血鬼！好，我會從自己的抽佣扣兩根香菸送給囚監。但要是我損失收入，沒辦法從黑市買食物，我一定會生病，你要找誰把漂亮年輕的猶太女人送給你？到時候你就會哭著找波赫米拉阿姨，對，真的，你會後悔當初怎麼對我態度這麼強硬。」

接下來，一片靜寂。等到討價還價完成之後，總是會出現片刻沉默，宛若雙方必須以自己的獨特方式屏氣凝神一樣。阿肯迪尤斯拿出了五根香菸，波赫米拉的習慣是先收一半。至於酬勞的其他項目，配糧麵包，會等到那女子出現在約定地點的時候支付。

「我要看貨。」

「等等。」

又安靜了好幾分鐘，蒂塔再次聽到那個女子鼻音濃重的聲音。「來了。」

蒂塔趁著自己躲在陰暗處、忍不住引頸，身體微微前傾。她可以看到那個波蘭人比較高大的身軀，還有波赫米拉的肥胖身材，看起來完全沒有營養不良的模樣。此外，還有另一個女人，比較瘦，她低著頭，雙手緊貼大腿。

那個波蘭人撩起她的裙子，撫摸她的私處，然後又拉開她的雙臂，玩弄她的乳房，慢慢搓揉，她站在那裡動也不動。

「她不是很年輕啊……」

「這樣比較好——這樣才知道該怎麼配合。」

波赫米拉找來的許多女子都是媽媽。她們需要額外的配糧麵包，因為不忍見到自己的小孩挨餓。

那個波蘭人點點頭，離開了。

「波赫米拉，」那女子羞慚低語，「這是一種罪。」

另一名女子看著她，假裝一臉嚴肅。

「親愛的，千萬不需要擔心，這是上帝的計畫——妳需要為自己賺麵包。」

然後，她爆出猥褻大笑，離開公廁的時候依然笑聲未歇，那女人低著頭，跟在她的後面。

蒂塔覺得嘴裡冒出一股苦味。她根本沒有辦法逃回法國大革命、繼續讀下去。她臉色慘白，回到了自己的營房，她母親本來在與好幾個人聊天，某人才講到一半、她母親一看到她進來，立刻不管了，衝過去擁抱蒂塔。蒂塔又開始覺得自己渺小脆弱，她想要一輩子待在母親的懷中。

載滿匈牙利猶太人的列車不斷湧入集中營——總共有一百四十七班列車，載運了四十三萬五千人——讓最近的集中營更添緊張氣氛。總是有一群群的孩子圍在集中營圍欄旁邊，專注觀看列車到來時的景象：茫然無措的人們被德軍狂吼，出手推擠、剝光了衣服，還有痛毆。

他們用德文大喊：「這是奧斯威辛－比克瑙集中營！」

那些困惑的臉龐顯現出他們對集中營名稱完全無知無覺，許多人甚至不知道自己馬上就要死了。

蒂塔不知道國際觀察員什麼時候會到來？赫許與米瑞安阿姨所說的那個窗口是否真的會打開，能夠讓他們大聲說出真相？還有，她也不知道他們還得歷經多少關卡。如果她閉上雙眼，她會看到門格勒醫生，以及他毫無任何表情的面容，他身穿白袍，站在解剖台旁邊等她。

蒂塔雖然有這樣的隱憂，但依然無法將赫許之死拋諸腦後。他們告訴她，他最後決定放棄，儘管有證據，但她依然不肯相信。她沒有找到滿意的答案，想當然耳，因為都是她聽不進去的解釋理由。大家說她很固執——還真的被他說中了，放棄的時刻也許會到來，但她不想就此罷手，所以她走到了三十二號營區，也就是醫療區，準備打出手中的最後一張牌。

他們是看到佛列迪．赫許餘息猶存的最後一批人，理應聽到他的遺言。

醫院入口處有一位護士，她正忙著摺疊一堆有噁心黑色環狀污印的床單。

「我想要看醫生。」

「小朋友，是要見全部的醫生嗎？」

「隨便找一個就可以……」

「妳生病了嗎？妳有沒有通知妳的囚監？」

「沒有，我不需要治療，只想要詢問他們一些事。」

「就直接告訴我出了什麼狀況吧，我現在已經知道要怎麼對付這裡發生的各種疑難雜症。」

「關於九月遣送潮的事。」

那女子神色緊張，一臉懷疑看著她。

「妳想要問什麼？」

「某個人的事。」

「妳的家人嗎？」

「對，我的叔叔，我想他在隔離營死掉之前，九月遣送潮醫生曾經照顧過他。」

那女子盯著她不放，就在這個時候，某名醫生朝她們的方向走來，他身上的那件白袍佈滿了黃色圓圈狀污痕。

「醫生，這有個女孩想要詢問九月遣送潮某個人的事，她說他曾經在隔離營接受治療。」

醫生眼袋明顯，面容疲憊，但依然努力擠出友善笑容。

「妳說我們在隔離營治療的是哪一位？」

「他叫做赫許，佛列迪．赫許。」

那笑容不見了，宛若一扇簾幕被拉上，突然之間，他變得充滿敵意。「我已經講過一千遍了！我們一籌莫展，無法挽救他的生命！」

「但我想要——」

「我們不是上帝！他已經全身發紫，大家都無能為力，我們該做的都做了。」

蒂塔想追問佛列迪說了什麼，但醫生已經憤憤轉身，顯然是大為光火，他沒有道別就邁開大步離去。

護士指了指門口，「拜託，親愛的，我們還得工作。」

蒂塔離開的時候，發現有人盯著她。某個長腿瘦男孩，她偶爾會看到他在醫院營區進進出出，他的工作是傳令員。她怒氣沖沖走來走去想找瑪吉特，發現她在營房後頭幫海嘉除蝨，所以她找了附近的某塊石頭坐下來。

「妳們還好吧？」

「自從五月遣送潮到來之後，蝨子越來越多了。」

瑪吉特安慰妹妹，「海嘉，那不是他們的錯。因為人變多了，所以一切都變得更多。」

「變得更混亂、紛爭也更多……」

瑪吉特努力為她打氣，「對，但有上帝伸出援手，我們一定能夠克服難關。」

「我受不了，」海嘉在啜泣，「我想要離開，我要回家。」瑪吉特開始撫摸妹妹的頭，而不是在幫她除蝨。

「很快，海嘉，很快就可以回家了。」

在奧斯威辛，每一個人的執念都是離開，脫離那個地方，永遠不再想起。唯一的夢想，唯一對上帝的祈求，就是回家。

不過，卻有一個人朝相反方向前進，要回到奧斯威辛，完全沒有邏輯、莽撞、根本不符合情理。維克托·佩斯特克搭乘火車，前往奧斯威辛車站，位於人類有史以來最可怕滅絕營的邊郊地帶。

一九四四年五月二十五日，維克托·佩斯特克再次上路，走的是六週前的相反路程。當他與萊狄勒走出集中營大門之後，他們依照既定計畫，在奧斯威辛搭上火車。這位偽裝成中尉的捷克人，入座之後就一路裝睡，在列車上四處走動的那些巡兵，根本無人膽敢打擾這位一路酣眠到克拉科夫的納粹親衛隊長官。

等到他們到達目的地之後，他們根本沒有離站，立刻搭火車前往布拉格。維克托記得即將到達布拉格主站時、自己陷入遲疑的那一刻，他對於自己與萊狄勒互看一眼的那個情景印象特別深刻。他們必須在當下放棄比較安全的火車包廂，進入一個四處充滿監視目光、他們卻沒有絲毫防備的環境之中。佩斯特克的指引很清楚：抬頭，雙眼直視前方，擺出臭臉，絕對不要停下腳步。

車站的等候室裡擠滿了德意志國防軍士兵，這些人一見到他們的黑色納粹親衛隊制服，表情裡有敬重也有猜疑，而平民則是根本不敢抬頭偷瞄一眼，沒有人敢對他們開口。萊狄勒先前建議他們前往皮爾森，他在那裡有朋友。到達之後，他們把自己的納粹親衛隊制服藏起來，找到這座城鎮郊外森林的某間廢棄小屋當成避難所。萊狄勒開始小心翼翼聯絡自己的熟人為他們兩人、芮妮與她母親弄到假證件。這花了好幾個禮拜的時間，而他們並不知道蓋世太保其實一直緊追在後。

返回奧斯威辛的時候，佩斯特克身穿平民服裝，帶了個帆布袋，他的納粹親衛隊制服早已摺好放在裡面，等一下將是他最後一次使用這套衣裝。

維克托坐在靠窗座位，望向外頭，複習已經在腦海中演練過數千次的計畫。他從卡托維茲總部拿了張蓋印的紙張，準備好授權書，準備接走芮妮與她母親。

蓋世太保下令把俘虜送到卡托維茲監所中心接受訊問是常有的事。有一套接送流程，犯人被帶到集中營的警衛室，然後會有卡托維茲總部的人來接他們，許多人從此就再也回不來了。

維克托非常清楚這套流程，他知道該使用什麼樣的暗號。他會打電話要求他們把那兩名犯人準備就緒、交給蓋世太保。然後，某名納粹親衛隊會搭乘車輛、把她們從奧斯威辛－比克瑙接走。那人就是萊狄勒。

他的這位逃亡同伴能夠說一口標準德語。他負責接那對母女，然後在附近的某個地點接維克托，之後——就能迎向自由。

萊狄勒早一天離開，與反抗團體的朋友會面，他們會提供合適車輛援助。必須是深色的一般車輛，當然，一定得是德國車。

維克托唯一的疑慮是當大家重獲自由的那一刻，不知道芮妮會是什麼反應。他不再是納粹親衛隊，而她再也不是俘虜。

她愛他再也不成問題，但也可能會因為他先前的身分而拒絕他。他們會面的時候，她說的話實在不多，所以他對她幾乎是一無所知。但這對於維克多來說並不重要：他們還有一輩子的未來。

列車進入奧斯威辛車站的時候，速度緩慢。是個陰沉的下午，他已經忘記奧斯威辛天空的混濁顏色。月台上人不多，但他立刻注意到坐在長椅上佯裝看報的萊狄勒。他本來擔心這個捷克人會在最後一刻抽手，但萊狄勒卻向維克托保證絕對沒問題，他果然現身，現在不可能會出現任何問題。

他下車，一想到與芮妮如此接近就好開心。他開始想像她對他微笑、把一坨捲髮塞入嘴裡的姿態。萊狄勒從長椅起身，朝他走來，但兩隊手持機關槍的納粹親衛隊卻在此時奔上月台，差點就撞倒了萊狄勒。

維克托知道他們是衝著他自己而來。

帶隊的長官吹出尖銳哨音，大吼大叫。佩斯特克冷靜把包包放在地上。納粹親衛隊士兵喝令他舉高雙手，但也有其他士兵叫他不要動，不然他們會當場開槍。

貌似混亂，但其實這是標準作業程序。他們吼出互相矛盾的命令，目的是要造成嫌犯困惑，呆愣現場不知如何是好。他自顧自苦笑，他很清楚逮捕的流程，因為他自己就執行過多次任務。

月台上的萊狄勒慢慢後退。他們還沒有注意到他。他趕緊趁逮捕騷亂的時候溜走了。他離開的時候，努力維持鎮定，心中開始咒罵：反抗團體裡到處都是奸細，有人背叛了他們。他在市中心找到一輛沒上鎖的摩托車，騎上去，再也沒有回頭。

維克托．佩斯特克被帶入納粹親衛隊中央總部，虐待他數天之久，想要問出他回到奧斯威辛的原因，還要知道有關反抗團體的情報，但他對於他們的事完全不知情，而且他也堅決不吐露自己與芮妮．紐曼的關係。接下來就是蹲牢，最後在一九四四年十月八日遭到處決。

26

瑪吉特與蒂塔坐在營房後面。最近的下午時光變得比較悠長，就連天氣也稍微轉熱。奧斯威辛瀰漫著夾帶飛灰的濕熱，這兩個女孩漸漸安靜下來，她們的友誼已經提升到就算有片刻沉默、兩人也不會在意的階段。突然之間，某位老友出現了。

「芮妮！好久不見！」

這個金髮女孩受到這樣的歡迎，露出一抹淡淡微笑。她抓了一撮捲髮，放在嘴裡嚼個不停，最近大家幾乎都沒有給她好臉色。

「妳們有沒有聽說萊狄勒和某個不想再當納粹的親衛隊一起逃亡的事？」

「有啊，竟是那個妳以前跟我們提到的納粹，經常盯著妳的那一個……」

芮妮點頭，速度極其緩慢。

「原來他不是壞人，」她告訴她們，「他是真的不喜歡這裡所發生的一切，所以他逃走了。」

蒂塔與瑪吉特不發一語。對一個猶太人來說，一個在滅絕營裡擔任行刑者的納粹親衛隊……難道真有可能不是壞人嗎？很難接受。但話又說回來，她們不止一次見過那個身穿黑色制服與高筒軍靴、幾乎連鬍子都還沒長好的稚氣年輕人，

他們看到的不是行刑者或士兵，而是一個年輕人。

「今天下午，兩名巡邏士兵走到我面前，他們指著我，哈哈大笑。他們告訴我，兩天前他們

逮捕了——哦，那兩個垃圾說他是我的戀人，但那是噁心謊言。反正，他們在奧斯威辛火車站逮捕了他。」

「距離這裡三公里而已！但是他是將近兩個月前逃走的，為什麼不躲到遠一點的地方？」

芮妮若有所思了好一會兒，「我知道他為什麼會這麼靠近這裡。」

「他一直躲在鎮裡嗎？」

「不是，我確定他是從布拉格過來的。他回來是為了要接我走——當然，還有我媽媽，我絕對不可能丟下她。不過，他們抓到了他……」

另外兩個女孩依然沉默不語。芮妮低頭，很後悔自己在她們面前居然這麼誠實。她轉身，準備回去自己的營房。

「芮妮，」蒂塔在後頭叫住她，「那個維克托，也許根本不是壞人。」

芮妮緩緩點頭。反正，她已經再也沒有機會知道答案了。

瑪吉特去找家人見面，留下蒂塔一個人。今天，隔離營裡沒有俘虜，而另一邊的二號營c區也暫時淨空，沒人知道那些俘虜到哪裡去了。這兩個相鄰的集中營空無一人，相當罕見，由於這個下午異常炎熱，所以家庭營裡的人全躲在營房裡，蒂塔停下腳步，享受這難得的寂靜。

然後，她發現有人在盯著她。二號營c區的某人，朝她揮手示意。是某名俘虜，想必是在進行修繕的青少年。她朝圍欄走去，看個仔細，發現對方身著比較新的條紋衣，不像集中營俘虜穿的的那麼老舊，而且他還戴了貝雷帽，顯示他屬於維修部門，某個擁有特權的小組。她想到了阿肯迪尤斯，趁著自己以瀝青修補營房屋頂之便、躲在公廁裡進行交易的那個波蘭人。他很有本事，各式各樣的修繕都難不了他，所以可以讓他自由進入所有的集中營，更棒的是，連配糧也跟著改善。所以大家一眼就可以認得出維修部門的人，就像這個一樣，因為他們擁有健康的外表，也沒有皮膚凹陷的頰骨。

蒂塔作勢要離開，但是他開始拚命比手畫腳，示意她走近一點。這人似乎個性不錯，一邊大笑的時候還說了一些蒂塔聽不懂的波蘭語。她好不容易聽懂了一個字，應該是捷克語的「蘋果」（jabko）——令人著迷的字詞，只要是與食物有關的字都令人著迷不已。

「jabko？」

他微笑，以手指比畫，不對。

「不是jabko……是jajko！」

蒂塔有些失落。她已經好久沒吃到蘋果，幾乎忘了它的滋味。她回想應該是很甜，但帶有一點微酸，不過，她記得最清楚的是果肉的清脆口感。她開始流口水了，她不知道這男孩到底想跟她說什麼，也許只是亂扯，純粹想要對她打情罵俏，但她一心想要找出答案。她覺得有些扭捏不安，但被大男孩關注，其實她不是很在意。

她好怕電網。她已經看過好幾名懷抱強烈決心的俘虜走過去，撞到電網之後被致命電流電死的慘狀。自從她見識過一次之後，只要看到有人露出那種瘋狂眼神靠近電網，她就會趕緊離開，不想聽到那淒厲的叫喊。她永遠無法忘記那第一道火花、那骨瘦如柴女子被炸捲的頭髮、突然轉黑的身軀、焦肉的噁心氣味，以及從那具炭色屍體冒升的縷縷黑煙。

她真的不喜歡接近電網，不過，飢餓感卻像是一條不斷齧咬內臟的蟲。光靠一小塊麵包與一丁點人造奶油，幾乎根本無法舒緩半夜的飢腸轆轆。要是她運氣不好，沒辦法在湯裡面撈到一點漂浮的東西，那麼就得再等二十四小時之後、才會有些固體食物入肚。雖然蒂塔不知道這個波蘭男孩在說什麼，但只要有機會能吃點東西，她絕對不會放棄。

為了避免引發高塔士兵的注意，蒂塔以手勢向男孩示意等待，自己進入公廁營房。她迅速通過惡臭熏天的營房，從後門出去。現在，她小心翼翼到了建物的後頭，接近圍欄。她很擔心自己會發現地上有屍體，因為他們通常會把半夜斷氣的人送來這邊，因為很空曠。那個波蘭男孩有鷹鉤鼻，而且還有一對招風耳，不是很帥，但笑容好燦爛，讓蒂塔覺得他很可愛。現在，輪到他向她示意等待，他進去他自己營房的後頭，彷彿準備要找什麼東西。

二號營b區的後半部區域只看到一個枯瘦的俘虜，他在相隔好幾個營房之外的地方點火、焚燒一堆破爛衣物。蒂塔不知道德軍下令叫他燒毀那些衣服，是因為上面長滿了蝨子？或者那是某個傳染病亡者的衣物？反正，處理受污的衣服不是什麼好工作，但還是比許多其他差事好多了。從遠方看過去，那人似乎是個老人，但他可能還不到四十歲。

她趁著等待木匠男回來的空檔，專注凝望焚燒破衣的過程，看到火焰冒出，一切解體化為煙塵，不禁讓她為之畏縮，就在這時候，她覺得後頭有人，當她轉身過去，看到門格勒醫生的高大身影正站在距離她兩步的位置。他沒在吹口哨，也沒有發出任何聲響或做出任何動作，只是在盯著她。也許他一路跟蹤她到這裡來，也許他認為那個波蘭男孩是反抗團體的聯絡人。燒衣男子趕緊起身，溜了。終於被她遇到了，現在，只剩下她與門格勒兩個人而已。

要是他對她搜身，發現了連身裙裡面的暗袋，她不知道該怎麼解釋才好。或者，根本不需要費事辯解。門格勒不會審問俘虜，他只對他們身體內部的器官有興趣。

這位醫官不發一語，蒂塔覺得應該為自己出現在圍欄邊道歉，她以德語說道：「我想要和站在那邊的人講話。」

她的話沒什麼說服力，那人早已離開火堆。

門格勒專注盯著她，蒂塔這才發現他半閉雙眼，露出正在努力回想什麼、而且馬上就要想起來的神情。她想起了那位女裁縫曾經對她說過的話：妳真的不擅長說謊。就在那一刻，她深深覺得門格勒一定不會相信她的話，她突然覺得自己身體變得冰涼，彷彿已經躺在那冰涼的大理石解剖台，等一下就會被他開腸剖肚。

門格勒微微點頭。的確，他努力回想某段記憶——本來是忘記——但他現在想起來了。他差點露出了微笑，然後他的手伸向皮帶，距離手槍只有幾公分而已。

蒂塔拚命忍住顫抖，遇到這種時候，她的要求非常卑微，只要給她一點點恩惠就好——她乞求在最後一刻不會發抖或尿失禁，最後一丁點尊嚴，如此而已。

門格勒繼續點頭，然後開始吹口哨。蒂塔這才發現他其實不是在盯她，他的目光飄向她後方，對他來說，她微不足道，根本不會引起他的注意。他轉身，邁開大步，心滿意足吹口哨。

有時候，巴哈的作品會讓他的記憶力卡關。

蒂塔望著他那高大幽暗的可怕身影漸行漸遠，她這才恍然大悟：他根本不記得我，他不知道我是誰，他並沒有在跟蹤我……

他從來沒有在她的營房門口等她，也沒有在他的小記事本裡記下她的資料，他看她的方式與看待其他人並無二致，也沒有出言威脅要把她送入解剖室……

這一切只不過是大家常講的恐怖笑話，有個叫小孩喊他「約叔叔」的人，會微笑撫摸他們的頭髮，然後把氫氯酸注入他們的體內，觀察致命反應。都是因為她自己的恐懼，讓她誤以為某個拚命想要解開世界基因之謎的納粹居然會在乎她這種無名小卒、而且還浪費時間跟蹤她。

蒂塔嘆息，鬆了一口氣，如釋重負。不過，她還是身處在危境之中，畢竟這是奧斯威辛……

立刻回去營房才是明智之舉，因為門格勒可能會回來。但她很好奇，想知道那個波蘭木匠男孩為什麼那麼急切喊住她。

這是否純粹只是一種愛的許諾？蒂塔對於戀愛沒有興趣，尤其對象還是她根本不認識、耳朵大得跟碗一樣的波蘭男孩，她不想要交那種對她發號施令的男友。

不過，話雖這麼說，她還是固執站在原地。

波蘭男孩發現門格勒走過來，躲入空無一人的營房裡。看到門格勒離開之後，又出現在圍欄的另外一頭，蒂塔沒看到他手裡有任何東西，覺得自己被耍了。男孩左右張望，然後匆匆往前走了好幾步，走到圍欄旁邊，他依然在微笑。蒂塔覺得他耳朵沒那麼大了，那笑容掩蓋了一切缺點。

這位年輕木匠將緊握的拳頭穿過鐵刺網的某個破洞，害她嚇得心跳暫停。他張開手指，某個白色的東西掉下來，滾落在蒂塔的腳邊。乍看之下很像是一個巨大的珍珠，是珍珠沒錯：那是一顆白煮蛋。她已經兩年沒吃過蛋了，幾乎想不起是什麼滋味。她以雙手捧住，宛若把它當成了嬌弱之物，她抬頭望著那男孩，他已經把手從數千瓦特電壓流竄的鐵網中抽了回去。

他們無法溝通，因為他只會說波蘭語。不過，蒂塔傾身、還有那因為開心而眼睛發亮的過程，已經讓他明瞭一切，超過了千言萬語。他微微頷首，宛若兩人在某處宮殿宴會相會一樣。

蒂塔以自己會的所有語言向他謝謝，他對她眨眼，緩緩唸出了「jajko」。她伸手作勢給了他一個飛吻，然後跑回自己的營房。那個波蘭男孩假裝跳起來，從空中接下了那個吻，臉上依然帶笑。

她帶著自己的白色珍寶回去營房、找到母親，共享一頓大餐，她一直心想這次的語言課將會伴隨她一輩子，原來波蘭文的雞蛋是「jajko」。詞句，的確重要。

到了第二天，這個心得更凸顯了它的重要性。在早點名的時候，所有的俘虜都接到了通知，在晚點名結束之後，每一名成人都會得到一張明信片，可以讓他們寫給摯愛的親友。囚監是一名德國人，他外套的三角形識別章身分是一般罪犯，他一直在一排排的人群之間來回重複，不可以寫出重挫第三帝國士氣或詆毀的字詞，如果發生這種狀況，明信片就會被銷毀，而且寫的人會受到嚴重處罰，他還咬牙切齒特別強調嚴厲這個詞彙，然後才說出處罰。

營區的各個囚監給予的指引更加明確：類似飢餓、死亡、處決之類的字眼都不得使用……對這項偉大事實——他們何其榮幸，能夠為偉大領導人與他的帝國工作——可能會造成疑慮的詞彙，也一律禁用。李赫特恩斯坦在用餐空檔向大家解釋，集中營囚監堅持每個營區長官都該下令大家寫出開心的話，但這位靠著香菸與蕪菁湯充飢而臉頰益發削瘦的三十一號營區長官，卻告訴他們要寫什麼都沒關係。

在那一整天當中，可以聽到各式各樣的討論。某些人對於納粹居然允許他們聯絡親人、請他們寄送食物包裹的這種人道舉措感到驚訝。但老鳥卻立刻向他們解釋，納粹是實用至上，他們當然樂見有包裹寄到集中營，他們會自己拿取最好的東西，而營外的猶太人會收到家人的暖心話語，與他們聽說的資訊互相抵觸，讓他們更加擔心奧斯威辛的狀況。的確值得擔心：九月遣送潮在被送入毒氣室之前也被發過明信片，現在，十二月遣送潮也快要在集中營裡待滿六個月了。

不過，最近剛到的五月遣送潮也拿到了明信片。三十一號營區本來就長期籠罩飢餓感與恐懼，現在又增添了一股不斷蔓延的不確定性，再也沒有人會關心下午的遊戲與歌唱。

在晚點名結束之後，他們終於拿到了明信片——只給成人而已。許多其他營房的人跑去黑市販子阿肯迪尤斯面前排隊，他先前在發放那一疊疊的明信片的時候，就刻意讓大家知道他有幾支鉛筆可以借出，回報的酬勞是一塊麵包。至於其他人則是去找李赫特恩斯坦，那裡有一些供學校使用的鉛筆，他最後心不甘情不願、提供給大家使用。

蒂塔與母親坐在營房門外，望著拿著明信片的那些人緊張踱步。她媽媽希望她寫信給她阿姨，因為已經將近兩年沒有任何消息。蒂塔不知道自己的表兄妹怎麼樣了，外面的世界到底狀況如何。

她估算有三十個字的空間。如果寫完明信片之後，等待大家的是毒氣室，那麼這三十個字就會是她的遺言，短暫一生留下紀錄的唯一機會，這也許是人類歷史最悲慘的一刻，而且她還身處在最糟糕的地方。但她甚至不能把自己真正的感受寫出來，因為要是文字陰鬱，他們就不會寄出，而且還會處罰她媽媽。她心想：德國人真的會逐一檢視四千多張明信片嗎？

納粹行事有條不紊，令人髮指。

她一直在思索那三十字該寫些什麼。她聽到某位女老師說要寫自己正在看克努特・漢森的書，這樣一來親戚就會懂她的暗示，因為他最有名的作品名稱就是《飢餓》，蒂塔覺得這種方式有點太晦澀了。其他人也想要瞞天過海——有些理由編得很巧妙，還有的實在使用了太多隱喻，根本沒有人看得懂——大家都想要在自己的話裡偷偷陳述每日發生的種族滅絕慘劇。還有的人想要盡量討食物。其他人則是想要知道外在世界的消息，而許多人純粹只是想要說出自己還活在人世。下午的時候，老師們舉辦了一個比賽，看看誰是偷渡秘密的高手。

蒂塔告訴母親，她們應該要寫出真相。

「真相……」

她母親有些震驚，喃喃說出「真相」，彷彿這是什麼猥褻字眼一樣。說出真相，就表示要講出邪惡罪行與喪心病狂之事。承受如此可怕的經驗，就算只講出一小部分，又該如何啟齒？

莉莎・阿德勒對自己的命運感到羞慚，就像是那些被命運拖磨、決定自己一定是哪裡犯了錯的人一樣。她很後悔自己的女兒明明如此衝動又古靈精怪，而她卻沒有好好評估情勢的重要性。最後，她拿了卡片，決定自己提筆寫下這些話，

感謝上帝，她們兩人很好，而她的摯愛漢斯，敵不過某種傳染病，願他現在已與上帝同在，她們真心盼望能夠與他們再次相會。蒂塔一臉反叛，看了母親一眼，莉莎告訴她，明信片就會寄達目的地，可以聯絡上親人。「這樣一來，他們就會知道我們的消息。」

雖然莉莎如此小心翼翼，但卻無法達成既定目標，因為當她的明信片寄達的時候，那裡卻沒

有任何一個可以收下的人。

同盟國轟炸越來越頻繁，謠傳德國人在前線已經逐漸失守，第三帝國終結之日很可能即將到來。要是他們能夠撐過六個月的期限，依然還存有一口氣，那麼也許會看到終戰之日，能夠重返家園。但大家都不敢太樂觀，畢竟謠傳戰爭即將結束已經好多年了。

第二天早上，蒂塔再次把她的圖書館陳列在木椅上面，就在各個小組逐漸坐好的時候，米瑞安．艾德斯坦走過來，對蒂塔附耳低聲說道：「他們不來了。」

蒂塔以手勢表示她不明白。

「是史莫列斯基挖到的消息。那些國際觀察員似乎是待在泰雷津，納粹把一切都安排得十分完美，所以他們就不會有其他要求，這些紅十字會觀察員不會來奧斯威辛。」

「所以……我們的決戰時刻呢？」

「艾蒂塔，我不知道。我相信一定會有真相揭露的一刻，我們必須要時時注意，保持耐心。要是紅十字會不來這裡，那麼對希姆萊來說，家庭營可能就沒有功用了。」

蒂塔大失所望。大家都以為紅十字會將帶著手術刀過來、切剖取出大屠殺的真相，將一切公諸於世，但他們反而是帶了急救繃帶過來、掩蓋了實情。而且，他們的生命本來還有一丁點價值，現在全沒了。

她喃喃低語：「慘了，真的慘了。」

米瑞安沒說錯，過沒多久之後，狀況接二連三而來。在某個狀似與平常無異的早晨，李赫特恩斯坦提早五分鐘宣布下課，但大家都沒有發現——因為他是全集中營唯一有手錶的人。他費了一些力氣、爬到橫式火爐的壁架上方。小孩們以為早上的課結束，準備要吃午餐，四處奔跑，嘻嘻哈哈歡喜互開玩笑。沒有人想到營區長官居然把哨子湊到嘴邊，吹哨呼喚大家注意。

就在那一瞬間，哨音讓營房甚是想念佛列迪．赫許的那些老鳥們全都安靜下來，因為大家都知道如果李赫特恩斯坦使用象徵赫許的哨子，一定是發生了大事。

李赫特恩斯坦說他有要事宣布，他看起來很疲倦，但語調決然。

「各位老師、同學、助理，我必須要通知各位，比克瑙－奧斯威辛指揮總部通知我們，明天必須淨空這個營區，我目前知道的就只有這樣而已。」

到了下午，三十一號營區已經全空，再次恢復成了倉庫狀態。蒂塔敲了門好幾次，沒有聽到李赫特恩斯坦的回應，於是她拿出了他們幾個禮拜前給她的鑰匙。

她趁李赫特恩斯坦不在、而且距離宵禁還有一點時間的空檔，將圖書館裡的書一本本取出來。她已經好幾天沒有翻閱地圖集，一看到彎曲的海岸線、高低起伏的山脈就覺得好開心，她低聲唸出倫敦、蒙特維多、渥太華、里斯本、北京……等城市的名字，覺得自己彷彿又聽到父親在轉動地球儀時所說的話。她拿出泛黃封面的《基督山恩仇記》，雖然是法文書，但多虧了瑪可塔，也讓她可以一探主角諸多秘密的作品。她大聲唸出愛德蒙．唐泰斯的名字，努力模仿法語腔調，一直唸到自己覺得滿意為止，現在，她放棄伊夫堡監獄的時刻已經到來。

她也把她個人歷史教授赫伯特．喬治．威爾斯的作品放在桌面，還有俄文文法，佛洛伊德的書，幾何學，充滿了她一直摸不透的奧秘斯拉夫語字母、沒有封面與封底的俄文小說。她極其慎重，從秘密地洞取出了最後一本書——缺頁的《好兵帥克歷險記》。她忍不住又多看了好幾頁，想要確定淘氣帥克依然在那裡，躲藏在書頁之間。果然，他又在闖禍之後拚命哄騙魯卡斯中尉。

「你從廚房裡端來給我的肉湯有一半都沒了。」

「對，中尉，實在太燙了，所以我過來的時候，湯就跟著一路蒸發。」

「蒸發進你肚子啦！你這個無恥的寄生蟲！」

「中尉，我可以向您保證，絕對是因為蒸發的關係，這種事所在多有。有一個趕騾人送熱酒桶到卡羅維瓦利……」

蒂塔緊緊抱住那一堆紙，宛若把它當成了老友。

她好整以暇，以黏膠小心翼翼黏好鬆脫的書脊，在抹布上沾一點口水、清除地洞灰塵造成的零星污漬。她修補傷口，當然，這是最後一次了。等到全部大功告成、已經找不到任何需要修復的地方之後，她開始以手掌來回壓弄書頁，宛若拿熨斗要燙平皺痕一樣。她不只是在弄平它們，而是在溫柔愛撫。

書籍逐本排好，成了一小排整整齊齊、毫不起眼的老兵隊列。不過，在過去這幾個月當中，他們讓數百名孩童可以走入世界地理、親炙歷史，以及學習數學，且也浸淫在小說的精巧佈局之中，大幅擴展生活層次，只是幾本舊書，但這樣的成績已經很不錯了。

27

工作坊與三十一號營區已經全部關閉。她的母親與土諾斯卡太太為首的某群女子正在聊天。蒂塔坐在營房後面，背貼牆壁，裡面擠了太多人，想要找到一個可以靠背的地方很不容易。瑪吉特挨到蒂塔身邊，盡可能擠入她分享的那一小塊薄毯的範圍，她咬住下唇，看得出她很煩躁。

「妳覺得他們會不會把我們送到其他地方？」

「當然的啊，我只希望不要送我們去投胎。」

蒂塔身邊的瑪吉特緊張不安，兩人緊緊握手。

「蒂婷塔，我好怕。」

「大家都很害怕。」

「才沒有。妳好冷靜，妳甚至還可以對遣送這種事開玩笑。我真盼望自己能跟妳一樣勇敢，但我真的好害怕，全身抖個不停。明明天氣很熱，我卻一直發冷。」

「有一次，我嚇得雙腿顫抖，佛列迪·赫許告訴我，真正的勇者其實是心生恐懼的人。」

「怎麼可能？」

「因為只有勇敢的人才能在恐懼的狀況下繼續前行。如果完全不怕的話，那麼做出任何選擇都沒有差別吧？」

「我有好幾次曾經看到赫許先生走過集中營大道。他真的很帥！真希望我當初有機會認識他。」

「要認識他不是很容易，他大部分的時間都窩在自己的小房間裡面。他會主持週五講談，主辦各項體育活動，要是遇到問題都會予以解決——他對每一個人都很友善……但之後就整個人消失不見，溜回自己的房間，簡直像是刻意搞自閉一樣。」

「妳覺得他開心嗎？」

蒂塔一臉猶疑不定的表情面向她的朋友，「問得好，瑪吉特！又有誰會知道答案呢？我不知道……但我覺得應該是開心的吧。他的生活有波折，但我猜他喜歡挑戰，而且他從來不會退縮。」

「妳很崇拜他吧？」

「他教導我成為一個勇敢的人，怎麼可能不崇拜他呢？」

「可是……」瑪吉特努力思索合適措辭，因為她知道自己接下來說的話可能很冒犯。「可是，到頭來，赫許還是臨陣退縮，他沒有撐到最後一刻。」

蒂塔嘆了一口長氣。

「我一直在思索他的死因，眾說紛紜。但我依然覺得一定是少了什麼，有一個地方就是兜不起來。赫許會放棄？不可能。」

「不過，那個登錄員羅森伯格親眼看到他死了。」

「是啊。」

「不過，我也聽到了傳言，羅森伯格的話不能盡信。」

「各種說法都有。三月八日那天下午，一定發生了某個改變一切的關鍵事件。很遺憾，我們永遠沒有機會問他到底是什麼了。」

蒂塔不再說話，瑪吉特尊重她的沉默，好一會兒之後才開口：「蒂婷塔，那我們現在呢？又會遇到什麼狀況？」

「誰知道呢？不需要過度擔心，妳和我反正也不能做什麼。要是有人決定要發動起義，我們一定會聽到消息。」

「妳覺得會發動起義嗎？」

「不可能。沒有赫許就不會有起義，要是沒有他就不可能成事。」

「那我們就得禱告了。」

「禱告？向誰禱告？」

「上帝啊？不然還有誰？妳也應該要禱告。」

「數十萬的猶太人從一九三九年就一直向祂禱告，但是祂卻沒有聽到他們的祈禱。」

「也許我們禱告得不夠認真，或者聲音不夠宏亮，所以祂聽不見。」

「幫幫忙，瑪吉特。上帝會知道你在安息日偷縫襯衫釦子而懲罰妳，但是祂卻沒發覺有數千無辜的人慘遭殺害？而且還有許多成千上萬的人被監禁，得到的待遇比狗還不如？妳真的相信祂沒發現嗎？」

「蒂塔，我不知道，質疑上帝的作為是一種罪。」

「好吧，那我是罪人。」

「別講那種話，上帝會處罰妳。」

「瑪吉特，別那麼天真，我們已經在地獄了。」

謠言持續在集中營滲流，有人說德國人會殺死每一個人，還有的人認為他們會把適合勞動的人挑出來，然後殺死剩下的俘虜。

「神父」在毫無預警的狀況下進入營內，身旁還有兩名武裝警衛相伴。大家都假裝沒在注意他，但其實每個人的視線都無法從他身上移開。這三名德國人在某間營房入口停下腳步，佇監立刻現身。

她在附近區域焦急走來走去，終於指向坐在營房側邊的某名女子，還有個小孩的頭枕在她的大腿之間，那是米瑞安阿姨，還有她的兒子，艾瑞爾。中士告訴她，他接獲史瓦茲霍伯指揮官的直接命令，他們要遣送她與她的兒子，與她的先生會合。

艾希曼先前曾經告訴過她，他們一家人很快就能團聚。當下他說的是實話沒錯，但艾希曼所說的真相比他講出的謊言還可怕。

他們以吉普車把米瑞安與她兒子載到三公里外的奧斯威辛一號營，裡面關的全都是政治犯、反抗團體成員、間諜，以及危害德意志帝國完整版圖的人。其實，所有的犯人最後都得要進入專門虐囚、擁擠不堪的牢房，但裡面沒有人想要出去，因為會走出去都是被抓去槍斃。他們一路護送這對母子進入某個小房間，看到戴了手銬的亞可布，兩名士兵站在他身旁、以老虎鉗的姿勢架住他。米瑞安幾乎認不出骯髒條紋衣底下的那個人，更慘的是，他早已被打得體無完膚。他應該也是過了一會兒之後才認出她，因為他沒有戴自己的厚框圓眼鏡。當然，他一到這裡的時候就沒了眼鏡，自此之後，一切都變得模模糊糊。

米瑞安與亞可布都很敏銳，他們馬上就明白為什麼能夠團聚在一起。沒有人能夠想像他們在那個當下、心中浮現了什麼念頭。

某名納粹親衛隊下士掏槍，對準小艾瑞爾，當場就射死了這小孩，然後，又射殺米瑞安，輪到亞可布的時候，他很可能早已心死。

一九四四年七月十一日，開始啟動關閉二號營b區行動的時候，當時裡面一共關了一萬兩千名俘虜。門格勒醫生負責篩選，總共花了三天之久。他在所有營房中特別挑選三十一號營區作為篩選地點，因為裡面沒有床鋪，提供了比較明亮的工作空間。門格勒告訴他的那些助理，只有這裡的氣味不會令人作嘔。雖然他是喜歡解剖的狂熱分子，但也是一個無法忍受臭氣的優雅人士。

家庭營就此終結。蒂塔．阿德勒與她母親必須要經過門格勒醫生的親自篩選，他會決定每一個人的生死。他們下令等到用完早餐稀湯之後、每個都要依照營房號碼排隊。大家都焦躁不安，利用這很可能是此生中剩下的一點時間、四處奔忙。丈夫們與妻子們準備衝向彼此道別，許多夫妻是在各自離開營房的時候、在集中營大道上相遇。大家擁抱、親吻、淚水，甚至還有指責，還是有人冒出了這種話：「當初我說去北美的時候，聽我的話不就好了嗎……」大家都以自己的方式度過很可能是人生最後一刻。在納粹親衛隊士兵投射的冷淡目光之下，囚監們狂怒吹哨，下令每一個人回到自己的營區。

土諾斯卡太太走過來，祝莉莎好運。

「土諾斯卡太太，好運？」她們那一組床鋪的某名女子開口，「我們現在需要的是奇蹟！」

蒂塔往後退了好幾步，避開緊張奔走的人群。她發覺有人就站在她後面，後頸甚至可以感受到對方的呼吸。

對方下令，「不要轉頭。」

早已習慣聽令的蒂塔，乖乖站在原地，完全沒有轉頭過去。

「妳在打聽赫許死因的事，對嗎？」

「對。」

「好，我知道內情……但是不要轉頭！」

「目前他們只說他是因為畏怯，但我知道他面對死亡的恐懼也不會臨陣脫逃。」

「妳說對了。赫許也在那份名單裡，他不會死。」

「那麼他為什麼要自殺？」

「妳這一點就搞錯了，」對方語氣第一次出現猶疑，彷彿不確定該透露多少內情。「赫許並沒有自殺。」

蒂塔想要知道全部的事，她轉身，面向這位神秘客。但就在這個時候，他突然拔腿狂奔鑽進人群。蒂塔認出了他：是醫院營房的雜工小弟。

她正打算要追過去，她母親卻抓住她的肩膀。「我們得要排隊！」

她們的囚監準備要使出棍棒，而且士兵也拿槍做出相同動作。沒時間了，蒂塔心不甘情不願又回到隊伍當中，站在她母親旁邊。

佛列迪．赫許並沒有自殺是什麼意思？所以呢？他的死因跟大家告訴她的並不一樣？她心想，也許那男孩瞎編故事，但他為什麼要這麼做？只是在開玩笑，所以當她轉頭的時候他才一溜煙跑掉？是有這個可能。不過，她心底卻有一股聲音告訴她並非如此：當她盯著他的時候，他的眼中沒有任何笑意。她現在更加相信，那天下午在隔離營裡所發生的事，與反抗團體成員的說法根本不一樣。所以他們為什麼要說謊？也許他們根本不知道事情真相為何。

答案出現的時間可能已經太晚，一時之間湧現了太多問題。家庭營裡有上萬人，但大家都必須要走到瘋狂門格勒醫生面前、由他的目光羅盤指針定奪生死。

一群又一群的人進出三十一號營區已經好幾個小時了，沒有人確切知道到底發生什麼事。他們已經領到了午餐的湯，還可以坐在地上，但是等待造成的疲憊與緊張，卻讓蒂塔身處的群組心情大受影響。當然，謠言四起。看來篩選是真的，比較健康的那些俘虜，與病人、無生產力者區隔開來。某些女人說門格勒以一貫的鎮定態度決定誰生誰死。男女俘虜都必須全裸進入營房，所以這位上尉才能夠仔細檢查。某人說門格勒行事至少還遵守了基本禮度，讓男女分開進去，大家還說他並不會以色瞇瞇的眼光看裸露的女體，無論是看誰，都是一臉漠然，他偶爾會打哈欠，檢查人體的醫官任務讓他疲倦又無聊。

有一群納粹親衛隊封鎖三十一號營區，控制人員進出，還沒有排到篩選的人群一直在附近緊張走動。老師們想要讓小孩們專注學習，撐到最後一刻為止。某些小組坐在其他營房的後頭開始玩猜謎遊戲，反正不管想到什麼都沒關係。就連一向傲慢的瑪可塔也和她的一些女學生開始玩丟手帕，每當她撿起手帕的時候，就會偷偷把它湊到臉龐拭淚。她底下的那些十一歲女孩不斷狂跑，打打鬧鬧，想要阻止有人率先搶到手帕……德國人會覺得她們當中有哪一個能夠成為勞工嗎？還是會全部殺光光？

終於，蒂塔與同營房的女性一起排隊、站在三十一號營區前面。他們逼她們脫衣，把衣服堆在一起，逐漸在泥地上形成了一座破衣小山。

在大庭廣眾下赤身裸體，她擔心的是她媽媽，而不是自己。她別過頭去，這樣一來就不會看到媽媽皺縮的乳房、暴露的性器，還有貼膚突出的骨形。有些女人交叉雙臂、企圖盡量遮蓋私處，但大多數的人已經不在乎了。不需執勤、無所事事的納粹親衛隊三三兩兩，站在隊伍的兩側，一整個早上都色瞇瞇盯著那些全裸女子，而且還對自己喜歡的對象大聲品頭論足。她們的身體髒兮兮，曲線畢露的是肋骨而不是屁股，某些女孩的大腿之間根本沒幾撮恥毛，不過，這些士兵就是想要找樂子，早就習慣了俘虜的枯瘦骷髏身材，他們不斷對這些女人鬼吼鬼叫，彷彿把她們當成了什麼令人垂涎的美女。

蒂塔努力踮腳尖，想要偷瞄士兵人牆後方營房裡的動靜。雖然她自己與她母親的生命都有危險，但她還是忍不住悲傷回想自己的圖書館。那些書還在地洞裡，被藏在地底下深眠，直到某天被人意外發現，打開之後，讓它們重獲生機，就像是布拉格傳說裡的泥人怪獸一樣，靜悄悄躺在某個秘密之地，等待某人讓它復生。現在她好後悔，應該要留張字條放在那些書的旁邊，搞不好會有其他奧斯威辛的犯人找到它們。她想要說的是：好好看顧它們，它們也會看顧你。

她們必須赤身裸體等待好幾個小時之久，雙腿疼痛，越來越虛弱。某名女子坐下來，因為她再也無法忍受了，某名年輕囚監對她大吼大叫，出言威脅，她還是不肯站起來。兩名士兵把她拖出營房，宛若在拉一大袋馬鈴薯一樣。其他人心想，也許她會被直接丟進死屍堆吧。

終於輪到蒂塔了，四周盈滿了竊竊私語與祈禱，她與母親進入三十一號營房的門口，排在她們前面的女人開始啜泣。

「艾蒂塔，千萬不要哭出來，」她母親低聲說道，「現在該顯現妳的堅強了。」

蒂塔點點頭。進去之後，雖然氣氛緊繃，多了武裝的納粹親衛隊士兵，以及放在煙囪前面、門格勒坐在那裡宣判的桌子，也不知道為什麼，她覺得有被保護的感覺。德國人並沒有拆除牆上的孩童畫作，還看得見早期繪畫課時留下的各種版本的白雪公主與小矮人們、公主、叢林野獸、五彩繽紛的船隻。她現在才發現自己其實好想念能在奧斯威辛畫畫的日子，就像她在泰雷津的時候一樣，將紛亂的情緒發洩在圖畫之中。

不過，雖然畫作與椅凳還在那裡，三十一號營區已經不存在了，再也不是學校，不是避風港。現在，一進去門內就看到一張辦公桌，後頭坐的是門格勒醫生，

一旁有登錄員、還有兩名帶著衝鋒槍的士兵。經過挑選的兩組人，已經站在營房後頭，左邊的留在奧斯威辛，右邊的會被遣送到其他集中營工作。貌似健康的年輕與中年女子——也就是說，還能夠工作的那些人，都在右邊那一組。而人數較多的另一側都是小朋友、老太太，以及有病容的女子。

當他們說左邊的那一組會繼續留在奧斯威辛的時候，的確是實話，因為他們的骨灰將會落在

森林軟土表層，與比克瑙的泥巴永遠合而為一。

這個面無表情的納粹醫生揮舞戴著白色手套的手，不斷指左指右，將人流導入生死兩側，他的動作無比從容，而且毫無任何遲疑。

排在蒂塔前面的人越來越少，剛才一直在哭的那女人被喝令站到左邊，也就是被德意志帝國認定為孱弱、沒有價值的垃圾。

蒂塔深呼吸：輪到她了。

她走了幾步，停在那名上尉醫官的桌前。門格勒醫生盯著蒂塔，她不知道他是否真的記得她是三十一號營區的成員，但根本不可能猜透他的心思。不過，她在這醫生雙眼中所看到的景象，不禁讓她背脊為之一顫：什麼都沒有，看不出任何情緒。那神情空無模糊得令人好害怕。

他再次唸出了在過去那幾個小時之間、不斷重複訊問俘虜的那些問題：「名字、編號、年紀、職業。」

大家都知道有一套應答指引，蒂塔很清楚要說出對德國人來說可能會覺得派上用場的職業——木匠、農人、技工、廚師——未成年者收到的提醒就是要浮報年齡，這樣一來才比較可能符合他們的要求。蒂塔知道一切，她必須要小心翼翼，但是，她天生就不是這種個性。

她站在擁有無上權力、宛若奧林匹亞天神主宰生死的約瑟夫．門格勒面前，唸出了自己的姓名艾蒂塔．阿德勒；她的編號，七三三〇五；她的年紀，十六歲（她多報了一歲）。輪到說出職業的時候，她遲疑了一會兒，然後，她並沒有說出會讓這個胸前有鐵十字納粹親衛隊的滿意答案，不是什麼擁有優勢的實用職業，她終於說出口：「畫畫」。

篩選生死已經是門格勒的例常工作，被搞得無聊又疲倦的他，眼神突然變得專注，就像是蛇遇到獵物接近時的抬頭動作一樣。

「畫畫？是畫牆壁還是畫人像？」

蒂塔覺得自己的心臟已經在喉嚨裡狂跳，但她還是展現了略帶反叛氣質的鎮靜，以完美德語回道：「長官，我畫人像。」

門格勒微微瞇眼盯著他，露出一抹譏諷微笑。「能給我畫一張嗎？」

蒂塔從來沒有這麼害怕過，這是她有生以來最脆弱無助的一刻：十五歲，獨自一人，全身赤裸，站在攜帶衝鋒槍、馬上就要決定是要讓她死、還是讓她再苟延殘喘一會兒的男人們面前。汗水從她的赤裸肌膚滑落而下，落到了地面，但她回答的時候卻展現驚人活力。

「是，長官！」

門格勒慢條斯理端詳她。如果這位醫官陷入沉思，事情就不妙了。只要是老鳥，一定會說他滿腦子都是壞念頭。大家都在等待結果，營房裡聽不到任何聲音，就連呼吸聲也沒有。連那些帶衝鋒槍的納粹親衛隊也不敢干擾這位醫生的深思時刻。終於，門格勒露出被逗樂的笑容，伸出戴手套的那隻手，吩咐她去右邊——健康的那一群。

不過，蒂塔還無法鬆一口氣：接下來輪到她母親了。蒂塔的步伐變得更加緩慢，還回頭張望。

莉莎狀況很糟糕，一臉憔悴，身體虛弱，雙肩隆凸，一切都凸顯出她的病容。她已經認定自己過不了關，甚至還沒有開始戰鬥就已經敗陣下來。她沒有機會了，醫生連一秒都不浪費，以德文喊道：「左邊！」

人數比較多的那一群，站的都是無用女子。

不過，莉莎完全陷入完全恍神狀態——或者，在蒂塔眼中是如此——她母親直接走向右側，站在她後面。蒂塔嚇得沒了氣：她母親在這裡做什麼？他們一定會把她拖出去，到時候場面一定很淒慘。萬一真的這樣，她一定會死抱母親不放，就讓士兵拖走她們兩個吧。

不過，一向苛刻對待她們的命運之神，卻在這一刻讓所有人疏忽防備，俘虜的乖順態度讓那些士兵感到疲乏，早已放下警戒，他們比較關心的是那些年輕女孩，所以其實根本無人注意。就連門格勒也因為登錄員而分心，顯然他剛才沒有聽到其中某個號碼，必須請求醫生協助。某些被送到左側的女人在尖叫，苦苦哀求，倒地不願起來，士兵必須把她們拖走。不過，莉莎沒有抱怨或反抗，她赤身裸體，平靜走過死神的面前，冷靜淡然，不慌不忙，這種態度就連勇者至尊也會被嚇得心驚膽顫。

蒂塔得要抓住胸口，不然她的心臟一定會蹦出來。蒂塔偷瞄了一下背後的母親，她表情茫然望著女兒，似乎渾然不覺自己剛才做了什麼。她並不是那種天生膽敢做出這種事的人……但蒂塔現在已經不確定了。她們不發一語，緊緊牽手，死握不放。兩人互看一眼，那眼神已經道盡一切。還有另一個女人也趁機站到她們後面，以莉莎作為遮擋，以免被士兵們看到。

德國人把她們送到了隔離營。到達那裡之後，有人發現自己認識的人也在這個暫時保命的一組而歡喜擁抱，還有的人在入口附近等待永遠不會到來的親友，神情沮喪。土諾斯卡太太不在隔離營的那一組，而母親經常聊天的那一群夥伴也一樣，小孩子的命運亦然。雖然狀況的確混亂，但蒂塔卻再也沒有聽到米瑞安・艾德斯坦的消息。二號營b區的篩選工作還沒有全部完成，他們已經把第一批人趕向車站月台，而瑪吉特也沒有在蒂塔身處的這一群人之中。

的確，她們暫時逃離了死亡，不過，有這麼多人必須無辜受死，能夠倖存也只不過是某種微不足道的慰藉而已。

28

又得搭下一班列車。家庭營大規模屠殺的八個月之後，他們再次擠入了某輛列車，前往根本不知道是哪裡的地點。她的第一趟旅程是從布拉格到泰雷津，然後從泰雷津到奧斯威辛，再來，是從奧斯威辛到漢堡。現在蒂塔已經不知道這一趟害她青春出軌的火車流亡之旅、現在又要把她帶向何方。

當時，德國人站在奧斯威辛月台、把她們推進某輛貨運列車，與一群女人一起被送入德國。那是一趟又飢又渴、母女或姊妹失散的旅程。當漢堡的納粹親衛隊打開列車車廂的那一刻，裡面全都是心碎不已的女人。

從波蘭換到了德國，狀況並沒有好轉。那裡的納粹禁衛隊比較清楚戰爭的消息，焦慮感不斷蔓延開來。德軍所有戰線節節敗退，第三帝國的狂熱美夢開始崩裂，士兵們把自己的怒氣與沮喪發洩在猶太人身上，頹勢已呈定局，他們成了德軍怪罪的對象。

他們被送入的那個集中營工時超長，感覺一天遠遠超過了二十四小時。當他們回到營房的時候，連抱怨的氣力都沒有，最多只能默默喝湯，躺平在鋪位，努力恢復氣力，迎接第二天的到來。

在漢堡待的這幾個禮拜當中，有一幅畫面深植在蒂塔腦中：她的母親在某台疊磚機前面，汗水從頭巾不斷滴落而下，但是表情卻看不出任何情緒，專注、平和，宛若在準備馬鈴薯沙拉一樣。

蒂塔因為母親的狀況而心焦不已，因為她身體實在很虛弱，就連與奧斯威辛相比、分量稍微好一點的配糧也完全沒有辦法讓她長肉。她們工作的時候禁止交談，但只要蒂塔搬運材料、靠近母親工作的輸送帶區域的時候，她就會以無聲的方式詢問母親是否安好，莉莎會點頭，微笑，她永遠都很好。

說實話，蒂塔有時候覺得母親害她要發瘋了——無論真正的感覺是什麼，只會說很好，蒂塔怎麼可能知道她到底是好是壞？

但艾德勒太太在女兒面前一直表現出她很好。

現在，她在這輛列車裡，頭靠在車廂壁面，假裝睡著了。她知道艾蒂塔希望她入睡，但其實這幾個月以來，她只能在夜晚稍微小憩一下而已。但她不會告訴女兒真相，她年紀這麼小，不會明瞭一個母親無法給予女兒快樂童年有多麼心痛。

莉莎能夠為女兒——現在已經更強壯、勇敢、而且更加敏銳的她——所做的唯一貢獻，就是盡量不要讓她操心，而且要一直說自己非常好，雖然，自從她丈夫過世之後，她覺得內心的某處傷口一直血流不止。

在漢堡磚工廠工作的日子並不長。納粹領導高層內部的不安造成指令互相抵觸。幾個禮拜之後，蒂塔與她媽媽被轉到了另一座工廠，這裡專門回收軍事物資，其中一個工作坊負責修復未爆的變形炸彈，大家似乎不是很擔心在那種地方工作，蒂塔與莉莎也一樣，因為只要能在有屋頂的地方工作，下雨的時候就不會被淋濕。

某天下午，蒂塔結束了一天的工作，準備回到自己的營房，發現芮妮．紐曼從某個工作坊走出來，與某些女孩聊得很起勁。蒂塔停下腳步望著她，能夠見到她，蒂塔是真心感到歡喜，而芮妮對她友善一笑，從遠處稍微揮揮手，但依然繼續往前走，根本沒有停下腳步，完全沉浸在與同伴的互動之中。蒂塔心想：她交了新朋友，那些人不知道她曾經有過一個納粹親衛隊朋友，她也不需要向他們做任何解釋，她不想停下來聊過往。

現在，德國人又再次遣送俘虜，完全不告知接下來會去哪裡，再次把他們當成必須運送的牲口。

有個操持蘇台德口音的女子開口抱怨：「他們把我們當成了待宰羔羊。」

「最好是！小羊被送進屠宰場之前好歹還會被餵飽。」

這輛牲畜列車搖搖晃晃，發出了宛若縫紉機的聲響，裡面熱如鐵爐，讓人直冒汗水。蒂塔與母親坐在地上，旁邊的那群女子各式各樣的國籍都有，但許多都是德國猶太人。八個月前，離開奧斯威辛－比克瑙家庭營的一千名女俘當中，有一半待在漢堡工作，大家都累壞了。蒂塔仔細端詳自己的雙手，根本就是老太太的手。

不過，這應該是不同形式的疲累。這幾年來，他們一直被塞到不同的地方，飽受死亡威脅，睡眠不足，攝食不足，完全不知道生活的意義，也不知道是否真能看到這場戰爭終結的日子。最糟糕的是，蒂塔開始變得不在乎了，冷漠是最恐怖的症狀。

不，不，不會……我絕不放棄。

她猛捏手臂，痛到不行之後才放手，然後，她又捏了一次，這次力道更猛烈，差點就流血了。她需要讓自己的生命感受疼痛，會覺得苦痛，是因為它對你來說很重要。

她想起了佛列迪．赫許。在過去這三個月當中，她想到他的次數變少了，因為記憶慢慢落底。不過，她依然在苦思那天下午他到底出了什麼事。那個傳令員長腿男孩說佛列迪並沒有自殺，但他有請醫生開鎮靜劑，所以……他是不是服用了過多的鎮靜劑？她寧可相信他沒有尋短的意圖，不過，她知道赫許做事非常有條理，深具德國風格，他怎麼可能誤服過多藥物？

蒂塔嘆氣，也許這一切都不重要了，他已經不在這裡，再也不會回來，有什麼差別呢？

火車裡出現傳言，她們將會被送到一個名叫貝爾根－貝爾森的地方。對於新集中營的各種推測，眾人豎耳傾聽。某些人聽說那是勞動營，與專事殺人的奧斯威辛或是毛特豪森截然不同，所以她們並不會被送入屠宰場。這消息聽起來很可靠，但大多數的人都保持沉默，因為希望擁有宛若剃刀的銳薄邊緣，每一次伸手觸摸，就會被割傷。

「我來自奧斯威辛，」某名女子說道，「沒有比那更可怕的地方了。」

其他女子不發一語，她們不相信這句話。這些年來，她們發覺可怖並沒有底限。

她們不相信任何人——一朝被蛇咬，十年怕井繩，不過，最糟糕的是每次的懷疑都會成真。

從漢堡到貝爾根－貝爾森並不遠，不過這趟火車之旅卻是在好幾個小時之後才聽到刺耳的減速聲響，終於停了下來。她們必須要以步行的方式從月台走向女子集中營，一旁有好幾個納粹親衛隊女子部門士兵負責押送，出重手推人，還對俘虜辱罵髒話，她們的眼中有一股嚴厲的惡意。某名俘虜死瞪其中一名士兵，對方朝她臉上吐口水，逼得她只好轉頭。

蒂塔壓低聲音說道：「豬……」她母親趕緊捏了她一下，阻止她繼續說下去。

蒂塔不知道這些士兵為什麼對俘虜這麼火大，她們明明是一直遭到羞辱、被奪走一切的人，她們明明根本還沒有進入集中營、沒有做出任何壞事，她們明明會乖乖遵守一切、為德意志帝國奮力工作不求任何回報，但這些身體健壯、吃得好又穿得好的士兵卻怒氣沖沖，奚落俘虜，拿棍子狠狠戳她們的肋骨，以猥褻髒話辱人，把火氣出在這些剛來的溫順俘虜身上。蒂塔被這些挑釁者的戾氣嚇了一跳，她們發飆的對象都是沒有對她們造成任何傷害的人。

等到俘虜排隊成形之後，長官出現了。她很高，金髮，雙肩厚實，方下巴。她的一舉一動展現出習慣發號施令、而且眾人得立刻服從的那種自信。她聲如洪鐘，告訴她們七點之後就是宵禁，離開營房的人就等著痛苦受死。她停頓了一會兒，迫不及待的目光四處掃視，想抓出到底有誰敢與她四目相接。大家都直視前方，某名年輕女子居然犯錯回瞪她。長官立刻邁出兩大步站定在那女孩面前。她猛力揪住女孩頭髮，把她拖出隊伍之外，在大家面前將她狠摔在地。雖然表面上看來沒有人盯著這場景，但其實大家都看到了。長官拿棍子打那個女孩，一次接著一次，那女孩沒有大哭，只是啜泣。被打了五次之後，她連啜泣都沒了，幾乎只剩下呻吟。長官在女孩耳邊講了一些話，但大家都沒聽到是什麼，但那女孩最後起身，全身滴血，腳步踉蹌回到隊伍中。

掌管貝爾根－貝爾森士兵的長官名叫伊莉莎白．沃肯哈特。她在拉文斯布呂克接受警衛訓練，之後前往奧斯威辛，她在那裡打下了自己的名聲，因為對她來說，不論俘虜犯了什麼錯，直接處死，完全是輕而易舉。一九四五年年初，她移駐貝爾根－貝爾森。

她們沿途經過了好幾個以圍牆封閉的營區，後來她們才知道裡面是怎麼回事。其中包括了「星星」營，住在裡面的是準備與德國戰俘進行交換的男俘；還有「中立」營，持中立國護照的數百名猶太人；專門關罹患傷寒俘虜的隔離營；匈牙利人集中營；還有令人生畏的俘虜營，其實那是某種滅絕營，其他勞動營的病俘會被送來這裡、在極端條件下工作，將勞力一直壓榨到數日後身亡為止。

終於，蒂塔那一群人到達這個小型女子集中營，由於過去這幾個月以來，有大量的女性俘虜到達貝爾根－貝爾森，所以德國人匆忙在主營旁邊的空地搭建了小型女子集中營。那是組合屋式的臨時營房，沒有污水管，只有四面薄薄的木牆。

蒂塔、她的母親，以及其他五十名左右的女性進入被指定的那間營房，沒有晚餐，沒有床，而且給她們的毯子有尿味。她們必須睡在木地板上面，但幾乎沒有給她們的空間，就連睡地板也沒辦法。

貝爾根－貝爾森原本是受到德意志國防軍所監管的戰俘營，不過，在波蘭的俄軍所引發的壓力，造成原本在波蘭的俘虜必須改送到這裡，所以現在就由納粹親衛隊接管。新的遣送潮不斷到來，所有設施人滿為患。過度擁擠、缺乏食物、衛生條件不佳，引發俘虜死亡人數急遽攀升。

這對母女交換眼神，莉莎看到新營房室友們的模樣，露出了淒楚苦笑。所有人都憔悴不堪，充滿病容。但更可怕的是許多人臉上一成不變的表情，空茫的目光——幾乎每個人都麻木了，讓人以為她們已經放棄了生命。蒂塔不知道母親的反應是針對這些快餓死的俘虜？還是她們自己？因為過沒多久之後她們也會變得一模一樣。老鳥們對於她們到來所引發的喧鬧幾乎沒有任何反應，許多人依然躺在老舊毯子堆成的臨時床鋪上頭，根本沒起來，還有的人就算是想要起身，也沒那個氣力了。

蒂塔把她母親的毯子在地上鋪好，請她躺下。阿德勒太太乖乖照做，蜷身。她的臉一貼到毯面，立刻就遇到一群彈躍的跳蚤大隊。但是她不為所動，已經根本不重要了。有名剛到來的俘虜詢問某名老鳥，在這個集中營需要做什麼工作？

「待在這裡就再也不需要工作了，」躺在地上的那女人心不甘情不願回道，「只要努力活命就好。」

她們一整天都聽到同盟國飛機的轟炸聲響，到了夜晚會看到炸彈的光亮。戰線已經非常逼近，幾乎伸手可觸，犯人之間也瀰漫著某種興奮之情，同盟國炸彈聲響宛若一場即將到來的暴風雨。某些女子開始討論戰爭結束後要做些什麼，某個牙齒一顆不剩的女子說，她要在自家花園裡種滿鬱金香。

「別傻了，」某個尖酸的人回道，「要是我有花園，就會種一堆馬鈴薯，我這一生再也不想挨餓了。」

到了一大早，蒂塔與她母親終於恍然大悟，那名俘虜說在貝爾根－貝爾森無須工作、只需要想辦法活下去是什麼意思。納粹親衛隊雙人組對她們猛踢，大吼大叫，逼她們起來，然後大家匆匆忙忙到外頭排隊。不過，士兵們就這麼消失了，新俘虜在門邊站了許久，但一直沒有等到指令。某些老鳥根本沒有從毯床上起身，默默忍受被狠踹，反正就是不起來。

一個多小時之後，有名士兵過來，喝令她們要排好隊、準備接受點名，但她立刻發現並沒有名冊，所以開始詢問囚監在哪裡，沒有人應答。她連問了三次，每一次的火氣都越來越大。

「媽的妳們這些賤人！這裡的囚監到底是去哪裡了？」

沒有人接腔。這士兵氣得面紅耳赤，抓住某名菜鳥的脖子，逼問她囚監在哪裡，對方說不知道。然後，士兵又面向某個老鳥，這很容易辨識，因為她瘦得就像個會走路的骷髏人，現在，士兵拿著棍子指著她說：「怎樣？」

「她兩天前死的。」

「新的囚監呢？」

這名俘虜聳肩，「沒有新囚監。」

這名士兵想了一會兒，不知道該怎麼辦。她可以隨便找一個當囚監，但並沒有適合人選，這間營房裡面都是猶太人，她這麼做很可能會自找麻煩。最後，她直接轉身離開。老鳥們一哄而散，回去營房裡面，而菜鳥們依然站在營房門口，互看彼此。蒂塔其實想站在外頭，因為她一直被跳蚤與蝨子狂轟，全身癢得要命。但她母親很疲倦，以下巴指了指方向，示意蒂塔一起進去。

等到她們進去之後，找了某個老鳥詢問何時會提供早餐？對方扮了一個好大的鬼臉，隱藏了苦笑，意味深長。

「早餐？」另一名女子說道，「讓我們祈禱今天有晚餐吧。」

她們一整個早上無所事事，一直到後來有人以德文大喊「全體注意！」每個人都迅速站起來。長官進入營房，後面帶了兩名助理，她以棍子指向某名老鳥，詢問是不是有剛死的俘虜。對方指向營房後頭，待在那一區的另一名俘虜指向地面，有個女人對大吼聲響毫無反應，她死了。

沃肯哈特迅速掃視，向四名俘虜以手勢示意。兩個是老鳥，兩個是菜鳥。她完全沒說話，但那兩個有經驗的幫手已經知道要做什麼。她們展現出令人完全意想不到的活力、趕緊走到屍體旁邊，兩人各抓了一隻大腿。她們知道自己必須要抓住正確的部位，因為屍體的雙腿沒那麼重，而且，有時候屍體末端比較沒那麼可怕。屍僵已經造成女屍下巴脫落，而且雙眼暴凸，嘴巴張得好大。她們點了點下巴，向另外兩個示意要抓住肩膀，四人扛著女屍，走向門口。

士兵又不見了，一直到傍晚才又有士兵進來，她看了一下裡面，朝四名俘虜示意去廚房搬湯，這舉動引發騷動，響起一陣歡呼聲。

「準備吃晚餐了！」

「感謝老天！」

俘虜們又出現了，她們靠著兩塊長板扛湯以免燙傷，那天的晚餐就是湯。

蒂塔喝湯時丟出了這句話：「想必這廚師和比克瑙那裡的廚師是唸同一所學校吧。」

莉莎撥弄女兒的及肩長髮，尾端已經開始亂翹了。

接下來的日子，無政府狀態越來越嚴重。有時候她們會在中午喝一碗湯，但完全看不到早餐或晚餐；還有些日子可以吃到午餐與晚餐，但也遇過一整天根本沒東西吃的時候。飢餓感成了一種造成腦袋打結、難以思考的煎熬形式與焦慮來源，她們只有苦等下一餐的恐慌。無所事事的時光如此漫長，加上飢餓引發的不安，讓心理狀態變得爛糊，一切開始分崩離析。

29

接下來的那幾個禮拜，進來的俘虜越來越多，每餐的間隔時間也拖得越來越長。即便沒有毒氣室，貝爾根－貝爾森也成了殺人機器。蒂塔所住的營房每天要移出六具屍體，官方文件的死因都是自然死亡。

只要士兵出現、挑選犯人搬屍的時候，所有的女人都愣住不動，希望自己今天不要中獎，蒂塔也跟其他人一樣，想要拚命閃躲。

不過，今天是她的幸運日。

納粹親衛隊的確拿著棍子指向她。她是最後一個被挑中的人，所以，當她走向屍體的時候，雙腳的位置都已經被別人選走了，她和某個膚色很深、貌似吉普賽的女子抓住死亡女屍的肩膀。蒂塔多年來見過多具死屍，但從來沒有碰過屍體。她不得不碰觸那女屍的手，那股宛若大理石般的冰涼感害她全身顫抖。

蒂塔與那名吉普賽女子必須承擔屍體的主要重量，但她緊張不安的其實是這具女屍的雙臂，已經出現屍僵，維持半彎姿態，彷彿四人在扛一個球形關節人偶。

負責扛屍腿的其中一名女子領頭，帶引她們到達某個有鐵絲網封圈的區域，兩名攜帶衝鋒槍的士兵一路伴隨，之後又進入某座垃圾場，某個身穿襯衫的德國軍官看到她們，喝令她們停下來。她們乖乖照做，依然抓著那具女屍，他在筆記本裡迅速註記，示意她們可以繼續往前走。其中一名老鳥低聲說道那是克蘭醫生，他的職責是要控制傷寒爆發。要是哪間營房被發現有傷寒患者，德國人就會把所有染病的女子送到隔離營等死。

這四名女子繼續前行，臭氣也越來越令人作嘔。幾公尺之外有幾個身材魁梧的男子在工作，掩住鼻子的髒手帕、讓他們看起來像是盜匪一樣。另一組女人站在他們前面，正忙著把某具女屍放在好幾具屍體的旁邊。其中一個男人向蒂塔那一組示意，要把屍體留在地上，他們負責把屍體丟入某個大洞，簡直把人屍當成了馬鈴薯袋一樣。蒂塔靠向洞邊，只看了一眼，已經害她頭暈目眩，必須要趕緊抓住某名同伴。

「我的天……」

那是塞滿屍體的壕溝。最底層的都是焦屍，最上面的屍體疊得亂七八糟，手臂、頭、發黃的皮膚混雜在一起。

蒂塔的胃一陣翻攪，但震晃得最厲害的其實是她內心深處的信念。

難道我們就只是這樣嗎？分解中的屍塊？只不過是一些湊在一起的原子，就像是楊柳樹或是鞋子？

就連那個曾經到過這裡兩三次的老鳥也心情低落，回程的時候沒有人說話。親眼看到這種景象，生命似乎已經毫無任何價值可言。

幾個小時之前還能夠思考與感受的人，最後卻像是垃圾一樣被扔進洞裡。那些工人以布巾掩面，狀似要抵擋臭氣。不過，蒂塔現在覺得他們是為了要蓋住自己的面孔。

成為人類的食腐動物，他們感到羞恥。

蒂塔回去的時候，她母親投以探詢的眼神，蒂塔雙手掩面，她想要一個人靜一靜，但她母親卻抱住了她，與她一起分擔苦痛。

狀況越來越混亂。雖然現在已經沒有安排好的工作群組，但是她們卻被要求一整天都要在營房附近待命。偶爾會有納粹親衛隊現身，激動揮舞雙臂，展現營養良好的健康大腿，她會以尖銳聲音呼叫某些人的姓名，命令她們一起跟她去壕溝工作或是進去某些工作坊。蒂塔有時候會被叫去，為皮帶打洞的工作坊機器都非常老舊，必須要花很大的氣力才能產生足夠壓力、讓穿孔器成功在皮帶上打洞。

某天早晨點完名之後，長官伊莉莎白·沃肯哈特出現在隊伍面前。這個人很好認，因為她頭頂的那一撮做作的髮髻，總是會有好幾綹髮絲跑出來，看起來就像是去昂貴髮廊做了頭髮之後，又跑到農場鬼混。蒂塔聽說她未從軍之前本來是髮型師，也難怪她會在髒兮兮，到處是蝨子、傷寒橫行的貝爾根－貝爾森集中營弄出那種炫耀的髮型。

沃肯哈特擺出平常的怒容，就連她的助理也被嚇得要命。蒂塔心想，要不是因為希特勒掌權，戰爭爆發，現在這個站在眾人面前、眼中帶殺氣的肆無忌憚的女子，不過就是一個身材微胖的和善美髮師，會送給女孩小髮圈，也會開心和客人聊鄰居八卦。而她的那些客人，包括了德國猶太女子，全部都會低下頭，任由她拿起剪刀剪她們的頭髮，絕對不會有任何人覺得脖子落入這個喜歡高髻、有點愛幻想的大塊頭女人手中有什麼好擔心的。如果有人暗示多年之後伊莉莎白·沃肯哈特會成為殺人犯，全社區的人一定會暴怒，憤憤說道：親愛的莎莎？那女人連打蒼蠅都下不了手！他們會要求講出這種毀謗之詞的人把話收回去。他們可能是對的，但狀況後來變得不一樣。要是到達她營區的哪個女子行為態度讓她看不順眼，這個從髮廊出身的溫和女子就會把繩子套入她們的脖子、絞死她們。

就在蒂塔沉浸於自己思緒當中的時候，有個聲音像工作坊的金屬打洞機一樣、穿入她的腦袋。「伊莉莎白・阿德勒！」

貝爾根－貝爾森行政程序一團混亂，所以德國人喊的是俘虜的姓名而不是編號。這名納粹長官再次放聲大吼（充滿權威、強烈、挑釁、軍事風格、不耐煩）……「伊莉莎白・阿德勒！」

她母親剛才在恍神，現在移動了一小步、正要離開隊伍，但蒂塔比她速度快多了，邁出堅定步伐向前。「我是阿德勒！報到！」

我是阿德勒！報到！莉莎雙眼瞪得好大，她真的被女兒的大膽行徑嚇到了，愣了好幾秒，不知該如何是好。正當她要準備走到前面、向士兵解釋搞錯了的時候，突然聽到有人大吼「解散！」一女囚們鬧哄哄擠來擠去，擋住了莉莎的去路，等到人流終於不再打結之後，她女兒已經不見了，早就鑽進營房裡準備運走今天的屍體。莉莎愣在原地，動也不動，擋住了獄友們的去路，大家漫無目的匆匆忙忙，彷彿忘了自己根本哪裡都不能去。過了一會兒之後，蒂塔與其他三名俘虜現身、同心協力抬屍。她母親依然站在原地，現在，泥巴大道正中央只剩下她一個人，怒氣沖沖瞪著女兒離開。

又一次前往人類最終邊界的旅程。

蒂塔又靠向屍洞邊緣，回來的時候臉色蒼白，一陣暈眩。大家都說是那股惡臭讓人想吐，但真正讓她難受的是看到被丟進垃圾場的那些生靈。

蒂塔希望自己永遠不要有習慣成自然的那一天。

她回去營房的時候，母親依然站在大門附近，彷彿沒有在晚點名之後解散離開。她的表情很火大，甚至是暴怒。

莉莎對她大吼：「妳是笨蛋嗎？妳忘了頂替其他俘虜的身分得受死嗎？」

蒂塔不記得母親上次對她大吼大叫是什麼時候的事了。

蒂塔臉頰一陣熱辣。這樣不公平，雖然她不想哭，但還是簌簌淚下，她是靠著自尊才沒有嚎啕大哭。她點點頭，轉身。

當她母親把她當成小孩的時候，她實在受不了。這樣並不公平。蒂塔之所以這麼做，是因為她知道母親身體虛弱，沒有力氣搬屍，但蒂塔並沒有得到解釋的機會。她本來以為她母親應該會以她為傲，但迎來的卻是繼布拉格那一巴掌之後最嚴厲的斥責。

我所做的一切，她都不當一回事……

她覺得自己被誤解了。她人在集中營沒錯，但她的處境就與全世界無數即將滿十六歲的青少年一模一樣。

不過，蒂塔誤會了，莉莎深深以女兒為傲，但她不會告訴女兒。她一直很痛苦，懷疑在受到軍事鎮壓、缺乏學校教育，被仇恨與暴力污染的這種地方，女兒會變成什麼樣的人。她女兒的慷慨之舉符合了她的直覺與期盼——她知道要是蒂塔能夠撐下去，一定會成為好人。

但她不能把這一切告訴蒂塔。要是她對於女兒這種莽撞行為顯現出滿意態度，就會鼓勵蒂塔為了拯救母親不要受罰、而一再做出冒著生命危險的事。反正，身為母親，她希望女兒要遠離這

種事。因為，對莉莎來說，生命已經沒有起伏，

它已經變得不重要了，她唯一的幸福就是在女兒眼中看到的快樂。她女兒年紀還是太小了，無法領悟這一切。

第二天，被蒂塔取名為「烏鴉臉」的那個士兵，在營房現身，喝令全部的人到外頭排隊。

「大家都給我出去！我說的是每一個人！要是不起來的人就準備給我吃子彈！」

這些女子哀號連連，慢吞吞挪動腳步。

「帶妳們的毯子！」

這可奇怪了，她們互相交換眼神，謎底迅速揭曉。原來德國人要叫她們搬到女俘大營區，把這裡的空間留給新來的那一群俘虜。大營區裡的俘虜也一樣枯瘦，水源稀缺，所以連飲水也必須配給，根本不可能清洗任何東西。狀況混亂極了，某些俘虜根本沒穿條紋衣，而有些人只是穿背心，或是隨便找件衣物遮蓋上半身。這些女子皮膚污斑的嚴重程度已經到了難以判斷她們到底是身穿條形黑色衣？抑或是身上出現條紋狀的黑色脫皮？某名納粹親衛隊正在監督在壕溝裡拚命咬牙工作的一群女子，難以分辨哪裡是她們的手臂？哪裡又是鋤頭的握把？

營房擁擠不堪，但至少有一個小小的好處，裡面有類似奧斯威辛的那種鋪位，也就是說，這裡有骯髒的草蓆——全都長滿了床蝨，但至少不會躺到骨頭穿膚。

許多女人都躺下來，當中有多人病重，而且倒下去之後就再也沒起來。還有些人是裝病，如此一來就不會有人理會她們，士兵不敢靠近，擔心自己會因此感染傷寒。

蒂塔與母親坐在母女兩人共享的鋪位。她母親非常疲倦，但蒂塔坐立不安，想要起身研究周

邊環境，其實沒什麼好看的，就是營房與圍欄。還是有一群群嘰嘰喳喳聊天的女人，她們是剛進來的遣送潮，體內仍然儲藏了一些元氣。但其他人就連講話的力氣都沒有了，妳望過去，她們根本不理妳。

她們已經放棄了。

然後，她發現某間營房側邊的某個女孩，身穿俘虜條紋衣，戴了白色頭巾。蒂塔盯著她，然後閉上雙眼，因為她覺得自己應該是看錯了。不過，當她再次睜眼，這並不是海市蜃樓，她真的在那裡。

「瑪吉特……」

蒂塔開始狂奔，大叫朋友的名字，這次是奮力大吼，她根本沒想到自己體內還有這樣的力量。「瑪吉特！」

她的朋友突然抬頭，準備要挺直身體，但卻發現自己被飛撲而來的蒂塔壓在地上，兩人開始翻滾大笑。她們抓住彼此的手臂，凝望彼此。如果快樂在這種環境當中的確可能存在著，那麼，在這個當下，她們的確很快樂。

她們手牽手，一起去見蒂塔的母親。瑪吉特一看到莉莎，立刻抱住她，其實，是緊緊抓住莉莎肩膀不放。瑪吉特以前從來沒有做過這種事，但她需要一個能夠讓她好好大哭一場的避風港，已經等好久了。

等到痛苦情緒稍微紓解之後，她說出了家庭營那段可怕的篩選過程，她媽媽與妹妹都被分到不幸的那一組。她開始解釋，其實，她心中早已多次想像過她們被送去病衰那一組的場景。

「當我們還在營房裡的時候，我從頭到尾都看著她們。她們很冷靜，手牽著手。然後，人數比較少的健康組被下令離開，我也在裡面，但我不想走，卻被一堆女人把我推向門口。我看到海嘉和我母親在營房煙囪的另一頭，周邊全都是老太太和小孩，她們的身形變得越來越小。她們目送我離開。蒂婷塔，妳知道嗎？她們望著我的時候……居然對我揮手微笑！妳相信嗎？她們馬上要死了，但卻依然面露微笑。」

瑪吉特記得那一刻，已經深深烙印在她的記憶之中，她搖頭，彷彿難以置信一樣。

「她們知道待在老者、病患，以及小孩的那一群就幾乎等於是被判死刑了嗎？也許知道，但單純為我感到開心，因為我在可能活下去的那一群人裡面。」

蒂塔聳肩，莉莎撫摸瑪吉特的頭。她們腦中浮現瑪吉特母親與妹妹已經身處在另一邊的時刻，她們為生存奮鬥的戰役已經結束，已經再也沒有恐懼了。

瑪吉特低聲呢喃：「她們在微笑……」

她們詢問她爸爸的下落，自二號營b區那最後一個早晨之後，她就再也沒見過他。

「不知道他怎麼樣了，我的心情幾乎算是慶幸吧。」

也許他死了，也許沒有，反正，這種不定感將會一直跟著她。

瑪吉特應該已經是十六歲了。但阿德勒太太叫她帶自己的毯子轉到她們的營房。這裡幾乎沒有任何控管，所以根本不會有人發現，她們三人日後要睡在同一個鋪位。

瑪吉特回道：「這樣一定會讓妳們很不舒服。」

「但我們可以在一起。」莉莎這樣的回答，已經沒有任何可以反駁的空間。

莉莎．阿德勒照顧瑪吉特，儼然把她當成了第二個女兒。

對於蒂塔來說，瑪吉特就像是她一直渴望擁有的姊姊。兩人的頭髮都是深色，笑容甜美，都有明顯齒縫。家庭營裡有許多人真的以為她們是姊妹，這樣的誤會讓她們兩人樂不可支。

這兩個女孩打量彼此，都變瘦了，而且更憔悴，但她們都沒有講出這些話，反而是彼此打氣。雖然沒有什麼好聊的，混亂與飢餓、感染與疾病，沒有其他的話題，但兩人還是講個不停。

與她們的鋪位相隔好幾排的某個位置，躺了一對真正的姊妹，兩人都得了傷寒，正在與生命做最後一搏。妹妹安妮躺在那裡，因高燒而全身顫抖，姊姊瑪歌特病況更嚴重，她一直躺在下層鋪位，與這個世界唯一連接的一縷殘氣已經變得越來越微弱。

要是蒂塔過去探望那個依然還活著的女孩，她會發現兩人非常相似：擁有甜美笑容的青少女，深色頭髮，夢幻雙眼。安妮就和蒂塔一樣，是精力充沛又健談的女孩，個性有一點反叛，充滿了想像力。她也跟蒂塔一樣，雖然外表任性自信、其實卻性好沉思，鬱鬱寡歡，不過，那是她的秘密。這兩姊妹最早是從阿姆斯特丹被遣送到奧斯威辛，然後又在一九四四年十月到達貝爾根－貝爾森，她們的罪行就只不過是生為猶太人而已。在這個濕漉漉的黑洞裡待五個月，很難逃過死神追殺，傷寒對青春盛年並不留情。

安妮姊姊死後的第二天，她也在自己的鋪位孤然死去。她的遺體永遠留在貝爾根－貝爾森的萬人塚之中。不過，安妮卻成就了某個小小奇蹟：多年之後，她自己以及她姊姊的回憶讓她們再次歸返人間。當初在這對姊妹與家人在阿姆斯特丹窩藏的秘密地點之中，安妮曾經花了兩年的時間寫下「屋後生活」的點點滴滴——那是與她父親辦公室相連、悄悄封藏的房間，最後成了藏身地。在那兩年的時光中，他們一家人、還有凡・佩爾斯一家人，以及佛列茲・法福爾，靠著朋友提供生活物資的協助，一直住在裡面。就在他們搬入秘密基地不久之後，他們慶祝了安妮的生日，而在那些生日禮物當中，有一本小筆記本。由於她在窩藏地點不可能找到閨蜜分享心情，所以她就把心事分享給筆記本，她還把日記命名為「凱蒂」。她從來沒想到自己概述「屋後生活」的文字會有出版的一天，但親人卻讓它付梓問世，也就是在史上佔有一席之地的《安妮日記》。

30

食物變得稀缺，德國人只給他們幾塊麵包熬過一整天，偶爾會出現一鍋湯。與在奧斯威辛的時候相比，蒂塔與她母親在這裡變得更瘦。待在那裡最久的、很清楚狀況的那些俘虜，已經不是瘦竹竿或憔悴而已——他們根本就是四肢細如竹竿的木偶。水是寶貴資源，就算還有水龍頭在滴水，也得要排好幾個小時才能裝滿自己的食碗。

然而，又有一批女子被送進這間人滿為患、除了傳染病與疾患之外一無所有的集中營。她們是匈牙利的猶太人，其中一個還在問公廁在哪裡，真是天真無知。

「我們的浴室有黃金水龍頭，記得要叫沃肯哈特幫妳準備浴鹽。」

某些女人爆出誇張大笑。

這裡根本沒有公廁，他們只在泥地挖洞，而且裡面已經爆滿。

另一個來自這一波遣送潮的女子怒氣沖沖，面向剛來的某名士兵，告訴對方她們是工人，應該要去工廠，離開這個骯髒的地方。她很倒楣，因為她千不該萬不該也不能找此人發洩。某名老鳥告訴她，那人就是長官沃肯哈特，要把她當成傷寒，躲得越遠越好，其實，她根本比傷寒還可怕，但這番警告來得太遲了。

沃肯哈特冷靜調整半坍塌狀態的金色髮髻，從腰際取出她的魯格手槍，直接把槍管抵住那女子的額頭。而她也對俘虜面露凶光，就是巴斯德所研究的那種狂犬病狗兒的冒口沫表情。那名女俘虜舉起雙臂，雙腿顫抖得好厲害，宛若像是在跳舞一樣，沃肯哈特見狀哈哈大笑。

現在唯一在笑的人就只有她而已。

那把槍宛若冰棒貼住俘虜的頭，溫熱尿液從她的雙腿之間緩緩流了下來。在長官面前尿失禁是很失禮的行為，大家都咬緊牙關，準備等一下傳出的槍響。某些女子趕緊低頭，以免等一下看到腦袋爆炸成碎肉的畫面。沃肯哈特的眉心之間有一道直通髮線的直向皺紋，又深又明顯，儼然像是一條黑色傷疤。握槍的手關節因盛怒而泛白，她憤憤把槍口壓在那女人的額頭，對方大哭，同時也不斷噴尿。終於，長官放下了槍，俘虜額頭留下了一圈淡紅色的印痕。沃肯哈特抬下巴，示意叫她回到原來的位置。

「猶太臭婊子，我下次可不會饒妳。對，今天算妳倒楣。」

然後，她爆出宛若電鋸的粗聲狂笑。

有位白髮蒼蒼的女子幾乎一整夜都在為女兒過世哭泣，她甚至連女兒的死因都不知道是什麼。一大早的時候，她跪在營房後面，只靠著雙手為女兒挖墳，最後只挖出一個勉強也許塞麻雀的小洞。她仆倒在泥地，鋪友趕緊去安撫她。

那女人坐在地上大喊：「沒有人要幫我埋我女兒的屍體嗎？」

大家都沒剩什麼氣力，而且還要虛擲在已經無法挽救的事物，大家都覺得沒意義。但儘管如此，還是有不少人伸出援手幫忙挖掘。但地面太硬，她們的虛軟雙手開始流血，最後都停下動作，又累又痛，但也只不過挖出了幾坨泥土而已。

她朋友想要說服她，把女兒的屍體送到屍坑。

「屍坑……我看過。拜託，不要，不要在那裡，」

「她可以與其他的無辜受難者在一起，這樣一來就不孤單了。」

那女子終於心不甘情不願點頭，她完全得不到任何的慰藉。

集中營臭得要命，充滿了腹瀉者的排泄物。大家躺靠營房的木牆，不然就是癱趴在自己的糞便上頭，完全沒有人會伸出援手。要是死者有親友，她們就會將屍體送入屍坑；如果沒有，那麼屍體就會一直躺在營內地板，直到有納粹親衛隊掏槍、強迫俘虜們拖走那具屍體。

蒂塔、瑪吉特、莉莎在營區緩步走動，放眼所及都是同樣慘不忍睹的情景。蒂塔一手牽住瑪吉特，另一手牽住母親。她媽媽在發抖，可能是因為發燒，也可能是出於恐懼，但疾病與環境惡劣的界線已經模糊不清。

她們回到了自己的營房，狀況更慘烈：疾病的臭氣、哀號、祈禱的單調低喃。許多人已經病重到無法起身，當中許多人就直接在上頭排泄，惡臭令人難以忍受。

蒂塔凝望那一片愁雲慘霧的鋪位，親友圍在周邊，想要安慰病者，不過，許多病者都是獨自受苦，獨自殘衰，獨自死去。

蒂塔與她母親決定離開營房。四月已經到來，但在德國卻依然冷得要命——是一種會讓牙齒發疼、手指僵麻、鼻子凍傷的那種冷，任何人一到了外頭馬上就開始發抖。

蒂塔對母親說道：「冷死還是比臭死好。」

「艾蒂塔，嘴巴不要這麼壞。」

有許多其他的俘虜也跟她們一樣，選擇到外頭。莉莎與其他兩個女孩找到了一丁點可以貼靠牆壁的空間，不敢細看裹在身上的毯子。集中營已經關閉，再也沒有人進出，只剩下一些帶著機關槍、在瞭望塔駐守的士兵。她們應該要想辦法脫逃才是——要是被抓到的話，至少死得比較痛快——但她們連逃跑的力氣都沒有，什麼都沒有了。

日子一天天過去，一切都在崩壞。集中營已然變成糞坑，納粹親衛隊也停止巡邏。俘虜已經斷糧了好幾天之久，而且供水一定是被切斷了。某些人開始喝池塘的水，但過沒多久之後就腹痛如絞倒地，死於霍亂。天氣越來越暖和，屍體腐化的速度也越來越快，已經沒有人能夠伸手移屍。

現在大家幾乎都無法起身。許多人是再也爬不起來，有些是拚命掙扎要站起來，但她們的雙腿細如鐵絲，軟弱不堪，最後只能癱倒在滿是糞尿的地面，還有些人是砰一聲摔在屍堆裡，難以分辨誰是生者誰是死屍。

戰場的爆炸聲越來越近，槍響越來越大聲，炸彈的威力讓他們的大腿也感受到震顫，他們僅存的唯一希望就是這座地獄能夠及時結束。不過，死亡人數猛然上升的速度似乎遠遠超過了前線陣亡。

蒂塔抱住她母親。她望著緊閉雙眼的瑪吉特，決定再也不要反抗了。她自己也閉上雙眼，垂下眼簾。她曾經答應佛列迪．赫許，她一定會撐下去，她沒有放棄，但她的身體已經棄守。反正，赫許自己最後也放棄了，或者，實情並非如此？但現在這一點也不重要了吧？

當她閉上雙眼的時候，待在貝爾根－貝爾森的恐懼感消失了，反而轉移到《魔山》裡的貝格霍夫水療中心。她甚至覺得自己感受到那股寒意，來自阿爾卑斯山區的清冽空氣。

蒂塔的軟弱無力已經延伸到心理狀態。真實生活中的時時刻刻、處所，還有她認識的人與書裡的世界全部混雜在一起。蒂塔已經分不清什麼是現實什麼是幻想。

她不知道貝格霍夫的傲慢貝赫倫醫生——負責照顧漢斯．卡斯托普的那一位——與門格勒醫生相比，到底哪一個更接近真實，她甚至一度看到他們相偕在療養中心的花園裡散步。突然之間，她走進了用餐室，看到《堡壘》裡的曼森太太坐在某個豪華宴席桌，旁邊還有身穿水手無釦襯衫英俊的愛德蒙．唐泰斯以及魅誘典雅的喬夏夫人。她更加仔細端詳，發現桌宴的主人是巴斯德醫生，他正準備切開剛從烤箱出爐、鮮嫩多汁的火雞，但手裡拿的卻是手術刀。被她取名為「臭臉老師」的席絲可娃老師走過去，正在痛罵某個想要偷偷溜走的服務生，那人的面孔是李赫特恩斯坦先生的臉。有個比較胖的服務生帶著托盤走過來，上頭是可口的肉派，不過，他卻以眾人前所未見的笨拙姿態絆倒了，飛撲到桌面，油膩膩的湯汁濺到賓客們身上，大家一臉不以為然盯著他。服務生道歉，因為自己的過錯而充滿懊悔，他匆匆忙忙去撿拾殘餘碎爛肉派的時候，還乖乖點了好幾次的頭。然後，蒂塔在這時候認出他了：是那個搗蛋鬼帥克在搞事！她知道他等一下就會把那些剩食送給廚房幫手們大快朵頤。

她的理智已經軟爛得跟奶油一樣，這樣也好。她知道自己正脫離現實，而她不在乎，她很開心，就像她小時候一樣，一關上自己的房門之後，就可以把世界隔絕在外，一切都傷不了她。她覺得頭好暈，烏雲滿布，開始崩裂，她看到了隧道口。

她也在腦海中聽到來自另一個世界的古怪人聲，她覺得自己已經跨越了生死交界，進入了另一邊，有許多中氣十足的男人講著她聽不懂的語言，可能只有天選之人才懂得如何解碼的胡言亂語。她從來沒想到在天堂，或是在煉獄抑或地獄，到底是講什麼語言，那是她聽不懂的話。

她也聽到了歇斯底里的怪叫，但那些高頻的尖吼……太激昂了。不可能是死後世界，而是來自凡間，她還沒死。她睜開雙眼，看到俘虜們像是瘋女人一樣鬼叫。有許多嘈雜聲響與哨音，她還聽到了腳步聲。她愣住了，完全摸不著頭緒。

「她們都瘋了，」她低聲說道，「集中營是精神病院。」

瑪吉特睜開雙眼，神色驚恐望著她，彷彿她們還有什麼恐怖的事沒遇過一樣。蒂塔撫摸母親的手臂，莉莎也睜開了眼睛。

然後，她們看到了——軍人進入集中營。他們全副武裝，但不是德國人。制服是淡褐色，與先前所見的黑色制服截然不同。這些士兵首先將武器朝四面八方指了一下，但隨即立刻放下，還有些揹到肩上，接下來是雙手抱頭大喊：「哦天哪！」

「媽媽，他們是誰？」

「艾蒂塔，他們是英國人。」

蒂塔與瑪吉特全都瞠目結舌。

「英國人？」

某名年輕中士爬上某個空木盒，拿雙手權充麥克風，以簡單德語喊話：「我以大英帝國與其同盟之名在此宣布，這個集中營已經被解放，大家自由了！」

蒂塔以手肘推了一下瑪吉特，她朋友愣著不動，完全無法講話。蒂塔雖然已經沒有力氣，但還是奮力站起來，一手擱在瑪吉特的肩上，另一手放在母親肩頭。終於，蒂塔說出了一整個童年都盼望能說出口的那句話：

「戰爭結束了。」

三十一號營區的圖書館管理員哭了，為那些撐不到這一刻的人而落淚：她的祖父、她的爸爸、佛列迪．赫許、米瑞安．艾德斯坦、摩根史坦教授……

有一名士兵走到她附近那群生還者的區域，以帶威爾斯腔調的德語對她們吼道，集中營被解放，他們得到自由了。「自由！自由！」

某名女子拖著身子在地上爬行，終於挨到了那名士兵的旁邊，他彎身微笑，準備接受重獲自由者的謝意，但那枯瘦女子卻是厲聲斥責：「你們為什麼拖了這麼久？」

英國軍隊本來以為會看到一群激昂狂喜的人，他們期待的是微笑與歡呼。萬萬沒想到迎面而來的是抱怨、嘆息、死前喉鳴，眾人的淚水悲喜交集，開心得到了拯救，也有為丈夫、兄弟、叔伯、朋友、鄰居的深痛喟嘆——有這麼多人無法得到解放。

許多士兵流露同情之意，有些人，表情是不可置信，還有不少人的面容其實是，作嘔。他們從來沒想到拘禁猶太人的地方會是這種亂七八糟的堆屍處，生者比死者更像是骷髏人。英國人原本以為自己解放的是一整營的俘虜，卻沒想到自己看到的是墳場。

還是有人能夠對於這樣的消息表現一點歡呼之情，不過，大多數依然能存活到現在的女子，也只剩下露出一臉不可置信、目瞪口呆表情的氣力而已。然後，當她們看到某群犯人走過她們面前的時候，她們更加驚愕。蒂塔必須定睛細看兩次，才相信眼前的一切為真，這是她有生以來第一次看到的景象，被逮捕的居然不是猶太人。在左右兩側英國武裝士兵的押解之下，站在最前面、頭抬得高高的那一個，正是伊莉莎白・沃肯哈特，她的髮髻已經塌軟，散亂的髮絲貼滿全臉。

31

重獲自由的前幾天，感覺好詭異。就算是作亂七八糟的夢、也無法想像的畫面，出現在蒂塔的眼前：納粹士兵自己拖行屍體，總是儀容一絲不苟的沃肯哈特，頂著油膩的頭髮、身著沾滿泥巴的制服、以雙臂扛屍送入洞中。英軍命令克蘭醫生要負責埋屍，那些被處罰做勞役的納粹親衛隊，正忙著把屍體交給他。

自由已然到來，不過貝爾根－貝爾森裡面卻沒有人感到開心，死亡人數可怕得嚇人。英軍過沒多久之後就發現他們雖然想要對死者表示尊重，但卻心有餘而力不足，因為疾病傳播速度太快。最後，他們下令納粹親衛隊堆疊屍體，然後派挖土機推入洞中。和平降臨，但是卻態度嚴厲，必須要盡速抹消戰爭帶來的影響。

瑪吉特在排隊等待午餐配糧的時候，發覺有人碰了一下她的肩膀。微不足道的小動作，但那動作所蘊含的意義卻讓她的人生瞬間豁然開朗。在她轉身之前，已經知道那是她父親的手。

蒂塔與莉莎為瑪吉特感到十分開心，看到她歡欣，也讓她們心情大好。她告訴她們，英國人已經給了她父親一個前往布拉格列車的座位，他也為她安排好了一起同行，她們祝福她新生活順利，一切變化的速度令人暈然。

瑪吉特突然神情變得嚴肅，目光熱切望著她們。「我的家也就是妳們的家。」

她這句話不是客套而已。蒂塔知道那是一種姊妹的深愛宣言。瑪吉特的父親匆匆在某張紙片寫下他的某位非猶太朋友的布拉格地址，他期盼朋友一切安好，到時候他與瑪吉特可以住在他們那裡。

他們握手道別的時候，蒂塔對他說：「我們在布拉格相見！」

這一次是比較令人期盼的道別，那種終於可以合理說出「不久之後就相見」的道別。

一開始的那幾天，到處都是混亂。英國人所受的訓練是戰鬥，而不是照顧沒有證件的數十萬人，其中還有許多生病或是營養不良。英軍有個辦公室專門安排俘虜回國事宜，但人滿為患，而且臨時證件發送速度慢到不行。但至少俘虜又再次得到了食物配糧與乾淨的毯子，而且還為數千名病患建造了野戰醫院。

蒂塔不想提到自己擔心母親的事，以免破壞了瑪吉特當天的好心情。莉莎狀況不佳。雖然她有進食，但是卻無法恢復體重，而且開始發燒。除了把她送入野戰醫院之外，沒有其他選擇，也就是說，蒂塔與母親必須延遲回到布拉格的行程。同盟國的軍隊利用先前的集中營醫院、建立了照顧貝爾根－貝爾森倖存者的野戰醫院，但在裡面幾乎看不出戰爭已經結束的跡象。德軍已經投降，希特勒在他的碉堡自盡，而納粹親衛隊如果不是已經入監等待大審、就是已經躲了起來。不過，在醫院裡，戰爭依然打死不退。休戰並不會讓遭到截肢的手腳長回來，無法治癒傷者之痛，難以根除霍亂，也沒有辦法拯救垂死者脫離衰亡，遠行的人再也無法歸返。和平無法療癒一切，至少，沒那麼快。

這些年來，拚命抵抗所有喪親之痛、悲劇，以及災厄的莉莎．阿德勒，在和平到來的時刻卻生了重病。蒂塔不敢相信她克服萬難，卻無法在和平世界存活下去，太不公平了。

莉莎躺在野戰醫院的床上，至少，床鋪比過去這幾年乾淨多了。蒂塔握著母親的手，在她耳畔輕聲鼓勵，鎮靜劑讓她一直處在沉睡狀態。

日子一天天過去，護士們也開始習慣這個擁有淘氣天使面孔、一直不肯離開母親身邊的捷克女孩。他們也竭盡一切努力照顧蒂塔：確認她有吃下配糧，而且不時要逼她到醫院外頭走走，不要一次陪伴太久，而且坐在她母親身邊的時候有佩戴口罩。

某個下午，蒂塔發現其中一名護士——滿臉雀斑的圓臉年輕人法蘭西斯——正在看小說。她走過去，目光熱切盯著那本書。是西部小說，封面是戴著誇張羽毛頭飾的印第安酋長，繪有戰事塗彩的雙頰，手裡拿著槍。這名護士感覺到有人盯著他不放，抬頭，詢問蒂塔是否喜歡西部小說。蒂塔曾經看過卡爾．邁的某部作品，而且她非常喜歡「老殘手」這位主角與他的阿帕契族朋友溫內圖，讓她得以想像他們置身在永遠看不到止境的北美草原之中、體驗驚喜冒險的過程。蒂塔碰觸那本書的方式宛若在愛撫一樣，以手指緩慢來回撫弄書脊。這名醫護兵一臉困惑惑盯著她，他心想這女孩精神狀態可能有點不太正常，畢竟曾經待過那樣的煉獄，這種反應完全不令人意外。

「法蘭西斯……」

蒂塔指了指那本書，然後又指向自己。他知道她想要借那本書，他對她微笑，起身，他從自己的屁股口袋裡又拿出了兩本類似風格的小說：小尺寸、方便攜帶、紙頁泛黃，還有色彩繽紛的封面。其中一本是西部小說，另一本是犯罪小說。他交給蒂塔，她帶著小說離開了，突然之間，他又想到了一件事，趕緊叫住她。

「嗨，親愛的！它們是英語小說！」然後，他又把剛才那段話翻成蹩腳的德語：「小妹妹，那些都是英文！」

蒂塔轉身，但沒有停下腳步，給了他一個微笑，她不在乎。當她母親入睡的時候，她就坐在沒人的病床上面，嗅聞紙張的氣味，以大拇指迅速翻書，聽到那宛若撲克牌在洗牌的聲響，她臉上露出微笑。她喜歡這些作者的名字——對她而言，英文姓名是具有異國風味的音調。當她雙手捧書的那一刻，生命又再次歸位。靠著閱讀，她終於能把拼圖的碎片慢慢放回原處。

不過，有塊拼圖碎片卻兜不起來，因為她母親沒有好轉。日子一天天過去，莉莎卻逐漸惡化。高燒越來越嚴重，身體越來越單薄。主治醫生不會說德文，但他比手畫腳得很清楚，蒂塔完全明白對方的意思：狀況不是很好。

某天晚上，莉莎病況加劇，呼吸斷斷續續，四肢不斷在病床上掙扎。蒂塔決定要放手一搏，亮出她的最後一張牌。她到了外頭，一直往前走，看不到醫院發電機的閃動光線之後才停下腳步。她找尋的是暗處，總算在距離醫院數百公尺外的平地發現了這樣的地方。等到確定只有自己一個人之後，她抬頭，望向不見星月的密雲夜空。她跪地祈求上帝拯救她母親，歷經了這一切之後，祂不能讓她死在這裡，連回去布拉格的機會都沒有。祂不能這樣對她，祂一直虧欠她。這位女子從來不曾傷害過任何人，從來不冒犯別人或害別人生氣，連一塊麵包屑都沒有偷過，為什麼要這樣處罰她？蒂塔譴責上帝，也對祂哀求，千萬不要讓她母親死去。她提出各式各樣的許諾作為交換：成為最最虔誠的教徒、到耶路撒冷朝聖、奉獻一生歌頌上帝的無盡天福與寬厚。

在回去的路上，她看到有個高瘦的人站在醫院的光亮大門口，眺望夜色。是法蘭西斯，他正在等她，神色看起來很嚴肅，他往前一步，走到她面前，把手放在她肩上，充滿憐愛，好沉重的手。他望著蒂塔，緩緩搖頭，意思是不行，不可能了。

蒂塔衝向母親的病床邊，在那裡的醫生已經準備闔上包包。她母親走了，只剩下衰弱的軀殼，宛若小鳥的身體，什麼都沒有了。

心碎的蒂塔坐在某張病床，那位滿臉雀斑的護士走過來。「妳還好嗎？」他還伸手舉起大拇指示意，這樣一來她就能靠手勢明瞭他的問題。

她怎麼可能會好？命運之神，或是上帝還是惡魔，不管到底是什麼，在這六年的戰爭期間，一直害母親受苦，從來沒有給過她半刻安寧。護士依然盯著蒂塔，彷彿在等待答案。

她開口用德文回道：「靠……」

護士擺出英國人聽不懂時的好笑神情——伸長脖子，雙眉挑得老高。

「靠……」蒂塔這次使用的是英文，這是她過去這幾天當中學到的單字。

護士也覺得貼切。

「靠……」他重複之後，然後默默坐在她身旁。

母親嚥下最後一口氣的時候，已經得到了自由，這是蒂塔僅存的安慰——只不過，對於如此巨大的痛苦來說，這一點卻顯得如此渺小。但當她面對那位面色焦心、緊盯她不放的護士的時候，她反而對他豎起大拇指，表示自己沒事。

這位年輕醫護稍微鬆了一口氣，起身為另一個病床的討水病患準備倒水。

蒂塔自問：如果我覺得心情惡劣，糟到不行，那我為什麼要跟他說我沒事？她的問題還沒問完，心中早就知道了答案：因為他是我朋友，我不希望他擔憂。

我的行為開始變得跟媽媽一樣了……

她彷彿繼承了那種角色。

第二天，醫生告訴她，他們正在加緊處理她的文件，所以她可以立刻回家。他希望這消息可以讓她開心，但蒂塔聽他講話的時候、整個人卻像是在夢遊一樣。

她在心中問道：回家？去哪裡？

她沒有爸媽，沒有家，沒有身分證明。她要到哪裡去找自己的容身之地？

32

護城河街赫德瓦百貨公司的櫥窗映照出某個陌生人的臉龐：身穿藍色長洋裝，戴著樸素灰色配緞帶的氈帽的年輕小姐。蒂塔仔細端詳，但依然認不出自己。她沒辦法接受自己就是那個陌生人，櫥窗裡的映影就是自己。

德國人入侵布拉格的那一天，她是一個被母親牽手、在街頭閒晃的九歲小女孩，而現在她已經是十六歲的女子，只有自己一個人。當她想起坦克穿過這座城市時的震晃感，全身依然會顫抖不止。結束了，但是在她的腦海中，一切都沒有結束，永遠不會有走到盡頭的那一天。

勝利的狂喜、象徵戰爭結束的慶典、同盟國主辦的舞蹈活動、浮誇演講都結束之後，顯露出戰後的真實面貌：沉靜、粗陋、完全沒有鑼鼓喧天。樂隊沒了，遊行結束，偉大的演講已經消逝。她眼前是和平的真相，一個滿目瘡痍的國家。她沒有父母或兄弟姊妹，沒有家，沒有學校，除了「平民協助協會」發給她的這身衣物之外，她沒有任何的財產，而且，除了花費好大一番功夫才申請到的糧票之外，她的生活完全沒有著落。這是她在布拉格的第一晚，將會睡在為歸返者所安排的庇護所。

她唯一擁有的是寫有某個地址的字條，她看了好多次，現在都已經背起來了。戰爭改變了一切，就連和平也是。既然戰爭已經結束了，那麼她與瑪吉特在集中營的姊妹情誼將會是什麼面貌？瑪吉特與她爸爸原本以為的是，蒂塔與她母親會搭乘晚他們兩天的歸返列車，但是她母親生了重病，讓她歸返的日期延後了好幾個禮拜之久。在這段時間當中，瑪吉特可能交了新朋友，忘記了過往的一切，就像芮妮一樣，在遠遠的地方向她打招呼，根本沒有停下腳步。

瑪吉特父親草草寫下的那個地址，是他失聯多年的某個非猶太朋友住家。其實，當瑪吉特與她父親離開貝爾根－貝爾森的時候，他們根本不知道接下來會住在哪裡，也不知道要如何展開新生活。他們連自己的朋友在多年戰事之後是否還住在那個地址都不知道，也不知道對方是否願意收留他們。她手心裡的那張紙變得越來越皺，字跡也開始逐漸模糊。

她在城市北部四處繞行，找尋地址，問人，努力依循他們的指示在自己從來沒有到過的街區四處尋索。她已經失去了自己在布拉格的方位感。這座城市似乎好大，宛若迷宮，當你覺得自己渺小的時候，世界就會變得無比巨大。

終於，她到達了大家說的那個有三張破長椅的廣場，紙條上寫的地址就在附近。她進入十六號的大門，按下1B公寓的電鈴，開門的是身材有些福態的某位金髮女子，她不是猶太人，因為圓潤的猶太人是稀有物種。

「請問一下，巴爾奈先生與他女兒瑪吉特是否住在這裡？」

「沒有，他們不住在這邊，已經搬到距離布拉格很遠的地方了。」

蒂塔點點頭。她不會怪他們，也許他們曾經等候，但她花了許久時間才回到布拉格，已經太遲了。歷經了這麼多事之後，光是翻開新的一頁並不夠，必須闔上書，打開另一本書。

「別站在門口啊，」那女子對她說道，「快進來，吃塊剛出爐的蛋糕。」

「謝謝，不麻煩了，其實，還有人在等我。下次吧……」

蒂塔迅速轉身，想要趕緊離開，但是那女人卻叫住她。

「妳是艾蒂塔，艾蒂塔．阿德勒。」

蒂塔停下腳步，她其中一腳早已踏在台階。

「妳知道我名字？」

對方點點頭。

「我一直在等妳，有東西要交給妳。」

那女子向她先生介紹了蒂塔，白髮藍眼的老先生，但依然俊帥。那女子給了她一大塊榛果蛋糕，還有一個寫有她姓名的信封。

他們是好人，蒂塔在他們面前當然沒有任何顧慮，立刻就打開了信封。裡面有兩張火車票，還有瑪吉特的少女筆跡：

親愛的蒂婷塔，我們在特普利采等妳，趕快來啊，給妳一個大大的吻。姊姊瑪吉特

有人在某個地方等候著妳，就像是在曠野黑夜裡劃火柴一樣，沒有辦法照亮一切，但能夠讓妳看見回家的路。

趁著吃點心的時候，這對夫婦開始向蒂塔解釋，巴爾奈先生在特普利采找到了工作，如今與瑪吉特住在那裡。他們還說瑪吉特一整個下午講的都是她。

不過在前往特普利采之前，蒂塔必須搞定文件，所以，第二天一早，她一起床之後，就站在核發身分文件的長長人龍之中。

又是長達數個小時的等待。不過，這與奧斯威辛的隊伍完全不一樣，因為大家在這裡等候的

時候開始擬定計畫。他們也是憤怒的人，生氣的程度甚至超過了那些站在半公尺深的積雪之中排隊、等待如清水稀淡的一碗湯或是一小塊麵包的人群。現在這些人生氣是因為被耽擱了，不然就是因為收到了錯誤資訊，或是需要的文件數量而動怒。蒂塔自顧自微笑，生活又恢復了常態，大家會因為小事而火大。

有人站在她後頭，她偷偷回頭看了一下，發覺那是熟悉的面孔——家庭營的某位年輕教師。看到她出現在這裡，他似乎也很驚訝。

他驚呼：「妳是那位細腿圖書館員！」

是歐達．克勒，大家說是共產黨的那名年輕人，總是會為學生編出有關加利利的各種故事。蒂塔立刻認出他那聰慧譏諷、曾經讓她有些害怕的神情。

不過，現在她發現這位年輕教師的眼眸中流露出一種不一樣的情味，某種特殊的暖意。他不僅想起她是在生命艱難時期的集中營獄友，還發現了某種將他們緊繫在一起的細線。在三十一號營區的時候，他們很少說話，其實，從來沒有人為他們介紹彼此，他們似乎是從來不曾真正認識的人，但當他們在布拉格偶遇的那一刻，宛若好友再次相見。

歐達看著她，露出微笑。那雙生氣勃勃、略帶草莽氣息的眼眸正在對女孩說話，真開心妳還活著，真開心能夠再次重逢。蒂塔也對他回笑，但她其實不知道自己怎麼會有這種反應。

他的幽默感立刻感染了她。

「我找到了工廠的會計工作，也找到了一個勉強棲身的地方……不過，要是妳回想我們以前住的那種地方，妳一定會說那是皇宮！」

蒂塔露出微笑。

「不過，我希望能找到更好的工作，已經有人找我去當英文翻譯。」隊伍很長，但對蒂塔來說卻很短。他們滔滔不絕，完全沒有尷尬冷場，只有老戰友之間的信任感。歐達暢談他的父親，那位一直有歌手夢的殷實商人。

「他的聲音很獨特，」歐達解釋的時候，臉上還掛著得意笑容。「他們在一九四一年奪走他的工廠，甚至還逼他入獄，然後，他把我們全送到了泰雷津，之後又是家庭營。一九四四年七月，他們解散二號營b區的那一次篩選，他沒過那一關。」

如此不屈不撓又健談的歐達，發覺自己講出這段話的時候哽咽了，不過，儘管蒂塔發現他雙眼淚濕，他也不覺得有什麼好尷尬的。

「有時候，到了夜晚時分，我覺得我可以聽到他在歌唱。」

當他們其中一人思及某段艱難或痛苦的記憶而別開目光的時候，另一個人的眼神也會飄向同一個方向，那是只有我們全然信任、願意讓他們陪伴身邊、親眼看著我們哭我們笑的人才能夠擁有的權利。他們一起重返了留下人生永恆印記的時刻，兩人都這麼年輕，講述了那些年的時光，等於是傾訴了一生。

蒂塔很好奇，「門格勒之後會怎麼樣？他們會把他吊死嗎？」

「還沒有，但他們正在追查他的下落。」

「會找到嗎？」

「一定的，有六組軍隊在找尋他的下落，他們抓到他之後，就會送交法院審判。」

「我希望他們可以立刻吊死他，他是罪犯。」

「不，蒂塔，他們會審判他。」

「為什麼要浪費時間搞這種程序？」

「我們比他們好。」

「佛列迪・赫許也老愛說這句話！」

「赫許……」

「我好想念他。」

現在輪到她到了申辦窗口——一切的問題就此解決，她準備好了。他們現在依然是陌生人，此刻該向彼此祝好道別。不過，歐達問她接下來要去哪裡，她說她要去猶太社區辦公室，詢問自己獲知的資料是否正確，她可能可以申請一點孤兒撫恤金。

歐達問她是否可以陪她一起去。

「正好順路。」他態度好認真，她不知道該不該相信他的話。

這是與她繼續相處下去的藉口，但不是謊言。蒂塔的未來已經融入了他的人生道路。

過了幾天之後，在距離布拉格近百公里的特普利采，瑪吉特・巴爾奈正忙著清掃住家大門口。她一邊掃地一邊開始作起白日夢，某個騎著單車送貨的年輕人只要經過她面前，就會開心按一下單車鈴。她心想也許該多注意一下自己早晨的頭髮，戴上新髮帶。突然之間，她眼角瞄到有道人影進入門口。

那人大喊：「妳這女生超胖！」

她的第一反應是想對她的粗魯鄰居還以顏色，不過，掃把差點滑出她的手。是蒂塔的聲音。

瑪吉特明明比蒂塔年紀大，但她的行為總是跟妹妹一樣。她像小孩一樣奔向蒂塔的懷抱——完全不擔心速度過快與煞不住。

蒂塔哈哈大笑，「我們要摔倒了啦！」

「只要我們能在一起，又有什麼關係？」

的確，終於有美好的事成真，原來他們一直在等她。

終曲

歐達成了她的特別好友，經常會趁她沒有打工的空閒午後、搭火車來找她。她開始半工半讀，在特普利采的學校就讀，她與瑪吉特盼望能夠彌補自己失去的學生時光，但願希望能夠成真。

特普利采是以水質聞名的古老溫泉城鎮，蒂塔終於找到了她自己的貝格霍夫。

這裡沒有《魔山》裡的阿爾卑斯山脈，但是波希米亞高地就在附近。雖然戰火嚴重摧殘這座美麗城市的雄偉建築，但她還是喜歡沿著這裡的幾何鋪面石板路四處漫步。她偶爾會想到那位離開水療中心、找尋人生全新地平線的神秘喬夏夫人，不知道她後來如何。蒂塔很想詢問喬夏夫人，她接下來該何去何從？

美麗的猶太教堂已經被焚毀，焦爛殘骸提醒大家那一段戰火歲月。星期六的時候，歐達會陪她一起散步，對她無所不談。他是深具好奇心的年輕人：對於一切都有興趣。有時候他會小小抱怨，布拉格與特普利采之間這段八十公里的路程，害他必須要轉乘多趟的火車與公車，不過，他的抱怨比較像是小貓咪在撒嬌呼嚕嚕。

他們在那些廣場開心漫步了好幾個月之久，那裡漸漸又出現了盆花，讓特普利采又恢復了溫泉城鎮的迷人氣息。在散步過程中，歐達與蒂塔變得越來越緊密。他們在文書辦公室排隊相遇的一年之後，歐達對蒂塔說出了改變一切的話：「妳怎麼不來布拉格？我沒辦法和妳遠距離談戀愛！」

他們已經對彼此說出了自己一生的故事，再次重新開始的時刻到來了。

歐達與蒂塔在布拉格成婚。

歷經了一大堆文書作業之後，歐達終於拿回父親的公司，繼續營運下去。這項計畫很令人興奮，因為，就某種方式來說，歐達可以重建過往。他沒有辦法讓死者復生或是消除傷疤，但至少那是重回一九三九年布拉格的一種方式，不過，歐達不確定自己是否想要當商人。他就和他爸爸一樣，對歌劇音符的喜愛大於帳冊，鍾愛的是詩人的語言而不是律師的語言。

不過，他沒有時間喟嘆自己無法圓夢。納粹踐踏布拉格街道的足印還沒有完全消失，蘇聯又接踵而至。棘手的可鄙歷史不斷上演，工廠又再次被沒收。這一次，不是以第三帝國之名，而是共產黨。

歐達不放棄，蒂塔也是。他們具有逆浪泅泳的天生基因。由於歐達嫻熟英語，文學素養深厚，在文化部找到了工作，負責挑選可看度夠高、足以翻譯為捷克文的英語出版品。在他那個階層，他是唯一非共黨成員的僱員。在那個年代，許多人滔滔不絕把列寧主義的口號掛在嘴邊，但他對馬克思主義的了解、他閱讀過的文獻，都遠遠超過了他們。他比任何人清楚，共產主義是一條通往斷崖的美麗小徑。

他們指控他是黨的敵人，處境開始變得艱難。一九四九年，他們第一個小孩出生，歐達與蒂塔決定移居以色列，他們在那裡巧遇另一名三十一號營區的牢友，

艾維．費雪，現在改名為艾維．奧非爾，他曾經把一間塞滿小孩俘虜、毫不起眼的營房變身

為開心的合唱俱樂部。他幫助他們在納坦亞附近的「桃金孃」學校找到教職，歐達與蒂塔成了以色列最知名學校之一的老師。這所學校收了許多二次世界大戰結束之後的移民潮小孩，之後，這所學校專門照顧出身問題家庭的孩童，以及很可能被社會排斥的學生。校方一直找的都是對於這類議題有深入研究的老師，不過，很難找到像歐達與蒂塔一樣，對於他者痛苦如此敏銳的人。

這對夫妻一共有三名子女與四名孫子女。來自三十一號營區，偉大的說故事的人，歐達，寫下了好幾本書，其中的一本是《*The Painted Wall*》，以二號營b區家庭營諸多人物為本的小說體作品。蒂塔與歐達共同生活了五十五年之久，歷經了人生的高低起伏，他們對彼此的愛意與扶持從來不曾歇止，同享閱讀之樂、堅不可摧的幽默感、幾乎算是攜手共渡了一生。

他們一起變老。這種在艱難至極歲月之中所打造而成、如鋼鐵般的連結，也只剩下死亡能夠將其摧毀。

後記

關於三十一號營區的圖書館管理員，以及佛列迪・赫許，還有許多重點必須敘明。

建構這部小說的磚瓦都是事實，靠著虛構的灰漿黏合、最後呈現在書頁之間。這部作品的靈感來源，是三十一號營區圖書館管理員，她的真名是蒂塔・波拉赫瓦。而小說中的年輕教師，歐達・克勒，其所根據的原型是教師歐達・克勞斯，也就是蒂塔後來的先生。

阿爾維特・曼古埃爾的作品《深夜裡的圖書館》當中，曾經有略微提到某個集中營裡的微型圖書館，這也成為我進行調查報導的起點，因而催生了這本書。

有人甘冒生命危險、在奧斯威辛－比克瑙集中營經營地下學校與秘密圖書館，某些人對於我濃厚的挖掘興趣感到不以為然；也有人可能認為在充滿其他更具有壓迫性問題的滅絕營當中、這種行為是無用之愚勇——書本無法治癒疾病，無法以它們作為武器抵抗行刑隊，它們沒有辦法填飽肚子或是消解口渴。的確，對於人類的生存而言，文化不是必要條件，活下去只需要麵包與水。不過，可以吃麵包喝水，人類就活得下去，但要是生活只剩下這種憑藉，人性也就走向滅亡，這一點也確實為真。要是人類無法因為美而得到深深感動，要是他們無法閉上雙眼展開想像力，要是他們無法向自己發問，無法區辨自己無知的極限，那麼，他們可以成為男人或女人，但不會是完整的人，他們與鮭魚、斑馬、麝牛並沒有太大的不同。

網路上有一堆關於奧斯威辛的資料，但重點都只是這個地方而已。如果你想要聆聽一個地方對你傾訴，那麼你就該去那裡，待得夠久，才能聽到它要向你說些什麼。為了要找尋家庭營的蛛絲馬跡或是可以追蹤的線索，我前往奧斯威辛，我需要的不只是數據與日期，也要感受那個被眾人控訴之地所帶來的震撼。

我飛到克拉科夫，然後搭乘火車到奧斯威辛。在那座靜和的小鎮之中，完全看不出這地方的郊區曾經有過可怕過往。一切看來都很正常，甚至還可以搭乘巴士到集中營入口。

奧斯威辛一號營有一處巴士停車場，還有一個類似博物館的入口。這裡本來是波蘭的軍營，一棟棟宜人的長方形磚造建物，被寬廣的鋪面大道分隔兩側——路面到處都是在啄食的鳥兒——乍看之下，完全看不出駭人之處。不過，裡面有好幾個可以進去參觀的展示館，其中一間的設計宛若水族館：行經幽暗的隧道，兩側是打燈的巨型魚缸，裡面有破爛的鞋子，堆積如山——數目成千上萬，兩公噸的人髮積累為一片深海。污髒的義肢宛若破損的玩具，此外，還有數千副破碎的眼鏡，幾乎都是圓框，就像是摩根史坦教授所戴的款式一樣。

三公里之外，就是奧斯威辛－比克瑙的二號營b區家庭營。通往集中營大道的可怕瞭望塔依然矗立在那裡，地面有自一九四四年開始啟用、讓鐵軌可以直接進入營內的隧道。原始的營房在戰後已全數燒毀，有幾棟重建的建物可以入內：本來是馬廄，雖然乾乾淨淨，通風良好，但依然顯得陰沉。第一排營房後面，就是隔離營本來的位置，二號營a區，至於其他營區在當年的腹地如今已是一片空荒。想要看二號營a區當時的地點，必須要放棄只會走第一排營房複製屋、不會繞行全場的導覽路線，你必須自己前行。一個人穿越奧斯威辛－比克瑙，也就表示必須要忍受某種冷酷寒風，裡面夾雜了長眠在此、與訪客踩踏的某部分泥地已合而為一的死者的呼喊回聲。二號營b區只剩下進入集中營的入口鐵門，還有幾乎連灌木叢也長不出來的極度寂寥之地。只剩下圓石、風動，以及寂靜，這地方究竟是靜謐抑或可怕——取決於雙眼能夠看透多少而定。

這趟旅行結束之後，帶給我諸多疑問，幾乎都找不到解答，我體悟到的是歷史課本無法教給我的大屠殺，然後，完全是出於巧合，我在克拉科夫大屠殺博物館找到一本重要的書，魯道夫·羅森伯格回憶錄《*I Cannot Forgive*》的法文翻譯版《*Je me suis évadé d'Auschwitz*》。

還有另外一本書讓我格外有興趣，我回國之後，立刻開始追蹤。那是一本以家庭營為背景的小說，書名是《*The Pianted Wall*》，作者是歐達·克勞斯。有一個網站可以購得這本書，貨到付款。不是很專業的網站，沒辦法用信用卡付款，但是有聯絡的電郵地址。我寫信表達對那本作品有興趣，詢問該如何支付書款。

然後，我收到了一封生命中的關鍵來信。那封回信，非常客氣，對方表示我可以透過西聯匯款，還給了我一個以色列的納坦亞的地址，署名者是D·克勞斯。

我努力委婉詢問對方是否就是蒂塔·克勞斯，曾經待在奧斯威辛—比克瑙家庭營的那個女孩？就是她。三十一號營區的圖書館員還活在人間，而且寫電郵給我！生命本來就充滿了驚奇，不過，有時候是真的很離奇。

蒂塔已不再年輕——當時她八十歲——但熱誠與堅毅的個性一如以往，她現在努力奮戰，想要確保自己先生的作品不會被遺忘。

自此之後，我們就開始通信。雖然我英文很爛，但她無比和善的態度卻幫助我們能夠了解彼此。最後，我們同意在布拉格見面，她每年都會在那裡待上好幾個禮拜，她還帶我前往泰雷津。

蒂塔不是那種溫柔的老派祖母，她是一股友善的旋風，立刻幫我找到她公寓附近的住所，而且安排好一切。當我一抵達特里斯卡飯店接待櫃檯的時候，她已經坐在大廳裡的某張沙發裡等我。她就與我的想像一樣：身材纖瘦、靜不下來、活潑，集莊嚴與歡樂於一身，充滿魅力。

蒂塔的戰爭歲月過得辛苦，自此之後依然一路艱難。歐達在二〇〇〇年過世，彼此一直相親相愛，兩人育有兩個兒子與一個女兒，但女兒早在二十歲生日之前就因久病過世。但蒂塔絕對不會讓自己被命運所擊倒——以前不會，之後也絕無可能。

累積了這麼多的苦痛，還能夠時時保持笑容，真是了不起。她告訴我：「我也只剩下這個而已了。」不過，她還保有許多部分——她的能量、對抗一切與所有人的戰士尊嚴——這讓她成為眼眸炯炯、腰桿挺直的八十歲女子。她不肯搭計程車，我也不敢違逆她的儉省個性，對於走過悲慘歲月的人來說，這一點也很正常。我們搭乘地鐵，她總是站著，就算有空位也不坐下。沒有人能夠擊敗那樣的女子，整個第三帝國都撼動不了她了。

她不屈不撓，也會疲倦，但她絕對不會放棄。泰雷津博物館書店的《*The Painted Wall*》已經售罄，她要拿五十本去補貨的時候請我幫忙，我們沒有租車，因為她堅持要搭公車。我們這一趟旅行與她近六十年前的那一次一模一樣，不過，她現在拖著一個裝滿書的行李箱。我本來擔心這趟回憶之旅會影響她的心情，但她是堅強的女子，此時此刻，她最關心的是要為這間猶太隔離區書店把書補滿。

泰雷津看起來是個寧靜的地方，方正建築之間有草坪與大樹點綴，浸沐在燦爛的五月陽光之中。蒂塔不只補了書，還發揮她一貫的活潑個性，幫我弄了一張免費門票參觀常設展間。

這一天充滿了激動時刻。在牆上懸掛的隔離區俘虜的手繪圖畫當中，有一幅就是蒂塔自己的作品，幽暗又陰鬱，與現在景況相比，多了濃重的愁緒。

還有一個房間列出了曾經被送到泰雷津的小孩名冊，蒂塔細覽，露出微笑，因為她想起了當中的某些人，現在幾乎都已經過世了。

有四個電視螢幕在播放倖存者對於泰雷津經驗的證詞，其中一位是有低沉嗓音的長者，那是歐達．克勞斯，蒂塔的丈夫。他以捷克語發言，但有英文字幕。我沒有注意那些文字，因為我完全被他的聲音所迷住了，如此鎮定，讓人忍不住專心聆聽。蒂塔沒說話，專心凝視，她神情肅穆，但沒有掉任何一滴淚。我們離開之後，她告訴我，接下來我們要去她以前住的地方。她是鋼鐵之身，至少外表看起來是如此，我詢問她，這會不會讓她心情低落，她回道：「是啊。」但是卻沒有停下腳步，繼續快速前進，我從來沒有遇過像她這種在生活全方面展露獨特勇氣的女子。

她以前住在泰雷津隔離區的地方，現在已經成了一排貌似安全無害的公寓。蒂塔望向四樓，她告訴我，她有個木匠堂哥幫她做了個書架。當我們前往另外一棟建物的途中，她向我吐露了更多過往，那棟建物的某一層樓已經轉為博物館，裡面的房間塞滿了鋪位，就像是當年在隔離區的情景。那是壓得令人喘不過氣來的空間，太過狹小，根本塞不下這麼多床，他們甚至還保留了作為公廁之用的陶盆。

蒂塔問我：「你能想像那種氣味嗎？」

不行，我沒辦法。我們進入了另一個有守衛的房間，牆上掛的都是猶太隔離區時代的照片與海報，裡面正在播放著名鋼琴家與作曲家威克托．烏爾曼的某齣歌劇作品，他後來是泰雷津文化活動的最勤奮貢獻者之一。蒂塔站在房間中央，除了無聊的女守衛之外，空無一人。她開始低聲吟唱烏爾曼的歌劇，她的歌聲是泰雷津孩童的歌聲，那天早晨，又開始再次迴盪，這次聆聽的人數大幅陡降，但驚嘆的程度卻一模一樣。

這是另一次的時光倒流，蒂塔又成了那個穿著毛襪、雙眼夢幻、唱著兒童劇《布倫迪巴》的蒂婷塔。

在我們回去布拉格的途中，蒂塔展現十足中氣，要求公車司機打開斜頂窗，不然我們會在窗戶緊閉的車內因熱氣悶死。司機不理她，所以她開始自己推天窗的控制桿，我也出手幫忙，兩人通力合作，我們搞定了。

當我們坐在巴士裡的時候，在我心中盤旋了好幾個月之久的問題也出現在我們的對話之中：一九四四年三月八日的那個下午，當反抗團體因為九月遣送潮馬上就要被送入毒氣室，建議由佛列迪．赫許領導起義，而他決定要好好考慮的時候，到底出了什麼事？為什麼佛列迪．赫許這麼冷靜自持的人會服用過多的魯米諾自殺？

蒂塔望著我，她的眼中有千言萬語。我開始懂了，我在她眼中看到的一切，就與我在歐達書中的字裡行間之中所見到的一樣，但我當初把它當成了某種小說的自由空間或是特殊假設。到頭來，《*The Painted Wall*》竟然不是小說？如果歐達以截然不同的情境寫出來，是不是會給他帶來大麻煩？

蒂塔請我要謹慎，因為她認為她告訴我的內容可能會為她引來麻煩。

所以，我並沒有直接敘明她告訴我的內容，而是再現歐達．克勞斯以家庭營為背景的《*The Painted Wall*》小說文字。書中少數以真名出現的其中一個角色是佛列迪．赫許，負責三十一號營區的長官。以下就是小說敘述的那個關鍵時刻，

納粹親衛隊將九月遣送潮移送到隔離營之後，反抗團體請佛列迪發動起義，他要求給他一些時間好好思考：

過了一個小時之後，赫許起床，望著某名醫生。

「我已經做出決定，」他說道，「一等到天黑，我就會下令。現在，我需要一顆藥丸鎮定一下。」

……

那名醫生心想，起義反抗德國人是瘋狂行為，這會害死每一個人甚至是門格勒醫生從醫院徵用的那群醫療小組。這男人瘋了，顯然已經神智不正常，要是不阻止他的話，猶太醫生們會跟其他俘虜一起喪命。

「我會給你開鎮定劑。」醫生對他說完這句話之後，隨即去找藥劑師。

他們一直有藥品短缺的問題，但倒是存有一點鎮定劑，藥劑師給了他一瓶安眠藥。醫生把裡面的藥丸全部倒在手中，立刻握得死緊。他將這些藥放入裝有冷茶的馬克杯，然後開始攪拌，藥物完全溶解在深色的液體之中。

裡面還出現了描述在一九四四年那個下午、佛列迪・赫許真正遭遇的某些刑法用語。有時候，小說可以披露出無法以其他方式揭發的真相。

與赫許官方資料中自殺理論出現矛盾的其他證詞，也逐漸浮現檯面。某名家庭營倖存者麥可・哈尼，當時的工作是醫療小組的雜工小弟，對於羅森伯格在回憶錄中、提到一九四四年三月八日事件的說法：「他因頭痛而要求給藥，結果他們給他過量的魯米那鎮靜劑。」哈尼抱持懷疑態度。

我希望這本書也能夠還佛列迪・赫許這位人物一個清白。是他自行了斷生命的錯誤概念，他的名聲也多少遭到玷污，因此，他在關鍵時刻的正直性也遭到了質疑。佛列迪・赫許並沒有自殺，他絕對不會放棄自己的那些孩子。他是船長，他會隨著自己的船一起沉沒。這才是他應該被世人記得的形象：充滿無比勇氣的戰士。

當然，本書也向蒂塔致敬，我從她那裡獲益良多。

這位三十一號營區的圖書館管理員依然住在納坦亞，每年會在她的布拉格小公寓住幾個禮拜。只要她健康狀況允許，一定會繼續保持下去。她依然是充滿無盡好奇心、堅韌、仁慈，以及個性耿直的女子。以前，我一直不相信有英雄，但我現在知道他們確實存在：蒂塔就是其中之一。

他們後來怎麼了……

魯迪・羅森伯格

戰爭結束之後，魯迪・羅森伯格改名為魯迪・福爾巴。逃離奧斯威辛之後，他趕緊向日利納的猶太領導人提交了一份初步報告，描述民眾被遣送到奧斯威辛之後的真相，裡面的內容與納粹謊言根本是天差地遠。這份報告被送交布達佩斯，但某些資深猶太領導人卻置之不理，到了一九四四年五月，納粹把大量匈牙利猶太人送到奧斯威辛，最高紀錄是一天一萬兩千名。魯迪到了英國之後，他與一起逃亡的弗雷德・威茲勒撰寫了另一份報告，提供了更詳盡的內容，讓世人知道集中營裡面的悲慘真相。這份文件成為紐倫堡大審的證據之一。戰後的羅森伯格被授予勳章，他在布拉格查理大學攻讀化學，在神經化學界成為備受尊敬的教授。他後來搬到加拿大，二〇〇六年過世。他大肆批判匈牙利猶太社群的某些重要成員，但他們後來在以色列建國過程中扮演重要角色，導致以色列某些單位一直質疑魯迪證詞及其人格，長達數十年之久。時值今日，他依然是爭議人物。

伊莉莎白・沃肯哈特

伊莉莎白・沃肯哈特的職業本來是專業美髮師，但她與納粹黨走得近，後來也讓她申請加入納粹親衛隊。她在拉文斯布呂克接受訓練之後，於一九四三年在奧斯威辛擔任納粹親衛隊的警衛，一九四四年十一月，她被擢升為警衛隊長，她在這個職位的時候，下達了更多的處決令。一九四五年年初，她轉任貝爾根－貝爾森的長官，同盟國解放這個集中營的時候，她也遭到英軍逮捕，進行審判，以便釐清貝爾根－貝爾森集中營警衛們所應負的責任。最後，她被判絞刑，一九四五年十二月十三日，在德國哈敏遭行刑處死。

魯道夫・霍斯

奧斯威辛指揮官魯道夫・霍斯，自小接受嚴格的天主教教養，他父親甚至希望他能夠成為晉鐸神父。最後，霍斯選擇從軍：因為他無法抵抗秩序與層級所帶來的魅力。在他擔任指揮官的期間，大約有一兩百萬人遇害。戰爭結束之後，他使用普通士兵的假身分、逃過了同盟國對主要戰犯的追捕行動。他當農夫當了將近一年，後來同盟國逼他妻子說出他的下落，隨即被逮捕。他在波蘭受審，遭處死刑。在受死之前的那段牢獄時光當中，他寫了自己的回憶錄，他在裡面並沒有否認自己犯下了殺害數十萬人的罪行，他為自己辯白的理由是，依照他的軍階，必須被迫接受上層的指令。他甚至覺得自己管理奧斯威辛那套複雜的死亡機器，展現出有條不紊的技巧而頗為自豪。他在奧斯威辛一號營被吊死，行刑的絞刑架依然矗立原地。

阿道夫・艾希曼

阿道夫・艾希曼是滅絕猶太人的「最終解決方案」的主要發起者之一。他負責的是將猶太人遣送到集中營的後勤支援，而且也規劃了協助遣送的「猶太委員會」。在戰爭結束之後，他遭到美軍逮捕，但是他卻以奧圖・艾希曼的名字混淆視聽，他們並沒有發覺他是納粹要犯之一。他在德國躲藏了一陣子之後，在一九五〇年前往義大利登船、前往阿根廷。他在當地與家人團聚，以假名過生活，在某間汽車工廠擔任技工。到了一九六〇年，摩薩德（以色列情報單位）靠著納粹獵人賽門．維森塔爾所提供的情報、在布宜諾斯艾利斯找到了他。他們採取大膽行動，當街逮捕艾希曼，擄人上車前往機場。他們把他假扮為喝醉酒的機場技工，送上以色列國籍航空班機，把他帶離阿根廷。這起事件引發阿根廷與以色列之間的激烈外交衝突。納粹親衛隊中校阿道夫．艾希曼在以色列接受審判，最後處以死刑，執行日期是一九六二年六月一日。

彼得．金茲

這位自告奮勇、將泰雷津青少年力量集結在一起的《前進》雜誌總編輯，於一九二八年二月一日在布拉格出生。他父母是世界語的積極倡導者，對文化充滿濃厚興趣。一九四二年十月，蓋世太保下令，彼得與其他數百人必須被遣送到泰雷津，而他的父母與妹妹依然暫留在布拉格。彼得是少數在泰雷津無大人相伴的孩子，不過他父母會定期寄送內含食物與書寫用紙的包裹。在某封被保存下來的信件之中，可以看到彼得請他家人準備口香糖，筆記本、湯匙，麵包、素描紙……以及某本社會學書籍。他會把包裹與室友分享，他的慷慨、聰明才智，還有可親的態度，讓他深受同儕與老師的喜愛。一九四四年，他被遣送到奧斯威辛，戰爭結束的時候，他並沒有返家。不過，他的名字也沒有出現在死者名單，他的家人懷抱盼望能夠再見到他的一線希望，長達十年之久。不過，之後雅胡達．拜根（譯註：以色列著名藝術家）與他們聯絡，當初他與彼得是同一批的遣送潮。他娓娓道來一切，當他們被送到奧斯威辛的時候，車站月台立刻舉行生死分組：右邊的去集中營，而左邊的直接進毒氣室，雅胡達親眼看到彼得被叫到左邊。

大衛・史莫列斯基

這位奧斯威辛的反抗團體波蘭領導人，早在被監禁之前就已經是左翼老鳥——他參與過「國際縱隊」在西班牙內戰打過仗，後來又對抗納粹。二次大戰結束之後，他在波蘭共產黨擔任好幾個重要職務。在這段期間，他被抓到牽涉某起醜聞——與走私藝術品有關——逼他必須離開共產黨，他最後流亡巴黎，在那裡終老一生。大家並不清楚他牽涉走私藝術品一案是否是共產黨領導階層的誣陷手法，因為他的戰爭英雄地位，早已造就他成為完全不能撼動的人物。他的甥外孫，死於二〇一一年的英國重量級知識分子克里斯多福・希鈞斯，曾經在他的著作《*Hitch-22*》當中略述這段過往。

西格弗里德・萊狄勒

他是與納粹親衛隊下士維克托・佩斯特克一起脫逃的同伴，而維克托因為這次的行動而喪命。萊狄勒差一點就被蓋世太保抓住，後來他成為反抗團體的活躍分子。他還曾經在茲布拉斯拉夫扮演納粹親衛隊將領、幫助當地反抗軍。最後，他一直待在斯洛伐克，幫助當地的游擊隊員，直到戰事結束。

約瑟夫・門格勒

一九四五年一月，就在同盟國軍隊解放奧斯威辛的前幾天，約瑟夫・門格勒混入了某個撤退的步兵營。他就是靠這個方法，成了數百名士兵犯人裡的一員，而且完全沒有被同盟國發現。他之所以能夠順利逃脫，原因不只是因為戰事結束後的頭幾個禮拜一片混亂，而且同盟國辨認納粹親衛隊，靠的是他們的手臂血型刺青——這是一般士兵沒有的特徵，一向謹慎的門格勒，從來沒有在身上留下任何刺青。他靠著有權有勢的實業家族金援，逃到了阿根廷。他是某間藥廠的合夥人，一直過著愜意的上流社會生活。一直到一九五〇年末期，納粹獵人賽門・維森塔爾靠著門格勒簽署的離婚文件——他妻子以書信提出要求，他同意配合——維森塔爾因而追查到他的下落。不過，有人向門格勒提出警告他的行蹤已經曝光，於是逃往烏拉圭。他在那裡以假名過生活，但生活環境的舒適程度遠遠不如以往，他住在簡陋小屋，一直擔心會遭到緝捕歸案，不過，他一直沒有被抓到。他死於一九七九年，六十八歲的他在海泳的時候身亡——很可能是因為心臟病發。

在傑拉德・博斯納與約翰・威爾所撰寫的門格勒傳記當中，提到了在多年斷斷續續的書信往返之後，門格勒的兒子羅爾夫曾經去看望過他。羅爾夫終於問出打從童年起、就一直引發他不安的那個問題，門格勒是否真的是那些殘暴惡行的主使者。對於一個兒子來說，很難接受自己的父親——在信中是如此熱情體貼的他——居然會是媒體所描述的那種殘暴惡魔。羅爾夫終於面對面直接問他，是否曾經下令處決數千人？約瑟夫・門格勒向兒子保證，其實恰恰相反。他十分冷靜，斬釘截鐵說道，多虧他的挑選——在那一大群即將要被殺害的猶太人當中、挑出依然適合工作的人——安排這數千人進入「適格」隊伍，讓他們逃過了死劫。

賽普・李赫特恩斯坦

在一九四四年七月，納粹在家庭營挑出賽普・李赫特恩斯坦，將他遣送到德國的史瓦茲海德集中營，被迫在某間將褐煤轉為柴油的工廠工作。在戰爭即將結束的時候，納粹發動了一場慘絕人寰的行軍，逼迫即將落入同盟國聯軍之手的數千名俘虜，在沒有食物補給的狀況下離開集中營。這是一場不知目的地為何的步行遣送潮，大家稱其為「死亡大行軍」，因為德軍會在毫無預警的狀況下開火，而垂死的人會立刻在路邊被處決。包括了李赫特恩斯坦的數千名俘虜，就因為這場納粹的最後瘋狂行徑而死亡。最後，他在德國薩普斯多夫的墓園永久長眠。

瑪吉特．巴爾奈

瑪吉特婚後一直住在布拉格。雖然蒂塔搬到了以色列，兩人從來不曾斷聯，她們通信，交換小孩的照片。瑪吉特生了三個女兒，瑪吉特生下了最小女兒的時候，已經四十歲了，而她的教名為蒂塔。蒂塔．克勞斯與瑪吉特的女兒們依然保持聯絡，她的角色就像是她們的阿姨，而且只要蒂塔到布拉格，大家一定會相聚。

主要參考來源

西蒙・阿德勒（Shimon Adler），《*Block 31: The Children's Block in the Family Camp at Birkenau*》以色列猶太紀念館研究二十四號專刊（一九九四年）：第兩百八十一頁到第三百一十五頁

彼得・德梅茲（Peter Dermetz），《*Prague in Danger*》，紐約：Farrar, Straus and Giroux，二〇〇八年

耶瑟瑞爾・古特曼（Yisrael Gutman）與麥可・貝倫鮑姆（Michael Berenbaum）編選，《*Anatomy of the Auschwitz Death Camp*》，印第安納大學布魯明頓分校出版社，一九九四年

歐達・B・克勞斯（Ota B. Kraus），《*The Painted Wall*》，特拉維夫：Yaron Golan Publishing，一九九四年

Marie Rut Křížková（瑪麗・魯特・希斯克娃）、Kurt Jiří Kotouč（庫特・耶希・柯多契）、Zdeněk Ornest（茲丹涅克・歐尼斯特）編選，《*We Are Children Just the Same: Vedem, the Secret Magazine by the Boys of Terezín*》，布拉格：Aventinum Nakladatelství，一九九五年

艾倫・J・列維，（Alan J. Levine），《*Captivity, Flight, and Survival in World War II*》，加州聖塔芭芭拉：Praeger，二〇〇〇年

里安納・米由（Liana Millu），《*El humo de Birkenau*》，巴塞隆納：Acantilado，二〇〇五年

傑拉德・L・波斯納（Gerald L. Posner），約翰・威爾（John ware），《*Mengele: La esfera de los Libros*》，二〇〇二年

施洛莫・威尼西亞（Shlomo Venezia），《*Sonderkommando*》，巴塞隆納：RBA，二〇一〇年

魯道夫・維爾巴（Rudolf Vrba），艾倫・貝斯提克（Alan Bestic），《*Je me suis évadé d'Auschwitz*》，巴黎：J'ai Lu編選，一九九八年

國家圖書館出版品預行編目(CIP)資料

秘密圖書館/安東尼歐.依托比作;吳宗璘譯.－初版.－
臺北市 : 春天出版國際文化有限公司, 2022.12
面 ; 公分. -- (春天文學 ; 25)
譯自 : La bibliotecaria de Auschwitz
ISBN 978-957-741-581-3(平裝)

878.57 111013261

春天文學 25

秘密圖書館 LA BIBLIOTECARIA DE AUSCHWITZ

作　　者　安東尼歐・依托比
譯　　者　吳宗璘
總 編 輯　莊宜勳
主　　編　鍾靈
出 版 者　春天出版國際文化有限公司
地　　址　台北市大安區忠孝東路四段303號4樓之1
電　　話　02-7733-4070
傳　　眞　02-7733-4069
E－mail　frank.spring@msa.hinet.net
網　　址　http://www.bookspring.com.tw
部 落 格　http://blog.pixnet.net/bookspring
郵政帳號　19705538
戶　　名　春天出版國際文化有限公司
法律顧問　蕭顯忠律師事務所
出版日期　二〇二二年十二月初版
　　　　　二〇二三年二月初版四刷
定　　價　460元

總 經 銷　楨德圖書事業有限公司
地　　址　新北市新店區中興路二段196號8樓
電　　話　02-8919-3186
傳　　眞　02-8914-5524
香港總代理　一代匯集
地　　址　九龍旺角塘尾道64號 龍駒企業大廈10 B&D室
電　　話　852-2783-8102
傳　　眞　852-2396-0050

ISBN 978-957-741-581-3　Printed in Taiwan